De geur van vrijheid

Deel 1 en 2 in de Spaanse Kronieken:
Een vallei van verraad
Het verscheurde land

Andere boeken van Tricia Goyer:
De as van het verleden
Een lied in de nacht
Het licht van de dageraad
De schaduw van zijn vleugels

Tricia Goyer

De geur van vrijheid

Roman

Vertaald door Marian Muusse

 Voorhoeve

Voor Moody Publishers
Jullie geloofden in me. Daar zal ik altijd dankbaar voor zijn. Bedankt dat
jullie me deze verhalen, die me zo na aan het hart liggen, hebben laten
vertellen.

© Uitgeverij Voorhoeve – Kampen, 2008
Postbus 5018, 8260 GA Kampen
www.kok.nl

Oorspronkelijk verschenen onder de titel *A whisper of Freedom* bij Moody Publishers,
820 N. La Salle Boulevard, Chicago, IL 60610, USA
© Tricia Goyer, 2008

Vertaling Marian Muusse
Omslagillustratie Moody Publishers
Omslagontwerp Bas Mazur
ISBN 978 90 297 1858 5
NUR 302

Beste lezer,

Toen ik een paar jaar geleden onderzoek deed voor mijn vierde roman over de Tweede Wereldoorlog, kwam ik een unieke biografie tegen. Een bemanningslid van een B-17 waarover ik las, beweerde dat hij, nadat hij met zijn vliegtuig was neergestort, uit het door Duitsland bezette België was ontsnapt. Dat zou hem onder andere zijn gelukt door vaardigheden die hij zich tijdens de Spaanse burgeroorlog eigen had gemaakt. Toen ik die informatie las, heb ik wel even op mijn hoofd gekrabd. Ten eerste had ik nog nooit van die oorlog gehoord. En ten tweede: waarom vocht een Amerikaan aan het einde van de jaren dertig in Spanje? Voor ik het wist, onthulde ik een fascinerende periode uit de geschiedenis – een periode waarover, zoals ik al snel ontdekte, de meeste mensen maar heel weinig wisten. Dit is wat ik te weten kwam.

Nazitanks rolden over de heuvels en Duitse bommenwerpers vlogen dreunend door de lucht en gooiden bommen op hulpeloze burgers. Italiaanse troepen vochten zij aan zij met de Duitsers, en hun tegenstanders – Amerikanen, Engelsen, Ieren en anderen – probeerden samen met vrijwilligers uit allerlei landen stand te houden. Hun gevechtsterrein? Het prachtige Spaanse platteland.

Van 17 juli 1936 tot 1 april 1939, nog ruim voordat Amerika bij de Tweede Wereldoorlog betrokken raakte, werd er in de Spaanse heuvels een andere strijd gestreden. Aan de ene kant stonden de Spaanse republikeinen, die steun kregen van de Sovjet-Unie en de Internationale Brigade – mannen en vrouwen uit de hele wereld die vrijwillig tegen het fascisme vochten. Tegenover hen stonden Franco en zijn fascistische militaire leiders, die door Hitler en Mussolini werden gesteund met troepen, materieel en wapens. In de Spaanse burgeroorlog, die wordt beschouwd als 'oefenterrein' voor de volgende oorlog, vochten duizenden Amerikaanse vrijwilligers die zich bij de republikeinse kant hadden aangesloten. De helft van hen kwam niet meer thuis.

Anders dan in de Tweede Wereldoorlog was er geen duidelijke scheidslijn tussen goed en kwaad. Beide zijden begingen gruweldaden. Beide zijden waren ervan overtuigd dat hun zaak het waard was om voor te sterven.

Aan de ene kant hebben we dus: de nieuwe, democratische, Spaanse regering, communisten, socialisten, het 'volksfront', anarchisten; vrijdenkers, kunstenaars, musici; boeren, arbeiders, bonden; de republikeinen, de Internationale Brigade, het Thälmannbataljon (Duitse communisten), La Marseillaise (Frans-Engels bataljon), 'het volk', de Basken uit Noord-Spanje, de Baskische president Aguirre, de 'roden', Fernando Valera, Steve Nelson. De Sovjet-Unie steunde de republikeinen. Een deel van de vrijwilligers ging naar Spanje om onder de republikeinse vlag te vechten, waaronder de Engelssprekende Abraham Lincolnbrigade uit Amerika.

Aan de andere kant: generaal Franco, generaal Mola, de nationalistische rebellen, fascisten, Hitlers nazitroepen, Mussolini's Italiaanse troepen, het Spaanse leger, de Marokkaanse cavalerie, de gevestigde katholieke kerk, het koningshuis, 'rechtsen', rijke grondbezitters en zakenlui. Het fascistische Duitsland en Italië stonden achter Franco.

In de Spaanse burgeroorlog waren terreurstrategieën tegen burgers gebruikelijk. En als de geschiedenisboeken spreken over de naar schatting één miljoen mensen die in deze oorlog om het leven kwam, moeten we niet vergeten dat elk van de mensen die vocht een eigen verhaal had. Van bezoekers van Spanje die door het conflict verrast werden tot de communistische sympathisanten. Baskische pastoors en nazipiloten... ze zagen deze oorlog allemaal in een ander licht. Dit zijn hun verhalen.

Tricia Goyer

Samenvattingen

SAMENVATTING VAN DEEL 1:
Een vallei van verraad

Een vallei van verraad vertelt het verhaal van Sophie, een jonge vrouw vol romantische ideeën. Ze droomt ervan om in een blauwe trouwjapon voor het altaar te staan en nog lang en gelukkig met haar verloofde Michael te leven. In juli 1936 bereikt Sophie de Spaanse grens terwijl de burgeroorlog losbarst.

De grens gaat dicht, en daarom moet Sophie om Spanje binnen te komen, vertrouwen op de goedheid van een geheimzinnige vreemdeling. Haar weerzien met Michael is bitterzoet en hij maant haar voor haar eigen veiligheid Spanje te verlaten. Terwijl Sophie zich afvraagt of Michaels liefde is bekoeld, merkt ze dat ze verliefd is geworden op het Spaanse volk. Maar hoewel ze meer van Spanje begrijpt, twijfelt ze aan alles wat ze vroeger over Michael meende te weten – vooral met betrekking tot zijn relatie met de mooie Maria Donita.

Spanje raakt verdeeld tussen twee grote, politieke regimes. De nazi's oefenen invloed uit en steunen de gewelddadige fascisten die worden geleid door generaal Franco. Tegelijkertijd lokt de Sovjet-Unie de gewone Spaanse man met zijn idealistische visie op het communisme. Wat eens een welvarend paradijs was, is nu een slagveld waarop fascistische soldaten tegen door communisten gesteunde, Spaanse patriotten vechten.

De wrede realiteit van de oorlog schudt Sophie ruw wakker en ze gebruikt haar kunst als therapie voor de kinderen van de stad. Ze leert ze hun gedachten en angst voor de oorlog uit te drukken door schilderen. Sophie begint ook het door oorlog verscheurde Spanje te schilderen om de wereld attent te maken op wat er gebeurt.

Michael wordt gedood door de kogel van een sluipschutter, en nadat ze ontdekt dat Maria Donita in verwachting is van Michaels kind, besluit Sophie vergezeld door Michaels vriend José het land te verlaten. Een verkeerde wending en ook José wordt bijna door een sluipschutter vermoord. Sophie roept bij die gebeurtenis de hulp in van een vreemdeling – een vrijwilliger van de Internationale Brigade en een Amerikaanse landgenoot genaamd Philip. Sophie bevindt zich nu aan de frontlinie en ze vindt een doel in het verzorgen van de gewonden en in het schilderen van de oorlogsgebeurtenissen en de mensen die eraan deelnemen. Zo steunt ze de zaak van de patriotten.

Philip Stanford is ook naar Spanje gereisd om redenen die niets met de oorlog te maken hebben. Philip is de trainer van zijn vriend Attis Brody, een atleet die wil deelnemen aan de Arbeidersspelen. Ze hebben om politieke redenen geweigerd bij de Olympische Spelen in Berlijn te lopen, en zijn daarom teleurgesteld dat de Arbeidersspelen niet doorgaan vanwege het conflict. In plaats van naar huis te gaan, leggen Philip en Attis hun spikes weg en pakken geweren op om de zaak van de patriotten te steunen. Philip en Attis beginnen in Barcelona, maar eindigen in de loopgraven op het Spaanse platteland. Ze vechten als lid van de Internationalen – vrijwillige soldaten uit verschillende landen. Attis komt om in de strijd, maar Philip kiest ervoor om door te vechten.

Op een dag, in een bos vol vijandelijke artillerie, verschijnt er een vrouw als een visioen: het is Sophie. Philip redt haar en wordt haar beschermer. Ze worden vrienden. Juist als hun vriendschap lijkt op te bloeien tot iets groters, raken ze van elkaar gescheiden doordat Philip ervan wordt beschuldigd een vijandelijke piloot te hebben geholpen. Philip overleeft zijn gevangenschap en vindt Sophie later in de gebombardeerde stad Guernica, waar ze naartoe is gegaan om de waarheid over Michaels dood te achterhalen.

In Duitsland gaat een piloot genaamd Ritter Agler – familie van generaal Göring – bij de geheime Duitse Luftwaffe. Hij is een nazi-piloot en vecht voor roem en de gunsten van zijn vriendin in Berlijn. Hij schiet Russen uit de lucht en bombardeert steden en dorpen in Spanje.

Als hij tijdens een missie wordt neergeschoten, komt Ritter in een deel van Spanje terecht dat in handen van de communisten is. In een poging zijn leven te redden, doet Ritter zich voor als een Duitse vrijwilliger die gewond is geraakt tijdens gevechten voor de communistische zaak. In het hospitaal raakt hij bevriend met een knappe Amerikaanse verpleegster en kunstenares. Hoewel Ritter zijn best doet niet verliefd op haar te worden, raakt Sophie zijn hart. Als hij uiteindelijk weer op de been is, steelt hij een vliegtuig en ontsnapt naar zijn eigen vliegbasis. Daar aangekomen, neemt hij deel aan het bombardement op Guernica.

Nadat hij is opgegroeid in de tijd van de rassenscheiding, besluit een zwarte jongeman genaamd Deion Clay dat hij tijdens de Spaanse burgeroorlog niet met zijn armen over elkaar kan blijven zitten. Hij pakt een trein naar New York en sluit zich aan bij de communistische partij. Met steun van de communisten vaart hij naar Europa en trekt te voet via de Pyreneeën Spanje binnen, waar hij gaat vechten tegen de fascistische onderdrukking. Hij heeft eindelijk het gevoel dat hij deel uitmaakt van iets hogers, tot hij vanwege zijn verwondingen het front moet verlaten. Deion wordt chauffeur van de Amerikaanse kunstenares Sophie, en hun laatste bestemming wordt hun ergste oorlogservaring. Ze arriveren net op tijd aan de rand van Guernica om getuige te zijn van het afschuwelijke bombardement dat Duitse vliegtuigen op het stadje uitvoeren.

Pastoor Manuel Garcia hoedt een gemeente op het Baskische platteland, maar maakt zich zorgen over de zelfgenoegzaamheid van zijn mensen – zowel in hun houding ten opzichte van de oorlog als van hun Heer. Als de oorlog Guernica bereikt, voelt vader Manuel zich wanhopig. Hij is zo veel mensen kwijtgeraakt... en zonder mensen om te dienen, vraagt vader Manuel zich af wat God voor hem in petto heeft.

Het boek eindigt met het bombardement op Guernica. Hoewel Sophie, Philip, Manuel en Deion veel hebben overleefd, vragen ze zich af wat hun volgende stap moet zijn. Kunnen gewone mannen en vrouwen een oorlog beïnvloeden die onmogelijk te winnen lijkt?

SAMENVATTING VAN DEEL 2:
Het verscheurde land

Nadat hij getuige is geweest van het bombardement op Guernica, helpt Deion om de overlevenden onder het puin van de ingestorte gebouwen uit te halen. De aanblik van de ravage sterkt zijn overtuiging dat het zijn plicht is om voor de vrijheid van Spanje te vechten voordat er nog meer onschuldige mensen omkomen.

Sophie ontdekt dat niets is zoals ze aanvankelijk had gedacht. Als Walter, de journalist die haar de grens over heeft geholpen, weer opduikt nadat Guernica is gebombardeerd, krijgt Sophie een onmogelijke opdracht. Walt vertelt Sophie over Azteeks en Incagoud van onschatbare waarde, dat uit de ondergrondse kluizen van een bank in Madrid is gestolen. Als het wordt gevonden, zou dat goud gebruikt kunnen worden om wapens te kopen die de republikeinen kunnen helpen in hun strijd tegen de fascistische nationalisten. De enige persoon die weet waar het goud verborgen ligt, is Sophies ex-verloofde Michael, die, zoals ze heeft ontdekt, helemaal niet dood is.

Walt bekent dat het de afgelopen twee jaar zijn taak is geweest Michael en zijn kameraden te volgen, omdat hij weet dat zij hun eigen plan voor het goud hebben, een plan dat niets met de redding van Spanje te maken heeft.

Petra is een jong meisje dat is opgegroeid in een rijke familie. Na het bombardement op Guernica heeft Petra niemand meer. Ze verkleedt zich als arm meisje en verstopt zich in een vrachtwagen die Guernica verlaat. Ze is van plan naar Bilbao te reizen om daar haar vriend Edelberto te zoeken – de enige persoon die ze nog heeft. Maar als ze op het landgoed van zijn ouders aankomt, ontdekt ze dat hij met zijn familie naar Frankrijk is gevlucht. Ze kan verder nergens naartoe, en daarom krijgen de paardenfokkers Pepito, Juan en Juans zoon José medelijden met haar en nemen haar onder hun hoede. Er ontstaat een onwaarschijnlijke vriendschap tussen hen.

Om Spanje te redden, moet Sophie opnieuw een plaats in Michaels leven innemen en gaan uitzoeken wat zijn geheimen zijn. Daarvoor moet ze Philip, de man op wie ze verliefd is geworden, achterlaten en teruggaan naar de man die haar heeft verraden. Sophie weet dat ze haar verdriet over Michaels verraad moet verbergen om aan informatie over het goud te komen. Wat er ook gebeurt, ze mag Michael niet laten merken dat ze de waarheid weet over Maria Donita's kind en over zijn aandeel in de diefstal van het goud.

Walt is ook achter de schermen bezig. Hij brengt pastoor Manuel naar Parijs, zodat de wereld de waarheid over het Duitse bombardement op Guernica hoort. Als hij eenmaal in Parijs is, raakt Manuel bevriend met een jongeman die Berto heet en die hem helpt om een logeeradres te vinden en hem aan Picasso voorstelt. Picasso wil graag over het bombardement op Guernica horen, omdat hij een schilderij over die gebeurtenis maakt voor de Wereldtentoonstelling in Parijs.

Sophie hernieuwt haar relatie met Michael en probeert aan de informatie te komen die Walt nodig heeft. Elke dag ontdekt ze nieuwe lagen in het internationale spionagecomplot. Ze is vastbesloten de informatie te achterhalen die de oorlog een nieuwe wending kan geven en die de soldaten van de Internationale Brigade, waaronder Philip en Deion, kan helpen beschermen.

Als Sophie foto's vindt waarvan ze het idee heeft dat ze een aanwijzing zijn voor de plek waar het goud verborgen ligt, moet ze die belangrijke gegevens snel aan Walt doorspelen. Als ze zich buiten waagt om een contactpersoon te ontmoeten, wordt Sophie betrapt. Gelukkig wordt ze gered door een beschermer die is gestuurd om op haar te passen.

Met hulp van haar oude vriend José lukt het Sophie Walt de informatie te sturen die hij nodig heeft. Daarna, terwijl de frontlinie dichterbij komt, vlucht Sophie met Michael naar Madrid. Ze kan alleen maar hopen dat Walt het goud eerder te pakken krijgt dan Michael.

Nazipiloot Ritter Agler wordt gevraagd naar Duitsland terug te keren. Hij krijgt een nieuwe opdracht – naar Amerika reizen om daar de ontwerpen van een heel belangrijk bommenrichtsysteem te stelen dat de Duitsers zou kunnen helpen. Ritter heeft zich de eerste keer zo goed tussen de Amerikanen verborgen dat Göring gelooft dat hij de volmaakte spion voor de klus is. Ritter reist naar Amerika en vervult zijn opdracht.

Philip gaat met de Internationale Brigade terug naar de frontlinie. Tijdens alle veldslagen bidt hij dat hij mag blijven leven om met Sophie herenigd te worden. Na een zeker gevecht krijgt Philip verlof en hij reist naar Madrid. Tot zijn ontsteltenis ziet hij Sophie op het treinstation aan de arm van Michael, haar verloofde, die hij doodwaande.

Walt heeft de vele spelers in het internationale spionagecomplot maandenlang in de gaten gehouden. Dankzij Sophie weet hij waar het goud verborgen ligt. De vraag is of hij de schat eerder kan bereiken dan Michael. Walt reist naar het zuiden van Spanje, waar de fascisten hun best doen om een tunnel tussen Gibraltar en Afrika te graven. Walt weet dat het goud in de tunnel is verstopt en gebruikt zijn acteertalent om binnen te komen.

Als hij er eenmaal is, ontdekt Walt het goud, Michael en Sophie. Michael raakt gewond door een explosie, en terwijl Walt voorbereidingen treft om het goud te redden, smeekt Michael of hij mee mag. Op het vliegveld lijkt Michael opnieuw alle obstakels te overwinnen en weg te vliegen met het gestolen goud. Maar nadat het vrachtvliegtuig is vertrokken, ontdekt Sophie dat de soldaten op het vliegveld in dienst zijn van Walt. Het goud wordt gered en Sophie wordt herenigd met Philip, die door Michael gevangen was genomen.

Nu zijn Walt, Sophie en Philip bij elkaar. Ze hebben het goud. De vraag is... kunnen ze het Spanje uit krijgen om de mensen te helpen die het het meeste nodig hebben?

Personages

Sophie Grace, vijfentwintig, ambitieuze Amerikaanse kunstenares, in Spanje om zich bij haar verloofde te voegen

Walt Block, Amerikaanse correspondent die vanaf het begin achter veel van Sophies avonturen heeft gezeten; ook bekend als James Kimmel, een pro-Francojournalist

Marge en William, Walts adoptieouders

Philip Stanford, Amerikaanse soldaat die zich als vrijwilliger bij de Abraham Lincolnbrigade heeft aangesloten, Sophies nieuwe liefde

José Guerzureya, jeugdvriend van Michael (zoon van paardentrainers die voor Michaels familie hebben gewerkt)

Ramona, José's vrouw

Juan, José's vader

Pepito, collega-knecht op de ranch

Michael, Sophies ex-verloofde en de oorspronkelijke reden waarom ze naar Spanje is gekomen

Walter, zijn vader

Cesar, zijn bodyguard

Adolfo Vidal, Michaels oom

Edelberto, Berto, Adolfo's zoon (Michaels neef)

Vader Manuel Garcia, een pastoor die uit Guernica is gevlucht en nu bij Edelberto's familie logeert

Petra Larios, weesdochter van een rijke familie uit La Mancha, heeft zich bij José's familie aangesloten

Deion Clay, zwarte Amerikaan, ook bij de Abraham Lincolnbrigade

Gwen, een verpleegster op wie hij verliefd wordt

Maria Donita, jonge Spaanse vrouw die Sophie ooit als een bedreiging voor haar relatie met Michael zag, nu getrouwd en moeder van een kind

Carlito, haar zoon

Ritter Agler, piloot bij de Duitse luchtmacht, ook bekend als Hermann von Bachman

Isanna, de vrouw met wie hij wilde trouwen

Xavier, de man met wie Isanna is getrouwd

Sebastian, zoon van Isanna en Xavier

Hermann Göring, Duitse generaal

Monica Schull, Amerikaanse, Ritters vriendin

Guerillastrijders voor republikeinse zijde; roepen de hulp in van Walt, Philip en Sophie:

Emanuel

Domingo

Salvador

Tomas, spion 'van binnenuit' die zich voordoet als Sophies oom Diego

Kort genoemd

Attis Brody, Philips beste vriend, omgekomen

Benita Sanchez, vriendin van Michael en Sophie

Luis, Benita's man (omgekomen)

Eleanor Winslow, (overleden) Amerikaanse schrijfster van brieven die Sophie heeft gekregen

Mateo, Eleanors man

Gregory Wiersbe, Engelse soldaat bij de republikeinse vrijwilligers

Hans, Duitse soldaat, vecht bij het Thälmannbataljon
Oliver Law, zwarte Amerikaanse officier die voor Spanje vecht
Steve Nelson, in Kroatië geboren leider van de communistische partij in Amerika

Als een schat zich eenmaal in je gedachten vastzet, laat hij je niet meer los.
    Joseph Conrad

Waar je schat is, daar zal ook je hart zijn.
    Matteüs 6:21

1

De dreigende, glanzende ogen van een mensengezicht staarden Sophie vanuit het reliëf van de munt aan. Oude schatten, verlicht door schel lamplicht en beschermd door dik glas, waren thuis in Boston een alledaags tafereel – maar dit was het eerste stukje geschiedenis van onschatbare waarde dat ze ooit had vastgehouden.

De munt was zwaarder dan ze had gedacht en fijner gedecoreerd. Hij verwarmde haar hand met zijn straling. Het zuivere, zachte, donkergele metaal was al eeuwenlang gewild om zijn symbolische én fysieke waarde.

Alleen de beweging van de vrachtwagen verbrak haar trance. Ze wierp nog een laatste blik op de munt, huiverde even en gaf hem toen aan Philip terug. Hij keek haar aan, maar zijn blauwe ogen hielden haar blik maar heel even vast voordat hij wegkeek en de munt in zijn zak stopte.

Sophie wist dat er geen weg terug was. Sinds ze een jaar geleden in Spanje was aangekomen, had ze al wel tien keer kunnen vluchten. Maar ze zat er nu te diep in. Ze had geholpen bij het stelen van Spanjes grootste schat. Ze had Michael de rug toegekeerd. Ze had al haar vertrouwen op Walt gesteld... en Philip meegesleurd in deze toestand. Door dit laatste avontuur zou óf alles goed komen óf in een puinhoop veranderen.

Warme lucht met een vleugje vocht waaide door het open raam naar binnen. Het zonlicht viel door de boomtakken en vormde een patroon van licht en schaduw op de smalle weg voor hen. Ze rolde de mouwen van haar bloes zo ver mogelijk op, maar haar armen bleven glanzen van het zweet. Ze streek het vochtige haar uit haar gezicht en speurde de weg af naar een teken van leven. Het leek belangrijk haar aandacht van dringende zaken af te wenden en haar zorgen te laten verwaaien als het stof dat achter de banden van de vrachtwagen wegzweefde als ze voorbij waren.

Het had geen zin. Het gebulder van de vragen die haar hoofd vulden, leek nog luider dan het lawaai dat de motor van de vrachtwagen maakte. En de stilte van de mannen die aan weerszijden van haar zaten, vertelde Sophie dat ze niet de enige was die zorgen had.

Ze keek naar Philip. De rimpels in zijn voorhoofd en zijn vermoeide ogen bewezen dat hij moe was. Hoewel hij maar een heel klein stukje bij haar vandaan op de bank van de grote vrachtwagen zat, leek de muur van spanning tussen hen ondoordringbaar. Ze fluisterde een stil gebed dat ze een veilig plekje mochten vinden waar ze de vrachtwagen die nacht konden verbergen – en dat ze de kans zou krijgen om met Philip te praten en haar schijnbare verraad te verklaren.

Aan haar andere zijde zweeg ook Walt achter het stuur; Sophie vroeg zich af of hij plannen maakte en nadacht over hun kansen om te ontsnappen. Ze hoopte het maar. Als iemand hen in veiligheid kon brengen en het goud kon doorgeven aan mensen die ervoor zouden zorgen dat het Spaanse volk er profijt van had, was het Walt wel.

Als ze erin slaagden om het goud veilig de grens over te krijgen en het door te spelen aan verzamelaars die het graag wilden hebben, zou dat betekenen dat er meer geld zou komen om wapens te kopen. Het zou hoop betekenen voor de oorlogsmoede republiek. Maar als ze er op nationalistisch terrein mee betrapt werden, zouden Franco en de fascisten van het goud profiteren. De schat had al heel veel mensen heel veel gekost.

Sophie maakte zich nog steeds zorgen over Michael. De wond van de explosie moest serieus worden genomen en ze hoopte dat hij een dokter zou vinden.

Maar terwijl ze aan Michael dacht, won haar woede het van haar bezorgdheid. Haar gedachten vlogen terug naar de vorige keer dat ze hem gewond had gezien – dood, had ze gedacht... maar in werkelijkheid had hij haar voor de gek gehouden.

Wie deed zoiets? Wie deed iemand anders zo veel verdriet om zijn eigen hachje te redden – of liever gezegd, zijn eigen kans op de schat veilig te stellen?

Er was een tijd dat ze had geloofd dat Michael van haar hield, maar dat was duidelijk niet het geval. Als het zo was geweest, zou hij haar niet alleen in Madrid hebben achtergelaten toen ze net in Spanje was aangekomen. Dan zou hij haar lot niet, zoals nog maar een paar uur geleden, in de handen van nationalistische soldaten hebben gelegd.

Door de bewegingen van de vrachtwagen op de oneffen weg schudde Sophies lichaam tussen Philip en Walt heen en weer. De laadbak, die vol lag met het zware goud, kraakte bij elke schok.

Sophie ademde nog een keer snel de stoffige lucht in die door het raampje naar binnen kwam. 'Ik heb een heel eigenaardig, akelig voorgevoel. En jij?' Ze keek onderzoekend naar Philips onbewogen gezicht. 'Misschien komt het alleen maar doordat ik door vijandelijk gebied reis en het gekraak van deze vrachtwagen vol kostbaar goud voel' – ze richtte haar blik op Walt – 'en doordat ik geen idee heb hoe en wanneer we Spanje uit zullen komen.'

Walt schraapte zijn keel en keek haar heel even aan. 'Ja, er dreigt gevaar. Maar misschien wordt jouw voorgevoel ook nog veroorzaakt door iets anders.'

Sophie keek naar Walts vingers, die zich om het stuur klemden. 'Wat bedoel je? Maak ik me nog geen zorgen genoeg? Dreigt er nog meer gevaar waarvan ik zou moeten weten?'

Sophie voelde Philip naast zich verstrakken. Hij was het grootste deel van de reis stil geweest, maar aan de manier waarop hij zijn armen over elkaar sloeg, zag ze dat hij niet gelukkig was. Het ergste was nog dat ze wist dat zij de oorzaak van zijn verdriet was.

'Mensen hebben zich altijd nietig gevoeld in vergelijking met het grote heelal,' vervolgde Walt zonder op haar vraag in te gaan. 'Ze hebben legenden en mythen verzonnen om grip op de wereld te krijgen – de Grieken hadden hun mythen, de joden hun verhalen over God. De Azteken besteedden veel aandacht aan voortekenen. Als de maan rood was voor de strijd, geloofden ze dat het bloed van hun vijanden zou vloeien. Ze speurden vooraf naar tekenen van gevaar en maakten zich zorgen dat ze zich met hun daden het ongenoegen van de goden op de hals zouden halen. Ik stel me voor dat ze zich net zo voelden als wij toen ze dit goud zagen.' Walt zuchtte. 'Ik stel me voor dat ze bij elke stap huiverden en zich afvroegen of ze wel deden wat juist was.'

'En of ze niet door de bliksem zouden worden getroffen als het niet zo was?' spotte Philip.

'Of nog voor de avond gevangen zouden worden genomen?' Sophie keek ingespannen naar de weg voor haar. Ze kreeg kippenvel op haar armen en wenste dat ze de munt niet had vastgehouden en in zijn ogen had gekeken. 'Natuurlijk geloof ik niet in voortekenen,' voegde ze er snel aan toe. 'Maar als ik dat wel deed, zou het feit dat we onze vijand te slim af zijn geweest een goed teken zijn.'

Philip mompelde iets binnensmonds en zei toen hardop: 'Als we betrapt worden, komt dat alleen maar doordat we ons zo dwaas haasten. Ik kan niet geloven dat je niet vooruit hebt gedacht, Walt, dat je niet hebt bedacht waar we met het goud naartoe moesten als we het eenmaal terug hadden.'

Alsof hij Philip niet had gehoord, bleef Walt de te zwaar beladen vrachtwagen onbehouwen over de smalle bergweg sturen, een weg waarvan Sophie niet wist of hij wel voor een last van deze afmetingen en dit gewicht geschikt was.

Uiteindelijk keek hij langs Sophie heen naar Philip. 'Ik verwachtte dat je me op z'n minst dankbaar zou zijn dat ik je leven heb gered. Je zou dood zijn, weet je, als ik je niet had geholpen.'

Sophie vond dat ze allebei gelijk hadden. Ze kende ook de sterke wil van de beide mannen en besloot dat ze maar beter geen partij kon kiezen.

De weg voerde over een lage heuvel. 'Trouwens...' Walt zette de vrachtwagen boos in een lagere versnelling toen het toerental van de motor lager werd. 'Ik wist niet eens of mijn plan wel zou werken.' Zijn stem klonk vast. 'Ik doe dit werk in mijn eentje en mijn contacten zijn niet onbeperkt. Wees dankbaar dat ik kon achterhalen van welk vliegveld de vracht zou vertrekken. Het feit dat alles op z'n plaats viel, verbaasde zelfs mij.'

Het was hun eerste prioriteit geweest om de vrachtwagen zo snel mogelijk uit de buurt van het vliegveld te krijgen. Toen dat eenmaal was gebeurd, had Sophie gehoopt dat Walt zou stoppen zodat ze konden rusten, zich konden opfrissen en misschien iets te eten konden zoeken.

Zijn stem onderbrak haar gedachten. 'Ik zie daar een beekje. Willen jullie stoppen?'

'Ja, graag. We moeten over een plan praten.' Philips vingers tikten op het handvat van het portier.

'Ik wil graag mijn benen strekken.' Sophie zette alle gedachten aan Michael uit haar hoofd. Hij was het laatste waarover ze zich zorgen moest maken. Michael had haar in de steek gelaten toen hij naar Frankrijk was gevlucht, omdat zij een andere keuze had gemaakt... om bij Philip te blijven, de man van wie ze echt hield. En het belangrijkste was dat ze alles met hem uitpraatte.

Walt zette de auto langs de kant van de weg. De vrachtwagen nam nog steeds het grootste gedeelte van de stoffige, onverharde weg in beslag, maar dat leek niet erg te zijn. Ze hadden het afgelopen uur geen verkeer gezien en Sophie hoopte dat dat niet zou gebeuren ook. Maar als iemand hen aanhield, zou Walt hen wel uit het gevaar weten te redden. Hij dacht snel en sprak zo overtuigend dat ze zich er altijd over verbaasde.

De mannen deden hun deuren open, sprongen op de grond en

beenden in tegengestelde richtingen weg. Sophie zuchtte en keek over het landschap uit. In andere omstandigheden zou ze het feit dat ze op een van de mooiste plekken was die ze in heel Spanje had gezien, waarderen. De smalle weg was uitgehakt door een vallei waarin glooiende heuvels samenkwamen. Bomen bedekten de heuvels en aan weerszijden rezen hoge, puntige rotsen op.

Terwijl ze uit de vrachtwagen klom, zag ze witte en paarse wilde bloemen die de weiden naast een kabbelend beekje bespikkelden. Prachtig – een perfecte plaats om haar ezel op te zetten en haar kwasten tevoorschijn te halen. Maar ze had geen van beide bij zich; alleen de paar spullen die nog in haar tas zaten. Trouwens, die dingen leken wel bij een ander meisje in een ander leven te horen. Ze had grotere uitdagingen om zich druk over te maken.

Walt en Philip, die met hun armen zwaaiden en boos wegliepen, deden Sophie denken aan twee jongetjes die net na een gevecht op het schoolplein uit elkaar waren gehaald. Ze zagen noch de bergen noch de wilde bloemen die ze onder hun voeten vertrapten.

Philip liep snel een wei in en bleef daarna staan alsof het tot hem doordrong dat hij helemaal geen haast had. Sophie volgde hem zonder iets te zeggen. Ze moest haar daden verdedigen, zorgen dat hij inzag waarom het belangrijk was geweest om naar Michael terug te gaan, waarom ze zich had omgedraaid en van Philip was weggelopen op het station in Madrid drie dagen geleden.

Ze haalde haar hand door haar haar. Was dat nog maar drie dagen geleden geweest? Een leven van reizen en verraad was sindsdien voorbijgegaan.

*

De grond van de wei was zachter dan de harde weg en vertraagde Philips opgewonden passen een beetje. Hij had hoofdpijn, vooral door het gebrek aan eten en slaap in de afgelopen drie dagen toen hij door

Michaels mannen was vastgehouden. Vastgebonden op een harde, houten stoel slapen, was niet bepaald gemakkelijk geweest. En hij had nauwelijks gegeten van het voedsel dat ze hem hadden gebracht. Niet dat hij geen honger had gehad. Het idee dat hij van zijn bewakers afhankelijk was – dat hij hen nodig had voor eten, water... leven... had hij weerzinwekkend gevonden. Hij haatte het om afhankelijk te zijn, en juist dat hadden ze prachtig gevonden.

Hij keek achterom over zijn schouder en zag dat Sophie uit de vrachtwagen sprong en in zijn richting liep. Hij had kunnen weten dat ze hem achterna zou komen. Woede welde in hem op. Niet alleen jegens haar, maar ook jegens Michael. Tot vorige week was Michael alleen maar een naam geweest, een dreigende aanwezigheid. Vanaf het moment dat Philip Sophie voor het eerst had gezien, had hij het verdriet in haar ogen herkend. Toen was de man die haar had gekwetst lichamelijk ten tonele verschenen.

Philip dacht nog eens terug aan het moment op het station. Michael aan Sophies zijde. Lang, knap, een indrukwekkende verschijning. Hij had een beschermende hand op Sophies rug gelegd toen ze door de drommende menigte liepen. Philip had direct een hekel aan hem gehad – en had hem onmiddellijk begrepen. Misschien kwam het doordat Philip wist dat hij misschien hetzelfde zou hebben gedaan als de rollen omgedraaid waren geweest. Hij zou Sophie verdriet hebben gedaan in een poging haar leven te redden. En hij zou hebben geprobeerd zich weer te bewijzen om haar terug te winnen.

Het was al moeilijk genoeg geweest om Michael met Sophie te zien. Maar het was nog erger geweest om hem de ruimte te zien binnenstappen waar Cesar, Michaels bodyguard, Philip gevangen hield. Michael had een sinaasappel tussen zijn handen heen en weer gegooid. Hij had er niet wreed uitgezien. Hij was zelfs met voorzichtige passen naderbij gekomen. 'Maak hem los. We moeten praten.'

Cesar had aanvankelijk geweigerd, maar Michael had hem geen keuze gelaten.

'Ik wil het hele verhaal horen. Ik wil weten wanneer je Sophie hebt ontmoet. Vertel me hoe hecht jullie relatie is.'

En om de een of andere reden had Philip dat gedaan. Hij had het ongeluk op het slagveld beschreven en verteld hoe hij was aangesteld als Sophies beschermer terwijl ze in het veldhospitaal schilderde.

Michael had intens geluisterd en toen geknikt. 'Het lijkt erop dat we van dezelfde vrouw houden. En dat kunnen we niet helpen. Het probleem is dat ik haar heb gekwetst. En ik ben bang dat ze me niet zal kunnen vergeven.' Hij had een stoel naar zich toe getrokken en was tegenover Philip gaan zitten. 'Als je een relatie met haar hebt gehad, weet je vast wat ik heb gedaan.'

Philip had zijn kin naar voren gestoken en geweten dat het zijn dood kon betekenen als hij Michael kwaad maakte. Het had hem niet kunnen schelen. 'Je hebt haar verraden. Je hebt je eigen dood in scène gezet. Je hebt haar in de steek gelaten. En je hoopte dat ze uit Spanje zou vertrekken.'

'Ja, dat klopt. En daar heb ik nu spijt van. Ik zou jou wel willen vermoorden, maar ik heb haar al genoeg verdriet gedaan.' Michael was opgestaan en weggelopen.

Philip had zichzelf gehaat omdat hij hem begreep. Hij had die nacht geprobeerd te slapen, vastgebonden op de stoel, en de volgende nacht ook. In plaats daarvan had hij steeds maar moeten denken aan wat hij zou hebben gedaan als hij in Michaels schoenen had gestaan.

Michael was een dief en een leugenaar, maar het was ook mogelijk dat hij van Sophie hield – of dat hij dat in elk geval dacht. Philip had geprobeerd zich voor te stellen dat de rollen waren omgedraaid, en hij had geloofd dat hij Sophie alleen had kunnen redden door te doen alsof hij dood was. Ze was vastberaden en gaf haar hart vaak meer ruimte dan haar gezonde verstand. Ze zou alles doen om voor een vriend op te komen, om iemand van wie ze hield te beschermen. Ze manoeuvreerde zichzelf vaak in gevaarlijke situaties voor een zaak die ze haar steun waard vond.

Misschien had Michael wel geweten wat Philip zich nu realiseerde: er was heel wat nodig om ervoor te zorgen dat Sophie het opgaf. Michael had veel mensen misleid om er zelf beter van te worden, maar hoe meer Philip erover nadacht, hoe meer begrip hij voor zijn daden had.

Uiteindelijk concludeerde Philip dat hij hetzelfde zou hebben gedaan. En hij haatte zichzelf erom. Hij besefte ook dat hij, hoewel hij op Walt mopperde om de lastige situatie waarin ze zich bevonden, nog het kwaadst was op zichzelf.

Want diep in zijn hart was Philip bang dat Sophie nog net zoveel van Michael hield als Michael overduidelijk van haar. En Philip vroeg zich af hoe hij in dat plaatje paste. Het antwoord op die vraag vond hij veel belangrijker dan het lot van het goud.

*

Sophie richtte haar ogen op het weelderige groen van de weide en ademde de geuren van warm gras en zonneschijn in. Een vlindertje danste voor haar uit van bloem naar bloem, alsof het haar voorging.

Ze zag hoe Philip uitkeek over de met klaprozen bezaaide helling, maar aan zijn gespannen kaken en verdrietige oogopslag merkte ze dat hij het landschap niet echt in zich opnam. Hij keek naar haar en zuchtte terwijl hij zijn lichtblauwe ogen op de hare richtte.

Zijn blik brak haar hart en ze verlangde met heel haar hart dat hij zijn armen om haar heen zou slaan en tegen haar zou zeggen dat alles goed zou komen. In plaats daarvan hingen ze slap langs zijn lichaam.

Ze moest veel uitleggen. Het ging er niet alleen om dat ze een maand van elkaar gescheiden waren geweest, maar ook dat ze die maand had doorgebracht met de eerste man van wie ze ooit had gehouden. Een man over wie ze zich nog steeds zorgen maakte, ondanks alles wat hij haar had aangedaan.

'Philip, ik wil graag proberen om alles uit te leggen.'

'Ja, doe dat alsjeblieft.'

Ze deed nog een stap in zijn richting. 'Het spijt me dat je door mij bij dit alles betrokken bent geraakt. Ik wil niet eens denken aan alles wat er door je hoofd moet gaan...'

Hij schonk haar een mat glimlachje, maar dat verborg de verwarring in zijn blik niet. 'Ik heb gebeden dat ik je zou terugzien. Ik denk dat mijn vader gelijk had – je moet uitkijken met wat je bidt.' Hij wreef onbewust over zijn polsen die geschaafd waren door de touwen die hem geboeid hadden gehouden.

Ze wilde hem aanraken, zijn pijn verzachten. In plaats daarvan plukte ze een lange grasspriet en draaide hem rond tussen haar vingers. Ze vond het makkelijker zich op haar eigen handen te concentreren dan oogcontact met hem te riskeren. 'Ik denk dat God alles in de hand heeft. Het valt in tijden als deze alleen niet mee om te zien hoe.'

'En ik wil ook weleens weten,' voegde Philip eraan toe, 'waarom ik bij deze puinhoop betrokken ben.'

Sophie fronste haar voorhoofd en hoopte dat hij niet haar bedoelde met het woord puinhoop.

'Ik kan nu niet meer terug, Sophie. Ik kan niet meer met de Brigade gaan vechten. Ze hebben me al een keer van verraad beschuldigd. Alleen door de vriendelijkheid van één man heb ik de kans gekregen om het nog eens te proberen. Als ik zou vertellen dat ik gevangen ben genomen, ontvoerd ben en naar fascistisch gebied ben gebracht door mannen die een lading gouden munten wilden stelen, zou niemand me geloven. Het klinkt zelfs mij belachelijk in de oren.

Ik was helemaal niet van plan om hier te zijn. En ook niet om niet meer terug te kunnen. Ik dacht dat ik de juiste keuze had gemaakt toen ik als vrijwilliger bij de Internationale Brigade ging vechten, maar elke keer dat ik het probeer, mislukt het. Ik heb hier niet voor getekend, en nu... nu zou ik net zo lief op de eerste de beste boot hiervandaan zitten.'

'Je hebt gelijk. Je bent met een bepaald doel naar Spanje gekomen en toen in iets heel anders verzeild geraakt.' Ze keek over haar schouder naar de vrachtwagen. 'Vast meer dan je had gedacht. Toch denk ik dat je hier met een reden bent, Philip, dat er een reden is waarom onze wegen elkaar in Madrid hebben gekruist. Ik heb je nodig.' Ze sprak snel verder. 'Walt heeft je ook nodig, hoewel hij dat niet laat merken.'

Sophie dacht aan iets wat haar had getroost toen ze nog een relatie met Michael had en niet meer wist wat ze moest doen of tot wie ze zich moest wenden. Iets geruststellenders om over na te denken dan voortekenen en gevangen genomen worden.

'Misschien kende God ons hart wel en wist Hij hoeveel we om de mensen hier zouden geven.' Ze sprak snel, stellig, maar had diep in haar hart het gevoel dat ze zichzelf probeerde te overtuigen. 'Als je erover nadenkt, is het een eer dat God je zo veel toevertrouwt. Het doet me een beetje denken aan hoe de moeder van Jezus zich moet hebben gevoeld – overweldigd door de verantwoordelijkheid voor de schat die haar was geschonken, maar ook dankbaar dat God haar in Zijn plan had opgenomen. Niet dat dit goud ook maar enigszins te vergelijken is met Gods Zoon... of dat ons doel zo belangrijk is als het Zijne, maar je begrijpt wel wat ik bedoel. Ik geloof niet dat we toevallig in Spanje terecht zijn gekomen en deze schat nu in handen hebben.'

'Juist ja. Dus ik moet alles wat er is gebeurd, maar aanvaarden... en dankbaar zijn?' Zijn ogen vernauwden zich. 'Het gewoon als Gods wil accepteren? Ik probeer nog aan het idee te wennen, maar jij hebt veel meer tijd gehad om erover na te denken.' Hij wendde zijn hoofd af. 'Om over het goud na te denken, bedoel ik.'

'Ja, nou ja, die laatste dagen met Mi...' Sophie zweeg opeens. 'Ik ben teruggegaan omdat Walt het vroeg. Hij vertelde me dat we het Spaanse volk konden helpen als we het goud vonden. Ik heb me niet gerealiseerd hoe lang het zou duren. Bovendien had ik nooit verwacht jou op dat treinstation te zien, nooit verwacht dat je Michael en mij samen zou zien. Het is nooit mijn bedoeling geweest je zo te kwetsen.'

Philips ogen schoten naar de hare. Ze vernauwden zich en zijn blik boorde zich in haar ziel.

Ze hoopte dat hij iets zou zeggen. Dat hij tegen haar zou schreeuwen of zou bekennen hoeveel ze hem had gekwetst. Alles beter dan zijn woordeloze woede. Plotseling drong zich uit haar sombere stemming een nieuwe angst aan haar op. Als ze hier nu eens niet uit kwamen? Als hij haar niet kon vergeven? Ze zocht in zijn ogen naar een spoor van de genegenheid die hij vroeger had getoond. De troost die hij haar had geboden toen ze zich tot niemand anders had kunnen wenden.

'Ik heb er veel over nagedacht. Over het goud, bedoel ik,' zei ze. 'En ik denk dat dit het waard is. Als mijn daden iets voor het Spaanse volk kunnen betekenen, is dat alle problemen waaraan ik het hoofd moet bieden waard. Maar het was niet mijn bedoeling je te kwetsen.'

Sophie draaide zich om. Ze liep terug naar de vrachtwagen en hoopte dat Philip de tranen die in haar ogen opwelden niet had bemerkt. Ze zag Walt om de zijkant van de vrachtwagen heen in zijn richting lopen. Ze wist zeker dat ze de ontluikende relatie tussen haar en Philip had verspeeld op het moment dat ze zich bij de trein in Guernica door Michael had laten omhelzen.

'Tijd om verder te gaan,' riep Walt. 'We weten niet hoe lang het zal duren voordat Michael en zijn vrienden erachter komen dat ze bedrogen zijn. Hoe verder we bij het vliegveld vandaan zijn, hoe beter.'

'Weet je al waar we heen gaan?' vroeg Philip hem.

Aan de blik in zijn ogen zag Sophie dat dat niet het geval was.

'Nog niet precies, maar ik denk wel dat we de goede kant op gaan. Deze provinciale weg is voorlopig wel geschikt. Er rijdt hier maar weinig verkeer en er staan veel bomen die ons voor vliegtuigen verbergen.'

'Denk je dat ze er een vliegtuig op uit zullen sturen om ons te zoeken?' Sophie speurde de lucht af.

Philip antwoordde voor Walt. 'Ik weet zeker dat ze alle middelen waarover ze beschikken, zullen inzetten. Ze zullen heus hun schouders niet ophalen en ons zomaar laten gaan.'

Walt schudde zijn hoofd. 'Ik weet niet hoe snel ze er mensen op uit kunnen sturen om ons te zoeken. Het werkt in ons voordeel dat Michael maar heel weinig mensen vertrouwt.'

Hij opende de passagiersdeur voor Sophie en hielp haar met instappen.

'Iedereen die opdrachten voor Michael uitvoerde, is misleid. Zelfs de mannen die de vrachtwagens met het gestolen goud bestuurden, wisten niets van de lading. Ze kregen er goed voor betaald en leiden nu een prettig leven ver van de frontlinie.'

'Maar voert deze weg ons naar een veilige plaats?' Sophie nam haar plekje op de bank in en zat al snel weer tussen de mannen ingeklemd.

Twee portieren sloegen dicht en Walt startte de motor.

'Nou, het is niet de meest rechtstreekse route, maar hij voert ons wel bij het centrum van de nationalistische macht vandaan... en in de richting van onze beste optie. Ik denk dat we het beste kunnen proberen om Barcelona te bereiken. Ik heb daar goede contacten. Ik weet dat we het goud via de haven daar kunnen uitvoeren, maar in steden dichterbij... ik weet niet zeker wat voor hulp we daar kunnen krijgen.'

2

De vrachtwagen reed verder en alleen het gerammel en gekraak vulde de stilte tussen de passagiers. Boomtakken wierpen lange schaduwen over de weg en vertelden Philip dat ze naar het oosten en het noorden reden. Naast hem sliep Sophie. Haar hoofd, dat ongemakkelijk scheef hing, rustte tegen de leuning achter haar en rolde heen en weer door de bewegingen van de vrachtwagen over de weg. Philip wist dat ze comfortabeler zou zitten als ze haar hoofd op zijn schouder legde. Ze vroeg er niet om en hij bood het niet aan.

Wekenlang had hij gebeden dat ze herenigd zouden worden, maar nu leek het alsof iemand een spelletje met hem speelde. Hij verlangde vooral naar ruimte. Naar tijd om na te denken en te bidden. Natuurlijk zou hij die niet krijgen tenzij hij haar en Walt in de steek liet en in zijn eentje door vijandelijk gebied trok. Nee, hij was gedwongen te blijven. Gedwongen hiermee door te gaan, waar het ook toe mocht leiden.

Toen hij en Sophie in Guernica afscheid van elkaar hadden genomen, had er een verontschuldiging in haar blik gelegen. Nu wist hij waarom. Het kwetste en vernederde hem tegelijk. Wat was het dwaas geweest om te denken dat ze echt van hem hield. Hij had van zijn eerste vriendin in Seattle moeten leren. Van haar had hij ook gehouden, maar ze was toch met iemand anders getrouwd. Zulke knappe, getalenteerde vrouwen zouden nooit van een gewone man als hij houden.

Sophie. Hij kon het niet helpen dat hij warme gevoelens kreeg als hij naar haar keek. Ja, ze waardeerde het zonder twijfel dat hij haar op het slagveld had gered. Ze scheen genegenheid voor hem te hebben opgevat in de maanden dat hij haar had beschermd. Er was een hechte band tussen hen ontstaan terwijl ze op een verbazingwekkende manier met olieverf het verhaal had verteld van de gewonden in het veldhospitaal en van de gezichten van de wanhopige en stervende vrijwilligers die zo toegewijd waren. Maar hoewel ze samen veel hadden meegemaakt, besefte Philip dat hij Michael niet kon vervangen. Hoewel die man hen allemaal had verraden, zag Philip nog steeds bezorgdheid in Sophies ogen als ze het over hem had.

Het was ook een wrede grap dat ze nu op weg waren naar Barcelona. Alleen bij het horen van de naam van die stad kreeg Philip al maagpijn. Hij dacht terug aan zijn eerste dagen in Spanje – trainen voor de Arbeidersspelen, in zijn sportkleren over de boulevard lopen met Attis aan zijn zijde – net zo verlangend naar de overwinning van zijn vriend als naar het authentieke voedsel dat de lucht met zijn geur had verzadigd. Een dwaze glimlach had op hun gezicht gelegen, onwetend als ze waren van de politieke situatie. Met hun hele hart hadden ze op een sportieve overwinning gehoopt. Was het nog maar een jaar geleden dat hij ervan had gedroomd om Spanje te verlaten met een gouden medaille om Attis' nek?

Philip streek over de gouden munt in zijn zak. Het was bijzonder om een stuk geschiedenis te dragen, maar hij was van plan het bij hun volgende stop terug te geven. Hoewel hij niets geloofde van Walts verhalen over voortekenen en vloeken, vond hij het toch een vreemde gewaarwording om het muntstuk vast te houden. Misschien kwam dat wel doordat honderden of zelfs duizenden mensen hun leven hadden verloren bij hun pogingen het in bezit te krijgen. Hoeveel mensen waren er omgekomen bij gevechten om deze kostbaarheden tussen de tijd waarin de schat was vervaardigd en de periode waarin hij door de Spanjaarden was gestolen? Hij zou zich beter voelen als hij wist dat de munt weer in de kist zat waarin hij hoorde. En vervolgens als hij wist dat verzamelaars zich erover ontfermden, want anders zouden er nog meer mannetjes de kans te krijgen om te vechten om de macht en de rijkdom die de gouden voorwerpen brachten.

Walt kuchte en Philip keek naar hem. De irritatie die ze wederzijds hadden gevoeld, was gezakt nu ze beiden de tijd hadden gehad om af te koelen in de frisse buitenlucht.

Walt knikte naar Sophie, die zacht snurkte. 'Die slaapt als een roos.'

Philip kon het niet helpen dat hij vond dat hij nog nooit iemand zo mooi had horen snurken. 'Ze heeft heel wat te verduren gekregen.'

'Zeg dat wel. En jij? Gaat het wel? Ik heb sterk het idee dat ik de kleur uit je gezicht zag wegtrekken toen ik Barcelona noemde.'

'De volgende keer dat ik word gered, hoop ik dat het niet meer door een spion wordt gedaan. Ik schijn niets voor me te kunnen houden – zelfs mijn persoonlijke gedachten niet.'

'Mooi. De volgende keer dat je wordt gered, kun je daarvoor zorgen. Maar hoe zit het nu? Je hebt mijn vraag nog niet beantwoord.'

'Met mij gaat het prima.' Philip slaakte een diepe zucht. Maar zelfs terwijl hij sprak, trilden zijn knieën nog een beetje. 'Ik had er alleen geen idee van dat ik ooit terug zou moeten naar Barcelona. Dat is wel ironisch, vind je niet? Ik ben daar een keer naartoe gegaan om een ander soort goud in de wacht te slepen en nu ik terugkeer, ga ik uitgerekend met het doel om goud te beschermen.'

'Je kunt je ergernis nog maar beter even onderdrukken. We kunnen niet zomaar een tolweg oprijden en daar over een dag of twee aankomen. We moeten eerst Granada zien te bereiken. Daar heb je een kasteel, een fort dat over de stad uitkijkt, met tunnels die naar verschillende delen van de stad leiden. Misschien vinden we daar een plek om de vrachtwagen en het goud te verbergen. Het is in elk geval een plaats waar we kunnen stoppen.'

'Granada? Is dat niet in handen van Franco?' Philips handen balden zich op zijn schoot toen hij de naam van de generaal uitsprak.

'Ja, de nationalisten hebben de stad veroverd, maar de republikeinen hebben de rest van de provincie nog in handen.'

'Hoe ver is het?'

'We zijn in noordoostelijke richting gereden en zijn bijna in

Málaga. Dat betekent dat we op de helft zijn.'

'Meen je dat? Zo dichtbij?' Philip ging rechtop zitten. 'Maar aan de andere kant, hebben we wel tijd genoeg om er helemaal naartoe te rijden zonder ontdekt te worden? Als... de mannen die het goud willen hebben slim zijn, komen ze er wel achter waar we naartoe gaan.'

Philip kon het niet opbrengen nonchalant over Michael te praten, ook al deden de anderen dat wel. Hij begreep niet hoe zowel Sophie als Walt over hem konden spreken alsof hij een dolende ziel was die de waarheid nog moest ontdekken.

'Dat verwacht ik niet. Als het vliegtuig is geland, ontdekken ze nu misschien pas dat ze voor de gek zijn gehouden. Maar het helpt ook om in gedachten te houden hoe het leven in Spanje werkt.' Walt grijnsde. '*Mañana*. Als het ook maar enigszins mogelijk is, worden de zaken van vandaag tot morgen uitgesteld. Ik denk dat we nog wel een dag hebben om naar Granada te rijden en het goud te verstoppen.'

'Laten we hopen dat je gelijk hebt.'

Philip wierp nog een blik op de slapende Sophie. Ze zag eruit als een engel, met haar haar over haar wang.

'Je kunt maar beter zorgen dat je gelijk hebt,' voegde hij er met meer overtuiging aan toe.

*

José kende de bergen goed, en hoewel de reis te paard door de steile heuvels zijn vader en Pepito veel energie had gekost en zijn tol van de paarden had geëist, hadden ze het allemaal volgehouden. Ze namen nu rust op een hooggelegen weide uit de buurt van de veelbetreden paden en hoopten er een tijdje veilig te zijn.

Petra deed haar uiterste best om ervoor te zorgen dat de mannen het zich gemakkelijk konden maken en te eten hadden. José wist dat ze nog jong was, maar ze bezat een niet te ontkennen kracht. Hij grinnikte om de manier waarop zijn vader ijverig gehoorzaamde als ze tegen hem zei dat hij voor het eten zijn handen moest wassen, of als ze hem opdroeg aardappels te schillen uit de zak met proviand die ze hadden meegebracht. Juan Guezureya was nooit een man geweest die anderen volgde of die zijn mond hield, maar hij scheen het niet erg te vinden om te doen wat Petra zei. Pepito evenmin trouwens. José wist zeker dat ze allebei hun eigen redenen hadden, maar ze leken de zorg van de jonge vrouw te waarderen.

José zette een klein kampje op en ging toen te voet in de richting waar ze vandaan gekomen waren. Nieuwsgierigheid trok hem naar Bilbao. Maar hij werd vooral door angst uit zijn veilige schuilplaats gedreven. Als er nu eens iets met Ramona was gebeurd? Als ze gewond was geraakt of... Hij wilde niet denken aan wat vrouwen nog meer kon overkomen als er een leger binnenviel. Hij zou het zichzelf nooit vergeven als Ramona zoiets moest meemaken.

Het bos werd minder dicht in de buurt van een grote klip die over de kustvallei beneden uitzag. Twee diepe dalen leidden naar Bilbao. Het ene kwam uit de richting van Eibar en Durango, het andere uit de richting van Orduña, een paar kilometer ten noorden van de grote weg vanaf Burgos-Vitoria. Hoge bergen met toppen van zo'n 1500 meter rezen op in alle richtingen.

Vanaf deze toppen had José de verschrikkingen gadegeslagen die over de kustplaatsen waren gekomen. Met weinig tegenstand waren de fascisten binnengedrongen in de dalen die door de bergstreken kronkelden. Eerst hadden de luchtmacht en de landmacht de hellingen het dichtst bij Bilbao gebombardeerd; daarna waren de vijandelijke troepen opgetrokken. De tegenstander had zich dapper geweerd, maar had niet genoeg wapens en goede mannen gehad om zijn steden te beschermen. José wist zeker dat de nationalistische troepen geen kans hadden gemaakt als de mensen meer wapens en mankracht hadden gehad. In plaats daarvan had hij de troepen gestaag zien optrekken, gestaag terrein zien winnen. De nationalisten hadden witte schouderstukken om elkaar te kunnen herkennen. Ze droegen ook vlaggen zodat de vliegtuigen de eenheden vanuit de lucht konden identificeren.

José had wel willen helpen bij de gevechten om de oprukkende nationalisten tegen te houden, maar wat kon één man uitrichten? Met pijn in zijn hart had hij toegekeken hoe de rood met gouden nationalistische vlag naar een hoog punt was gedragen, waar hij van de hoogste piek van de Urquiolaketen wapperde – de enige bergkam die Franco's mannen durfden te beklimmen.

De Basken hadden gedaan wat ze konden. Ze hadden kilometerslange loopgraven gegraven en lange rollen prikkeldraad neergelegd, maar op de een of andere manier hadden de vijandelijke indringers geweten op welke punten ze het gemakkelijkste konden binnenkomen. Toen ze eenmaal waren binnengedrongen, stond niets hen meer in de weg. De meeste verdedigers waren gedwongen geweest zich terug te trekken. En de stad was al spoedig gevallen.

Een paar dagen geleden, toen hij had gezien hoe de nationalistische vlag zich boven Bilbao ontvouwde, had José het gevoel gehad dat iemand hem een stomp in zijn maag gaf. Zelfs nu nog liepen de tranen over zijn wangen en hij zocht steun tegen een hoge boom. 'Ramona, Ramona... hoe kon ik mijn vrouw in de steek laten?' mompelde hij terwijl duizend mogelijkheden hem door het hoofd schoten.

Hij wist niet hoe lang hij huilde. Het leek wel of de spanning die zich had opgebouwd sinds hij Guernica had verlaten, zich niet langer liet indammen. Misschien kwam er ook nog wel ander, ouder verdriet boven. Het verdriet dat hij de waarheid over Michael, zijn jeugdvriend, had ontdekt. Het verdriet dat hij gedwongen was geweest om naar Madrid te reizen en de mensen die hij liefhad achter te laten achterlaten. Het verdriet dat hij Michael had geholpen zijn dood in scène te zetten om Sophie uit zijn greep te redden en dat hij ook daarin had gefaald.

Eigenlijk leek het wel alsof hij elke keer dat hij had geprobeerd te helpen, meer verdriet had veroorzaakt, meer leed voor de mensen van wie hij hield. Hij wilde ervoor zorgen dat de dingen nu anders liepen. Hij hoopte dat hij nu eindelijk zijn vrouw kon gaan beschermen zoals een echtgenoot dat hoorde te doen. En dat hij de mensen die hij onder zijn hoede had, in veiligheid kon brengen, ondanks de gevaren om hen heen.

Minuten verstreken op de stille helling, misschien wel een uur, terwijl hij neerkeek op de veroverde stad beneden. Het enige dat José wist, was dat hij, toen hij opstond en de berg weer op liep, zichzelf had beloofd dat hij zijn vader en de anderen zo goed mogelijk zou achterlaten en dan zou teruggaan om Ramona te zoeken. De vijand mocht dat wat hem het dierbaarst was geen kwaad doen.

3

Ramona's eindeloze stappen voerden haar naar de top van een lage heuvel. Haar voeten deden pijn in de kapotte schoenen die ze het afgelopen half jaar had gedragen. De hete, droge weg strekte zich net zo voor haar uit als op alle andere heuvels die ze had beklommen. Wanneer zou er een einde aan komen? Niet alleen aan dit deel van de reis, maar aan de oorlog? Haar rug deed pijn van het bukken over de talloze oorlogsgewonden – individuele, menselijke wezens die erop vertrouwden dat zij hen zou genezen, hoop zou schenken. Ook haar hart deed pijn, maar dat was niets nieuws. Niets waaraan ze niet gewend was.

Haar voeten bleven om beurten naar voren stappen, alleen met haar bewustzijn verbonden door de pijn die elke stap veroorzaakte. Elke keer als ze ze op de grond zette, vormden zich kleine stofwolkjes die opstegen en zich bij de grote, verstikkende wolk voegden die werd veroorzaakt door de duizenden andere voeten die langs de rand van de verharde weg sjokten. De zon scheen genadeloos op haar neer en er stond geen zuchtje wind om zijn hitte mee te nemen. Ze veegde haar bezwete voorhoofd af met haar zakdoek, die nu zo ruw was als schuurpapier, en ze probeerde zich een weg te banen naar de rand van de voortsjokkende menigte. Misschien was daar een briesje.

Een karavaan van vrachtwagens had de andere verpleegsters meegenomen, maar Ramona had haar plaats afgestaan zodat een van de gewonden mee kon. Ze was jong en kon wel een eindje lopen, had ze tegen zichzelf gezegd in de hoop dat er nog een vrachtwagen zou komen. Maar er was er geen een gekomen en dus liep ze door. Slechts één in een zee van velen.

In gedachten ging ze terug naar de weken voor de val van Bilbao. Ze had een dienblad met eten naar een van de zieke nonnen gebracht op het moment dat de eerste golf bommenwerpers boven de bergen verscheen. Duitse vliegtuigen. Dezelfde vliegtuigen die Guernica hadden aangevallen. Al gauw begonnen de kerkklokken te luiden, maar de angstkreten van de mensen waren luider dan de klokken.

In Guernica had Ramona voordat de bommenwerpers kwamen, gedacht dat de oorlog wel aan hen voorbij zou gaan, net als de talloze kleine gevechten die ze in haar jeugd had meegemaakt. Iedereen had daarna gewoon doorgeleefd. Ze had geloofd dat ze een verschil kon maken als ze hard werkte en mensen zo goed mogelijk hielp. En omdat de mensen om haar heen net zo hard werkten als zij, zouden ze met elkaar de overwinning behalen. De oorlog eiste een zware tol van iedereen, maar het was een waardig gevecht. Ze had veel mensen verloren die haar na stonden, maar de oorlog had ook José bij haar teruggebracht uit Madrid.

Maar door de voedseltekorten waren veel mensen ziek en zwak geworden. En hoewel ze haar uiterste best deed om te helpen, voerden de vrachtwagens de doden van de frontlinies aan, en hun gruwelijke lading arriveerde in recordaantallen. Ze leken meer soldaten te verliezen dan ze konden begraven.

Ramona sjokte langs een kleine ossenwagen en knikte naar de oude man en vrouw die eronder zaten en in de schaduw uitrustten voordat ze hun weg vervolgden. Ergens voor zich hoorde ze een baby huilen en ze vroeg zich af of de moeder genoeg water had voor zichzelf en haar kind – niet dat ze er iets aan kon veranderen als het niet zo was. Ramona had een uur geleden haar eigen waterzak leeggedronken.

Ze dacht terug aan het moment dat ze had gehoord dat José naar Guernica was teruggekeerd. Ze waren door zijn verwondingen herenigd, en op een bepaalde manier had ze het gevoel gehad dat dat Gods hand was geweest – dat Hij hen weer samen had gebracht terwijl zoveel hen gescheiden dreigde te houden. Voor een korte periode konden ze veel verdragen, ook hun nieuwste scheiding. Ook hier zouden ze doorheen komen en opnieuw herenigd worden. Heel Spanje zou hier doorheen komen en de vrede vinden waar iedereen naar verlangde. Tenminste, dat hoopte ze.

Maar de bommenwerpers hadden een ander verhaal verteld. Eerst in Guernica, daarna in Bilbao. Het waren de bommenwerpers geweest die hadden bewezen dat de bergen haar volk niet meer konden beschermen. Het waren de bommenwerpers geweest die José hadden gedwongen terug te gaan en te zorgen voor degenen waar hij zich verantwoordelijk voor voelde, zowel twee- als vierbenigen.

Ze voelde zich schuldig dat ze dankbaar was geweest dat hij zo ernstig gewond was geraakt dat hij haar zorg nodig had. Gelukkig had hij geen blijvend letsel opgelopen.

En omdat ze vast geloofde dat God José naar haar toe had gebracht, had ze, in plaats van met hem mee te gaan, besloten in het ziekenhuis te blijven toen de bommen vielen. Ze wilde helpen bij het verzorgen van de zieken die werden binnengebracht. Als God José één keer had gered, zou Hij dat vast nog wel een keer doen.

Ze had gehoord dat tragedies mensen bij elkaar brachten. Maar zij waren erdoor uit elkaar gedreven. José had haar nog wel omhelsd, maar in zijn ogen had ze een afstandelijke blik gezien, alsof een deel van hem die dag was gestorven... iets wat ze niet begreep, maar dat hem toch had aangegrepen.

De Duitsers wisten wat ze deden. Ze wisten dat de dood van vrouwen en kinderen in een oorlog een andere uitwerking op mannen had dan slachtoffers op een slagveld. Hun wrede strategie had gewerkt en had José veranderd, omdat hij de mensen en dieren waar hij zich verantwoordelijk voor voelde niet kon beschermen.

Terwijl zij met de gewonden naar Bilbao reisde, was hij een andere kant op gegaan – terug naar de plaats waar zijn vader was... en de paarden. Om bij hen te zijn, hen te beschermen. Hij was naar de enige plek gegaan waar hij verwachtte iets zinvols te kunnen doen.

Hoewel ze tegen hem had gezegd dat hij moest gaan, had ze in haar hart gehoopt dat hij zou blijven. En zelfs toen ze had beweerd dat ze zich wel zou redden, had ze niets liever gewild dan dat hij zou beseffen hoezeer ze hem nodig had. Waarom had hij dat niet begrepen? Waarom vocht hij niet voor haar? Beschermde hij haar niet?

Ze had gewild dat hij uit eigen beweging bleef – niet omdat ze het vroeg. Maar in plaats daarvan was hij vertrokken. Hij had haar omhelsd, had zich omgedraaid en was weggegaan.

Ja, lichamelijk maakte ze het prima, maar Ramona's hart deed pijn. Ze had het gevoel dat er een bom in was ontploft die in een miljoen stukjes uiteen was gespat en daarna had verbrand wat er nog over was.

'Maar wat maakt het nog uit?' mompelde ze terwijl ze doorliep, de ene voet voor de andere zettend. 'Hij is weg en ik ben alleen.'

Ze keek omlaag naar haar verpleegstersuniform, vuil en gevlekt, en toen herhaalde ze haar woorden, hoewel niemand dicht genoeg bij haar liep om ze te horen. 'Ik ben alleen. Ik ben omringd door vreemden, maar toch alleen.'

*

De man liep langs met een stokbrood over zijn schouder. Een vleugje van de heerlijke geur bezorgde vader Manuel tranen in zijn ogen. Hij dacht aan de armen en hongerigen van Spanje. Waarom zou hij gezond en weldoorvoed zijn als de mensen over wie God hem als herder had aangesteld in honger en armoede leefden – en nu ook in onderworpenheid?

De krant lag open voor hem op een tafeltje in een café en hij las de koppen alsof het een brief van thuis was, zo verlangde zijn hart naar nieuws. Bilbao was veroverd. De stad was nu in nationalistische handen. De meeste mensen waren naar de volgende stad gevlucht en daarna weer naar de volgende, in de hoop de troepen een stap voor te blijven. Maar lukte het hen? Konden ze aan het onvermijdelijke ontsnappen?

Vader Manuel voelde het gewicht van zijn volk op zijn schouders drukken en hij stond op van de gietijzeren stoel bij het tafeltje en wandelde naar de boulevard. Parijs was een prachtige stad vol elegant geklede mensen die de Wereldtentoonstelling bezochten. Toch zou hij hier niet zijn geweest als die journalist, Walt Block, niet zo vriendelijk voor hem was geweest. Dan zou hij bij de anderen zijn geweest, zou hij zijn gevlucht, zich hebben verstopt in de hoop te ontsnappen. Waarom was hij uit het vuur gehaald? Het was een vraag die hij maar niet van zich af kon zetten.

En hoe zat het met Berto? De jongeman was bij het station opgedoken op de dag dat vader Manuel was gearriveerd. Er waren daar veel mensen geweest die allemaal op bericht uit Spanje hadden gewacht, en toen Berto erachter was gekomen dat vader Manuel ook uit Baskenland kwam, had hij zijn hulp aangeboden, waarvoor vader Manuel hem dankbaar was geweest.

In de tijd die ze samen hadden doorgebracht, had vader Manuel gemerkt dat Berto van het Spaanse volk hield. Vader Manuel wist dat de jongeman het zoveelste bewijs was van Gods voorzienigheid. Het was duidelijk dat God wilde dat hij hier was, al wist hij niet waarom.

Hij overwoog zich op zijn kamertje terug te trekken, maar hij wist dat hij zijn Heer niet zou behagen als hij zich daar zou verstoppen en zich zorgen zou maken over dingen waarop hij geen invloed had. Trouwens, overdag bood zijn kamer geen troost. In een van de andere kamers speelde een gitarist Spaanse muziek, gehaast en klaaglijk. Hij speelde wat vader Manuel niet onder woorden durfde te brengen. En als instrumenten iemand konden berispen, deed die gitaar het.

Denk aan Spanje. Vergeet het niet. Vecht. Denk eraan. Vecht.

Hij liep door tot hij de prachtige kerk bereikte die hij vanuit de verte had gezien. Cathédrale Notre Dame de Paris.

Rond het kleine terrein eromheen stond een heg. Hij was zo volmaakt plat gesnoeid dat hij wel als tafel kon dienen. De meeste bezoekers drentelden buiten rond en bekeken en bewonderden de bekende architectuur. De mensen kwamen uit de hele wereld, zo was hem verteld, om de kerk te bekijken. Hij begreep dat niet goed. Hoe kon iemand de gedecoreerde torens en de torenspits bewonderen en dan voorbijgaan aan het doel van het bouwwerk? Een grote kathedraal verwees toch naar een grote God?

De kerkklokken sloegen drie keer en terwijl vader Manuel de stenen trap opliep, kreunde hij alsof hij antwoordde op de echoënde klanken. *Ik kom. Ik kom.*

Hij was ver van huis, maar niet ver van God. En misschien, in plaats van te proberen zelf een antwoord op de vraag te bedenken, was het beter als hij God vroeg waarom hij in Frankrijk was.

*

De avond was gevallen en ze hadden een plaats gevonden om te rusten: een weide die goed zicht bood op de vrachtwagen en een groot stuk van de weg in beide richtingen. Toch lette Walt niet op de weg.

Hij keek naar Sophie die opgerold op haar zij lag. Ze leek zo klein, zo fragiel daar onder die boom. Aan de andere kant lag Philip met zijn rug naar haar toe vlak tegen de stam.

Walt had veel mooie vrouwen gekend in zijn leven, maar meer dan mooi waren die niet geweest. Het waren lege hulzen. Sophie was veel meer. Haar geest. Haar kracht. Haar vertrouwen. Haar vertrouwen in hem was overweldigend.

Toch zag ze er niet dapper meer uit. Ze leek eerder een gewond lam. Haar hart was gebroken door Michaels verraad. En door Philips boosheid. En Walt had geen antwoorden, geen plan om te zorgen dat ze veilig was. Toen hij naar de schat ging zoeken, had hij geweten dat de kans bestond dat hij het goud zou verliezen. Maar inmiddels kon hij zoveel meer verliezen.

Hij zuchtte en trok een grasspriet los. Het was makkelijk geweest om Sophie bij de oorlog te betrekken toen hij haar nog niet kende. Of liever gezegd, toen hij nog dacht dat ze aan Michaels kant stond. Later, toen hij wist dat ze een onschuldig slachtoffer was, had Walt – voor het eerst – het gevoel gehad dat zijn fundament wankelde.

Als iemand die er prat op ging dat hij beheerst en niet emotioneel was, had hij zich afgevraagd of zijn beweegredenen juist waren – en of zijn plan zou slagen. Tot nu toe had hij altijd vastberaden gehandeld, maar het was duidelijk dat Sophie en Philip er getuige van waren geweest dat zijn façade afbrokkelde. Hij had het goud, maar dat was bijna nog erger dan het niet hebben. Het goud houden en vervoeren was nu het probleem. En Sophie zat opnieuw in een gevaarlijke situatie.

Walt voelde zich neerslachtig en vroeg zich plotseling af waar hij het voor deed. Zijn leven was gevangen in een verwarrend web.

In gedachten ging hij al zijn contacten na, alle ideeën.

Als hij in het verleden over zijn opties had nagedacht, was er altijd wel een komen bovendrijven. Als een goudzoeker uit het verleden had hij alle ideeën in zijn hoofd laten ronddraaien tot er ten slotte alleen nog een goudklompje overbleef.

Maar dit keer lukte dat niet. Dit keer kwam er geen orde in zijn verwarde geest. Er was geen gemakkelijk antwoord. Bovendien waren er twee mensen van hem afhankelijk. Hij was niet gewend aan zulke langdurige contacten. Zijn *modus operandi* was in en uit het leven van mensen. Geen betrokkenheid, geen banden. Maar, Sophie... en nu Philip. Het was allemaal anders.

Hij werd overvallen door vermoeidheid en plotseling wilde hij de leiding niet meer hebben. Misschien zou hij morgenochtend met Philip praten om wat ideeën op te doen. Of misschien moest hij wel gewoon weglopen. Of de vrachtwagen pakken. Moest hij in zijn eentje het risico nemen om gepakt te worden. Philip en Sophie zouden denken dat hij hen in de steek had gelaten om het goud te houden, maar misschien zou het hun leven wel redden. Philip was al eens eerder dwars door Spanje gereden; dat kon hij vast nog wel een keer.

Sophie zou in Philips handen beter af zijn dan in die van Walt op dit moment.

Want de waarheid was dat het verhaal meer omvatte dan zij wisten. Ja, hij was Michael gevolgd, maar niet vanwege het goud. Vanwege iets veel gevaarlijkers.

*

Sophie had geen deken. Geen kussen. Maar ze deed haar best het zich onder de boom gemakkelijk te maken. Als kussen gebruikte ze een oude bloes die betere dagen had gekend. Gelukkig was de lucht warm en hij rook naar dennenbomen. Het zachte gras vormde haar matras onder de boom. Ze deed haar ogen dicht, maar kon de slaap niet vatten.

Nog geen drie meter verderop lag Philip met opgetrokken benen en met zijn rug naar haar toe. Hij droeg een blauw met wit jack en had precies zo'n zelfde jack onder zijn hoofd gelegd. Hij had andere dingen in zijn rugzak gehad die van pas waren gekomen. Een blik dat ze hadden gebruikt om water in op te warmen boven het vuur. Een waterzak die ze in de beek opnieuw hadden gevuld. Hij had zelfs wat droge crackers gehad om met hen te delen. Die, en de paar vissen die ze in de beek hadden gevangen, hadden de ergste honger gestild.

Maar ook al deed hij zijn best om ervoor te zorgen dat Sophie veilig was, te eten had en het zich gemakkelijk kon maken, hij had weinig tegen haar gezegd. Elke keer dat ze naar hem keek, had ze zich weer schuldig gevoeld, en ze vroeg zich af of ze ooit nog terug zouden krijgen wat ze ooit hadden gehad. Ze miste hun ongedwongen gesprekken. De manier waarop ze hadden gelachen en grapjes hadden gemaakt. Ze miste zijn hand die de hare pakte en het gevoel van zijn adem op haar nek als ze elkaar omhelsden.

In de tijd dat ze Philip had gekend, waren ze bijna net zoveel van elkaar gescheiden geweest als samen. En nu leek de drie meter die hen van elkaar scheidde wel een afgrond.

Sophie zuchtte. Ze draaide zich op haar buik en stelde zich voor hoe prettig het zou zijn om tegen zijn rug aan te kruipen. Ze wilde weten of hij nog om haar gaf. Ze wilde dat hij haar geruststelde. Ze wilde zijn warmte.

Ze hoorde dat hij zich bewoog en hoopte dat hij een beetje dichter bij haar kwam liggen. Dan konden ze in het duister van de nacht misschien praten. Dat zou misschien makkelijker zijn, omdat ze dan de gekwelde uitdrukking op het gezicht van de ander niet hoefden te zien.

In plaats daarvan zag Sophie bij het licht van de maan dat Philip opstond en zich naar Walt omdraaide.

'Ik ga in de cabine van de vrachtwagen slapen,' zei hij. 'Dat vind je toch niet erg?'

'Helemaal niet. Als je denkt dat je daar lekkerder ligt.'

Hij liep in de richting van de weg en Sophie hoorde het portier piepend opengaan.

Minuten verstreken en het geluid van de krekels steeg op van de beek vlakbij.

'Denk je dat hij slaapt?' fluisterde Sophie tegen Walt.

'Ik betwijfel het. Ik weet zeker dat hij alles wat er is gebeurd op een rijtje probeert te zette.' Walt was aan de andere kant van de open plek gaan zitten, zo dicht bij Sophie dat ze wist dat hij er was als ze zijn bescherming nodig had.

Ze bleef nog een paar minuten liggen en probeerde vormen en sterrenbeelden in de sterren te ontdekken. 'Misschien moet ik maar met hem gaan praten. We moeten de lucht klaren.'

'Ik geloof niet dat dat een goed idee is, Sophie.' Walts stem klonk vermoeid. 'Laat hem maar met rust. Geef hem de tijd om de dingen op een rijtje te zetten.'

'Ja, maar ik heb een hekel aan die spanning tussen ons.' Ze haalde haar vingers door haar haren en voelde een klein takje dat erin was blijven steken. 'We kunnen vast geen van beiden slapen als we dit niet uitpraten.'

'Hij denkt niet hetzelfde als jij. Jij wilt praten om het conflict tussen jullie uit de weg te ruimen. Philip wil juist niet praten omdat hij al weet dat er een conflict is. Hij wil niet luisteren naar wat je te zeggen hebt.'

Ze spuugde op de grond en verschikte de bloes die onder haar hoofd lag. Toen gaapte ze. 'Misschien heb je ook wel gelijk. Het is geen goed idee om hem te dwingen om te praten nu we allebei moe en bezorgd zijn.'

'Als twee mensen zich met een gestolen schat op nationalistisch grondgebied hebben verstopt, is dat volgens mij niet het handigste moment om over hun relatie te praten en...' Walts stem viel abrupt stil door geritsel in de struiken vlakbij.

Hij stond al overeind voor ze wist wat er gebeurde. Het was donker, maar niet zo donker dat de glinstering van het pistool dat hij op de nachtelijke geluiden gericht hield, haar ontging.

4

Michael vloekte terwijl hij wachtend op zijn ouders voor het vracht-vliegtuig liep te ijsberen. Hij had een telegram vooruit gestuurd om te zeggen dat ze hem op het vliegveld moesten treffen. En wat kon hij hun laten zien? Stenen. In de witte munitiekisten zat niets anders dan stenen.

In de verte deden de lichtjes van Parijs de lucht boven de stad oplichten. Hij had vroeger van deze plek gehouden, maar nu niet meer. Hij zou er alles voor over hebben om weer in Spanje terug te zijn, en het feit dat hij voor gek was gezet niet onder ogen te hoeven zien.

Aan de andere kant van de landingsbaan zag hij zijn vader op zich toe lopen. Dat lange lichaam, die stijve schouders. En een klein lokje grijs haar dat onder de zwarte hoed die hij altijd droeg, uit kwam.

'Je moeder kon niet komen. Je weet dat spanning slecht voor haar hart is.'

'Het is maar beter zo.' Michael tilde een deksel op en liet de stenen zien die in plaats van het goud in de kisten zaten.

'Ze hebben je voor de gek gehouden, hè?' De oude man schudde zijn vuist in de lucht. 'Ik heb nog zo tegen je gezegd dat je uit de buurt van die vrouw moest blijven. Ik dacht direct al dat zij je moest aflei-den. Maar ik had er geen idee van dat dit het resultaat zou zijn.'

'Ik ga terug. We vinden ze wel. We krijgen dat goud wel.' Michael herinnerde zich hoe Sophie had gekeken toen hij haar voor het laatst had gezien. Ze was gekwetst. En ze was vastbesloten bij die vrijwilli-ger, die Philip, te blijven. Ze had duidelijk om hem gegeven. Maar hij had geen bedrog in haar ogen gezien.

'Ze denkt waarschijnlijk dat ze rijk wordt. Ze gaat dat goud voor zichzelf gebruiken,' zei zijn vader woedend.

Michael sprak hem niet tegen. Maar diep in zijn hart wist hij dat Sophie had geloofd dat hij was weggevlogen met het goud in de laadruimte. Ze was maar een pion in de handen van die man, die Walt Block. Hij had Sophie al op het oog gehad voordat ze Spanje was binnengekomen. Door Walt zouden de republikeinen het goud weer in handen krijgen. Het zou aan communistisch Rusland worden verkocht en ondanks de waarde tot goudstaven worden omgesmolten.

Dwaas mens... doe toch je ogen open voor wat er gebeurt!

'Ik zal ervoor zorgen dat we het goud terugkrijgen. Er zal niets mee gebeuren,' herhaalde Michael. Zijn stem klonk vastberaden, maar hij was wel zo wijs die in het bijzijn van zijn vader niet te verheffen.

'Wie gaat het dan terughalen? Jij en je bodyguard? Kun je soms het hele land afzoeken? Ik dacht dat ik je kon vertrouwen, jongen. Je moeder... wat zal zij er wel niet van zeggen? Kun je je voorstellen hoe ze zich zal voelen als ze hoort dat die kostbare kunstschatten weer verloren zijn?'

Michael wilde er niet over nadenken. Zijn moeder kon de vriendelijkheid zelve zijn als ze haar zin kreeg. En als ze haar zin niet kreeg...

Hij werd overvallen door een nieuwe emotie – medelijden voor zijn vader. Medelijden voor elke man die de toorn van zijn moeder wekte.

Ook vermoeidheid maakte zich van Michael meester. Pijn door de wond aan zijn been en zwakte door het bloedverlies. Zijn vader had niet eens naar het verband om zijn been gevraagd. Kon het hem niet schelen dat zijn zoon gewond was?

Hoe Michael ook zijn best deed, er veranderde niets. Zijn ouders maakten zich druk om wat zij belangrijk vonden. Ze gaven om hun zoon... mits hij zich druk maakte om dezelfde dingen als zij. Er ging geen dag voorbij dat hij niet streefde naar hun goedkeuring, verlangde naar hun lof. Maar wat hij bereikte, scheen nooit goed genoeg te zijn.

'Hoe heeft dit kunnen gebeuren?' Zijn vader liep te ijsberen en gooide zijn handen in de lucht. 'Wanneer hebben ze die kisten omgeruild?'

'Op het vliegveld. Die journalist, of die spion – wat hij ook is – moet meer connecties hebben dan ik me had gerealiseerd. Ik dacht dat de bewakers het goud inlaadden, maar ondertussen werkten ze voor hem.'

'Wat het nog moeilijker maakt om de buit terug te krijgen. Wie weet hoe ver zijn invloed reikt! Dat goud is nu waarschijnlijk in de haven en wordt naar de smeltovens verscheept om hen rijk te maken.' Het gezicht van zijn vader betrok. 'Wat moet ik tegen de verzamelaars zeggen?'

'Niets.' Michael hinkte verder naar zijn vader toe. 'Nog niets. Zeg maar gewoon dat de oorlog in Spanje het vervoer moeilijker maakt dan we dachten.'

Michael kon zijn vader niet vertellen dat de helft van het goud al door Franco was opgeëist, nog voordat hij de kans had gehad het uit zijn 'veilige' plaats in de tunnel te redden. Zijn vader beschouwde Franco als de redder van Spanje. Als hij de oude man de waarheid vertelde, zou dat hem alleen maar beschaamd en nog woedender maken. Het was Michaels enige hoop dat de verzamelaars zo van de schoonheid en de waarde van de rest van de antieke schat in de ban zouden raken, dat ze zouden vergeten dat wat hij aanbood veel minder was dan wat hij aanvankelijk had beloofd. Maar misschien was dat wel ijdele hoop. Misschien was zijn onderneming al van het begin af aan gedoemd te mislukken.

Er ging een pijnscheut door Michaels been. Hij greep zich aan het portier van zijn vaders auto vast en moest al zijn kracht gebruiken om niet op de grond te zakken. Toen rechtte hij zijn rug en dwong zichzelf sterk te zijn in zijn vaders aanwezigheid.

Zijn vader keek wel naar het bebloede overhemd dat om Michaels been gewikkeld zat, maar vroeg nog steeds niet naar de wond. 'Je hebt twee maanden om het goud te vinden. Twee maanden om het naar Frankrijk te brengen. En om van die vrouw, die Sophie, af te komen.' Hij sprak haar naam vol afkeer uit. 'En ruim die vrienden van haar uit de weg. Eerder ben ik niet tevreden.' Hij veegde een zweetdruppel van zijn lip. 'Wat moet ik tegen je moeder zeggen?'

'Zeg maar dat...' Michaels stem haperde. Zijn woorden kwamen met een diepe zucht naar buiten. '...het me spijt en dat ik mijn best zal doen niet weer te falen.'

'Goed, maar als ik jou was, zou ik me maar niet vertonen voordat je die belofte hebt waargemaakt.' Zijn vader wendde zijn blik af. 'Haar woorden kunnen dieper snijden dan een mes.'

Walter deed de deur open, stapte in de auto en startte de motor. Michael strompelde twee stappen achteruit en keek hoe hij wegreed zonder nog achterom te kijken.

Cesar kwam aanlopen en Michael zag medelijden in zijn blik. Dat was wel het laatste waar hij behoefte aan had.

'We moeten zo snel mogelijk terug naar Spanje.'

'En wiens hulp moeten we daar inroepen?' vroeg Cesar. 'Het is wel duidelijk dat we de politie en Franco's mensen niet kunnen vertrouwen. Bovendien...' Hij deed een stap naar voren en legde een arm om Michaels middel. 'We gaan nergens naartoe voordat dat been is behandeld en je weer op krachten bent. Er zijn al genoeg schatzoekers omgekomen. Laten we jouw naam niet aan die lijst toevoegen.'

*

Ritter zette de kruk voor de bar en leunde met zijn gewicht op zijn armen. Hij was blij dat hij in Duitsland terug was. Blij dat hij de tekeningen voor het Norden-bommenrichtsysteem had afgeleverd en dat Göring hem royaal had beloond.

De sterke geur van bier bracht een vermoeide glimlach op Ritters gezicht en hij wist dat de verdovende warmte ervan al snel haar vleugels over zijn bezorgde geest zou uitspreiden.

De barkeeper liet met een nauwelijks zichtbaar knikje merken dat hij hem gezien had. Hij gaf Ritter een hoog glas dat tot de rand was gevuld met schuimend, koud bier en wendde zich toen weer tot een man die beweerde dat hij zojuist uit Thüringen was gekomen.

'Je zou eens moeten zien wat de Führer van plan is met de vijanden van het Reich.' De man sprak met een dikke tong en zijn ogen waren bloeddoorlopen. Ritter vroeg zich af hoe lang de man nog in staat zou zijn op zijn kruk te blijven zitten als hij in dit tempo doordronk.

'Ze hadden me gevraagd te komen en zelf rond te kijken – een nieuw concentratiekamp dat over een maand opengaat,' vervolgde de man. 'Ze hebben plannen voor duizend gevangenen, misschien nog meer. Sommigen zijn er al. Die zijn de muren aan het bouwen die hen gevangen zullen houden! Het is geen goede tijd om een vijand van het Reich te zijn!' De man lachte schaterend.

Ritter deed zijn mond open om vragen te stellen, maar een andere man sprak voordat hij de kans had. Hij sprak Duits, maar met een Amerikaans accent.

'Als er in Spanje zo'n zuivering van vijanden had plaatsgevonden, zou de burgeroorlog daar misschien niet zo uit de hand zijn gelopen.' Hij sprak op de langzame, effen toon van een politicus.

'Ik ben in Spanje geweest,' zei Ritter in de hoop indruk te maken. 'De mensen daar zijn gek – aan beiden zijden. En de ideeën waar ze voor sterven, verbleken bij die van ons nieuwe Duitsland.'

De Amerikaan trok een wenkbrauw op. 'De Spaanse burgeroorlog is maar een uiterlijk teken van de ziekte die de mensheid teistert – het is niet de ziekte zelf. De fout ligt in het Verdrag van Versailles. Toen dat werd getekend, werden de mensen die de vorige oorlog verloren, bestempeld als tweederangs. Het heeft hen beroofd van de hoop op een betere toekomst.'

'Duitsland is een van die landen geweest, maar nu niet meer,' antwoordde Ritter. 'En hoewel het lijkt of we beroofd waren, is dat niet meer het geval. We hebben grote hoop, grootse dromen.' Hij boog zich naar de man toe. 'Dromen waarvoor veel mensen willen vechten, willen sterven.'

'Ja, omdat jullie een groot leider hebben. Hitler heeft op het juiste moment zijn entree gemaakt met een boodschap waar de mensen na twintig jaar wanhoop voor openstaan.'

Ritter bestudeerde het gezicht van de man, verbaasd dat de opvattingen van de Amerikaan niet van de zijne verschilden.

'Mannen en vrouwen die door de fouten van de vorige generatie als tweederangsburgers leven, zullen de eerste de beste gelegenheid aangrijpen om zichzelf te bevrijden.' De Amerikaan wendde zich tot de man die over de bouw van het kamp had verteld. 'En in dit geval betekent het dat ze de mensen waarvan ze denken dat die hun vrijheid bedreigen, opsluiten. Dat is een stap.' Hij nam een flinke teug uit zijn hoge bierglas. 'Slechts een eerste stap.'

Ritter knikte instemmend. 'Het is beter ze op te sluiten dan ze op te blazen. Ik heb gezien wat bommen en geschut in een land kunnen aanrichten.'

De mannen dronken zwijgend.

'Dus wat is onze taak?' vroeg Ritter ten slotte.

'Ik, bijvoorbeeld, ga terug naar mijn land om mijn ideeën over te brengen aan iedereen die maar wil luisteren. Ik zal erop aandringen dat mijn land zich aan de verdragen houdt, maar ook begrip heeft voor wie dat niet doet. Volgens mij zal de oorlog in Europa – de oorlog die al plaatsvindt en de oorlog die nog gaat komen – de misstanden die door andere landen zijn veroorzaakt, rechtzetten. Ja, er komt waarschijnlijk nog meer strijd, meer dood, meer kampen... maar als het stof optrekt, zullen we een grotere vrede ontdekken dan we ooit hebben gekend.'

'Ik hoop dat je gelijk hebt.' Ritter trok met zijn vinger een streep door de waterdruppeltjes aan de buitenkant van zijn glas. 'Ik kan me niets mooiers voorstellen dan een prettig leven met een goede partner.' Hij nam nog een slok en zijn sombere gedachten keerden terug naar Isanne, die dat had – met iemand anders dan hijzelf.

De eerste man stond op en wankelde door de ruimte om zijn nieuws weer bij een andere tafel te gaan vertellen, en de Amerikaan bestelde door met zijn vingers te knippen nog een glas bier.

Ritter deed hetzelfde en terwijl de barkeeper kwam aanlopen, tuurde die over Ritters schouder naar de deur.

Ritter draaide zich om en viel bijna van zijn kruk toen hij Monica Schull zag aankomen.

'Ritter, lieveling.' Ze verhief opgewonden haar stem. 'Je oom zei al dat ik je hier zou vinden. Hij is teleurgesteld dat je er niet voor hebt gekozen de avond met hem door te brengen. Maar hij was enthousiast en opgewonden toen hij hoorde dat ik was gekomen – dat ik het gewoon niet kon verdragen om weg te blijven.'

'Monica.' Ritter spreidde zijn armen om haar snel te omhelzen. 'Je bent me naar huis gevolgd als een jong hondje dat zijn baas zoekt.'

'Dat weet ik nog zo net niet, maar ik ben er wel. New York was saai zonder jou, liever d.' Ze keek met haar grote, blauwe ogen naar hem op en verschoof het rode hoedje op haar blonde krullen. 'Ik hoop dat je het niet erg vindt.'

'Erg vind?' Ritter klopte op de barkruk naast zich en gebaarde dat ze moest gaan zitten. 'Jij bent veel interessanter dan het politieke gewauwel van die mannen. En je bent nog een lust voor het oog ook.' Ritter slaakte een diepe zucht. 'Waarom zou ik het in vredesnaam erg vinden?'

5

Sophie keek met wijd opengesperde ogen naar de eenzame man die ondanks het duister met vaste tred het bos uit kwam lopen. Zijn handen gingen de lucht in toen hij zag dat Walt zijn pistool op hem gericht hield.

'Niet schieten. Ik kom als een vriend, *señor*! Ik kom in vrede.'

'Kom dichterbij. Ik wil uw gezicht zien.' Walt wenkte met zijn vrije hand.

Er was niets voornaams aan de Spanjaard. De diepe rimpels in zijn gezicht vertelden Sophie dat hij waarschijnlijk net zo oud was als haar vader, maar hij bewoog zich met de energie van een veel jongere man.

'U rijdt in een vrachtwagen van Franco's mannen, maar ik weet dat u niet bij ze hoort. We hebben u geobserveerd. We willen u onze hulp aanbieden.'

Walt hield zijn hoofd een beetje schuin, maar hield het pistool geheven. 'Hoe weet u dat we niet bij Franco horen?'

'Omdat alleen mensen die zich voor Franco verbergen deze weg gebruiken. Wie voor de generaal werkt, kan kortere routes nemen. We hebben ook het jack van die andere man gezien. De man die nu in de vrachtwagen ligt te slapen. Dat was toch voor de Arbeidersspelen? En de mannen die daaraan meededen, geloofden toch in de zaak van het volk?'

'Het is heel moedig dat u zo naar ons toe komt. Het had u uw leven kunnen kosten.' Walt liet zijn pistool zakken.

De man haalde zijn schouders op. 'Dat kun je van heel veel dingen zeggen. Geen plek is nog veilig. Het is mijn hoop dat u spullen aanlevert voor de strijd tegen Franco. Klopt dat?'

'*Sí*, dat klopt. Ik...'

'Sophie? Walt? Alles in orde?' Philips stem onderbrak Walts woorden.

'Ja, kom eens hier. We hebben bezoek.'

Philip kwam dichterbij en sperde zijn ogen open toen hij de Spanjaard zag. 'Ik dacht al dat ik een vreemde stem hoorde.'

'Vreemd, *sí*, mijn vrouw zegt hetzelfde. Ik ben Emanuel.' Hij stapte enthousiast naar voren om Philip een hand te geven. 'Ik kom om te helpen, *señor*. Misschien hebt u een plek nodig waar u een paar dagen kunt rusten? Een plek om uw vrachtwagen te verbergen misschien?'

Philip keek naar Walt. Zelfs bij het zwakke schijnsel van de maan zag Sophie dat hij zich afvroeg of de man wel te vertrouwen was.

Alsof hij zijn blik begreep, sprak de man verder. 'Ik heb in een kolenmijn diep in deze bergen gewerkt. Die is al een tijdje gesloten. Velen van ons leven nu van wat het land en het bos opleveren. We hebben vanaf het begin tegen Franco gevochten, maar niemand valt ons hier lastig. We zijn als vlooien voor hen. Niet meer dan een kleine ergernis.'

'U zegt dat u een plek hebt waar we onze vrachtwagen, onze... spullen kunnen verstoppen?' Er stond een briesje en Sophie duwde een haarlok achter haar oor. Een warme vrede daalde op haar neer en om een of andere reden wist ze dat deze man – zijn aanbod – een verhoring van haar gebeden was.

'*Sí*, ik kan u de weg wijzen.' Emanuel wendde zich tot Walt, alsof hij wist dat die de leiding had. 'Het is met de vrachtwagen maar een paar uur rijden. Te voet, als we niet over de wegen hoeven, kunnen we er nog sneller naartoe. Het is mijn taak, ziet u, te weten wie er door de heuvels reist en waarom.'

'Ik heb papier in de vrachtwagen. Ik kan uw aanwijzingen maar beter opschrijven.' Walt draaide zich naar Philip om. 'Je vindt het toch niet erg, hè, als ik nu een tijdje in de cabine ga zitten?'

'Helemaal niet. Ik... ik moet toch met Sophie praten.'

De man liep achter Walt aan. Opgewonden beschreef hij de vele manieren waarop ze Franco's troepen in hinderlagen hadden gelokt en wapens hadden gestolen uit depots in plaatsen in de buurt. Toen hun stemmen buiten gehoorsafstand waren, draaide Sophie zich naar Philip om.

Ze waren alleen en in zijn blik las ze medeleven. Sophie probeerde te bedenken wat ze moest zeggen, een nieuwe manier om haar excuses aan te bieden, maar Philip gaf haar de kans niet.

Hij pakte haar hand. 'Ik weet dat ik niet de makkelijkste persoon ben geweest om mee op te trekken, Sophie. Maar ik moet je vertellen dat ik in slaap ben gevallen zodra ik op de bank van de vrachtwagen lag, wat een wonder op zich is.'

Hij zweeg even alsof er een herinnering in hem opkwam en sprak toen verder. 'Ik dacht dat ik aan het bidden was, maar het moet een droom zijn geweest. Hoe dan ook, droom of niet, ik bad dat God ons een weg zou tonen toen ik Hem bijna kon horen spreken. "Je vraagt Mij om hulp, maar je hebt Sophie nog niet vergeven. Snel. Ga direct naar haar toe om haar te vergeven."'

Sophie voelde haar hart sneller slaan. 'Heb je dat gehoord? In een droom?'

'Vreemd, hè? En toen ik je ging zoeken om met je te praten, hoorde ik de stem van iemand anders. Het enige waar ik aan kon denken, was dat jou iets kon overkomen zonder dat je wist dat ik om je gaf. Zonder dat je wist dat ik je heb vergeven. Want dat is zo, weet je. En nu vraag ik je, kun jij mij vergeven?'

Sophie kneep in zijn handen. 'Jou? Maar je hebt niets gedaan! Ik ben degene die tegen jou heeft gelogen. Ik had je moeten vertellen waar ik naartoe ging en waarom.'

'En ik had jou moeten vertrouwen. Ik weet dat je niet volmaakt bent, Sophie, maar je probeert het goede te doen.'

Sophie wist niet wat ze moest zeggen. In plaats daarvan sloeg ze snel haar armen om Philip heen en deed toen een stap achteruit. 'Ja, ik vergeef je... ik ben blij dat het weer goed is tussen ons. Het is nu toch goed?'

Philip zweeg even; toen haalde hij zijn schouders op. 'Ik vind het nog steeds pijnlijk om te weten dat je al die tijd bij Michael bent geweest.' Hij slikte terwijl hij die naam uitsprak. 'Maar in de loop der tijd kun je me meer vertellen. Ik weet zeker dat jij het ook niet makkelijk hebt gehad, vooral na alles wat je hebt meegemaakt. Ik wil gauw horen wat je hebt doorstaan toen we van elkaar gescheiden waren. Maar vanavond niet. We kunnen maar beter wat gaan rusten. Het ziet ernaar uit dat morgen ook weer een dag vol uitdagingen wordt.'

*

Met de routebeschrijving in zijn zak, liep Walt naar Philip, die weer net als voorheen bij de stam van de boom lag.

Philip was wakker en dat verbaasde Walt niet. Hij wist dat ook hij niet zou kunnen slapen in de wetenschap dat ze ontdekt waren. Het maakte niet uit dat ze door een vriend waren ontdekt en niet door een vijand. Gelukkig had Sophie vertrouwen in hun beslissingen en haar zachte gesnurk voegde zich bij het geluid van de krekels.

Walt wees in de richting tegenover haar, en Philip stond op en volgde hem.

Toen ze zo ver weg waren dat hun stemmen buiten gehoorsafstand waren, legde Walt een hand op Philips schouder. 'Wat denk jij ervan?'

'Wat bedoel je? Dat wilde ik jou juist vragen.'

'Ik weet het niet. Emanuel lijkt me wel oprecht. Maar het kan een val zijn.'

'Maar toch...' Philip streek met zijn hand over zijn gezicht en voelde een beginnende baard. 'Hij zou een verhoring van onze gebeden kunnen zijn.'

'Geloof je dat?' Walt bestudeerde Philips gezicht. Hij wilde dat hij hetzelfde geloof had. Maar om nu geloof in God te hebben, moest hij erkennen dat God er steeds was geweest. Een zwijgzame figuur die niet ingreep in het enige dat Walt het liefste wilde veranderen – en dat was niet het goud.

Hij voelde een sprankje vrede in zijn hart. Hij had nooit eerder zoiets ervaren. Eerst was het er niet geweest, maar nu plotseling wel. Iets in zijn binnenste wat hem vertelde dat alles goed zou komen. Hij liep naar de dichtstbijzijnde boomstronk en ging erop zitten.

'Ik weet het niet. Hij leek me wel eerlijk,' herhaalde Walt.

'Dat mag ik hopen. Ik zal als eerste de wacht houden, gewoon voor het geval dat.' Philip strekte zijn rug en sloeg zijn armen over elkaar. 'We hebben het namelijk niet alleen over het goud.' Zijn ogen waren op Sophie gericht.

*

Twee uur nadat hij en Philip met elkaar hadden gepraat, wist Walt dat hij zou moeten slapen. Ze hadden een oplossing voor hun probleem. Hoe vreemd het ook was, die was naar hen toe gekomen, naar hen toe gewandeld, in de nacht. Hij had nooit in God geloofd. Er nooit veel over nagedacht. Maar kon dit slechts toeval zijn?

Het was zo niet begonnen. Hij had nooit verwacht dat er zo veel op het spel zou komen te staan – en zeker niet het leven van mensen die hij als zijn vrienden beschouwde. Hij had alleen maar de waarheid willen vinden over de schat waar Michael op uit was, en een manier om zichzelf te verlossen.

Het ging al die tijd alleen maar om mezelf, realiseerde Walt zich. *Ik zei tegen mezelf dat het goud gered moest worden. Ik zei tegen mezelf dat het geld de mensen zou helpen. Maar in feite is het zo dat ik dit voor mezelf deed. Ik wilde de eer.*

De zwartfluwelen lucht strekte zich boven hem uit. De dichtstbijzijnde sterren waren duizenden – of waren het miljoenen – kilometers bij hem vandaan. Het grote uitspansel zette hem op zijn plaats. Zijn eigen kritiek ook.

Wie denk je wel niet dat je bent, dat je vindt dat anderen hun leven moeten opofferen zodat jij aan je eigen behoeften kunt voldoen? Maar terwijl hij de vraag stelde, bleef de innerlijk vrede. En op een eigenaardige manier wist hij dat de dingen precies zo waren gebeurd als de bedoeling was. Het was geen toeval.

Het was zo veel dat Walt het niet kon bevatten. Hij sloot zijn ogen en hoopte weer dat de slaap zou komen. Een slaap die hem meevoerde. Om zijn zorgen en zijn angsten te sussen. En om hem de vrede te laten vergeten die hij nog sterker vreesde dan de vragen. Want hij verlangde er vurig naar te begrijpen waarom hij die vrede had en waar hij vandaan kwam.

*

Toen José bij het kleine kamp terugkwam, was hij moe, maar blij te zien dat alles in orde was. De zon deed de hemel al oplichten en de eerste rechtstreekse zonnestralen strekten hun vingers over de hoge bergtoppen uit.

Gisteren was hij, voordat hij was teruggegaan, eerst nog verder de berg opgeklommen tot hij de grotten vond die hij lang geleden bij toeval had ontdekt. Grotten die zijn vader, Pepito en Petra en ook de paarden, een schuilplaats zouden bieden. Het zou niet meevallen om aan voldoende voedsel en water te komen, maar ze zouden in elk geval een plek hebben om zich te verbergen. Midden in de zomer was het geen probleem om buiten te slapen, maar hij moest ook aan de lange termijn denken. Wie weet hoe lang het zou duren voordat....?

Voordat wat? José stelde zichzelf de vraag. Voordat de republikeinen hun land terugwonnen? Nee, dat zou niet meevallen. Voordat de winter kwam en reizen door de bergen onmogelijk werd en erin overleven vrijwel onmogelijk?

Hoe meer hij erover nadacht, hoe meer hij besefte dat hij maar één ding kon doen. Hij moest Ramona gaan halen en dan een manier vinden om met de mensen van wie hij hield het land uit te komen. Maar waar konden ze naartoe? Waar zouden ze de hulp en veiligheid vinden die ze nodig hadden? Dat waren slechts een paar van de vragen die hem kwelden.

Toen, terwijl de dauw op de grassprietjes onder de stralen van de zon verdampte, kalmeerde zijn bezorgde geest onder Petra's blik.

Het was maar een eenvoudig gebaar. Petra glimlachte naar José terwijl hij haar een stuk oud brood gaf. En haar woorden waren ook eenvoudig.

'Waar gaan we vandaag naartoe?' vroeg ze.

Het waren woorden van afhankelijkheid – van hem. En haar blik was een blik van puur vertrouwen en van dankbaarheid. Het was maar brood. En haar bereidheid om te volgen zonder te weten wat hun wachtte, gaf José een warm gevoel.

'Ik herinnerde me dat er wat grotten zijn die ik in mijn jeugd heb ontdekt met... een vriend.' Hij noemde Michaels naam niet, hoewel Petra het verband niet zou leggen als hij dat wel zou doen. Heel even schoot er een gedachte door zijn hoofd. Misschien zou Michael zich de grotten ook herinneren en raden waar José naartoe was gegaan. Maar Michael had duidelijk laten merken dat de paarden hem weinig konden schelen. En José wist dat Michael, als de dingen zo waren gelopen als hij had gehoopt, nu ver buiten Spanje was. De Michael van vandaag had voor bijna niets anders belangstelling dan de omvang van zijn uitpuilende bankrekening.

José hoorde voetstappen naderen en toen hij zich omdraaide, zag hij zijn vader aankomen. Juan Guezureya's gezicht had weer de normale kleur en was niet rood meer door de hitte van de zon. Toch stond hij nog onvast op zijn benen door de lange dagen in het zadel. José zag dat zijn vader probeerde rechtop te lopen en hij besefte hoe moeilijk het moest zijn voor iemand die paarden trainde en hengsten bevelen gaf om met een ouder wordend lichaam te moeten omgaan.

Hij deed zijn best om iets grappigs te bedenken om zijn vader af te leiden van de overduidelijk vernederende situatie toen Petra opsprong van haar plekje op het koele gras en naar hem toe liep.

'Hebt u een momentje om me met een probleem te helpen, *señor*?' Ze stak haar arm door die van Juan en nam hem mee naar een omgevallen boom terwijl ze wat stof van haar kleren sloeg. 'Ziet u, Erro vertrouwt me volgens mij nog steeds niet helemaal. Misschien heb ik dat idee doordat hij aarzelt als ik aan de teugels trek. Of door de gemene manier waarop hij naar me kijkt als ik hem zadel. Ik heb het gevoel dat hij nog steeds denkt dat hij de leiding heeft en dat het een gunst van hem is als hij zich door mij laat berijden.'

José zag hoe de uitdrukking in de ogen van zijn vader veranderde. Zijn zwakke lichaam was vergeten en nieuwe energie deed zijn gezicht oplichten.

'Natuurlijk.' Juan gaf Petra klopjes op haar hand. 'Als je goed naar me luistert, weet ik zeker dat dat paard binnen een paar dagen weet wie er de baas is.'

*

Misschien kwam het doordat ze wist dat ze over een paar uur in veiligheid kon zijn dat Sophie nog banger was dat ze ontdekt zouden worden. Ze probeerde het gevaar te vergeten terwijl ze over de onverharde weg reden en dacht alleen maar aan het feit dat Philip om haar gaf. Een glimlach speelde om haar mond terwijl ze haar ogen over het Spaanse platteland liet dwalen.

De vrachtwagen reed dreunend langs een grote boom die niet ver van de weg af stond. Het leek Sophie een eik, maar vreemd genoeg was hij van de grond tot aan de takken ontschorst.

Walt moest haar nieuwsgierige blik hebben opgemerkt. 'Kurkeiken. Hun bast wordt er elke zomer afgehaald en gebruikt voor wijn-flessen en allerlei andere dingen, zoals schoenzolen.'

De takken van de boom reikten onder vreemde hoeken naar de lucht. Hij was op een verontrustende manier mooi in al zijn naakt-heid. Opnieuw wenste Sophies kunstenaarshart dat ze tijd had om deze nieuwe uitzichten te schilderen, hoewel dat het laatste was waar-aan ze zou moeten denken. 'Ik heb me nooit afgevraagd waar kurk vandaan komt.'

'Hoewel dat interessant is, zijn er nog een paar andere dingen waar we het over moeten hebben,' merkte Walt op. 'Als we worden aan-gehouden en ondervraagd, houden we allemaal vast aan het verhaal dat we Amerikaanse vrijwilligers zijn die voor Franco vechten.'

'Bestaan zulke mensen dan?' Zodra ze de woorden had gezegd, moest Sophie aan Michael denken.

'Denk je dat alleen de republikeinse kant de sympathie van Ameri-kanen heeft gewonnen? Er zijn veel mensen voor Franco komen vechten – vooral roomskatholieken die boos zijn dat de Spaanse repu-bliek een scheiding tussen kerk en staat heeft aangebracht. Ze geloven in Franco's oproep om de "christelijke beschaving" te verdedigen.'

'Ik vraag me af wat vader Manuel daarvan vindt,' zei Sophie.

'Vader Manuel?' vroeg Philip.

'Een pastoor die ik vlak na het bombardement in Guernica heb ontmoet. Je had de ontsteltenis op zijn gezicht moeten zien toen hij naar de verwoesting van zijn stad keek. Ik denk dat hij wel een mening heeft over Franco's bewering dat hij voor een christelijke natie vecht.'

'Tja, nou ja,' merkte Walt op, 'de meeste vrijwilligers voor Franco kennen die kant van het verhaal niet – de ravage die Franco in de naam van Christus heeft aangericht. Alles wat ze hebben gehoord, is dat de kerken in brand staan en dat de pastoors in de eerste maanden van de oorlog door de antifascisten zijn vermoord.'

'Iets wat ik met eigen ogen in Barcelona heb gezien,' zei Philip. 'Ik heb een kerk in brand zien staan. Ik heb niet gevraagd wat er met de pastoors is gebeurd.'

Zijn gezicht betrok door intens verdriet. Sophie zag aan zijn ogen dat zijn herinneringen hem naar die plaats terugvoerden.

'Net als de vrijwilligers aan de andere kant,' zei Walt, 'spreken de meeste fascistische vrijwilligers geen Spaans en weten ze vrijwel niets over Spanje.'

'Maar... als ze er eenmaal zijn, kunnen ze toch wel zien dat ze tegen het Spaanse volk vechten?' vroeg Sophie.

'Ja? Bekijk het eens vanuit hun oogpunt. Tegen wie vechten ze?' Walt keek naar Philip en Sophie probeerde zich in te leven in de gedachten van een fascistische vrijwilliger.

Ze dacht aan de mensen die ze in de veldhospitalen had geholpen. Ze dacht aan haar voormalige chauffeur en vriend Deion, lid van de communistische partij.

'Ik weet zeker dat ze denken dat ze tegen Rusland vechten. Tegen het binnentrekkende leger uit de Sovjet-Unie. Tegen buitenlanders die proberen hun land te bezetten.'

'Heel goed opgemerkt, *señorita*.'

'Ik heb er al eerder over nagedacht, maar... nou ja, ik vraag me af wat er zou zijn gebeurd als mijn reis in Spanje me naar nationalistisch gebied had gevoerd. Zou ik nu dan net zo hard aan die kant hebben gevochten?'

'Misschien wel, misschien niet. Ik heb je daar natuurlijk geen gelegenheid voor gegeven, hè?'

Sophie lachte, maar zelfs haar lach leek geforceerd door het verdriet dat ze nog in Philips ogen zag. 'Ik geloof het niet, nee. Als een vis die in aas hapte, werd ik uit een veilige vijver een enorme oceaan van oorlog ingetrokken. Maar toch' – ze gaf Philip een klopje op zijn hand – 'ik had niet anders gewild. Hoe vreemd het ook klinkt, dit is precies de plaats waar ik wil zijn, hoeveel vragen ik ook heb gehad.'

Walt trok een wenkbrauw op. 'Dus jij vermaakt je wel? Jij vindt het een leuk idee dat er mensen achter ons aan zitten terwijl we dit gesprek voeren?'

'Ik bedoel alleen maar dat ik dankbaar ben dat ik in Spanje ben... niet dat ik voor mijn lol in vijandelijk gebied zit. Maar het belangrijkste is dat ik bij de mensen ben die mij het dierbaarst zijn.'

Walt kuchte. 'Goed, als je maar niet bang bent om jezelf te veranderen.'

Sophie keek naar hem en hield vragend haar hoofd schuin. 'Wat bedoel je?'

'Herinner je je ons eerste plan nog? Toen we in Madrid waren en erachter kwamen dat het goud in de tunnel bij Gibraltar verborgen lag? Ik zei toen tegen je dat je een excuus moest bedenken om niet met Michael mee te hoeven en dat ik je daarna zou komen halen om met je naar het zuiden van Spanje te reizen.'

'Ja, je zei dat je valse identiteitspapieren voor me zou regelen.'

Walt bleef met zijn ene hand het stuur vasthouden en stak zijn andere hand in het zakje van zijn overhemd. Hij haalde er een identiteitskaart uit en gaf die aan Sophie.

Ze vouwde hem open. Het was haar gezicht, maar er stond een andere naam onder.

Philip boog zich naar haar toe. 'Eleanor Howard, hè? Er staat dat je eigenares bent van een museum, dat je kunstenares bent en dat je je als vrijwilliger inzet voor Franco.'

Walt haalde zijn schouders op. 'Ik wilde een rol die goed bij haar paste.'

'Dus... als we gepakt worden? Wat moet ik dan zeggen?'

'Als ik ze er niet van kan overtuigen dat Philip en ik vrijwilligers voor Franco zijn, zeg jij dat wij je hebben ontvoerd toen je net in Gibraltar was aangekomen.'

'Dat meen je toch niet? Ik peins er niet over om jullie tweeën in de steek te laten.'

'Ik zeg niet dat het gebeurt – maar mocht het wel zo zijn, dan is dat het verhaal waar je aan vasthoudt. Begrepen?'

Ze keek naar Philip in de hoop dat hij het met haar eens zou zijn. 'Philip, zeg jij eens tegen hem...'

'Ik ben het met hem eens.' Philips stem klonk stellig. 'Je moet je er geen zorgen over maken. Maar als het gebeurt... als je geen andere uitweg hebt, moet je doen wat Walt zegt.'

Sophie vouwde de identiteitskaart op en stopte hem in haar tas, hoewel ze zin had om hem uit het raam te gooien. Ze was wel zo wijs om de mannen niet tegen te spreken – ze zou het nooit van hen winnen.

'Goed,' zei ze. 'Maar alleen als het mijn laatste strohalm is.'

En hoewel haar woorden de mannen gerust leken te stellen, was Sophie niet van plan te doen wat haar was gezegd. Ze zou hen niet in de steek laten. Dat kon ze niet.

'Nog één ding, Sophie. Ik heb je oude identiteitspapieren nodig. Als ze die vinden, is alles verknoeid.' Walts stem klonk resoluut.

Sophie haalde ze uit haar tas en gaf ze hem. Haar vingers klemden de papieren nog heel even vast op het moment dat Walt ze van haar wilde aannemen; daarna liet ze ze los. 'Je pakt mijn leven, weet je. Door je deze te geven, woont Sophie Grace niet meer in Spanje.'

'Is het zo erg,' vroeg Walt, 'om helemaal opnieuw te beginnen? Vanaf dit moment kun je je eigen leven vormgeven. Je kunt kiezen wat je mee wilt nemen. En wie je achter wilt laten.'

Sophie wist dat hij Michael bedoelde. Ze wist ook wat haar antwoord zou moeten zijn. Toch zou ze zonder Michael in haar verleden een andere persoon zijn. En heel even leek het haar beter om aan het verdriet vast te houden dan verder te gaan zonder verleden.

Hoewel ze door haar relatie met Michael veel moeilijke dingen had meegemaakt, wist ze ook zeker dat hij haar had aanbeden. En op een vreemde manier was die wetenschap genoeg om haar ervan te overtuigen dat ze, mocht het zover komen, het verdriet met zich mee zou slepen naar haar nieuwe leven als Eleanor Howard.

6

Deion verroerde zich niet tot hij de anderen om zich heen hoorde bewegen. Ze hadden geslapen op de bovenverdieping van een wit huis van stenen en bakstenen. De onderste verdieping was een soort stal, met in de muur een deurtje dat de duisternis in leidde. Hij had de vorige avond bij het licht van een olielamp naar binnen getuurd om te kijken of er geen vijandelijke soldaten zaten. Hij had de schuur leeg aangetroffen, maar dat had niet kunnen voorkomen dat hij had gedroomd dat ze door fascistische troepen waren ontdekt.

Zelfs nu nog moest Deion de neiging onderdrukken om van zijn matrasje op te staan en uit het raam te kijken, dat uit vier kleine, vuile ruitjes bestond. Hij vertelde zichzelf dat er buiten niemand stond te wachten om hem te arresteren – of erger nog, om hem en de andere leden van de Abraham Lincolnbrigade te vermoorden.

Toen, terwijl hij daar nog lag, kwam de herinnering aan een ander gezicht boven. Het was geen gezicht uit zijn droom, maar het gezicht van een verpleegster die hem had verzorgd. De kracht en de vriendelijkheid die haar ogen hadden uitgestraald, haar verlegen glimlach – ze deden zijn hart sneller slaan.

Hij stond op en liep op zijn gemak naar het raam. Hij bukte zich om naar buiten te kijken; van waar hij stond kon hij nauwelijks het dak van het veldhospitaal in de verte onderscheiden. Hij kleedde zich snel aan, greep zijn geweer en liep de onverharde weg op. De andere soldaten zouden pas helemaal wakker worden als ze voor het ontbijt werden geroepen.

Een ezelwagen met een kleine lading sinaasappels was de enige weggebruiker.

De boer groette Deion met een opgeheven arm en vuist en gooide hem toen een sinaasappel toe. '*Salud.*'

'*Salud,*' antwoordde Deion. Glimlachend bij het vooruitzicht van het zoete sap ving hij de sinaasappel op. Hij at hem snel op, veegde zijn kleverige handen aan zijn broek af en liep toen verder.

Het was moeilijk te geloven dat hij nog maar een paar dagen geleden zo dicht bij een ontploffende mortiergranaat had gestaan dat hij bewusteloos was geraakt. Hij was door medevrijwilligers naar een klaarstaande ambulance gebracht. Dat hadden ze hem tenminste verteld. Daarna was hij, nog steeds buiten westen, over het bergachtige platteland vervoerd.

Toen hij bijkwam, besefte Deion dat hij weer een ander deel van Spanje had ontdekt. De schoonheid ervan overweldigde hem. Hij was langs de kust verder naar het oosten gebracht, waar de artsen en de verpleegsters die in het veldhospitaal werkten, bescherming hoopten te vinden voor Franco's steeds verder oprukkende troepen. Het ruige landschap bestond uit hoge klippen en naakte rotsen en leek op zijn voorstelling van de Rocky Mountains.

Met snelle stappen haastte Deion zich naar het veldhospitaal. Toen hij de deur opendeed, kreeg hij de indruk dat er feest was.

'Dubbele rantsoenen sigaretten en chocola. Ha, de eenvoudige pleziertjes in het leven.'

Het was een vrouwenstem die tegen hem sprak, een stem die hij onmiddellijk herkende. Hij draaide zich om en ving Gwens blik op. Als hij zich niet vergiste, zag hij haar blozen toen hun ogen elkaar ontmoetten.

'Dubbele rantsoenen?'

'Het is vier juli, Onafhankelijkheidsdag. Was je dat soms vergeten?'

Deion krabde aan zijn voorhoofd. 'Ik geloof het wel... maar ik heb wel zin in een feestje,' voegde hij er snel aan toe. 'Heb je plannen vanavond?'

'Geen andere dan anders. Als ik uit mijn werk kom, luister ik meestal een tijdje naar de radio en daarna schrijf ik een brief naar huis.' Ze liep naar een kast en legde het verband anders neer. Eén rol raakte los en terwijl ze hem weer oprolde, zorgde ze ervoor dat de schone stof de vloer van aangestampte aarde niet raakte.

Deion stopte zijn handen diep in zijn zakken. 'Dus er wacht thuis iemand op je?'

'O, ja. Een heel bijzonder iemand. Hij houdt van me en is trots op me. Ik bof echt met hem...'

Deion hoopte dat zijn gezicht zijn teleurstelling niet verraadde. 'Dat zal wel. Hij klinkt als een geweldige vent.'

'Dat vindt mijn moeder ook. Ze is al dertig jaar met hem getrouwd.'

Gwen lachte en Deion kon een glimlach om de twinkeling in haar ogen niet onderdrukken. Hij vergat bijna dat hij nog maar een paar dagen geleden gewond was geraakt bij gevechten om Bilbao's IJzeren Ring te verdedigen. Dat ze zich hadden moeten terugtrekken en dat ze het gebied hadden moeten afstaan.

Het is vreemd, dacht hij terwijl hij toekeek hoe de knappe verpleegster naar een gewonde man liep, *hoe makkelijk we vergeten*. De ene dag vocht hij voor zijn leven en de volgende probeerde hij de belangstelling van een mooi meisje te wekken.

Nou ja, bijna vergeten, corrigeerde hij zichzelf. Want diep in zijn hart bleef een knagend gevoel. Eén ding had hij in Spanje geleerd, en dat was dat de dingen snel konden veranderen. Dat mooie gedachten in een oogwenk verdwenen konden zijn. Eén vijandelijk vliegtuig in de lucht, één geplande aanval, en gelach maakte plaats voor angstkreten.

*

Walt ging boven op de remmen staan. De vrachtwagen slipte en kwam net voor de brede geul in de weg tot stilstand.

Sophie zat nog verstijfd van schrik toen Philip en Walt de vrachtwagen al uit sprongen. Ze volgde hen met aarzelende passen.

Bijna drie meter weg was weggespoeld. Water van de berghelling vormde een kleine, brede rivier. Dode takken en kluiten aarde vermengden zich met stenen en vertelden Sophie dat er hoger op de berg een kleine aardverschuiving had plaatsgevonden. Ze konden er onmogelijk langs.

Die man van gisteravond, Emanuel, moest dat hebben geweten. Haar ogen zochten de heuvel af en ze verwachtte bijna dat ze elk moment door een bende konden worden overvallen. Walt had de man immers verteld dat er wapens in de vrachtwagen zaten. En wapens waren in Spanje tegenwoordig bijna net zo waardevol als goud.

'Denk je dat het een val is?' Ze wendde zich eerst tot Walt, toen tot Philip. 'Je zei vanochtend dat onze voorraad benzine slinkt. En de terugweg is lang. Onze benzine raakt vast op voordat we deze heuvels uit zijn. Om nog maar te zwijgen van die kerels die achter ons aan zitten. Die zouden het prachtig vinden om ons aan te treffen op de plek waar we zijn begonnen.'

Geen van beide mannen zei iets, maar Sophie zag aan de gespannen uitdrukking op hun gezicht en aan hun ogen die de heuvels afzochten dat ze over haar woorden nadachten.

Walts blik ging terug naar het weggeslagen gedeelte van de weg. 'Tja, we kunnen proberen de weg te repareren. Maar dan zijn we wel een paar dagen bezig, denk ik.'

'Als het een val was, zouden ze nu hier zijn geweest om te pakken wat ze willen hebben. Ik denk dat Emanuel niet wist dat de weg kapot is. Volgens mij ziet het eruit alsof het nog maar pas is gebeurd.' Philip pakte Sophies hand.

'We kunnen hulp gaan halen. Misschien kunnen de anderen ons helpen om iets te bouwen – een soort brug waar we overheen kunnen.' Walt zuchtte. 'Maar ja, als het bericht rondgaat dat we hier zijn, vinden ze ons makkelijker. We kunnen beter geen aandacht op onze problemen vestigen.'

Sophie keek achterom naar de vrachtwagen. 'De grootte van die vrachtwagen is een enorm probleem en het gewicht van het goud ook. Hoe kunnen we ooit iets bouwen dat zo'n gewicht kan dragen? En hoe verklaren we dat die vrachtwagen zo zwaar is? Iedereen kan ons aanvallen en... nou ja, ik hoop maar dat Philip gelijk heeft en dat die man uit het bos goede bedoelingen had.'

Ze perste haar lippen op elkaar en weigerde haar angst om weer verraden te worden uit te spreken. Ze kende de pijn van de ontdekking dat een vriend – nee, meer dan dat: de man van wie ze hield – een vijand was. De gedachte aan een vriend die een vijand bleek, greep haar nog sterker aan dan de gedachte door vijandelijke soldaten gevangen te worden genomen. Met de nationalisten wist ze tenminste waar ze aan toe was. Ze kon de rilling die over haar rug liep niet onderdrukken.

Ze liep naar een omgevallen boom, veegde er wat stof af en ging zitten.

Philip haalde zijn vingers door zijn blonde haar en richtte zijn ogen op de schapenwolkjes aan de lucht alsof hij hoopte daar de oplossing te vinden. 'Walt, jij kent de streek en je hebt contacten. Misschien kun jij eropuit gaan om hulp te zoeken?'

'Contacten waarvoor ik geen garantie meer heb.' Walt schoof zijn hoed naar achteren. 'Michael is een slimme vent. Als dat nog niet is gebeurd, komt hij er ongetwijfeld achter dat ik aan twee kanten heb gewerkt. Journalisten zijn zeldzamer dan de soldaten die in groten getale het land zijn binnengekomen. Ik weet zeker dat hij er met een paar telefoontjes achter kan komen dat Walt Block en James Kimmel dezelfde persoon zijn. Nee, ik geloof niet dat dat een mogelijkheid is.'

Walt liep dichter naar de heuvel toe. Met zijn hand beschermde hij zijn ogen tegen het zonlicht dat door de boomtakken viel en bestudeerde de omgeving zoals een architect een potentieel bouwterrein bekijkt.

'James Kimmel?' Sophie sperde haar ogen wijd open toen ze zich de naam herinnerde die ze in de krant had gelezen. 'Was jij de degene die in dat artikel heeft geschreven dat Guernica vanaf de grond zou zijn verwoest door de Russen?' Het bloed steeg naar haar wangen en ze dacht weer aan de foto's die ze van de Duitse bommenwerpers en andere vliegtuigen boven het kleine Baskische stadje had genomen. 'Wilde je daarom dat ik jou de foto's zou geven? Je was niet van plan ze te laten publiceren, hè? Je wilde alleen maar voorkomen dat de pers ze in handen zou krijgen en dat ze zouden tegenspreken wat jij over explosieven op de grond schreef.'

Het gevoel in de val gelopen te zijn, overviel haar. Ze had Walt steeds opnieuw haar vertrouwen geschonken, maar was hij dat wel waard? Ze keek naar Philip om te zien hoe die reageerde. Ze hoopte vooral steun in zijn blik te zien en misschien schrik dat Walt of James – of wie hij ook maar was – degene was geweest die de reportages had verspreid. In plaats daarvan wendde Philip zijn blik af alsof hij aan iets anders dacht.

Walt zuchtte. 'Die foto's zijn wel gepubliceerd... ik kan je de kranten laten zien als we ooit weer op veilig terrein komen. En wat James Kimmel betreft, ik dacht dat ik je dat had verteld.'

Sophie drukte haar vuisten tegen haar heupen. 'Nee... eh... dat ben je waarschijnlijk vergeten.'

'Goed, het gaat er in elk geval om dat ik, hoewel ik nog contacten heb, betwijfel of ik nog op mijn schuilnaam kan vertrouwen. Verder vind ik het geen prettig idee jullie hier achter te laten, zelfs als ik erop kon rekenen dat ik hulp zou krijgen.' Hij tikte met zijn vinger tegen zijn kin en sprak snel verder om te voorkomen dat Sophie haar tirade zou hervatten.

'Ons grootste voordeel is dat ik werkelijk geloof dat die man aan de republikeinse kant stond. Ik heb gehoord over groepjes mannen in de bergen die zijn ontkomen uit de steden die Franco is binnengevallen. Ook kloppen de verhalen die Emanuel gisteren vertelde met de guerrillastrijd waarover ik in dit deel van het land heb gehoord...'

'We hebben nog een voordeel.' Philip viel Walt in de rede en hij was zo overtuigd dat hij zijn stem verhief. Hij haalde een klein stapeltje brieven uit de binnenzak van zijn jack en gooide ze op een van de platte rotsen langs de kant van de weg. 'We hebben God aan onze zijde. We kunnen bidden. God weet wie we zijn en wat we zijn. Hij kent ons verlangen om dit goud te gebruiken voor het door oorlog geteisterde Spaanse volk. Hij is de beproevingen van de mensen niet vergeten en Hij is *ons* niet vergeten.'

'Je hebt natuurlijk gelijk.' Sophie wist dat zijn woorden waar waren, maar op dit moment ergerde ze zich er echt aan. Ze sloeg haar armen over elkaar. 'Maar lijkt het je geen enorm probleem om dit goud het land uit te krijgen? Het is onmogelijk. We moeten iets bedenken, want anders betekent deze rivier het einde.' Ze stond op en schopte een kluit aarde in het stromende water. 'Elk moment dat we hier zitten, geeft Michaels maten meer tijd om ons te vinden.'

Philip pakte haar hand en trok haar terug naar de boomstam. 'Je hebt de fascisten te groot laten worden in jouw ogen.'

'Wat bedoel je, te groot? Ze zijn ook groot. Ze beheersen het gebied waar we zijn. De havens en het vliegveld en de wegen – of tenminste de begaanbare. Dat lijkt me behoorlijk groot.'

'Net voordat ik je in Madrid zag, kreeg ik een stapeltje brieven van mijn vader, Sophie. Ik heb er niet meer dan een paar kunnen lezen. Deze zaten nog in mijn jaszak – en op de een of andere manier heeft die handlanger, die Cesar, ze gemist toen hij mijn spullen doorzocht.'

Sophie hoefde niet te vragen wat er met de rest van de brieven was gebeurd. Michael had ze ongetwijfeld afgepakt. Ze kreeg maagpijn als ze aan Philips verlies dacht. Nieuws van thuis was iets wat elke militair koesterde – weer iets wat ze kon toevoegen aan al het leed dat Michael mensen had berokkend.

Hij raapte de brieven op. 'Mijn vader schreef dat ik moest denken aan David die tegen Goliath vocht.'

Sophie snoof. 'Ik weet heus wel wie Goliath is. Maar wij zijn geen Davids.'

'Tja, we zijn niet de grote krijgsman koning David, maar begrijp je het niet? David was nog maar een jonge man toen hij de reus doodde. Dat deed hij niet door zijn eigen kracht.' Hij ging op de boomstam zitten en keek naar haar op. 'David was de enige persoon die de dingen vanuit een ander perspectief bezag.'

Sophie kreeg een brok in haar keel. Om de een of andere reden had ze het gevoel dat ze zou gaan huilen.

'Het was...'

Ze viel Philip in de rede. 'Ik weet het. Ik weet het. Het was Gods kracht. Het lijkt alleen zo onmogelijk. Soms vertrouw ik erop dat God ons wil helpen en soms... nou ja, soms niet.' Ze zuchtte en veegde een traan weg.

Philip legde een arm om haar schouder.

Ze leunde tegen hem aan. 'Ik denk dat ik me richt op wat onmogelijk is en dat de situatie me daardoor zo moeilijk lijkt. Terwijl er in werkelijkheid een groot God boven alles staat.'

'Misschien kiest God ervoor ons te redden zoals hij David redde. Of misschien doet Hij dat ook wel niet. Maar ik denk dat Hij blij zou zijn als Hij wist dat we Hem als groter beschouwen dan onze vijanden. Groter dan grenzen en beperkingen.'

'En ook groter dan dit gat in de weg,' voegde Sophie eraan toe. Haar ogen gingen naar haar handen die ineengeklemd op haar schoot lagen.

'Als Hij ons verkiest te redden, ontdekken we wel een manier om te ontsnappen. Maar als er geen manier is, moeten we erop vertrouwen dat Hij een andere opdracht voor ons heeft.' Philip schonk haar een glimlachje. 'Een opdracht die betekent dat we achter de vijandelijke linies moeten blijven.'

Sophie probeerde te bedenken wat dat kon zijn, maar haar geest kon het niet bevatten. Ze moest er niet aan denken zich te moeten verstoppen en vluchten. Wat kon God daar in vredesnaam mee beginnen?

Toch hadden Philips woorden iets in haar geraakt. Ze moest weer denken aan Benita, aan haar geloof en haar gebeden. Het had haar geloof gesterkt om bij die oude vrouw en Luis – die lieve Luis die er nu niet meer was – te logeren. Nee, het had nog meer gedaan. In die tijd was het eerste zaadje gezaaid van het geloof dat met het verstrijken van de maanden en het voortduren van de oorlog in haar was gegroeid. Het enige probleem was dat ze te vaak vergat eruit te putten, als uit een zachte, zoete bron van hoop, als de zoute golven van de oorlog weer op haar los beukten.

'Ik denk dat Philip gelijk heeft.' Ze keerde zich om naar Walt en meed zijn vaderlijke blik. 'Ik weet dat je geen biddend mens bent, maar vind je het goed als we... ons tot God wenden? Hem om wat leiding vragen?'

Walt leek niet erg enthousiast over het idee, maar spotte er ook niet mee. Hij haalde gewoon zijn schouders op. 'Dat kan geen kwaad.' Hij hurkte bij Sophie en Philip neer.

Sophie sloot haar ogen, deed ze toen snel weer even open en pakte de handen van de mannen die aan weerszijden van haar zaten. Toen, in de weldadige stilte van het bos, begeleid door het modderige stroompje dat over de rotsen kabbelde, begon Philip te bidden.

'Heer, U weet waar we zijn en U kent ook ons probleem. Het verbaast U geen van beide. Wat mij verbaast, God, is dat ik zo vaak vergeet me tot U te wenden als ik hulp nodig heb...' Hij gaf een kneepje in Sophies hand. 'Als *wij* hulp nodig hebben. U kent de situatie waar we mee te maken hebben. Tenslotte hebt U Spanje geschapen, Heer, en U hebt al haar burgers gemaakt. U kent ook de geschiedenis van dit goud en U alleen kent de waarde ervan en weet of het gebruikt zal worden om de nood van de mensen te lenigen. U weet ook hoe we uit de wildernis moeten komen. En welke route de juiste is.

God, ik herinner me het verhaal over de Israëlieten die door U

werden geleid in de woestijn – een wolkkolom overdag en een vuurzuil 's nachts. We hebben nou niet direct een vuurzuil nodig, maar
wel redding. Laat ons alstublieft zien hoe we dit gat moeten vullen, of
toon ons een andere route. En doet U dat op het moment dat U
geschikt acht. En als het Uw wil is dat we hier vast blijven zitten, help
ons dan om op U te vertrouwen. In Jezus' naam. Amen.'

Sophie glimlachte, drukte Philips hand en liet hem toen los.
'Bedankt,' fluisterde ze.

Walt liet ook snel haar hand los, maar bleef zonder met zijn ogen
te knipperen stilzitten, alsof hij probeerde te begrijpen wat er allemaal
zo belangrijk was.

Ze wachtten nog een paar minuten, in gedachten verzonken, tot
Walt ten slotte sprak. 'Nou, ik zie de wolken niet opzij schuiven en ik
hoor geen stem. Ik zie maar één mogelijkheid, dus laten we die een
kans geven.'

Sophie stond op, maar Philip verroerde zich niet. Glimlachte niet.
In plaats daarvan pakte hij kalm en met een zeker gebaar de brieven
op en stopte ze weer in zijn binnenzak. Daarna verzekerde hij zich er
met een zacht klopje van dat ze op hun plek zaten en liet hij zijn
mondhoeken opkrullen tot een glimlachje. 'Tja, nou, misschien is die
mogelijkheid – wat dat dan ook mag zijn – wel de verhoring van ons
gebed. Heb je daaraan gedacht?'

7

Walts idee leek eenvoudig genoeg. Het enige dat ze hoefden te doen, was de vrachtwagen keren en een van de zijweggetjes volgen die ze niet al te ver terug hadden gezien. Ze brachten een half uur door met het voor- en achteruit rijden van de vrachtwagen en het draaien van de banden tot ze uiteindelijk andersom op de bergweg stonden. Sophie zou alles over hebben gehad voor een spaarzaam verlicht eethuisje, een glas koud water en een bord rijst met kip zoals de Spanjaarden dat zo lekker konden klaarmaken. Haar maag knorde bij de gedachte.

Walt gebaarde naar de anderen dat ze moesten instappen. In de cabine rook het naar de lichaamsgeur die hun inspanning in de zon had veroorzaakt. Sophie wist dat ze net zo onfris rook als de mannen, en als ze niet zo wanhopig waren om onderdak en eten te vinden, zou ze erop staan wat water uit het stroompje te mogen gebruiken voordat ze verder reden.

In plaats daarvan draaide Walt de sleutel om en gingen ze weer op weg. De motor bromde en Walts zachte gefluit versterkte Sophies vertrouwen dat dit avontuur een goed einde zou krijgen.

'Weten jullie nog dat ik jullie vertelde dat we bijna bij Granada waren?' vroeg Walt terwijl hij het zweet van zijn voorhoofd veegde. 'De stad zelf is in nationalistische handen, maar het omliggende gebied is van de republikeinen – dus hoe verder we zijn gereden, hoe dichter we bij veilig terrein zijn gekomen.'

'Nou, dat is goed nieuws.' Sophie veegde haar eigen voorhoofd af.

Na een paar minuten vond Walt een weg die de hunne kruiste.

Meer dan twee bandensporen en wat grind was het niet, maar er zaten in elk geval geen weggeslagen stukken in.

'Goed, deze weg voert ons... ergens heen, maar we weten nog steeds niet wat we zullen aantreffen. Hoe moet het als we niet zo dicht bij republikeins terrein zijn als we denken? Moeten we geen verhaal gaan bedenken over wie we zijn en waarom we door Verweggistan rijden?' Philip legde zijn arm achter Sophie op de leuning van de bank. Zijn vingertoppen raakten haar schouder nauwelijks.

'Nou, het heeft z'n voordelen om buiten de bewoonde wereld te zijn. Veel mensen hier horen geen nieuws en lezen geen kranten. In Granada en andere door de nationalisten bezette steden zullen we ons moeilijker kunnen bewegen.' Walt keek van Philip naar Sophie. 'Volgens mij is het ons grootste voordeel dat niemand ons gezicht kent. Sophie, misschien kennen wat sleutelfiguren jouw naam wel in verband met je schilderijen. Daar gaan we ons wel zorgen over maken als we de stad bereiken. In de meeste gevallen kun je je zonder problemen voor Eleanor uitgeven. En al hebben wat mensen je eerder ontmoet, ik zou geen goede spion zijn als ik geen simpele vermomming kon creëren.'

Sophie kon een schaterlach niet onderdrukken. 'Hmm, om de een of andere reden vind ik dat een beangstigende opmerking.'

'En dan Philip.' Walt trok een wenkbrauw op en wierp een blik op zijn gezicht. 'Jou kennen nog minder mensen. We hoeven alleen maar een goed verhaal te verzinnen... een andere naam.'

'Attis,' zei Philip onmiddellijk. 'Het kan me niet schelen of dat mijn voornaam of mijn achternaam wordt, maar gebruik de naam Attis.'

Sophie zag het verdriet in Philips ogen en haar hart ging naar hem uit. In feite was dit maar een deel van zijn verdriet, want ze had gemerkt dat het verdriet dat hij met zich had meegedragen sinds hij haar de eerste keer met Michael had gezien, niet was verdwenen. Ja, hij had haar vergeven. En Philip probeerde het beste van de situatie te maken, maar er waren nog veel dingen waar hij mee worstelde. Wist ze maar wat ze eraan kon doen.

*

Deion wist niet of Gwen zich er wel van bewust was dat ze met haar vingers op de kolf van het pistool tikte terwijl ze praatte en lucht gaf aan haar frustraties. Haar zorgeloze houding van die ochtend was verbleekt tot een herinnering. Al snel nadat ze onder een boom waren gaan zitten om van hun rantsoen chocola te genieten, waren er twee ambulances met nog meer gewonden gearriveerd. Niet alleen soldaten, maar ook vrouwen en kinderen waren gewond geraakt toen Franco hun stadje had bezet.

Hij voelde zich machteloos toen hij toekeek hoe Gwen van de ene gewonde naar de andere rende en probeerde te bepalen wie dringend hulp nodig had, wie kon wachten en wie het niet zou overleven ondanks de inspanningen van artsen en verpleegsters. In de hoop dat hij kon helpen, liep Deion achter haar aan. Hij haalde de spullen die ze nodig had en hielp haar de patiënten een plek te geven door ze in de juiste volgorde te leggen voor een operatie.

'We beschikken niet over de instrumenten en spullen die we nodig hebben. We hebben te weinig verbandgaas en zwachtels om de wonden te verbinden. En geen druppel novocaïne meer, hoewel dat misschien met de volgende vracht meekomt.' Ze liep naar het raam en sloeg haar armen over elkaar. 'Ik heb er nooit bij stilgestaan dat röntgenfilm zo'n luxe is. We moeten breuken onderzoeken door ze te bevoelen. Weet je hoe moeilijk dat is?'

Deion antwoordde niet en Gwen wierp hem een boze blik toe.

'Moeilijk, neem ik aan,' bracht hij ten slotte uit. Hij werd overvallen door emoties en was boos op zichzelf dat hij zo van deze vrouw ondersteboven was. Ze verzorgde zo veel mannen. Waarom zou ze hem bijzonder vinden?

'Ze zeggen dat ik de enige zwarte verpleegster in heel Spanje ben,' zei Gwen alsof ze zijn gedachten las. 'En jij bent een van de weinige zwarte soldaten die ik heb gezien. Het lijkt me heel normaal om aantrekkingskracht te voelen.'

Deion beet op zijn onderlip. Hij wilde vragen of het wederzijds was, maar durfde het niet. Bovendien zag hij het aan haar ogen. Ondanks haar frustraties en vermoeidheid vond Gwen het leuk dat hij er was. Toch kon hij niet geloven dat ze in slechts twee seconden van het onderwerp verband kon overstappen op hun gevoelens.

Ze liep naar de gootsteen en pompte de grote zwengel op en neer. Troebel water gutste uit de kraan en ze waste haar handen. 'Ik kan niet wachten tot ik op reis kan. Denk je dat je me naar de eerstehulppost dichter bij het front kun rijden? Ik heb gehoord dat ze een aantal van de dorpen hebben getroffen.'

Deion zag dat ze haar ogen sloot alsof ze tegen een herinnering vocht.

Ten slotte zuchtte ze. 'Weet je, de vorige keer dat ik aan het front was, kwam er een jonge vrouw naar me toe. Ze vroeg me waar ik had gezeten. Haar man en haar baby waren allebei gewond geraakt en waren de dag ervoor overleden. Daar moet ik altijd aan denken. Het verschil dat één dag kan maken.'

'Zoiets moet je niet op je schouders nemen. Dat hoeft niet.' Het was Deions bedoeling troost te bieden met zijn woorden, maar Gwen verstrakte.

'Wat bedoel je? Ik ben hiernaartoe gekomen om levens te redden.' Ze stak haar kin naar voren.

'Je kunt wel helpen, maar je kunt geen mensen redden. Alleen God bepaalt of ze zullen leven of sterven.'

Een uitdrukking van boosheid gleed over haar gezicht. 'O, denk je er zo over? Dan kan ik net zo goed naar huis gaan.'

'Dat bedoelde ik niet. Maar je mag niet denken dat elke dood een dood is die jij had kunnen voorkomen. Mensen leven en sterven al duizenden jaren, Gwen. Als je dat gewicht op je schouders wilt torsen, waarom zou je dan ophouden bij Spanje?' Hij legde een hand op haar arm. 'In plaats daarvan kun je beter denken aan de mensen die je wel helpt.'

'Laat maar. Ik zoek wel iemand anders die me naar het front kan brengen.' Gwen draaide zich om en beende weg. Haar vingers trommelden op het pistool op haar heup.

*

De smalle weg kronkelde door een volgend dal en terwijl ze naar de bergketens, of *sierra's*, keek, begreep Sophie pas goed wat het woord adembenemend betekende. Geen struik of boom waagde het te gedijen op de toppen die de lucht doorboorden. Scherpe rotspunten priemden in de wolken als de torenspitsen van een grote kerk.

'Je zou verbaasd staan als je wist hoe de mensen in deze bergen leven. Op de meest onwaarschijnlijke plekken zijn dorpen en stadjes – als adelaarsnesten op de klippen. En op sommige plaatsen zijn overblijfselen van wachttorens die de Moren hebben gebouwd toen ze honderden jaren geleden over dit gebied heersten,' merkte Walt op. 'Ik was net twintig toen ik voor het eerst naar Spanje ging. Ik pakte een bus en zei tegen mezelf dat ik tot het einde van de route moest blijven zitten – wat een dal bleek te zijn dat niet veel van dit dal verschilt. De mensen waren er eenvoudig, maar vriendelijk. Ze vonden het fantastisch dat iemand uit de buitenwereld hen kwam bezoeken. Nu begrijp ik waarom. Er zijn maar weinig mensen die zo ver het binnenland in trekken zonder eerst hun bestemming te weten.'

De vrachtwagen zocht zijn weg door de groene bergvallei en ze kwamen een kudde stieren tegen. Sophie herinnerde zich de dag in de arena dat de stierenvechters haar hadden verrast met de schoonheid van een sport die ook kunst was.

'Die zijn voor de arena bestemd,' zei Walt nog voordat dat ze het vroeg.

'Denk je dat ze weten dat ze worden gefokt om te sterven?' vroeg Sophie.

Een paar stieren tilden hun kop op en keken in hun richting, maar ze liepen geen van allen meer dan een paar stappen.

'Het enige dat ze weten is dat ze hun hele leven in een vijandige omgeving doorbrengen – de hoge bergen, hete zomers, strenge winters. Ze hebben zelden contact met mensen, op de herders na die de dieren van een afstand in de gaten houden.'

'Ik zou liever op lammetjes passen,' grinnikte Philip.

'Iedereen heeft een taak. Wat de een gevaarlijk of vreemd lijkt, vindt de ander gewoon. Als jouw vader en grootvader zo'n baan hadden gehad, denk ik dat jij het ook niets bijzonders zou vinden.'

Ze reden verder, en Sophie wist niet of het kwam door de warmte die door het raam naar binnen drong, door het zachte schudden van de vrachtwagen of door het geruststellende geluid van de mannenstemmen, maar ze viel in slaap.

Niet lang daarna werd ze wakker doordat de motor werd uitgezet en er een portier openging.

'Laten we hier stoppen en onze benen strekken,' zei Walt en sprong uit de vrachtwagen.

Sophie deed haar ogen open en zag dat ze waren gestopt op een mooie, groene weide omringd door met bomen begroeide heuvels. Walt liep op zijn gemak naar een iep en Sophie ging achter hem aan. Al gauw hoorde ze het geluid van een kabbelend beekje. Aan de andere kant, in een bosje, waren kleine grotten in de heuvel gegraven.

Als kleine, vachtloze beren die uit hun winterslaap kwamen, begonnen er mensen uit te komen. Al snel kwamen er twaalf nieuwsgierige mensen aanlopen, gapend en met vermoeide gezichten. Sophie realiseerde zich dat ze hun siësta hadden verstoord.

Walt liep terug naar de cabine van de vrachtwagen en haalde er een doos sigaren uit om aan de mannen uit te delen. Het leek de mensen niet te interesseren aan welke kant ze vochten. Ze vroegen er niet eens naar. Of misschien zagen ze het al. Dat moest wel het geval zijn, want al gauw begon een man over de ophanden staande overwinning van het republikeinse leger te praten, alsof hij aannam dat ze aan hun kant stonden. Walt vertelde het laatste nieuws over de oorlog en Sophie merkte dat hij niet liet doorschemeren aan welke kant hij de voorkeur gaf.

'Kom naar mijn huis, *por favor*. Mijn dochter is het eten aan het klaarmaken.' Een oude man pakte Sophie enthousiast bij haar arm. 'Jullie bezoekers moeten komen.'

Ze keek naar Walt.

'*Sí, señor*, dank u. Heel graag,' antwoordde Walt.

De man trok nog harder en Sophie had geen andere keuze dan hem te volgen.

De grot rook naar aarde en het was er schemerig en vochtig. Sophie probeerde te ademen, maar de bedompte lucht bedwelmde haar bijna. Het meubilair was net zo eenvoudig als de aarden woning. Een oude stoel, een bed. Een lange bank diende als tafel en het magere postuur van de vrouw vertelde haar dat hun enige kast bijna leeg was.

'Ik zeg steeds maar tegen mezelf dat we hier niet lang meer hoeven te blijven,' zei de vrouw opgewekt. 'Als we de fascisten eenmaal hebben verslagen' – ze fluisterde de laatste woorden – 'wordt alles beter. Op een dag verhuizen we naar een goed huis met een boom buiten die schaduw geeft.'

Sophies gedachten gingen terug naar de met bomen omzoomde straten van Boston. Ze was niet opgegroeid in een welgesteld gezin, maar wat zij had gehad, leek wel een paleis vergelegen met de schamele woning van deze vrouw.

Sophie keek naar de oude man die met Walt praatte. Ze wist zeker dat hij veel regeringswisselingen had meegemaakt en dit was er maar een van. Hij at zijn eenvoudige maaltijd met manieren die toonden dat hij niet altijd in grotten of heuvels had gewoond. Hij sprak eenvoudig, maar Sophie vond zijn verhalen beeldend. Hij deed haar denken aan José, die zei dat hij dichtte maar haar nog nooit een gedicht had laten lezen. Dat kwam waarschijnlijk doordat hun vriendschap draaide om overleven en niet om plezier. Ook in de woorden van deze man klonk een poëtisch ritme dat ze niet kon verklaren.

Sophie nam een hap van het warme brood en slurpte toen de dunne soep van een houten lepel. Ze at langzaam, genietend van elke hap en wetend dat ze niet nog een keer opgeschept zou krijgen – met wat deze mensen haar hadden gegeven, hadden ze twee dagen kunnen doen als ze geen onverwachtse gasten hadden gehad.

Walt zat vlak bij haar met de man te praten, maar Philip zat buiten dicht naast de deur om op de vrachtwagen te passen.

'Als u een plaats nodig hebt om uw vrachtwagen te verstoppen,' zei de oude man, 'dan weet ik wel een goede plek.'

Walt knikte belangstellend en Sophie vroeg zich opnieuw af of ze deze mensen wel konden vertrouwen. Het leek te makkelijk. Tenzij... misschien waren ze wel een gebedsverhoring.

'Er woonde vroeger een vrouw langs deze weg. Haar man was voorman in de mijn. Ze hadden een huis – een echt huis – geen hol zoals dat van ons. Ze is vorige week overleden en nu staat het leeg. Ik heb overwogen er zelf heen te gaan, maar het is te ver. Mijn dochter is blij met haar vriendschappen hier en we hebben een moestuin aangelegd. Maar verderop langs de weg staat ook nog een grote schuur, wat zeldzaam is in deze streek. Ik denk dat hij groot genoeg is om jullie vrachtwagen in te verbergen.'

'Dat kunnen we overwegen.' Walt keek Philip aan en Sophie wenste dat ze hun gedachten kon lezen.

De jonge vrouw legde haar lepel op de tafel en pakte Sophies hand. 'Als je je zorgen maakt over de anderen, zorgen we er wel voor dat niemand weet waar jullie zijn. Ze zullen denken dat jullie verder zijn gereisd. We zijn gelovige mensen,' voegde ze eraan toe. 'We spreken alleen de waarheid.'

'In dat geval denk ik niet dat we kunnen weigeren,' merkte Walt op. 'We eten onze soep op en dan gaan we op weg.' Hij wendde zich weer tot de oude man. 'Zou u naar de weg willen lopen en ons de juiste route willen wijzen?'

'*Sí, señor.*' Er verscheen een glimlach op het gezicht van de oude man. 'Ik zal u dienen alsof ik mijn God dien. Hij heeft u vast naar ons toe gestuurd. Ik heb Hem vanochtend juist gevraagd hoe ik, als oude man, iets kon betekenen. Ik twijfel er niet aan dat u de verhoring van mijn gebed bent.' Na die woorden klapte de man opgewonden in zijn handen en wees naar de borden op tafel. 'Dat is dan afgesproken. Eet, eet! Laten we vieren dat God voorziet.'

8

Ze vonden het huis en de grote schuur een kilometer of vijf verderop langs een andere kronkelweg, precies zoals de man had beschreven. Het huis was klein – niet groter dan een van de suites van het hotel in Boston dat Sophies vader had gerund – maar het zag er goed onderhouden uit. De ruwe planken waren pas opnieuw wit geverfd. Een klein kippenhok stond rechts van het huis en twaalf kippen kakelden opgewonden toen de vrachtwagen kwam aanrijden en voor de schuur parkeerde.

'Sophie, blijf zitten. Philip en ik gaan eerst het erf controleren voordat we de vrachtwagen binnenzetten.'

De mannen klommen uit de cabine en liepen naast elkaar als twee soldaten die een terrein op vijanden doorzoeken. Ze controleerden eerst het huis, daarna de schuur en ten slotte het erf eromheen. Na twintig minuten kwamen ze terug.

'Het ziet er goed uit. Bijna te goed.' Walt stapte weer in en startte de motor. 'Achter het huis is een moestuin en een waterput en iets meer dan een halve kilometer verderop is een beekje. Eigenlijk is het een ideale plek met alles wat we nodig hebben.'

Een manier om water te verwarmen voor een bad? Een andere plek om op te slapen dan de grond? Sophie kon zich niets comfortabelers voorstellen, en het was nog veilig ook... een gebedsverhoring. Hoewel ze dankbaar was, wilde ze ook dat ze op de een of andere manier aan kleren kon komen die niet verschoten en versteld waren. En aan stevige schoenen die niet al van de ene kant van Spanje naar de andere hadden gesjouwd. Maar ze was wel zo wijs om zulke dingen niet te wensen.

'Een beek, dat is fijn. Een bed om in te slapen lijkt me heerlijk. Er is toch wel een bed?'

Walt keerde de vrachtwagen, zodat hij achteruit de schuur in kon rijden. 'Ja, één bed. Philip en ik hebben al besloten buiten te slapen om het goud te bewaken.'

Heel even voelde Sophie zich schuldig dat zij een bed en een kussen zou hebben en zij niet. Ze overwoog voor te stellen dat ze elkaar zouden aflossen, maar ze kende de mannen. Ze zouden het weigeren. Trouwens, een andere mogelijkheid was er niet. Ze kon niet de ene nacht in het bed slapen en de volgende nacht bij een van de mannen.

Philip sprong de vrachtwagen uit en deed de twee grote deuren van de schuur open. Langzaam reed Walt naar binnen en de grote banden knerpten op het hooi. Toen de vrachtwagen niet verder kon, deed Philip de deuren bijna dicht, zodat er alleen nog door een kier licht over de vrachtwagen viel.

Sophie slaakte een diepe zucht. 'Hoe komt het toch dat ik me zo opgelucht voel?'

'Nou, het is in elk geval een goed begin – dat is zeker.' Walt deed het portier open en sprong op de grond. Hij keek haar niet aan en ze had het gevoel dat hem iets dwarszat. Iets wat hij voor zich hield.

'We kunnen hier niet lang blijven,' zei hij en zijn stem klonk opgewekter dan ze hem ooit had gehoord. 'Maar het geeft ons wel de tijd om een plan te maken, eten te zoeken en te rusten. Daarna kunnen we zorgen dat het goud het land uit gaat en bij de juiste mensen terechtkomt.' Hij nam zijn hoed van zijn hoofd en wreef over zijn voorhoofd. De donkere kringen onder zijn ogen en de zorgelijke rimpels in zijn voorhoofd maakten zijn gezicht ouder.

Sophie klom de vrachtwagen uit en nieste door het stof dat van de grond van de schuur op wolkte. 'Als je zegt rusten... betekent dat dan ook dat we tijd hebben om eens te kijken wat we achterin hebben?' Ze wees naar de laadbak van de vrachtwagen.

Hoewel ze aanvankelijk het gevoel had gehad dat ze het goud niet wilde zien of aanraken, was dat gevoel steeds meer verdwenen naarmate ze verder van het vliegveld waren weggereden. Het leek wel of haar nieuwsgierigheid werd geprikkeld door de dunne deken van veiligheid die ze voelde.

Philip was naar hen toe gelopen en had haar vraag gehoord. 'Ik stel me zo voor dat er mensen zijn die er alles voor over zouden hebben om onze lading te zien. Het meeste Azteekse en Incagoud is honderden jaren geleden al in de Spaanse smeltkroezen beland.'

'Het goud dat naar Rusland is gestuurd, heeft waarschijnlijk hetzelfde lot ondergaan,' voegde Walt eraan toe. 'Dit is alles wat er nog over is.' Hij maakte de laadbak open, sprong erin en tilde de deksel van een van de kisten op. 'Philip, wil jij die lantaarn even pakken?'

Philip nam de lantaarn van de muur, haalde een aansteker uit zijn zak, stak de lantaarn aan en gaf hem aan Walt. Walt zette hem op de deksel van een van de andere kisten en verlichtte zo de lading. De lichtstralen weerkaatsten tegen het goud, zodat het wel leek of de munten licht gaven.

Sophie en Philip klommen ook in de laadbak en gingen met hun handen door de gouden munten, juwelen en andere gouden schatten.

'Hoeveel antieke kunstvoorwerpen zijn er nog? Zonder deze mee te rekenen, natuurlijk,' vroeg Sophie.

'Nou, laat ik het zo zeggen: nog maar vijf jaar geleden heeft dr. Alfonso Caso, een schatzoeker, de onbeschadigde tombe van een hoge Mixteekse beambte ontdekt. Zijn vondst verdubbelde het aantal sieraden dat in het bezit is van verzamelaars – wat vooral aangeeft dat er maar weinig stukken zijn.'

'Hoe zit het met de stukken die in Spanje worden bewaard? Zijn die bij die aantallen inbegrepen?'

'Nee.' Walt pakte een muntstuk, bekeek het nauwkeurig en legde het toen weer terug in de kist. 'Er zijn maar weinig mensen die überhaupt wisten dat ze er waren. De Spaanse regering is al jaren instabiel. Bankemployees komen en gaan. Iemand met connecties heeft misschien de kans gehad de verborgen schatten in de ondergrondse kluis van de bank te zien. De grootste angst van de mensen die er wel van wisten, was dat anderen die geen idee van de waarde hadden, de schatten zouden verkopen of omsmelten.'

Philip hield een voorwerp omhoog dat wel een maïskolf leek... een maïskolf van zuiver goud. 'En dat is precies wat er is gebeurd. En daarom zijn deze stukken zo waardevol.'

Walt hield wat sieraden in het licht. Het halssieraad en de ring waren groter dan Sophie had verwacht, en ook interessanter. Aan de dubbele ketting hing een hanger die haar deed denken aan een omgekeerde bruidstaart met drie verdiepingen. In elk laagje zat een fijn patroon van kleine cirkeltjes. Ze kon zich niet voorstellen hoeveel tijd het een edelsmid moest hebben gekost om zoiets te maken.

Walt floot bewonderend. 'Ik weet één ding. De Spaanse ontdekkingsreiziger Cortés heeft niet lovend genoeg gesproken over het talent van de Mexicaanse goudsmeden. Dit werk is fijner dan ik had verwacht.'

'Mag ik eens kijken?' Philip opende zijn hand en Walt legde een ring op zijn handpalm. 'Ik heb op de universiteit colleges over Zuid-Amerikaanse cultuur gevolgd en ik zie overeenkomsten tussen elementen van de ontwerpen. Als ik had moeten raden, had ik zelfs gezegd dat deze stukken bij de Inca's vandaan kwamen. Maar jij weet er waarschijnlijk meer van dan ik.'

'Ik begrijp waarom je dat denkt. Sommige technieken kwamen uit Ecuador of Peru en verplaatsten zich naar de kust van de Stille Oceaan – maar dit vakmanschap overstijgt nog het beste van de oudere gouden stukken.'

Sophie streek met haar vingers over een ketting. Ze probeerde zich het voor te stellen om de hals van een Azteekse koningin of een Inca-vrouw. Wat voor leven had zo'n vrouw geleid? Was dit een geschenk geweest van haar man? Haar vader? Wat zou ze hebben gevonden van het idee dat de gemeenschap waarover ze had geregeerd volledig was weggevaagd – deels door de hebzucht van buitenlanders die zelfs de ketting om haar hals graag wilden hebben? Wat zou ze hebben gevonden van het idee dat haar juwelen zo lang na haar dood zouden blijven bestaan en door zovelen zouden worden begeerd?

De ketting was tijdens de verovering van haar land gestolen – en hoe vaak zou hij sindsdien in andere handen zijn gekomen? En nu hield Sophie hem vast. Ze beschikte over zijn lot. Zou ze mogen bidden voor gouden sieraden die waren gemaakt om valse goden te aanbidden?

'Ik moet steeds maar denken aan het geloof van de mensen die dit hebben gemaakt,' zei Sophie. 'Deze voorwerpen zijn in grote tempels gemaakt en geofferd, en nu zijn ze achter in een vrachtwagen verstopt en zorgen wij ervoor. Misschien zijn hun slechte voortekenen wel uitgekomen – ik bedoel, als je ziet hoe ze eindigen.'

'Dat herinnert me aan een verhaal over de ontdekkingsreiziger Diaz dat ik mijn leerlingen altijd vertelde.' Philip ging meer naar achteren op zijn hurken zitten. 'Diaz beweerde dat Cortés, toen die zich in het midden van de zestiende eeuw uit Mexico terugtrok, zijn deel van de schat meenam en wat er overbleef aan zijn troepen gaf.

Natuurlijk duldde de lokale bevolking niet dat hun tempels werden leeggeroofd. Ze jaagden de Spanjaarden hun steden uit – steden waarin het heel moeilijk was om de weg te vinden omdat er zoveel grachten waren. De meeste mannen probeerden de grachten over te zwemmen om te ontsnappen.' Hij zweeg even en keek naar Sophie.

'Maar de zakken van die mannen zaten vol met goud... ze moeten verdronken zijn!'

'Precies! Je krijgt een tien voor je opdracht van vandaag, beste meid!'

'En Diaz? Hoe komt het dat hij het wel kon navertellen?' vroeg ze.

'Nou, Diaz was slimmer. Hij wist dat de Azteken jade waardevoller vonden dan goud. Dus toen hij vertrok, nam hij vier jade stukken mee in plaats van de gouden schat. Later ruilde hij die jade voor voedsel en verzorging. Hij kwam niet rijk in Spanje terug, maar omdat hij zich voor de mensen interesseerde en wist wat ze het meest waardevol vonden, bleef hij in leven.'

Opnieuw werd Sophie overvallen door een vreemd gevoel en ze legde de gouden ketting terug in de kist. 'Dat is heel boeiend. Je leerlingen vonden het vast een mooi verhaal.'

'Tja, ik had wel het idee dat ze meer leerden als ik ze verhalen vertelde dan wanneer ik ze dwong namen en jaartallen uit hun hoofd te leren.'

'En op een dag, als je teruggaat, kun je ze over je eigen avonturen in Spanje vertellen!'

Philip lachte. 'Ze zouden vast denken dat ik het allemaal uit mijn duim zoog. Hun geschiedenisleraar heeft in de loopgraven gevochten, aan het front een mooie vrouw gered, heeft zonder het te weten een nazispion geholpen, is door een dief ontvoerd en heeft een antieke schat helpen beschermen.'

Sophies lach voegde zich bij die van Philip en zelfs Walt schudde glimlachend zijn hoofd.

'Ze zouden denken dat je te veel Spaanse wijn op had, vriend,' zei hij.

'Maar het is wel fijn om te bedenken dat we op een dag teruggaan, hè?' Sophie keek oplettend naar Philips gezicht. 'Ik zou graag de school zien waar je hebt lesgegeven. De atletiekbaan zien waar je hebt hardgelopen. Je ouders ontmoeten.'

Philip knikte. 'Ik denk dat ik daar wel voor kan zorgen.'

Walt schraapte zijn keel. 'Nou, het is fijn om te weten dat jullie tortelduifjes de toekomst helemaal hebben uitgedacht, maar ik denk dat we maar eens in het huis moeten gaan kijken. We moeten zien wat we kunnen gebruiken en een aanvalsplan maken. Volgens mij zijn we hier niet lang veilig. Er zijn zo veel mensen die weten dat hier een vrachtwagen is langsgekomen, dat het nieuws zich wel als een lopend vuurtje zal verspreiden. We moeten over onze sterke en zwakke punten nadenken.'

'Dat doet me aan de padvinders denken,' merkte Philip op. 'Als je een haalbaar plan wilt maken, moet je eerste bedenken wat je kan helpen en wat je in de weg staat.'

Walt knikte en legde de deksel terug op het goud. 'Ja. En wat Spanje het meeste kan helpen, is nu ons grootste obstakel.'

*

Deion had het gevoel dat hij thuiskwam toen hij op de stoel van de oude, Russische vrachtwagen ging zitten. De laadbak lag vol proviand voor de soldaten. De stoel naast hem was leeg. Hij had Gwen een lift aangeboden, maar ze had die geweigerd en gezegd dat ze toch maar niet naar de frontlinie ging, omdat ze in de operatiekamer nodig was. Deion wist dat ze niet blij was met wat hij tegen haar had gezegd. En daarom vond ze hem nu niet aardig meer.

Maar hij wist dat wat hij had gezegd de waarheid was. Als iemand het gewicht van de wereld op zijn schouders droeg, kon dat hem tijdelijk een goed gevoel geven. Hij persoonlijk zou trotser op zichzelf zijn als hij meer verantwoordelijkheid had. Maar hij had door schade en schande geleerd dat iedereen die onder druk stond, ontmoedigd raakte. Hij had alleen Gwens ogen graag weer willen zien stralen toen hij vertrok.

Vlak voordat de vrachtwagen wegreed, gebaarde de commandant dat Deion moest wachten. Even later klom er een jonge, Duitse soldaat bij hem in de cabine. Hij leek vriendelijk, maar Deion kreeg toch een onbehaaglijk gevoel. Hij herinnerde zich een andere Duitser die hij onder zijn hoede had gehad en die later een vijandelijke piloot was gebleken. Ritter had hen allemaal voor de gek gehouden en Deion vroeg zich af of deze man hetzelfde was – een leugenaar, een spion die voor zijn eigen doeleinden aan informatie probeerde te komen.

Pas toen Deion de papieren met zijn instructies had gelezen, had hij ontdekt dat hij niet was ingedeeld bij zijn eigen Abraham

Lincolnbrigade, maar als chauffeur voor de Duitse Internationale Brigade – het Thälmannbataljon.

De vrachtwagen kraakte en kreunde toen Deion door de nacht reed. De man naast hem sliep, en naarmate de uren verstreken, besefte hij dat hij net zo moe was als de soldaat. Deion moest zich inspannen om zijn ogen open te houden. Hij zou zijn uiterste best doen, ook al was hij niet blij met zijn werk.

Toen de Duitser wakker werd, probeerde hij met Deion te communiceren. Hans had lichtbruin haar en een knap gezicht. Hij begreep Deions zwijgzaamheid niet en beschouwde de stilte tussen hen als een puzzel die hij moest oplossen. Eerst probeerde hij een woord in het Spaans om te kijken of Deion dat verstond. Toen probeerde hij zich het Engelse woord te herinneren. Hij gebruikte net zo lang zijn handen en voeten om duidelijk te maken welk woord hij bedoelde tot Deion het ten slotte snapte, tot grote vreugde van de jongen.

Op de een of andere manier, met flarden Engels en Spaans door elkaar, kwam Deion erachter dat de jongeman uit een socialistische familie kwam en dat die in Hitlers concentratiekampen gevangen zat. Pas toen begon zijn hart wat te ontdooien.

'In Amerika hangen ze zwarte mensen op in bomen?' vroeg Hans, wat tot nu zijn duidelijkste zin was.

'Ja. Mensen denken alleen maar dat het een vrij land is.'

Deion dacht aan zijn eigen familie thuis in Mississippi. Die was omringd door dezelfde vijandigheid als de familie van de Duitser, hoewel de zijne niet achter prikkeldraad zat. In plaats daarvan werd hun vrijheid beperkt door bordjes waarop *alleen blanken* stond. En ze kwamen vaak door een strop aan hun einde.

Deion vertelde Hans niet over zijn opvattingen, maar wel over zijn werk als afwasser in Chicago en over zijn treinreis naar New York, samen met de andere zwervers van het spoor. Hij vertelde hem over de groep vrienden die hij in de hoofdstad had ontmoet. Een paar van hen waren naar Spanje gereisd. Hij wist niet hoeveel de Duitser begreep, maar de man knikte en luisterde.

Uiteindelijk arriveerden ze bij de buitenpost van het Thälmann-bataljon en laadden ze de voorraden uit. De Duitse vrijwilligers gaven Deion wat stoofpot en brood en klopten hem op zijn rug omdat hij erin was geslaagd hun de spullen te brengen.

Voordat hij weer vertrok, zocht Deion Hans op. Hij schudde hem vriendelijk de hand en kuchte. 'Het was leuk je te ontmoeten. Ik zal voor je bidden.'

Hans knikte en glimlachte en Deion lachte hardop toen hij besefte dat de taalbarrière weer was overwonnen. Hij wist dat de man genoeg had begrepen.

Toen Deion weer in de vrachtwagen klom om in zijn eentje terug te rijden, miste hij het gebabbel van Hans. Het drong ook tot hem door dat het een vreemde dag was geweest. Een knappe verpleegster, een vriendin, was een vijand geworden. En een man van wie hij gevreesd had dat het een vijand was, was een vriend geworden. Niemand had ooit gezegd dat de dingen in Spanje gemakkelijk te begrijpen waren.

9

Vader Manuel stond op de drempel van het paleisachtige appartementengebouw en wist zeker dat hij het adres verkeerd had overgeschreven. Het gewicht van zijn schamele bezittingen was een aanfluiting in de aanwezigheid van zo veel luxe. Hij nam zijn tas in zijn andere hand en slaakte bezorgd een zucht.

Een paar dagen geleden was hij een grote kathedraal binnengegaan in de hoop van God te horen. Op dat moment had hij er nog geen idee van gehad waar zijn gebeden hem zouden leiden – naar het huis van Berto's familie.

De enorme afmetingen van de kathedraal en de plechtstatige schoonheid hadden hem geïntimideerd; het was niet hetzelfde geweest als God zoeken op de heuvels rond Guernica. Want de prachtigste, door de mens vervaardigde voorwerpen, zelfs de schilderijen van de heiligen en de gebrandschilderde ramen, verbleekten in vergelijking met de kleinste dennenappel, volmaakt ontworpen, of de ontzagwekkende delicaatheid van een vogelveer die uit een nest hoog in de bomen dwarrelde.

Maar hoewel vader Manuel zich in de kathedraal niet helemaal op zijn gemak had gevoeld, wist hij dat God naar zijn gebeden had geluisterd, en hij vertrouwde erop dat God een bedoeling had met zijn tijd in Frankrijk. Hij had de kathedraal zonder antwoorden verlaten, maar had wel een weldadige vrede ervaren. En op de een of andere manier had hij, toen hij bij zijn gehuurde kamer terugkwam en Berto – de jongeman die hem bij zijn aankomst in Parijs had begroet – in de gang naast zijn deur zag zitten, beseft dat ze elkaar konden helpen. Vader Manuel was een vreemdeling in een vreemd land en Berto bood vriendschap. Aan de andere kant kon vader Manuel Berto, hoewel die in Parijs geen materiële behoeften had, misschien richting bieden voor zijn ziel.

Dus toen Berto vader Manuel een logeerplek bij zijn familie had aangeboden in de mooie wijk Le Marias, had vader Manuel die aangenomen. Nu ademde hij de geur van bloemen in terwijl hij over een binnenplaats liep, vol ontzag dat hij in een particulier toevluchtsoord midden in een grote stad terechtkwam.

Ruim dertig grote ramen keken op de binnenplaats uit en juist toen vader Manuel had besloten zich om te draaien om naar zijn kamertje terug te gaan, zag hij iets bewegen achter het raam waar hij het dichtst bij stond. Voordat hij nog een stap kon doen, ging de deur open en omhelsde Berto hem hartelijk.

'Vader Manuel! U hebt ons gevonden. Het spijt me dat ik u niet ben komen halen om zelf uw tassen te dragen. Mijn moeder is erachter gekomen dat mijn privéleraar niet zo ijverig is als ze had gehoopt en ik ben nu het lijdend voorwerp geworden van zijn verlangen om haar te behagen. Ik geloof dat ik de hele dag heb geleerd.' Berto lachte hartelijk terwijl hij de versleten tas van vader Manuel overnam en gebaarde dat hij naar binnen moest gaan.

Vader Manuels eenvoudige schoenen kraakten toen hij over de als spiegels glanzende vloeren liep en Berto door de hal rechts van de ingang volgde. Zijn soutane ruiste terwijl de zwarte stof over de geometrische patronen van de vloer sleepte. Een dienstmeisje liep haastig langs en bleef even staan om een revérence te maken.

'Dit is wel een mooi huis. Je kunt hiervandaan makkelijk naar de Place de Vosges of naar de beste modezaken van Parijs lopen als je om zulke dingen geeft.' Hij keek achterom naar vader Manuel. 'En dat doet u niet, denk ik, met die gelofte van armoede enzo.' Hij lachte weer. 'Wilt u wel geloven dat mijn favoriete huis ons zomerhuisje in Santander bij de zee was? Het was klein maar leuk en op slechts een steenworp afstand van het water. Ik mis het. We waren vorige zomer net aan het pakken om erheen te gaan toen de oorlog uitbrak.' Berto bleef voor een gesloten deur staan en haalde een sleutel tevoorschijn.

Vader Manuel keek over zijn schouder en telde – het was de vijfde deur aan de lange gang. Het laatste wat hij wilde, was ergens binnenlopen waar hij niet welkom was. Hij voelde zich toch al niet op zijn gemak.

'Nee, ik heb nog niet veel gewinkeld in Parijs,' antwoordde hij en schraapte zijn keel, 'hoewel ze hier mooie spullen hebben.'

Berto deed de deur open en gaf toen de sleutel aan vader Manuel. 'Mijn vader, die is heel anders dan ik en hij is op zijn privacy gesteld. Hij hoopt dat zijn gasten dat respecteren. Ik hoop dat u dat niet erg vindt.'

Berto liep de kamer binnen en zette vader Manuels tas op een bankje naast de deur. 'Maar als u deze verliest, is er nog een loper.' Er verscheen een grijns op Berto's gezicht. 'Die heb ik al eens eerder gebruikt. Maar dat is een verhaal voor een andere keer.'

Hij liet zich op het bed vallen zonder zich eraan te storen dat de fijne lagen beddengoed verkreukelden. 'Ik houd ervan om de stad te ontdekken – niet om te winkelen, maar om mensen te bezoeken. Zo heb ik *señor* Picasso ook leren kennen, weet u. Een vriend van een vriend. En hoewel ik voorzichtig probeer te zijn, verlies ik soms meer dan een sleutel, tot groot ongenoegen van mijn moeder. *Por favor*, vraag niet hoeveel lesboeken ze al niet heeft moeten vervangen.'

'Nee, natuurlijk niet.' Vader Manuel deed alsof hij zijn mond op slot deed met de sleutel, wat weer een lachsalvo van zijn jonge vriend opleverde.

'Goed.' Berto stond op. 'Over een uur gaan we eten. Ik gun u tijd om te rusten. Ik wil altijd van tevoren het menu controleren.' Hij knipoogde terwijl hij zich naar de deur haastte. 'Of liever gezegd, de meisjes die helpen opdienen.' Berto sloeg zijn hand voor zijn mond alsof hij zich plotseling realiseerde tegen wie hij het had.

'Natuurlijk, dat begrijp ik. Een jongeman die oud genoeg is om getrouwd te zijn, moet mooie meisjes bewonderen. Maar...' Vader Manuel stak zijn hand uit en gaf de jongen een klopje op zijn schouder. 'Ook dat is iets waar ik me niet veel mee bezighoud.'

Berto's lach klonk door de gang terwijl hij zijn hand opstak en haastig wegliep. Manuel deed de deur dicht in de hoop dat iemand hem zou komen halen als het etenstijd was. Hij kon altijd op zijn neus afgaan om te ontdekken waar de eetkamer was, maar dat zou hem misschien naar kamers leiden die verboden terrein waren, wat zijn gastheer niet op prijs zou stellen.

Vader Manuel herinnerde zich de dag dat hij Berto had ontmoet. De jongeman had hem van de journalisten op het station weggeleid en had een kamertje gezocht dat vader Manuel kon huren. Eerst had de pastoor zich afgevraagd wat Berto's beweegredenen waren. Later had hij ontdekt dat zijn politieke overtuiging de drijfveer voor zijn sympathie was.

Het was Berto geweest die hem had meegenomen naar de 1-Mei-parade, zodat hij had kunnen zien hoe duizenden mensen luidkeels hun steun aan het Spaanse volk betuigden. Het was Berto die vader Manuel aan Picasso had voorgesteld in diens atelier. De grote meester had hem gevraagd een pijnlijk, persoonlijk verslag te geven van het bombardement door de Duitse vliegtuigen. En nu... was het weer Berto die zijn best deed om een eenvoudige, Spaanse pastoor te helpen die zich afvroeg waarom hij was gered terwijl zoveel anderen waren omgekomen.

Vader Manuel zag een kom water staan op een tafeltje in de hoek. Hij friste zich op en droogde zijn gezicht af met een handdoek die naar citroen en seringen rook. Toen, zo voorzichtig als hij kon, sloeg hij de lagen dekens en lakens terug tot er nog maar één laken over was.

Hij schopte zijn schoenen uit en ging in het midden van het bed liggen. Zijn blik schoot heen en weer en hij nam de fraai gestuukte plafonds, het rozenbehang en de chique, wijnrode gordijnen in zich op. Hij vond zijn aanwezigheid in het huis nog steeds onwerkelijk. Een arme plattelandspastoor ver van zijn volk en zijn thuis. Of wat daar nog van over was.

Zijn gedachten gingen naar het doek van Guernica dat hij eerder die week had gezien. Het had hem verbaasd dat de verschrikkingen van de gebeurtenis in zulke abstracte vormen konden worden gevangen en dat ze de mensen en de dieren van de stad konden weergeven. Hij dacht ook aan de foto's en de schilderijen van de jonge Amerikaanse vrouw; was zij ontkomen? Hij zou uitkijken naar haar schilderijen in de hoop dat hij zich voor niets zorgen maakte.

Toch raakte hij de pijn niet kwijt die hij steeds in het midden van zijn maag voelde als hij aan de knappe, jonge Amerikaanse in het door oorlog verscheurde Spanje dacht. Zijn leraar had hem een keer verteld dat de Geest van God soms zo werkte – dat Hij mensen er op die manier aan herinnerde om te bidden. Hij deed zijn ogen dicht en bracht haar noden bij Jezus de Redder, wat die noden ook waren.

Hij vroeg ook om vergeving dat hij niet naast het bed was geknield om te bidden. Om de een of andere reden was zijn lichaam moe. Misschien van de kilometers die hij elke dag door de stad had gelopen, hoewel het waarschijnlijker was dat het door het overweldigende gevoel kwam dat God hem inderdaad naar Parijs had gebracht, maar dat vader Manuel Hem op de een of andere manier had gemist en precies in de verkeerde richting was gegaan.

'O, Vader,' bad hij, 'hoe ben ik hier toch terechtgekomen? En heb ik gelijk als ik denk dat een jongenshart de opdracht is die U nu voor me hebt?'

Vader Manuels woorden werden onderbroken door een klop op de deur. Hij stond op, trok zijn kleren recht en deed de deur open in de verwachting Berto te zien. In plaats daarvan stond er een man met donker haar en groene ogen. Over zijn schouder hing een cameratas die wel met hem vergroeid leek.

'Het spijt me dat ik u stoor, vader. Ik ben Edelberto's neef en ik ben net uit Spanje gekomen. Ik ben geen geduldig mens en ik wil graag de pastoor ontmoeten die volgens mijn neef ooggetuige is geweest van het bombardement op Guernica.'

De man sprak met een Amerikaans accent en zag er niet Spaans uit. Hij zette zijn gewicht op zijn andere been en vader Manuel merkte dat hij het liefst op zijn rechterbeen stond. Toen hij beter keek, zag hij dat zijn linkerdij dikker was dan de rechter, alsof er verband onder zijn kleren zat.

Vader Manuel stak zijn hand uit. 'Edelberto?... Ach, ik begrijp het al... hij heeft zichzelf een bijnaam gegeven.'

De handdruk van de man was warm en stevig. Vader Manuel mocht hem wel.

'Ik ben vader Manuel en ik vind het fijn u te ontmoeten. Het spijt me, maar ik heb uw naam niet gehoord.'

'Michael,' zei de man glimlachend. 'Ik heet Michael. Kom, dan breng ik u naar de eetkamer.'

Michael liep met langzame, zekere stappen door het huis en vader Manuel moest zich inspannen om de juiste richting aan te houden en tegelijkertijd de conversatie te volgen.

'Zeg, *padre*, ik hoop dat u het niet erg vindt dat ik het vraag, maar een vriendin van mij was tijdens het bombardement ook in Guernica – een Amerikaanse kunstenares die Sophie heet. U bent haar zeker niet toevallig tegengekomen, hè?'

Opwinding maakte zich van vader Manuel meester. 'Jawel, ik heb haar ontmoet, slechts een paar minuten nadat het bombardement voorbij was. Ze kwam met tranen in haar ogen naar me toe en zei dat ze een vriend zocht. Ene José.'

'Direct na het bombardement?' Michael trok een wenkbrauw op. 'Weet u zeker dat het niet de dag erna was?'

'Ja, dat weet ik heel zeker. Ondanks de schrik over de gebeurtenissen ben ik het beeld van die Amerikaanse vrouw met haar zwarte chauffeur niet vergeten.'

Michael grinnikte zacht, maar zijn ogen verraadden vader Manuel dat er iets niet in orde was. 'Nee, dat kan ik me voorstellen.'

De twee liepen door en vader Manuels maag knorde toen hij gebraden kip en andere heerlijke gerechten rook.

'Dus mijn vriendin was samen met haar chauffeur. Dat is logisch. Hebt u haar ook nog met andere mensen gezien? Ik probeer haar te vinden, ziet u, en alle hulp die u me kunt geven, zou ik op prijs stellen.'

Vader Manuel vertraagde zijn pas terwijl hij in zijn geheugen wroette. Toen verstrakten zijn ledematen, want hij herinnerde zich dat de vrouw ook de man met de zwarte hoed bij zich had gehad – de man die hem had gevraagd naar Frankrijk te gaan en niemand iets over hun ontmoeting te vertellen. Maar een pastoor mocht niet liegen. Trouwens, misschien was dit wel een verhoring van het gebed dat hij nog geen uur geleden had gebeden, een gebed voor de veiligheid van de Amerikaanse vrouw. Ja, nu wist hij het zeker. Deze man zou haar helpen.

'Ja, ik heb haar met twee anderen gezien. Een Amerikaanse vrijwilliger en een man met een zwarte hoed. Ik heb ze vaak samen zien praten in de tuin, maar ik kon niet horen wat ze zeiden.' Vader Manuel haalde zijn schouders op. 'Ik wilde dat ik u kon vertellen waar ze nu is. Ik kan alleen maar hopen dat ze het goed maakt.'

'Vast wel. Zo te horen, ontfermen die mannen zich nu over haar. En het helpt om te weten dat ze hulp van haar vriend José zocht. Dank u voor uw informatie.' Hij zweeg even. 'En nu weet ik zeker dat die drie mannen steeds bij haar zijn geweest. Dat helpt me om wat stukjes informatie aan elkaar te passen, en misschien – dat is mijn hoop – om haar te vinden.'

'Sí, ik ben blij dat ik u kon helpen,' zei vader Manuel terwijl ze de grote eetkamer binnenliepen. 'En als u haar vindt, wilt u haar dan vertellen dat ik voor haar bid? Wilt u dat doen?'

Michael knikte en perste zijn lippen op elkaar. 'Dat zal ik doen, *padre*. Dat zal ik zeker doen.'

10

Sophie gebruikte schoon water en een stukje zeep dat ze vond om de keuken van het kleine huisje schoon te maken. Het was geen echte keuken, maar een hoekje van het grootste woongedeelte. Maar er was een gootsteen met een handpomp voor vers water. Een fornuis, een paar kastjes, een tafel met twee stoelen en een groot raam aan de voorkant van het huis domineerden dat deel van het huisje. Aan de andere kant van de kamer stonden een schommelstoel en een bank die duidelijk in een winkel was gekocht. Sophie had de indruk dat die een hele aanschaf moest zijn geweest, omdat de rest van de spullen en ook het huis zelf eruit zagen alsof ze van restjes materiaal waren gemaakt die waarschijnlijk van het werk waren meegebracht. Ze draaide zich om en wilde een laagje vuil van de ramen poetsen toen ze voetstappen hoorde.

'Stop!'

Sophies hart sloeg een slag over. Ze draaide zich om en zag Philip met een in haar richting uitgestoken hand in de deuropening staan.

'Wat is er? Probeer je me soms een hartaanval te bezorgen?' Ze legde haar poetsdoek op het houten tafeltje en legde haar hand op haar bonzende hart.

'Ik wilde alleen maar zeggen dat we niet zo duidelijk moeten laten zien dat hier iemand is. Dat is alles. Als je de ramen lapt en het stoepje voor de deur veegt, valt het op. Walt doet buiten zijn best om het feit dat we hier zijn, te verbergen.'

Sophie deed een stap naar het raam. Inderdaad. Walt was met een boomtak met bladeren de oprit aan het vegen om de bandensporen te verdoezelen.

Ze zette haar handen in haar zij. 'Die voorzorgsmaatregelen lijken me wel zinvol. Maar ben je soms vergeten dat er al heel wat mensen zijn die weten dat we hier zijn?'

'In feite is dat niet zo. Ze hebben ons eerder wel gezien, maar ze weten niet dat we hier zijn gestopt. Die man en zijn dochter hebben beloofd dat ze het niemand zouden vertellen, weet je nog?'

'Goed.' Ze knikte met haar hoofd naar de andere kamer, afgescheiden door een deur. 'Wil je me even helpen de veren matras naar buiten te dragen om hem te luchten? Ik heb in de slaapkamer schoon beddengoed gevonden.'

Philip wachtte niet tot Sophie de andere kant van de matras had gepakt. In plaats daarvan gooide hij hem over zijn schouder, droeg hem naar buiten en legde hem over een houten schutting achter het huis. Daarna ging hij op de grond zitten en klopte op het groene gras naast hem om Sophie duidelijk te maken dat ze naast hem moest komen zitten.

Sophie ging bij hem zitten, haar schouder tegen de zijne. Ze probeerde zich voor te stellen hoe het zou zijn als ze hier had gewoond. De oude man had gezegd dat de echtgenoot van de vrouw in de mijnen had gewerkt. Ze stelde zich een eenvoudig leven voor waarin ze voor het huis en het erf zorgde, de kippen voerde, een moestuin onderhield en aan het eind van de dag wachtte op de komst van de man van wie ze hield.

Misschien was de vrouw soms wel de weg afgelopen om vriendinnen te ontmoeten. Of misschien was God haar beste vriend geweest, zoals Hij Eleanors beste vriend was geweest, de vrouw van wie Sophie een Bijbel had.

Sophie plukte een paar wilde bloemetjes die binnen handbereik stonden en maakte er een boeketje van. Hun zoete geur paste volmaakt bij haar stemming. Ze keek naar Philip.

'Mag ik je iets vragen?'

'Hmm?'

'Die naam die je vandaag koos... je hebt me al eens verteld over je vriend, hoe hij hier in Spanje is omgekomen. Maar je hebt me nooit echt over je eigen verleden verteld. Hebben jullie elkaar tijdens het sporten ontmoet?'

'Nee, Attis en ik waren jeugdvrienden. We woonden in dezelfde straat. Hij komt in alle herinneringen aan mijn kindertijd voor.'

Philip viel stil en Sophie kon zich bijna de beelden voorstellen die door zijn gedachten zweefden – twee kleine jongetjes... hun lach, hun spel, hun kattenkwaad.

'Soms is het moeilijk eraan te denken dat hij dood is en dat deze oorlog hem het leven heeft gekost. Eén kogel in zijn voorhoofd en het was voorbij. Door de oorlog en doordat ik voortdurend heb gevochten en op de vlucht ben geweest, heb ik nog niet veel tijd gehad om erbij stil te staan en het tot me door te laten dringen. Maar de afgelopen dagen heb ik wel tijd gehad om na te denken.'

'Ik kan me niet voorstellen hoe het moet zijn om iemand te verliezen die me zo na staat... ik moet er niet aan denken.' Terwijl ze de woorden zei, vulden de onwelkome gedachten aan Michaels begrafenis haar hoofd. 'Ik heb aan het front veel gewonden gezien. Er waren mannen die me smeekten ze te doden.'

Er liep een rilling over haar rug en ze weigerde zich door de beelden van de huilende mannen en de verwoeste lichamen in beslag te laten nemen. 'De dood van jouw vriend kwam in elk geval snel. Hij heeft niet geleden, wel?' Sophie zocht naar de juiste woorden, maar wist niet wat ze verder kon zeggen.

'Eigenlijk weet ik niet of dit beter was. Als hij aan een ziekte was gestorven, had ik me erop kunnen voorbereiden. Dan had ik al die dingen kunnen zeggen waarvoor ik nooit de kans heb gehad. Ik had hem kunnen vertellen hoeveel hij voor me betekende. Ik zou zijn advies hebben gevraagd over vrouwen.' Philip grinnikte, hoewel het verdriet in zijn ogen bleef. 'Attis was getrouwd, weet je. En ik kan mezelf er nog steeds niet toe zetten om Louise te schrijven. Heel laf.'

Sophie haastte zich niet om nog iets te zeggen. Ze wachtte terwijl hij met de punt van zijn schoen in de aarde groef en gaf hem de kans te bedenken hoe hij de dingen waar hij zo lang over had gezwegen, moest zeggen.

Uiteindelijk schraapte Philip zijn keel. 'Hij was er. We lachten en maakten grapjes, en toen was hij dood. Zomaar. Ik was nog geen half uur weg geweest. Het leek wel een stomme grap. En weet je, ik kan er maar niet om huilen. Ik voel me rot, dus waarom kan ik niet huilen?'

'Ik weet het niet. Ik wilde dat ik een antwoord had. Soms vraag ik me hetzelfde af. Ik weet dat Luis dood is – door mij. Ik denk aan José, aan... hoe hij bedrogen is.'

Philip gaf geen antwoord en dat verlangde Sophie ook niet. Het was genoeg dat ze samen waren en hun verdriet deelden. Sophie wist dat hun relatie niet meer was zoals die was geweest toen ze in Guernica afscheid hadden genomen. De opwinding over de wederzijdse aantrekkingskracht was bekoeld, maar misschien was het maar beter zo. Nu kozen ze ervoor om van elkaar te houden en wisten ze dat de ander verre van volmaakt was. Er waren veel dingen gebeurd waar ze het nog over moesten hebben. Maar dit was een begin.

Na een paar minuten tikte Philip met zijn vingers op zijn knie, ongetwijfeld een melodie die hij in zijn hoofd had. Sophie keek naar zijn polsen – nog geschaafd door het touw. Ze wilde zijn grote hand tussen haar twee kleinere handen nemen. Wilde tegen hem zeggen dat hij hier doorheen zou komen, dat het goud gered zou worden en dat de opbrengst gebruikt zou worden voor het volk dat zo weinig hoop had. Dat ze uiteindelijk samen zouden zijn. En dan, als de oorlog in Spanje tot een herinnering zou verbleken, zouden ze opnieuw kunnen beginnen en de ontluikende gevoelens van liefde kunnen onderzoeken waarover ze elkaar eerder hadden verteld.

Maar ze kon geen beloften doen. Dat zou dwaas zijn. God had een plan; dat was het enige wat ze zeker wist, maar om aan te nemen dat dat plan inhield dat zij en Philip in de toekomst samen zouden zijn...

dat mocht ze niet van God verwachten. Dat had ze al eens eerder geprobeerd... en, wel, ze besloot dat ze haar liefde zou schenken in plaats van zich in een relatie te storten, en dat ze de resultaten aan God zou overlaten. Dat was de enige manier waarop liefde werkte.

Walt kwam de hoek om en bleef staan toen hij hen in het oog kreeg. Zijn mond viel een beetje open. 'Ik ben blij dat jullie tweeën het gevoel hebben dat het werk klaar is,' riep hij. 'Het spijt me dat ik jullie siësta verstoor, maar we moeten wat te eten zien te vinden en daarna moeten we praten.' Hij liep op hen toe. 'Ik ga morgen te voet naar de dichtstbijzijnde plaats. We moeten een plan maken en' – hij pakte een pistool en gaf het aan Philip – 'bespreken wat we misschien moeten doen om ervoor te zorgen dat het goud veilig is.'

Philip nam het pistool van hem aan en knikte.

Daarna hief Walt zijn hoofd op en zocht de lucht af. 'Ik weet dat deze plek bedrieglijk vredig is, maar we mogen de echte gevaren hier niet vergeten.'

'Je hebt gelijk.' Philip stond op en klopte zijn broek af; toen draaide hij zich om en stak Sophie een hand toe. 'Geen pretjes meer. Geen openhartige gesprekken meer totdat we veilig zijn.'

Ze sperde haar ogen wijd open en Philip lachte.

'Vooruit dan maar.' Ze zette haar handen in haar zij. 'Ik zal al mijn diepzinnige gedachten voor me houden tot we veilig zijn.' Ze gooide haar haar naar achteren en liep naar het kippenhok. 'Weet iemand wat we met die kippen moeten doen? Ik proef eieren Bénédictine. Een beetje ham – Hollandaisesaus met citroensap. Och, misschien is een gewoon gebakken ei ook wel goed.'

Er klonk gelach achter haar en Sophies stap werd lichter. Walts opmerking was wel een goede waarschuwing, maar hij temperde niet het warme gevoel dat ze nu kreeg. Philip vertrouwde haar – hij had haar over zijn gevoelens verteld.

*

De lucht was staalgrijs en de eerste stralen van de dageraad strekten hun vingers over de toppen van de bergen uit. Sophie stapte door de voordeur naar buiten en voelde een verfrissende kou in de lucht. Ze was dankbaar dat het niet zo'n hete dag zou worden als gisteren. Walt wilde er vandaag op uit en ze had het vervelend gevonden als hij in de hitte had moeten lopen.

Ze liep naar het kippenhok en tuurde naar binnen. De meeste kippen sliepen, hun kop in hun veren. Ze vond het vervelend om ze te storen, maar haar maag knorde en ze wilde niet tot zonsopgang wachten voordat ze aan het ontbijt begon. Er was de vorige dag zoveel gebeurd, dat ze niet genoeg hadden gegeten. Ze had niet meer kunnen klaarmaken dan waterige soep van een paar aardappels die ze in de moestuin had gevonden. Ze waren nauwelijks verzadigd, maar waren te moe geweest om zich daar druk om te maken.

Ze waren al in slaap gevallen voordat de zon onder was, Sophie in de slaapkamer, Walt in de schuur bij de vrachtwagen en Philip op de bank in de woonkamer. Sophie wist niet of het voor haar bescherming was geweest of omdat de bank zacht was dat hij ervoor had gekozen om daar te slapen in plaats van in de schuur, maar ze had beter geslapen in de wetenschap dat hij er was. Door de dunne muren heen had ze af en toe het geluid van zijn gesnurk gehoord en dat had haar getroost, vooral als ze wakker werd en zich herinnerde waar ze was.

De kippen verwelkomden haar met zacht gekakel en Sophie glimlachte; ze vroeg zich af wat haar moeder ervan zou vinden dat haar stadsmeisje het leven op platteland leerde kennen. Ze schoof haar hand onder de dichtstbijzijnde hen, die humeurig tokte.

'Niet zo brutaal.' Sophie schudde haar hoofd. 'Je kunt je eieren toch wel met me delen? Dat is beter dan als iemands avondmaaltijd dienen.'

Ze keek onder alle kippen, verzamelde zes eieren en stelde zich voor hoe trots Philip en Walt zouden zijn als ze zagen wat ze bij zich had. Ze wierp nog een laatste blik op de kippen en deed zachtjes het deurtje van het hok op slot.

Nog voordat ze een stap had gezet, werd ze door iets tegen de grond geslagen. Een laag gegrom vulde haar oren en Sophie voelde een schreeuw in haar keel opwellen. Ze riep Philips naam en beschermde haar gezicht met haar armen. Maar in plaats van haar aan te vallen, slobberde het hongerige dier de gebroken eieren op met de gulzigheid van een wolf. Zelfs in het zwakke maanlicht herkende ze nog de magere straathond die ze gisteren al had zien rondzwerven.

'Stom beest! Kijk nou eens wat je hebt gedaan!' Haar maag knorde alsof hij protesteerde. Ze hief haar handen op en duwde de hond uit de weg. Zijn huid spande zich strak over zijn botten en haar boosheid sloeg onmiddellijk om in medelijden. Arm beest.

Ze vroeg zich af of hij hier hoorde – of hij verlaten was toen zijn baas was overleden.

'Sophie?' Philips stem riep haar. 'Alles in orde?'

Terwijl hij naar haar toe rende, hoorde ze een klik. Hij spande het pistool dat Walt hem had gegeven.

'Niets aan de hand. Het is maar een hond. Doe hem niets. Hij bedoelde het niet kwaad.'

Philip liep met langzame passen naar haar toe en keek op haar neer. Hij trok zijn wenkbrauwen op bij de aanblik van het beest dat nog steeds aan de aarde en de restjes van de eierschalen likte. 'Ik neem aan dat dat ons ontbijt was.'

'Helaas wel, ja.' Sophie stak haar hand uit en Philip trok haar overeind.

'En ik hoopte nog wel dat Walt iets behoorlijks in zijn maag zou hebben voordat hij op weg gaat.' Ze zuchtte.

'Te laat. Hij is een uur geleden al vertrokken. Hij heeft op de deur geklopt en het me verteld.'

Ze veegde haar handen aan rok af. Ze voelde haar handpalmen prikken en veegde ook de rug van haar handen af. 'Echt? Dan ben ik daar vast van wakker geworden zonder dat ik het besefte.'

Philip ging op zijn hurken zitten en kroelde de hond achter zijn oren. 'Arm beest.'

'Dat moet je niet doen.' Sophie deed een stap achteruit. 'Je weet nooit wat voor bacteriën hij bij zich heeft.'

'En wij zeker niet?'

Sophie sloeg haar armen over elkaar. 'Daar heb je gelijk in.' Ze zette haar voet op de eierschalen op de grond en trapte ze fijn. 'Maar toch, als je te aardig bent, wil hij blijven.'

'Ja, dat is zo. Hoe zullen we hem noemen?'

'Meen je dat echt?'

'Wat dacht je van Flodder? Of Flap misschien?'

'Ik vind Flodder leuker omdat hij er zo onverzorgd uitziet.' Haar stem klonk speels; ongewild begon ze de hond leuk vinden. Hij reikte maar tot haar knieën en had een zwarte vacht en bruine snorharen die hem op een oude man deden lijken.

'Hij is wel lelijk,' mompelde ze, maar het vertederde haar dat Philip zo vriendelijk was voor zo'n smerig, schurftig beest.

'Ja, maar hij is zo lelijk dat het weer schattig is. Vind je niet?'

De hond kwispelde instemmend.

'Maar een ontbijt hebben we niet.'

'Nou ja, misschien kunnen we nog eens in de tuin spitten. Ik geloof dat ik nog een paar aardappels zag. Die kunnen we bakken.' Hij stond op en sloeg zijn broekspijp af. 'Dan redden we het wel tot Walt terugkomt.'

'Tjonge, wat ben jij een dromer,' zei ze met een zucht. 'Ik heb in de voorraadkast ook nog wat bloem en olie gezien. Misschien kan ik pannenkoeken bakken. Maar ik zou alles over hebben voor wat verse broodjes en chocoladeslagroomtaart.'

'Wat dacht je van gerookte zalm uit de Stille Oceaan?' voegde Philip eraan toe terwijl ze terugliepen naar het huis. 'Stel je voor, ik klaagde vroeger tegen mijn vader als we alweer vis aten.'

Ze liepen langzaam naar het kleine huisje. Philip deed de deur voor haar open en ze bleef staan en keek naar hem op.

'Denk je dat we ooit terugkomen? In Amerika? Ik bedoel, zelfs als we niet met dat goud zaten, was het toch nog oorlog en... nou ja, het lijkt wel of de grens nu verder weg is dan toen we begonnen, niet dichterbij.'

Hij hief zijn hand op en streek het haar dat langs haar slapen hing naar achteren. 'Ja. Maar toch vertrouw ik erop dat we op een dag weer thuis zullen zijn.' Hij boog zich naar haar toe alsof hij haar een kus op haar voorhoofd wilde geven.

De hond krabde aan Sophies been en verstoorde het tedere moment. Ze sprong achteruit. 'Au, dat doet pijn.' Ze duwde de hond weg, maar hij hield niet op. Ten slotte, toen hij zag dat hij haar aandacht had, rende hij de achtertuin door, kroop onder het hek door en rende naar een heuveltje achter het huis.

'Volgens mij wil hij dat we hem volgen.' Philip draafde achter hem aan.

'Wacht... ik heb honger!' riep ze. 'En ik vond het fijn om je hand op mijn gezicht te voelen,' mompelde ze zachter.

Toen sloeg Sophie haar armen over elkaar en realiseerde zich dat dit de tweede keer was dat de hond iets goeds had verknoeid. Ze wilde net het huis binnengaan om toch vast aan de pannenkoeken te beginnen, toen Philips stem de stilte van de ochtend verbrak.

'Sophie! Kom snel!'

11

Op de blauw met witte folder in vader Manuels hand stond 'Parijs Tentoongesteld'. Waarschijnlijk had Berto hem onder zijn deur door geschoven. Als hij eerlijk was, had hij er geen behoefte aan om er weer op uit te gaan. Hij voelde zich te neerslachtig. Hij miste het om God en zijn mensen te dienen.

Hij voelde zich leeg en had vooral levend water nodig. Christus bood aan in zijn vermoeide hart door te dringen en hij besefte nu hoe dor het was geworden.

En daarom liep hij met zekere tred naar de binnenplaats en ging op een geverniste, houten bank zitten, legde de krant naast zich neer en vouwde zijn handen. De stralen van de ochtendzon op zijn schouders voelden als een warme deken. Het gras was netjes gemaaid en de struiken waren zorgvuldig tot bogen gesnoeid langs de border bij de poort. De bloemen dansten in de wind en het gezang van vogels in een boom vlakbij deed vader Manuel denken aan de allereerste tuin die door Adam was onderhouden. Vader Manuel had zich altijd een weelderige, onbedwongen wildernis voorgesteld – zoals de natuur waar hij thuis altijd in had gewandeld. Maar als Adam het nu ook eens leuk had gevonden om zijn omgeving zo te verzorgen? Misschien had hij in zijn eigen tuin ook wel van snoeien en ontwerpen gehouden – een kleine weerspiegeling van Gods creatieve karakter.

Gebeden stroomden over vader Manuels lippen en zodra hij van de bank was gegleden om in het zachte gras te knielen, hief hij zijn armen op in gebed. Hij wist niet hoeveel tijd er verstreek terwijl zijn lippen gebeden tot God prevelden, maar uiteindelijk stond de ochtendzon hoog aan de hemel en scheen warm op zijn hoofd.

Hij stond op, moeizaam als een oude man. Hij grinnikte bij de herinnering aan de eerste keer dat zijn benen tijdens het bidden waren gaan slapen. Dat leek niet juist. Hij wenste dat God, als het om knielende pastoors ging, de natuurwetten, de wetten van de bloedcirculatie ophief – een kleine beloning voor mensen die Hem ijverig en plichtsgetrouw dienden.

Zodra hij stond, zag vader Manuel iets achter een raam op de tweede verdieping bewegen en hij knikte naar de man die hij naar hem zag kijken. Hij was ouder dan Berto's neef Michael, maar hij leek wel op hem. Vader Manuel concludeerde dat het Berto's vader moest zijn, die hij de vorige avond helaas niet bij de maaltijd had gezien.

Vader Manuel stak zijn hand op om te zwaaien en de man deed een stap achteruit alsof hij schrok dat hij was gezien. Hij zwaaide snel terug en trok toen de zware gordijnen dicht. Vader Manuel wist niet wat hij daarvan moest denken, maar hij hoopte dat hij de man gauw zou ontmoeten. Er was veel waar hij hem voor moest bedanken. Hij had zelfs het overweldigende gevoel dat hij hem onverdiende gunsten had geschonken.

Hoewel vader Manuel zich gisteren had afgevraagd of hij het aanbod van een gratis kamer wel moest aannemen, was hij vandaag blij dat hij het had gedaan. Hij had het gevoel dat zijn ziel al verfrist was, zijn hoofd helderder. Zijn zorgen over het accepteren van dit geschenk verdwenen toen er iets tot hem doordrong – God had hem met een doel naar dit mooie huis en deze fijne mensen gebracht. Hoe meer hij erover nadacht, hoe meer het als een opdracht voelde. De ontdekking dat Berto's neef nu juist de vrouw kende waarvoor hij dringend had gebeden, bevestigde dat. Hij was hier om iets te brengen wat nog waardevoller was dan wat hij had ontvangen – maar aan wie hij die gunst zou verlenen wist hij nog niet. Berto? Michael? Berto's vader?

Eén ding wist vader Manuel wel. Hoewel deze mensen in materieel opzicht alles hadden wat ze nodig hadden – en nog veel meer ook

– hadden ze toch de nieuwe hoop nodig die in Christus werd gevonden. Een geschenk veel groter dan welke schat ook. Hij zou er nog wel achter komen wie hem nodig had.

Vader Manuel vertrouwde erop dat God voor de rest zou zorgen.

Toen hij naar binnen wilde gaan, ging de poort aan de voorkant van de binnenplaats open. Een man kwam haastig binnen. Hij leek verbaasd een pastoor te zien, maar liep door naar de voordeur.

Het was een jongeman die een soort uniform droeg en een vlotte, blauwe pet. Hij klopte hard op de deur en toen die openging, vroeg hij naar *señor* Vidal. Vader Manuel zag dat hij een telegram in zijn hand had.

De huishoudster die open had gedaan en kennelijk aanbood het naar haar werkgever te brengen, kreeg op besliste toon te horen: 'Wat ik in mijn hand heb, is voor *señor* Vidal en voor hem alleen.'

De dienstbode liet de jongeman binnen en vader Manuel bad nog een laatste keer – dat het nieuws dat de man bracht, gunstig zou zijn voor zijn gastheer, dat het hem hoop zou schenken en dat het de gulle Spanjaard die zijn huis voor een eenvoudige pastoor had opengesteld, niet zou schaden.

*

Hoewel hij een ruim kantoor om zich heen had, fraai ingericht met souvenirs van zijn talrijke reizen – een handgemaakte trommel uit Afrika, een prachtig wandkleed uit Zuid-Amerika, een houten schip uit Boston – voelde Adolfo Vidal zich alsof de muren op hem af kwamen. Misschien droeg het beeld van de pastoor die op zijn knieën op de binnenplaats zat, nog wel bij aan zijn ondraaglijke last. Het beeld van die man, zo nederig en pretentieloos, had zijn belangstelling gewekt, maar had ook zijn hart nog zwaarder gemaakt. Hoe iemand zichzelf zo openlijk kon verlagen, was iets wat hij nooit zou begrijpen. Maar toch, het geloof...

Hij was jaloers op de uitdrukking van vertrouwen die duidelijk op het gezicht van de man had gelegen. Zo jaloers zelfs dat hij zijn ogen voor het tafereel moest afschermen, om te voorkomen dat hij door de pastoor zou gaan twijfelen aan de zaken waaraan hij zijn leven de afgelopen drie jaar had gewijd.

De dikke gordijnen hielden het meeste zonlicht tegen, maar zelfs in de schemerige kamer trokken de boeken op de plank nog zijn aandacht. Geschiedenisboeken, avonturenverhalen, dagboeken van Spaanse conquistadores die hun land en familie hadden verlaten in de hoop een schat in een ver land te ontdekken. Hij had ze gelezen, verslonden, al sinds zijn jeugd. Als jongeman had hij al vaak een van de witte hengsten van zijn familie van stal gehaald en de heuvels afgespeurd in de hoop dat daar een schat begraven lag.

Hij had niets gevonden in die heuvels, in hoeveel grotten hij zich ook had gewaagd en hoeveel kuilen hij ook had gegraven. Maar naarmate hij ouder was geworden, was er een subtielere wetenschap ontstaan – diep in zijn hart – dat het op een dag zou gebeuren. Zoals Columbus had geloofd dat hij een nieuw land zou ontdekken, zo geloofde Adolfo dat hij de avonturier zou worden die de ontdekking aller ontdekkingen zou doen. Hij trok zijn bureaula open, haalde er een grote kaart uit en spreidde hem op het eiken blad uit. De kaart was bijna net zo oud als Cortés zelf, en Adolfo wist dat er geheimen op stonden. Maar als alles goed bleef gaan, zou het licht in de duistere raadselen doordringen en de langverwachte antwoorden onthullen.

Het gestolen goud in Spanje was de sleutel tot alles. De bankiers van Spanje waardeerden het goud alleen op zijn gewicht. Michael en zijn ouders, verzamelaars en zakenlui begrepen de waarde van de kunstvoorwerpen, wetend dat de kenners er goed voor zouden betalen.

Maar hij zag niet alleen hun intrinsieke waarde, maar ook die van hun oude symbolen die hem konden leiden naar de nog onontdekte schat die in Zuid-Amerika verborgen lag. Terwijl de anderen naar de oppervlakte keken, zocht hij, een liefhebber van geschiedenis en avontuur, nog dieper.

Toen hij voor het eerst van de kaarten en de symbolen had gehoord – die het enige waren dat nog over was van de reizen van de avonturiers uit het verleden – had hij zich erop toegelegd om hun geheimen te ontrafelen, al zou het hem dertig jaar kosten. Met de juiste mensen zou hij uiteindelijk het raadsel van de muntstukken ontdekken. Maar ten slotte had hij gemerkt dat hij maar één man nodig had – de man die hij volkomen vertrouwde. De man van wie hij had gehoopt dat hij zich niet tegen hem zou keren.

Er werd drie keer hard op de deur geklopt en Adolfo's hart ging sneller kloppen. Hij liep naar de deur en nam met een knikje het telegram aan. Hij betaalde de koerier en gaf hem een royale fooi.

'Wacht hier. Misschien moet ik een antwoord sturen.'

Dagenlang had hij niet kunnen eten en had hij nauwelijks geslapen. Hij hoopte maar dat dit het nieuws zou zijn waar hij op had gewacht.

- goud veilig stop voorlopig verstopt stop twee voorwerpen gevonden stop ga andere zoeken stop nu naar Granada stop stuur direct bericht van zoektocht neef stop houd hem tegen elke prijs tegen stop Walt

Adolfo voelde zijn knieën knikken en hij liet zich op een stoel zakken. Een tijd lang was hij bezorgd geweest dat het goud verloren was. Daarna, toen Michael gisteren met een gewond been was gearriveerd, had hij hem gevraagd wat er was gebeurd. Het vervulde hem met trots dat hij de enige was tot wie Michael zich kon wenden... en hij had zich afgevraagd waarom Michael zich deze keer gereserveerd had gedragen. Was het hem gelukt het goud in veiligheid te brengen? Had hij het naar Frankrijk gebracht? Of had Walt het onderschept, zoals gepland? Uit de bezorgde uitdrukking op Michaels gezicht maakte Adolfo op dat het laatste was gebeurd. Hij hoopte dat Michael hem na verloop van tijd om advies zou vragen, zoals hij in het verleden altijd had gedaan. Maar tot die tijd zou hij gedwongen zijn om te wachten en zich af te vragen wat zich had afgespeeld.

Als dat het geval was, wat was er dan met het goud gebeurd? Die vraag had hem de hele nacht beziggehouden en hij had wel honderd verschillende scenario's bedacht. En toen de ochtend was gekomen, had hij nog steeds geen antwoorden.

Walt Block was een vindingrijke vent; hij had meer voor elkaar gekregen dan Adolfo van één man had durven verwachten, maar toch... Adolfo twijfelde er weer aan of hij wel zo veel verantwoordelijkheid, zo veel kennis in de handen van één persoon had moeten leggen. Walt kon ten slotte alles voor zichzelf houden. Hij wist welke voorwerpen – welke munten – hij uit de kisten moest halen. Hij wist waar ze voor dienden. Het enige dat hij niet had, waren de kaarten die hem naar de uiteindelijke schat konden brengen, maar Adolfo wist dat iemand als Walt wel een manier kon bedenken om ook daaraan te komen.

Adolfo had veel op het spel gezet. Hij had zijn huis en zijn kostbare paarden verlaten. Hij had het grootste gedeelte van zijn familiefortuin gebruikt in de hoop meer te vinden. En terwijl de schat hem had gelokt, had ook het raadsel – het avontuur – hem voortdurend getrokken. Vanaf de eerste keer dat Michael hem om advies was komen vragen, had Adolfo geweten dat er meer achter het verzoek van zijn zus had gezeten. Ze vroeg veel van haar zoon door hem op te dragen te stelen wat achter slot en grendel zat. Ze hoopte ongetwijfeld haar zakken met het goud te kunnen vullen en niet te vergeten haar maatschappelijke status te verhogen.

Pas toen Adolfo zich in de zaak was gaan verdiepen, had hij ontdekt dat de schat, hoewel die op zichzelf waardevol was, zeven unieke stukken bevatte die meer waard waren dan al het goud in Spanje bij elkaar. Het waren de goudstukken die een groot man van hem zouden maken. Ze zouden ervoor zorgen dat hij niet alleen in elitekringen bekend zou worden, maar dat zijn naam ook de geschiedenisboeken zou halen. Als mensen het over bekende Spanjaarden zouden hebben, zou Picasso's naam onder die van hem staan.

Adolfo stond op en krabbelde een antwoord op het telegram op een stukje papier.

laat me steeds weten waar je bent stop neef in Parijs zal hem uit het zuiden van spanje weghouden stop zal benodigdheden naar Granada sturen stop offer alles op om voorwaarden met grootste waarde te redden stop A. Vidal

Adolfo stond op, deed de deur open en gaf het papier aan de jongen die het telegram had bezorgd. 'Verstuur snel dit antwoord. Onmiddellijk.'

Terwijl de jongeman zich weg haastte, pakte Adolfo zijn jas en hoed en liep met snelle passen door de glimmende gangen. Hij moest iemand een bezoek brengen. Een liefhebbende oom hoorde zich te verontschuldigen als hij zijn neef niet bij de maaltijd had ontmoet. Hij moest er ook zijn om belangstelling te tonen, advies te geven en te luisteren naar die arme jongen die zo zijn best deed om de goedkeuring van zijn ouders te winnen, maar die zelden kreeg.

Hij zou zijn neef helpen inzien dat hij alles had gedaan wat in zijn vermogen lag en dat het misschien tijd werd om de balans op te maken en het goud de rug toe te keren, om te voorkomen dat hij nog meer zou kwijtraken dan hij al het geval was – zijn tijd, zijn middelen, zijn verloofde en zijn gezondheid. Een liefhebbende oom zou dat ongetwijfeld doen.

12

Hoewel het nog niet eens tijd was voor de middagmaaltijd, schonk Michael voor zichzelf een glas wijn in en ging in de pluchen leunstoel zitten. Het huis was eenvoudig, maar toen hij het had bekeken, had hij onmiddellijk geweten dat het perfect was. Het lag niet alleen naast een groot park, maar had aan de achterkant ook een serre, wat in Frankrijk een zeldzaamheid was. Het zou heel geschikt zijn als atelier voor Sophie.

Hij nam een slok uit zijn glas en wreef over zijn zere been. De dokter had Michael niet gevraagd hoe hij zijn verwonding had opgelopen; hij had het grote stuk metaal er gewoon uit gehaald en de wond gehecht. En Michael had geen uitleg gegeven.

Maar zijn hart deed meer pijn dan zijn been als hij bedacht dat Sophie degene was die hem had verraden. Die de foto's had gestolen. Die ervoor had gekozen bij mensen te blijven die ze nauwelijks kende in plaats van samen met hem Spanje te verlaten.

Zijn ogen gingen naar het schilderij aan de muur – het zelfportret dat ze als huwelijkscadeau voor hem had gemaakt. In de hoop haar te verrassen, had hij het uit het hotel bij de grens gehaald waar Sophie haar spullen had opgeslagen voordat ze de Spaanse grens was overgestoken.

Op het schilderij viel Sophies donkere haar over haar schouders. Ze droeg een lichtblauwe jurk. Om haar lippen lag een allerliefste glimlach. Ze had de ogen heel gedetailleerd geschilderd en het leek wel of ze op hem neerkeken.

Hij had veel fouten gemaakt. Dat wist hij nu. Hij had meer tijd met haar moeten doorbrengen toen ze net in Madrid was aangekomen.

Hij had toen achter informatie aangezeten. Hij had vriendschappen aangeknoopt met sleutelpersonen en had andere mensen gebruikt om opdrachten van hem uit te voeren in de hoop dat hij zou krijgen wat zijn ouders het liefste wilden hebben – niet dat dat nu nog iets uit-maakte.

Het goud was verloren. Sophie had hem leren kennen als een leu-genaar en een dief en hij zat alleen in Parijs.

Michael stond op, liep naar de keuken en sneed een stuk van het verse brood af dat hij op de markt had gekocht. Hij dacht weer over de pastoor na. Op de markt had hij zes kranten doorgekeken. Hij had de verhalen gelezen over de plaatsen in Baskenland die door de in-woners waren verlaten en nu zonder slag of stoot konden worden ingenomen. Hij vroeg zich af of de pastoor wist wat er van zijn huis terecht was gekomen en vooral of de pastoor nog steeds bad, ook al verhoorde zijn God zijn gebed niet.

Michael begreep het Baskische volk niet. Als de mensen de oorlog serieus hadden genomen, zouden ze niet alles hebben verloren. Hij had gelezen dat de Baskische functionarissen een aantal van de natio-nalistische gevangenen hadden vrijgelaten voordat ze de stad waren uitgevlucht. In andere plaatsen hadden ze de fascistische gevangenen die nog opgesloten zaten, beschermd tot de binnenvallende troepen arriveerden. Het was niet logisch. Begrepen ze niet dat ze de mensen die hun uiteindelijk schade konden toebrengen niet moesten bescher-men als het om een oorlog ging? Dat ze geen voedsel moesten leggen in de handen die hun hoofden konden afhakken?

Toch ging het de Basken voornamelijk om zichzelf. Of de ene par-tij nu de macht had of de andere leek hen niet veel uit te maken, zolang het op hen maar geen invloed had. Als zij hun taal en hun president maar mochten houden, was alles in orde. Het probleem was dat het zo niet zou werken. De nationalisten wilden het hele land besturen. Het *hele* land. En dat betekende dat Franco's troepen zouden pakken wat ze wilden hebben, of het nu van de Basken was of niet.

Michael hinkte over het terras achter het huis zonder aandacht te besteden aan de pijn in zijn been. En zonder aandacht te besteden aan de ezel en de tubes verf die hij had gekocht. Die lagen te wachten. Die altijd zouden blijven wachten. Hij liep de achtertuin in. De lucht was strakblauw en de dag leek vredig, in tegenstelling tot zijn hart. In tegenstelling tot de ziel van Spanje.

Naar zijn mening hadden ze de oorlog al lang geleden verloren. Het tij was in het voordeel van de nationalisten gekeerd toen Italië en Duitsland Franco steun hadden gestuurd. En daarna, toen het Afrikaanse leger op het vasteland was gearriveerd, was het alleen nog maar een kwestie van tijd geworden.

Als hij eerlijk was, kon het hem weinig schelen wie er won. Hij maakte zich alleen zorgen om de gouden kunstvoorwerpen. Hij wist dat beide partijen het goud zouden verkopen als dat meer geld voor hun zaak betekende. Woede welde in hem op bij de gedachte dat dat precies was wat Franco had gedaan – pakken wat Michael beloofd had met hem te zullen delen in ruil voor wat hulp bij het verstoppen, beschermen en uitvoeren van het goud.

Dwazen. Ze hadden geen idee wat voor schat ze in handen hadden gehad. Daarom was hij van plan geweest er zo snel hij kon zoveel mogelijk van te pakken. En aanvankelijk was dat goed gegaan.

In hun haast meer voorraden uit Rusland te krijgen, waren de republikeinen slordig geworden met hun plan om het goud te exporteren. Ze hadden twee mannen per voertuig; meer niet. Michael had niet diep in de buidel hoeven tasten om de chauffeurs zover te krijgen dat ze een paar kisten uit hun vrachtwagens laadden. Ze dachten tenslotte dat ze wapens vervoerden. Ze konden beter hun eigen beurs spekken. Wat waren twee kisten? Die zou niemand missen

Maar er was wel iemand die ze had gemist. Zijn beste vriend werkte voor de vijand.

Hij had José vertrouwd. Maar José, zijn jeugdvriend, had er op zijn beurt voor gekozen om Walt te steunen – een buitenlander die schijnbaar uit het niets was opgedoken. Wat Michael nog steeds niet begreep, was wie Walts onderneming financierde. Wie wist er nog meer van het goud? Men had Michael ervan verzekerd dat er maar weinig mensen waren – alleen mensen die hij volkomen vertrouwde – die wisten waar hij mee bezig was. Het was slordig van hem geweest om intensief met José om te gaan, en met Sophie. Maar dat beantwoordde nog steeds de vraag niet wie er van het begin af aan van het goud had geweten. Zijn vader en moeder hadden Michael het idee voorgelegd. En behalve zijn ouders wist alleen een aantal kunsthandelaren van de schat die in de Nationale Bank van Spanje in Madrid verborgen lag.

Michael wist niet alleen niet wie de verrader was, hij vroeg zich ook af hoe hij ooit het goud terug moest vinden. Hij overdacht zijn mogelijkheden. Hij kon naar het zuiden van Spanje reizen en niets vinden. Als hij over de lange wegen op zoek moest en in de talloze dorpen moest gaan speuren, zou hij, om het maar met een cliché te zeggen, naar een speld in hooiberg zoeken.

Hij kon ook naar Bilbao gaan, in het noorden, en José gaan zoeken.

Het laatste dat Michael had gehoord, was dat José was vertrokken en de paarden naar de bergen had gebracht. Hij dacht waarschijnlijk dat hij iets goeds deed door de dieren te beschermen, maar Michael vroeg zich af of José niet eveneens probeerde zichzelf te redden.

Michael liep over het stenen pad naar de bloementuin. Hij plukte een roos van een struik. Hij had gedacht dat Sophie het leuk zou vinden om een bloementuin aan te leggen... in plaats daarvan was ze hem een doorn in het vlees geworden.

Toen hij haar in Boston voor het eerst had gezien, had hij gedacht dat ze hem een tijdje plezierige afleiding kon schenken. Maar het was haar gelukt zijn hart te veroveren – wat hem des te bozer maakte om haar verraad. Hij had van haar gehouden... hoe kon ze achter alles staan waar hij tegen was? Misschien moest hij haar maar gewoon eens laten zien waarvoor ze had gekozen, moest hij maar bewijzen dat ze de grootste fout van haar leven had begaan door Walt boven hem te verkiezen. Ze zou ervoor boeten – dat wist hij. Hij zou het haar betaald zetten.

'Vrouwen,' mompelde Michael. 'Wat maken ze ons het leven moeilijk. Ik ben ten minste niet met haar getrouwd.' Hij keek weer naar de bloem. 'Maar José...'

Ja, José was weggegaan, maar voor zover Michael wist, was José's vrouw Ramona nog in het ziekenhuis. Hij wist dat hij, als hij haar kon vinden, José ook zou kunnen vinden.

Michael liet de roos op de grond vallen en vertrapte hem met zijn hak. José had hem alles afgenomen wat hij waardevol vond. Michaels trots. Zijn plan. Zijn waardigheid. En hij had ervoor gezorgd dat Sophie zich nog verder van hem had afgekeerd. Nu was het Michaels beurt.

Hij wist dat hij mensen kon inhuren om te helpen de vrachtwagen te vinden, maar dat zou te veel mensen nieuwsgierig maken. Hij had zijn belangrijkste mensen eropuit gestuurd om de havens en de vliegvelden in de gaten te houden, maar hij zou zich inspannen om de kern van het plan te ondermijnen. Hij zou naar het noorden van Spanje reizen, misschien om een paar artikelen over de veldhospitalen daar te schrijven en foto's van de toegewijde verpleegsters te maken.

Michael hinkte zo snel als zijn been het hem toestond naar het huis. Hij probeerde koortsachtig te bedenken hoe hij naar Bilbao moest reizen, toen er op de deur werd geklopt. Hij stond even stil en liep toen naar het raam om beter te kunnen zien wie er op de stoep stond.

Hij zuchtte opgelucht toen hij zijn oom zag. Zijn oom, wist Michael, zou er altijd voor hem zijn, hem altijd helpen – of hij nu grote successen behaalde of even grote fouten maakte. In tegenstelling tot zijn moeder.

Iedereen zei dat Michael en oom Adolfo op elkaar leken qua uiterlijk én karakter. Daarom hadden ze in het verleden misschien een band met elkaar gekregen.

Michael deed de deur open. 'Oom, kom binnen, alstublieft. Waaraan heb ik het genoegen van uw gezelschap te danken?'

Zijn oom lachte. 'Ik kwam alleen maar mijn verontschuldigingen aanbieden. Ik voelde me gisteravond niet zo lekker, en ik wilde je persoonlijk mijn excuses aanbieden.' Hij liep naar binnen en maakte het zich gemakkelijk in de leunstoel.

'Trouwens, Berto vertelde me dat je een eigen huis hebt. Dat wilde ik wel eens zien. Het is prachtig, heel mooi. Iets wat ik zelf zou hebben gekozen als je tante niet zo'n extravagante smaak had. Maar ik moet zeggen dat ik had gehoopt dat je bij ons zou logeren? De zomers lijken geen vakantie als mijn favoriete neef mijn dagen niet opvrolijkt.'

Michael lachte. '*Sí*, hoewel niet iedereen me mist. Ik heb gezien dat Berto mijn bed al heeft gevuld. Dit keer heeft de logeerkamer tenminste een achtenswaardige bewoner.' Michael ging op de stoel tegenover zijn oom zitten en voelde zich rustiger worden omdat hij wist dat de oude man onvoorwaardelijke hulp zou bieden.

'Die pastoor? Nou, misschien brengt zijn aanwezigheid mijn huis wel een speciale zegen.' Adolfo knipoogde.

Michael knikte. 'Het kan nooit kwaad. Trouwens, ik blijf hier niet lang... ik ga weer terug naar Spanje.'

Zijn oom ging rechter op zijn stoel zitten. 'Weet je dat wel zeker? Je bent niet fit. Je zou moeten wachten tot je been genezen is.'

'Ik had het idee om naar het noorden terug te gaan om te zien hoe het met de paarden is. En met mijn vriend natuurlijk.'

'José? Die herinner ik me nog wel. Juans zoon – de paardentrainer. Het noorden van Spanje, zei je?' Er kwam een mildere uitdrukking op het gezicht van zijn oom. 'Jij bent gevaar nooit uit de weg gegaan. Weet je zeker dat je niet naar het zuiden van Spanje wilt? Ik heb gehoord dat daar minder wordt gevochten. Het grootste deel is in handen van de generaal.'

Uit de uitdrukking op Adolfo's gezicht maakte Michael op dat zijn oom zich José beter herinnerde dan hij liet merken. En er was iets in de blik van de oude man... een verscherpte belangstelling die Michael niet begreep. Waarom zou het zijn oom iets uitmaken waar hij naartoe reisde?

De bedenkelijke uitdrukking op het gezicht van zijn oom werd wat meer ontspannen. Adolfo boog zich voorover en zette zijn ellebogen op zijn knieën. 'Zorg er in elk geval voor dat je een paar dagen rust neemt. En misschien heb je hulp nodig – een chauffeur en een bodyguard. Wat dacht je daarvan? Ik ken wat mensen die dat misschien wel willen doen.'

'Echt, oom, ik geloof niet dat dat...'

Zijn oom hief zijn handen op en onderbrak Michaels woorden. 'Nee, ik duld geen tegenspraak. Ik sta erop.' Adolfo stond op en liep naar de plaats waar het schilderij van Sophie hing. Hij bekeek het nauwkeurig. 'Trouwens, dat is wel het minste dat een toegewijde oom voor zijn lievelingsneef kan doen. Het minste.'

*

Ramona had eerst Guernica achter zich gelaten, daarna Bilbao. Maar niet de jachtvliegtuigen. Die kwamen met vijf tegelijk. Toen met vier. Toen met drie tegelijk. Zelfs terwijl zij en de andere artsen en verpleegsters in het geïmproviseerde ziekenhuis de gewonden verzorgden, deed hun gebulder haar hart voortdurend bonzen.

Uit veiligheidsoverwegingen waren de vrouwen en de kinderen naar de spoortunnel gebracht – hoewel het zijn eigen risico's met zich meebracht om de op onregelmatige tijden rijdende treinen te ontwijken. De vliegtuigen bombardeerden vaak, maar nooit het centrum van de stad. In Bilbao had ze het aanvankelijk vreemd gevonden dat de bommen nooit de Altos Hornos-staalfabriek troffen, of de scheepswerf tegenover de spoortunnel. Later, toen ze zich meer dan eens haastig hadden teruggetrokken, had ze begrepen waarom. De nationalisten dachten vooruit en wilden geen fabrieken en spoor-lijnen treffen die ze binnenkort wilden gaan gebruiken.

De laatste patiënten waren verzorgd en Ramona liep terug naar het grote gebouw dat die ochtend nog met tientallen kinderstemmen gevuld was geweest. Ze zuchtte diep en zag de dekens, schoenen en kleren die waren achtergebleven. Ze liep naar een rij ledikantjes en pakte een pop op die half verborgen onder het bedje lag. Haar gedachten gingen naar het kind dat dit dierbare voorwerp moest missen. Maar dat kind en de andere wezen zouden in elk geval veilig zijn.

Eerder die dag had ze de korte afstand naar de haven lopend afge-legd en de kleintjes aan boord van een groot schip gebracht. Haar oog was op een van hen gevallen, de kleine Christiano. Zijn moeder was nog maar een week geleden omgekomen bij een bombardement. Hij was hoogstens drie jaar en hij had haar hart gestolen met zijn ondeu-gende glimlach en de paar woordjes die hij kon zeggen. Ze zou nooit vergeten hoe hij zijn armpjes om haar heen had geslagen toen ze afscheid namen. 'Mama,' had hij gezegd. En haar hart was gebroken. Ze had hem wel willen houden. Ze had voor hem gebeden.

Terwijl ze was weggelopen, had ze twee mannen horen praten. Dit waren de laatste kinderen die ze konden meenemen. De middelen om de kleintjes te redden waren uitgeput.

Alles bij elkaar waren er dertienduizend kinderen weggestuurd – naar Frankrijk, België, Zwitserland, Engeland en Rusland. Hun vei-ligheid was belangrijk, evenals het feit dat er meer te eten zou zijn voor de achterblijvers. Als ze aan de jonge soldaat dacht die ze giste-ren had opgelapt, was ze dankbaar voor het roggebrood, de kikker-erwten en de vis die ze bij elke maaltijd aten, ook al was ze het zat om steeds hetzelfde te eten.

Hoewel deze nieuwe stad anders was dan de stad die ze had achter-gelaten, was haar manier van leven niet veranderd. Ze woonde met de andere verpleegsters in een huis in het centrum van de stad en elke keer als de bommenwerpers over kwamen, haastten ze zich naar de begane grond, waar matrassen tegen de ramen stonden. Die boden niet genoeg bescherming, maar meer hadden ze niet. En bijna net zo erg als de bombardementen was het moment dat ze ophielden. Dat betekende dat de nationalisten er waren.

De vijand was een paar weken geleden door de Baskische IJzeren Ring heen gedrongen door aan te vallen bij Larrabetzu, waar de Ring nog niet was versterkt. De nationalisten hadden geweten waar ze moesten aanvallen, had ze gehoord, omdat de belangrijkste officier die bij de versterkingen betrokken was geweest naar de vijand was overgelopen. Wie kon de zwakheden van de Ring beter onthullen dan de man die hem had ontworpen?

Maar toen het erop aan was gekomen, was gebleken dat de kleine bunkers en de brede, rechte loopgraven sowieso niet goed ontworpen waren. Daar zouden de fascisten vroeg of laat achter zijn gekomen. Trouwens, wat had één enkele verdedigingslinie voor zin gehad? Als er eenmaal een bres in was geslagen, was er niets meer om op terug te vallen.

Gelukkig hadden de vliegtuigen Bilbao niet met dezelfde kracht getroffen als Guernica. De met dennenbomen begroeide heuvels brandden, maar niet het gebied waar ze wist dat José zich met de paarden had teruggetrokken.

Ramona ruimde de grote zaal verder op, ook al zou hij nooit door het ziekenhuis worden gebruikt. Het ging tegen haar natuur in om rommel achter te laten. Ze glimlachte toen ze eraan dacht hoe José haar hun laatste dagen in Guernica had geplaagd.

'Geweldig. Je hebt de boel netjes opgeruimd voor de indringers. Ik weet zeker dat ze je dankbaar zullen zijn,' had hij geplaagd.

Wat verlangde ze er nu naar om zijn stem te horen – zijn gezicht te zien, zijn hand aan te raken.

Ze legde de pop op een van de bedden die ze had rechtgetrokken en veranderde toen van gedachten. Ze was alles kwijt wat ze had gehad. Zelfs de glimlach op het gezicht van haar man was nu niets meer dan een herinnering. Ze pakte de pop op en drukte hem tegen zich aan. Ze had iets nodig wat haar eraan herinnerde dat ze de vrede die ze in haar jeugd had gekend, nog steeds kon bezitten. Dat ze op vrede voor de toekomst mocht hopen, voor haar eigen kinderen die nog geboren moesten worden.

Morgen, of misschien de dag erna, moesten ze weer verder. Ze bad dat José een veilige schuilplaats zou hebben in de bergen.

Hoewel ze haar werk niet in de steek wilde laten, wist Ramona dat er een tijd zou komen dat ze geen keuze meer had. Morgen zou iedereen zich terugtrekken naar Santander, de volgende plaats waar ze bescherming zouden zoeken. Ditmaal wist Ramona dat ze haar plekje in de vrachtwagen niet moest afstaan.

Terwijl de Internationale Brigade was teruggekeerd naar het gebied rond Madrid, hoopte ze dat iemand, ergens vandaan, hun de hulp zou sturen die ze nodig hadden. Ramona wilde niet geloven dat de dingen zo konden eindigen – vluchten en vluchten tot ze nergens meer naartoe konden.

'Waar ben je, José?' zei ze in de lege kamer terwijl ze de pop tegen haar borst drukte. 'Houd je bij waar ik ben? Weet je waar we naartoe gaan? Kom je me weer halen?'

Toen draaide ze zich om naar de deur, liep naar buiten en ging de straat op, wetend dat het tijd was om haar spullen weer te pakken.

13

'Goed zo, Flodder!' Sophie krabde de straathond achter zijn oren, waarop hij reageerde met een tevreden gekef.

Sophie wist dat ze de voorraadruimte nooit zonder de hond zouden hebben gevonden. Hij lag verstopt achter een haag van bloeiende struiken en was uitgegraven in de helling van de heuvel achter het huis. Een stevige houten deur sloot hem af.

Dit bevestigde dat de hond van de vorige huiseigenaar was geweest. Hij had Philip rechtstreeks naar de plek geleid.

Sophies oog viel op een kuil die voor de deur was gegraven. 'Waarom was je aan het graven, jongen?'

Philip streelde Flodders kop. 'Er is daarbinnen toch geen eten, hè?'

Gedroogd vlees en strengen knoflook hingen aan het plafond. Ze ontdekten een emmer aardappels, evenals zakken meel en zout. Ze vonden zelfs koffie – van betere kwaliteit dan ze in maanden hadden gedronken. Er stonden talloze blikken voedsel op de planken.

Sophie voelde zich overweldigd, alsof God hun overvloedig Zijn goedheid voor hun reis had geschonken. Philip moest hetzelfde hebben gedacht.

'Als manna in de woestijn,' mompelde hij. 'We kunnen gebruiken wat we nodig hebben en dan een speciale bestelling onder aan de heuvel afleveren voordat we vertrekken.'

Sophie vergaf Flodder dat hij de eieren had gebroken. Ze bakte wat spek uit en maakte kleine pannenkoekjes met wat ze had gevonden. Terwijl ze aan het koken was, gaf Philip Flodder een bad in de rivier. Ze kwamen allebei van top tot teen doorweekt terug.

'Maffe hond. Hij is sterker dan hij eruit ziet. Ik moest hem bij zijn nekvel grijpen om hem goed te kunnen wassen.'

'Je ziet eruit alsof je jezelf hebt gewassen en je was nog in de beek hebt gedaan ook.' Sophie knipoogde. 'Volgens mij wilde je twee vliegen in een klap slaan.'

Terwijl Philip droge kleren aantrok in de slaapkamer, bukte Sophie en zette een bord eten voor Flodder neer. Ze glimlachte toen hij het opgewonden kwispelend naar binnen schrokte.

Toen Philip aan tafel kwam zitten, was zijn vochtige haar het enige dat nog wees op zijn 'bad' van die ochtend. Hij keek volkomen verrast toen ze een bord eten voor hem neerzette en toen hij na een kort gebed begon te eten, genoot hij er bijna net zo van als Flodder.

Sophie nam een slokje koffie. Ze had er zelfs een beetje suiker in gedaan en genoot van de warmte, die contrasteerde met de frisse ochtend.

Philips glimlach werd met elke hap breder. Toen hij klaar was, leunde hij met een tevreden uitdrukking op zijn gezicht achterover op zijn stoel. Daarna veranderde zijn glimlach in een ernstige blik.

Sophie ervoer dezelfde angst. Nu haar knorrende maag was gevuld, begon hun netelige situatie onmiddellijk weer haar gedachten te beheersen.

'Sinds we over dat goud hebben gepraat, heb ik steeds een vreemd gevoel gehad over wat Walt zei,' begon Philip. 'Hij bleef maar praten over goud dat in Mexico was gevonden – Azteeks goud. Maar volgens mij komt het meeste ervan uit Zuid-Amerika. Ook geloof ik dat we maar een deel van de waarheid zien.'

'Denk je dat hij tegen ons heeft gelogen?'

'Nee. Maar misschien heeft hij ons niet het hele verhaal verteld. Hij zegt dat hij het goud naar verzamelaars wil brengen en het geld daarna voor de strijd van het volk wil gebruiken. In feite is zijn verhaal niet anders dan dat van Michael. Het enige verschil is dat Michael zijn eigen zak wilde spekken terwijl Walt met het volk begaan is... wat me eigenlijk nog het meeste bezighoudt.'

'Wat bedoel je?'

'Heb je weleens van El Dorado gehoord?'

Sophie dacht na. 'Is dat niet een plaats waar een schat verborgen zou liggen?'

'Ja, maar daarvoor was er ook een man die El Dorado heette. Niet lang na Columbus deed er een gerucht de ronde over een koning van de Muisca-indianen in wat nu Colombia is. Hij had de gewoonte zich met sap of olie in te smeren en daarna door goudstof te rollen. Daar komt zijn naam vandaan – El Dorado betekent "de vergulde".'

Flodder draaide drie rondjes en liet zich toen aan Philips voeten op de grond vallen. Sophie zag dat Philip ondanks de worsteling bij de beek een nieuwe beste vriend had gevonden.

'De Vergulde was een beeld van god op aarde. Tijdens plechtigheden gooide hij gouden voorwerpen in een meer, als een offer. Soms sprong hij er zelf in.'

Philips ogen lichtten op terwijl hij vertelde en Sophie had het idee dat ze een glimp opving van hoe hij als leraar moest zijn. Hij deelde zijn kennis met zo veel passie, dat ze meer wilde weten.

'Ging het goud er dan niet af?'

'Jawel, maar de volgende dag bracht hij gewoon nieuw goud aan.'

'Lijkt me een nogal prijzig kostuum!'

Philip glimlachte. 'Dat ben ik met je eens, als het waar is... en veel mensen geloven dat. Rond 1520 hebben de Spanjaarden geprobeerd het Guatavitameer in Colombia te laten leeglopen om het goud te vinden. Dat is ze niet gelukt, maar ik heb gehoord dat er in verschillende meren gouden kunstvoorwerpen zijn gevonden.'

Hij bukte en kroelde Flodder achter zijn oren terwijl hij praatte.

Wat is dit plezierig, dacht Sophie en ze nam nog een slokje koffie. *Om hier samen te zijn, goed gevoed, met onze toegewijde hond, en te praten over dingen die we hebben gelezen en gehoord en ons af te vragen of we nog meer geheimen moeten ontraadselen.*

En ze wist dat het niet lang zou duren.

'Sinds die tijd zijn de mensen altijd naar de schat blijven zoeken,' vervolgde Philip. 'Daarom zijn er ook zoveel Spaanse ontdekkingsreizigers naar Zuid-Amerika gegaan. Het werelddeel interesseerde ze totaal niet. Ze wilden het goud. Ze hebben wel wat gevonden, vooral religieuze en architectonische voorwerpen.'

'En laat me raden... die hebben ze omgesmolten tot goudstaven en mee teruggenomen?'

'Ja, dat lot was de meeste voorwerpen beschoren,' antwoordde Philip. 'Maar sommige hebben het overleefd... en daar hebben wij er een aantal van.'

'Mensen geloven nu toch niet meer in een plek als El Dorado – een schatkamer?'

'Misschien wel, misschien niet. Maar zelfs als er geen schatkamer is, moet er toch een mijn zijn. Ze hebben dat goud ergens vandaan gehaald. En velen geloven dat die mijn nog bestaat.'

Philip zweeg even om zijn vuile vaat naar de gootsteen te brengen. Hij pompte water op en zette zijn spullen in een teiltje in de week. Toen draaide hij zich om naar Sophie en pakte ook haar vuile bord. 'Ik blijf me maar afvragen waarom Walt zich hier zo bij heeft laten betrekken. Natuurlijk, er is vast een werkgever die hem ervoor betaalt, maar wat gebeurt er als het goud is afgeleverd? Schuift hij dan gewoon weer aan in het leven van alledag, tevreden met het geld dat hij heeft gekregen? Al verkopen ze het goud om het volk te helpen, dan lijkt het me nog dat hij en zijn werkgever er beter van willen worden. Walt lijkt oprecht de bedoeling te hebben om te helpen, en daarom kan ik alleen maar bedenken dat hij het goud ergens anders voor kan gebruiken voordat hij het verkoopt. Volgens mij geloven ze dat het goud zelf aanwijzingen bevat tot... iets. Een mijn misschien, of de schatkamer? Als dat het geval is, zou Walt de informatie kunnen achterhalen die hij nodig heeft, de antieke voorwerpen kunnen redden – en de verzamelaars blij maken – én bovendien de mensen helpen. Het is een werkwijze waar iedereen baat bij heeft, behalve de fascisten.'

'Denk jij dat het goud aanwijzingen bevat?'

'Het doet er niet toe wat ik denk, Sophie. De mensen waar we ons mee hebben ingelaten – beide partijen – willen spijkers met koppen slaan. Hoe lang zei je dat Walt alle spelers al in de gaten houdt? Drie jaar?'

Sophie knikte.

'Als ze bereid zijn Walt voor zijn werk te betalen, wat hebben ze verder dan nog geïnvesteerd? De waarheid is dat het er niet toe doet wat ze geloven. Het belangrijkste is dat ze er alles voor over zullen hebben om hun doel te bereiken.'

'Dus wat nu? Moeten we doorgaan alsof we geen vragen hebben? Of zeggen we tegen Walt dat we de waarheid willen horen als hij terugkomt?'

'O, we komen heus wel achter de waarheid.' Philip maakte de vaat af. Daarna pakte hij de teil en gooide het vuile water uit het raam. 'Maar we gaan er niet naar vragen – we houden alleen onze ogen open. De waarheid is de waarheid, wat iemand ook vertelt. Bovendien zal Walt handelen naar wat hij gelooft. Als hij gelooft dat het goud naar iets groters leidt, moeten we dat kunnen zien – aan de manier waarop hij praat, handelt en reageert.'

Sophie stond op en zette haar handen in haar zij. 'Jij hebt hier goed over nagedacht, hè?'

Philip liep naar haar toe, reikte naar haar middel en trok haar naar zich toe. 'Ik heb geprobeerd jou te doorgronden. Maar dat was te veel werk. Nu ben ik Walts gedachten en het geheim van het goud maar aan het ontraadselen. Dat is veel en veel gemakkelijker.'

Sophie fronste haar wenkbrauwen en gaf Philip een speelse stomp tegen zijn arm terwijl hij begon te lachen. Ze sloeg haar armen om zijn middel om hem te omhelzen en voelde het pistool dat daar zat weggestopt. Met een schok trok ze haar hand terug. Het speelse moment vervloog toen de ernst van hun situatie weer tot haar door-drong. Dit was geen spelletje. Ze konden het zich niet veroorloven om zorgeloos te zijn. Sophie wist dat ze meer gevaar zou lopen dan ooit als ze het goud het land uit gingen brengen.

*

Zodra Ritter was uitgenodigd om bij Göring te gaan dineren, had hij geweten dat hij niet moest gaan. Zijn maag draaide om bij het zien van al die kleine mannetjes in hun met insignes bedekte uniformen. Het enige dat hem had overgehaald toch te gaan, was Görings hand-geschreven krabbeltje op de achterkant van de uitnodiging.

Kom na het eten naar mijn kantoor. Nieuw project te bespreken.

Ritter wist niet of hij wel een nieuw project wilde. Hij kon nog een poosje teren op zijn beloning voor het stelen van de ontwerpen voor het systeem van Norden. Toch had het verzoek van de generaal hem geïntrigeerd en daarom zat hij nu aan het hoofd van een lange tafel. Göring zat aan het andere hoofd, maar dat maakte geen verschil. De gesprekken verliepen altijd hetzelfde. Mannen en vrouwen die nooit in Spanje waren geweest en die niets anders wisten dan wat ze in de krant hadden gelezen, disten met het zelfvertrouwen en de bravoure van Franco zelf eendere verhalen op.

Ritter nam een hap van zijn met een kruidenkorst bedekte eend, genoot van de smaak die zijn mond vulde en probeerde zijn waarde-ring voor het heerlijke eten dat voor hem stond niet te laten bederven door de tafelgesprekken. Hij werd het zat dat mensen het altijd maar over Guernica hadden als ze over Spanje praatten. Natuurlijk wisten zijn tafelgenoten niet dat hij persoonlijk bij dat bombardement betrokken was geweest. Zelfs Monica, die in een roodsatijnen jurk links van hem zat, mooi als altijd, was zich daar niet van bewust.

Een oudere vrouw, die een zilveren avondjurk droeg die bij haar glanzende, grijze haar paste, trok een fijn getekende wenkbrauw op en verhief haar stem. 'Ikzelf ben net terug uit Parijs en ik kon daar niet weg zonder eerst Picasso's nieuwste schilderij te hebben gezien. Het heeft me diep geraakt, dat kan ik jullie wel vertellen. Net als de nieuwsberichten. Ze zeggen dat er kleine kinderen onder de slachtoffers waren. Kunnen jullie je dat voorstellen?' Ze liet haar stem dalen en boog zich zo ver voorover dat haar ketting op haar eend hing. 'En sommigen zeggen dat wij erbij betrokken zijn geweest.'

Ritter legde zijn vork en zijn mes op zijn bord en veegde zijn mond af. 'Het is een schilderij... gemaakt door iemand die er niet bij is geweest. Maar hebt u er nooit eerder bij stilgestaan dat oorlog dood met zich meebrengt – zelfs de dood van onschuldige mensen?'

Haar ogen vernauwden zich en haar mond vormde een grote cirkel alsof ze niet kon geloven dat hij zo tegen haar sprak. In plaats van hem af te remmen, stimuleerde haar blik vol boosheid vermengd met ongeloof hem om verder te spreken.

'Wat zou het uitmaken als er honderden mensen in Guernica zijn omgekomen? Wat zou het ertoe doen als Guernica is gebombardeerd, zoals ze zeggen? Heeft iemand het ooit over het bombardement dat de roden hebben uitgevoerd op het park in Valladolid, waarbij ook veel kinderen zijn omgekomen? Of over het bombardement dat de republikeinen op Saragossa hebben uitgevoerd en waarbij meer dan honderd vrouwen en kinderen zijn omgekomen? Oorlog betekent oorlog. Je kunt een opstand niet onderdrukken als je niet laat zien wat je militair waard bent.'

'Goed gezegd,' viel de man naast Ritter hem bij.

Ritter pakte zijn vork en mes weer op, maar hij had plotseling geen trek meer in het eten dat zo fraai op zijn bord was geschikt. Hij kende de argumenten. En hoewel hij met overtuiging had gesproken, sliep hij er 's nachts niet beter door.

Monica raakte Ritters hand aan, alsof ze zijn onrust aanvoelde. 'Ik zou ook geen belang hechten aan één enkel schilderij gemaakt door een Spanjaard die niet in Spanje woont. Ik denk persoonlijk dat er helemaal geen bombardement heeft plaatsgevonden. Het was ook wel toevallig dat de journalisten pas 's avonds de stad in werden gebracht, toen de stad al in puin lag,' vervolgde ze. 'Of liever gezegd, toen de stad in brand stond. Men vertelde ze gewoon wat er was gebeurd. Natuurlijk kwam het ook goed uit dat er getuigen naar voren werden geschoven om de verhalen te bevestigen. Zoals die pastoor die in alle kranten stond en die uit Guernica zou komen. Ik heb zijn foto gezien. Ik vond dat hij er helemaal niet uitzag als een pastoor. Te jong. Te knap. Trouwens, waarom zou je geloven dat hij erbij was geweest? Hij werd in Frankrijk geïnterviewd. En dan was er nog die jongen die zei dat hij zeker wist dat hij piloten uit hun vliegtuigen had zien leunen om handgranaten te gooien...'

Ritter grinnikte. 'Ja, hoor. Elke piloot die je daarnaar vraagt, zal je vertellen dat dat onzin is.'

Er sprak nog een man, opgewonden zijn stem verheffend. 'Een vriend van mij is correspondent en die is zelf in de stad geweest – net als in andere gebombardeerde Spaanse steden, zoals Burgos en Valladolid. Hij zei dat de wegen in die steden beschadigd waren en vol kuilen zaten toen ze gebombardeerd waren en dat de huizen waren ingestort. In Guernica waren de huizen uitgebrand, maar niet beschadigd door bomscherven. En de wegen waren in goede staat. Dat heeft mijn vriend zelf gezien. En hij had ook foto's. Ik wilde dat ik er afdrukken van had.'

Ritter stond op het punt om weer iets te zeggen – hij had eigenlijk wel plezier in het spelletje dat hij speelde – toen Göring opstond.

'Ik hoop dat u me wilt verontschuldigen. Ik zie iedereen over een half uur op het terras voor een drankje. Maar eerst heb ik een dringende ontmoeting waarvoor ik even weg moet.' Görings ogen ontmoetten die van Ritter. 'Herr Agler, komt u met mij mee naar mijn studeerkamer?'

Ritter knikte en toen hij opstond, voelde hij dat alle ogen op hem waren gericht. Hij kon het niet laten gewichtig zijn rug te rechten en grotere stappen te nemen toen hij de andere gasten mompelend achterliet – grote mannen die zich op dat moment realiseerden dat ze, zonder het te weten, in het gezelschap van een belangrijk persoon hadden verkeerd.

14

Het geluid van de voordeur die luid piepend openging, haalde Sophie uit haar slaap. Ze ging geschrokken overeind zitten en tuurde ingespannen in het donker. Ze had 's nachts over Michael gedroomd. In haar droom was ze erbij geweest toen het vliegtuig landde. Erbij toen hij had ontdekt dat het goud weg was... was vervangen door zware, waardeloze Spaanse stenen. Zijn blik was vervuld geweest van haat. Moordenaarsogen hadden uit het gezicht gekeken dat ze eens had liefgehad.

Ze legde haar hand op haar bonzende hart en vroeg zich of ze de droom als een waarschuwing had gekregen. Ze stond op en kleedde zich in het duister van de raamloze kamer aan.

Toen ze de slaapkamerdeur opendeed, zag ze dat het vroege ochtendlicht de voorkamer van het huisje binnenstroomde, en daar, aan de tafel, zat Walt.

Hij ontweek haar blik. Zijn voet tikte een onregelmatig ritme en hij stopte snel iets in zijn zak. 'Je bent wakker.'

'Ik dacht dat ik iets hoorde.'

Er was iets aan hem veranderd. Hij legde zijn hoed op de zitting van de stoel. Zijn haar viel over zijn voorhoofd, waardoor hij er jonger uitzag dan eerst. Zijn onzekere blik ontmoedigde haar.

Ze vroeg zich af of Philip nog in de schuur lag te slapen. Ze overwoog hem wakker te maken, maar Walt sprak al voordat ze de kans had te vragen of ze dat moest doen.

'Sophie, je kunt maar beter komen zitten. Ik moet met je praten.' Hij wreef over zijn voorhoofd. 'De nationalisten hebben Bilbao ingenomen. De hele stad. Duizenden mensen hebben geprobeerd naar de Franse kust te vluchten, maar zijn er niet in geslaagd. In de Golf van Biskaje zijn overvolle boten gezonken.'

Walt toonde maar zelden zijn emoties, maar ze zag dat hij tranen in zijn ogen had. Toch kon ze zijn woorden op de een of andere manier nog niet aan zijn gevoelens koppelen. Er was vast meer dan hij vertelde. Ze zag het aan zijn ogen.

'En José?' Sophie keek hem onderzoekend aan. 'Was hij erbij?'

'Nee. Uit wat ik heb gehoord, maak ik op dat hij met de paarden de heuvels is ingegaan. De bergen zijn gevaarlijk, maar de vijand ook. De stad is zo snel gevallen door de vijfde colonne – Franco's aanhangers die van binnenuit de belangrijkste gebouwen hebben bezet. Ze hebben zich gewoon tot het juiste moment stilgehouden om toe te slaan.'

Walt hoefde Sophie niet uit te leggen dat Hector en de andere mannen bij wie ze de vorige maand in huis had gewoond, deel hadden uitgemaakt van dat contingent binnen de stad.

Maar waarom vertelde hij haar dit nu? Wat voor invloed hadden de gebeurtenissen in Bilbao hier op hen?

'De verraders van binnenuit, die zijn er de oorzaak van dat de stad is gevallen,' herhaalde hij. 'Het is de stilte waarop je bedacht moet zijn. Je denkt dat je iemand kent...'

Hij maakte zijn zin niet af en Sophie wachtte. Ze liep de kamer door, legde de hoed weg en ging zitten.

Ze wist dat Walt haar zou vertellen wat er werkelijk aan de hand was als ze het hem vroeg. Maar om de een of andere reden wilde haar mond niet bewegen, vormden de woorden zich niet.

'Sophie... ik...' Hij zweeg. Toen zuchtte hij. 'Nou ja, goed, ik ben weer terug. En ik heb wat tijd gehad om na te denken.'

'Over hoe we hier vandaan moeten?'

'Ja, en ook over andere dingen.'

Sophie stond op en pakte een brood. 'Dit heb ik gisteren gebakken. Het is plat, smakeloos en zwaar, maar ik denk dat je honger hebt.'

Hij nam een stuk brood van haar aan zonder het echt te zien. 'Mensen die succesvol hun plannen uitvoeren, zijn mensen die bereid zijn de tijd te nemen en te wachten, te wachten op de juiste kans. Impulsief of haastig handelen eindigt alleen maar in een ramp. We gaan niet met het goud op reis – nog niet tenminste. Dat is precies wat Michael verwacht. De mensen voor wie hij werkt, zullen hun middelen inzetten om alle havens in de gaten te houden. Alle vliegvelden. We zullen ook in andere opzichten het voorbeeld van de vijfde kolonne volgen.'

'Zoals?'

'Ze hadden iets belangrijkers dan een schat en dat was informatie. Die verstuurden ze stukje bij beetje op de meest onwaarschijnlijke manieren.' Walt stond op en keek door het raam naar de schuur. Ze merkte dat hij meer tegen zichzelf sprak dan tegen haar. 'Ze verwachten dat er een grote lading de haven uitgaat, maar ze zullen geen aandacht aan kleine pakketten besteden. Hoe eet je een olifant? Eén hap tegelijk. En hoe verscheep je een grote lading goud?'

'In kleine hoeveelheden.' Sophie klemde haar handen op haar schoot in elkaar en herinnerde zich haar gesprek met Philip.

Luister, observeer, had Philip aangedrongen. *Wat Walt over het goud denkt – zijn uiteindelijke doel – zal uit zijn woorden en plannen blijken.*

Ze stond op en keek nog eens of ze bij de schuur iets zag bewegen. *Waar is Philip nu? Waarom is hij niet wakker geworden en binnengekomen? En nu ik erover nadenk, waar zit Flodder? Die is altijd het eerste wakker en rent dan rond.*

Ze ging met haar rug naar Walt toe staan, pompte water in de tinnen koffiepot en hoopte dat hij haar trillende handen niet zou zien. 'Ja... maar hoe lang kunnen we hier nog veilig blijven? Het nieuws lekt vast uit. Waar kunnen we ons verstoppen? Het is een grote vrachtwagen.'

Walt knikte en wreef over zijn kin. 'Ja, die dingen zie ik ook wel. Maar ook plannen moeten stukje bij beetje worden uitgedacht.'

Sophie deed een schep koffie in de pot en het viel haar op dat Walt niet vroeg waar ze die had gevonden. Ze overwoog nogmaals Philip wakker te maken.

Sophie liep terug naar haar stoel en zuchtte. 'Elke keer dat ik erover nadenk, vind ik het ongelooflijk dat ik zo door Michael ben misleid. En... om eerlijk te zijn, dat ik jou zo makkelijk vertrouwde toen ik de grens overstak. Ik was zo naïef... ik denk niet dat ik begreep dat Spanje voor mijn ogen in tweeën zou splijten.'

Ze keek Walt terwijl ze sprak onderzoekend aan en probeerde te zien hoe hij reageerde. Probeerde zichzelf ervan te verzekeren dat ze niet opnieuw werd misleid. 'De keren dat ik heb gefaald, zijn niet te tellen. Je zou denken dat ik, als kunstenares, de wereld een beetje beter kon doorzien.'

Walt wreef met zijn beide handen over zijn knieën alsof hij een oude man met pijnlijke gewrichten was. 'Je hebt niet gefaald, Sophie. Jij ziet de wereld door de ogen van de waarheid. Je gelooft wat je ziet en daarom kun je het op je doek weergeven. Jij gelooft de ravage en schildert hem. Je gelooft het verdriet en wij ervaren het in je werk. Natuurlijk, je geloofde in liefde en je hebt gemerkt dat die beperkt en zwak is. Je geloofde dat ik een medereiziger was die zo vriendelijk was je de grens over te helpen. Dat was de laag van de waarheid die ik je liet zien, en het was voor jou niet nodig om dieper te kijken.'

'En jij, Walt? Hoe zie jij de wereld? Door misleiding? Zoek je overal iets achter?'

'Zo zit ik in elkaar, ben ik bang. Ik denk niet dat ik kan veranderen. Het doet me aan mijn opa denken. Hij was in zijn tienerjaren soldaat geweest en had in veel veldslagen gevochten. Bij elk hard geluid viel hij op zijn knieën en sloeg hij zijn armen over zijn hoofd. Toen we klein waren, vonden we dat heel grappig, maar nu heb ik natuurlijk spijt van de keren dat we een hoefijzer op de straatkeien lieten vallen om zijn reactie te zien. Hij wist wat we deden en schaamde zich voor zijn reactie, maar hij zag de wereld toch door de ogen van die angstige soldaat. Het kleurde zijn bestaan. En ook ik...'

Het geblaf van een hond weerklonk. Sophie keek uit het raam en zag Flodder van de schuur naar het huis rennen. Achter hem sloot Philip de grote schuurdeur.

Walt stond op, liep naar de deur en stak zijn hand uit naar zijn pistool. 'Wat doet dat beest in vredesnaam?'

*

Vlak nadat vader Manuel was opgestaan en zich had aangekleed, werd er op de deur geklopt.

Berto kwam binnen en deed bijna verlegen de deur achter zich dicht. 'Pastoor... als het u schikt, zou ik graag ergens met u over willen praten. Over God,' fluisterde hij.

Vader Manuel knikte en wees naar de stoel aan de andere kant van de kamer. Berto liet de stoel niet op zijn plek staan, maar droeg hem door de kamer naar vader Manuel. Hij ging zo dicht tegenover de pastoor zitten dat hun knieën elkaar bijna raakten.

'Ik wil u bedanken dat u gisteravond van onderwerp veranderde toen mijn moeder naar onze vriendschap vroeg – en naar de manier waarop we elkaar hebben ontmoet. Ik had u eerder moeten vertellen dat mijn ouders zich er niet van bewust zijn dat ik andere politieke opvattingen heb dan zij... zoals die dag in het atelier van Picasso, toen u uw verhaal vertelde. Mijn vader zou het niet goedvinden dat ik met dat soort mensen omging.'

Berto was een knappe jongen. Iedereen kon begrijpen dat jonge vrouwen zijn open karakter aantrekkelijk zouden vinden – zowel de Spaanse als de Franse meisjes met wie hij omging. En hoewel hij speels en luchthartig leek, vermoedde vader Manuel dat er onder de oppervlakte een geest schuilging die voortdurend de zorgen van de wereld rondom hem overpeinsde. En een hart dat veel warmer was dan hij liet merken.

'Hij kent die vrienden niet, hè? Wil je zeggen dat je vader achter de nationalistische zaak staat?'

'Mijn vader denkt dat God het beste werkt in een goed georganiseerde maatschappij – zoals de Spaanse natie waarin hij is opgegroeid. Voor hem zijn religie en de orde van de klasse die onroerend goed en grond bezit één.'

'En geloof jij dat ook?'

'Vertel het me alstublieft als ik het mis heb, *padre*, maar uit wat ik in mijn jeugd heb gezien, concludeer ik dat de kerk zich soms te druk maakt om uiterlijk vertoon. In mijn kinderjaren kende ik de liefde van God niet. In plaats daarvan richtte ik me op mijn zorgen over de hel. Ik heb zelf geprobeerd te ontdekken wie God is.'

Vader Manuel leunde achterover op zijn stoel en realiseerde zich dat hij er jaren naar had verlangd om met iemand over deze ideeën te praten. Hij kon haast niet geloven dat God zijn gebed in dit huis, in dit land, waar hij zich zo'n vreemde eend in de bijt voelde, had verhoord. 'En, mijn zoon, heb je ontdekt wie God is?'

'Ik denk het wel, *padre*, tenminste naar aanleiding van wat ik heb gelezen. Ziet u, ik heb in onze studeerkamer een exemplaar van de Bijbel gevonden en dat heb ik zelf gelezen.' De uitdrukking op het gezicht van de jongen wekte de indruk dat hij aan het biechten was. 'Hoewel ik nog jong ben, heb ik de liefde van veel meisjes gekend – niet fysiek, maar emotioneel. Toen ik over die relaties nadacht, ben ik gaan inzien dat het Woord van God een beetje op een liefdesverhaal lijkt – God heeft lief, daarna raakt Hij zijn liefde aan een ander kwijt en vervolgens vindt Hij een manier om zijn bruid terug te winnen.'

Vader Manuel strekte zijn rug en ging verbaasd rechtop zitten, vooral omdat dit het eerlijkste gesprek over God was dat hij in jaren had gevoerd. En ook omdat hij, hoewel de jongen zijn advies wilde, het gevoel had dat hij op zijn beurt ook veel ontving.

'Ik denk dat je gelijk hebt. Ik heb zelf ook veel over de liefde van God nagedacht. Het is niet genoeg om lief te hebben; het hoort bij het wezen van de liefde dat je die zelf aanvaardt. Liefhebben op afstand lijkt helemaal geen ware liefde.'

'Ik weet het. Ik wist wel dat u er hetzelfde over zou denken! Dus u kent de liefde van God ook op een diepe manier?' Berto kreeg een verwonderde blik in zijn ogen en er verscheen een glimlach op zijn gezicht.

'Soms vroeg ik me weleens af of ik de enige was. Ik heb me weleens eenzaam gevoeld,' zei vader Manuel. 'Ik heb God als jongen ontmoet in de bergen. Daar ervoer ik Zijn aanwezigheid zo duidelijk. Ik ben pastoor geworden omdat ik geloofde dat ik op die manier mijn liefde kon bewijzen. Maar soms leek het alsof ik zonder resultaat diende. Het was alsof ik probeerde een schat te delen met mensen die er tevreden mee waren in armoede te leven.'

'Daarom heb ik u gevraagd hier te komen. Daarom kunt u niet terug.' Berto moest zich hebben gerealiseerd dat hij zijn stem verhief, want hij liet hem weer zakken en leunde voorover met zijn ellebogen op zijn knieën. 'Spanje is niet veilig meer voor u. De Baskische regio wordt stukje bij beetje ingenomen. Al snel zal het er nergens meer veilig zijn. Ik heb laatst gehoord dat de opstandelingen in Guipúzcoa veertien Baskische pastoors hebben doodgeschoten. En dan zeggen ze nog dat ze "voor God en Spanje" zijn.'

Vader Manuel voelde zich misselijk worden bij dat nieuws. Hij twijfelde er niet aan dat hij een van de mensen zou zijn geweest wier bloed over de Spaanse aarde was uitgegoten. Hij had gedacht dat het zijn taak was om het nieuws over Spanje te verspreiden, maar misschien had hij zijn wel leven moeten redden.

Maar waarvoor?

'Het spijt me. Het was niet mijn bedoeling u van streek te maken met dat nieuws.' Berto stond op en liep naar het raam. 'Ik... ik had alleen iemand nodig om mee te praten. Soms heb ik het gevoel dat ik helemaal niet in dit gezin pas. Op andere momenten vraag ik me af of ik mijn beeld van God zelf heb verzonnen en of het wel klopt.'

'Ik weet wat je bedoelt. Al die vragen en twijfels. En ik dank je dat je me in vertrouwen hebt genomen. Ik zal je over mijn vragen vertellen...' Vader Manuel hoorde zware voetstappen voor de deur en hij zweeg even. 'Maar vandaag niet. Vandaag denk ik dat we allebei God moeten zoeken en moeten bidden. Ik twijfel er niet aan dat God ons met een bedoeling bij elkaar heeft gebracht – we zijn zo'n onwaarschijnlijk stel. En ik weet zeker dat Hij ons op Zijn tijd zal laten weten waarom.'

'Dank u, *padre*.' Berto liep naar de deur en er kwam een glimlach op zijn gezicht. 'Het is goed te weten dat er in deze wereld – in dit huis zelfs – nog iemand tot God bidt. Dat is heel goed.'

15

Ritter arriveerde in Vitoria. Hij bracht de driemotorige Junker Ju.52 aan de grond en zette voor het eerst in maanden voet op Spaanse bodem. Toen hij over de grijsblauwe heuvelmassa, de sombere wolken en de oude wijngaarden had gevlogen, had hij een onverklaarbare liefde voor het land gevoeld. Zelfs het beschadigde landschap, waarin nietige mannetjes ter bescherming loopgraven groeven, kwam hem vertrouwder voor dan de drukte in de straten van Berlijn.

Hij keek het vliegveld rond en zag dat er niet veel was veranderd – dezelfde vliegtuigen, monteurs en piloten liepen na nauwgezet uitgevoerde missies over de onverharde landingsbanen. Maar op een vreemde manier was alles toch ook anders. Op het vliegveld hing een nieuwe sfeer van plechtstatigheid, ondanks de overwinningen aan het noordelijke front. Dit was de plaats waar nog maar een maand geleden, op de derde juni, generaal Mola, de meest briljante, militaire adviseur, was omgekomen.

De generaal was met twee van zijn stafleden en zijn privépiloot van het vliegveld Vitoria vertrokken. Ritter geloofde dat de vlieger zijn baan meer te danken had gehad aan het feit dat hij met de generaal bevriend was dan aan zijn capaciteiten als piloot. En misschien was dat wel het probleem geweest.

Ritter liep over het vliegveld en stopte zijn vliegerhelm in zijn zak. Hij trok zijn dikke jack uit om te voorkomen dat hij smolt in de Spaanse zon. Op de dag van het ongeluk was het weer uitzonderlijk slecht geweest, evenals het zicht. Wat moeilijk te geloven was op een prachtige dag als deze.

Het ongeluk was op slechts een paar minuten afstand van Burgos gebeurd toen de piloot lager was gaan vliegen, op zoek naar de signalen van het vliegveld. Hij zat echter lager dan hij had gedacht, en daarom was het vliegtuig tegen een heuvel gevlogen. Het was een tragedie voor Spanje en de Duitse piloten. Generaal Mola had vaak bemiddeld in conflicten tussen de Spaanse opperbevelhebber en de buitenlandse generaals, waaronder die van het Condorlegioen. Er was nu meer onenigheid tussen de partijen. Ritter was dankbaar dat hij hier niet was om aan de strijd deel te nemen. Hij legde alleen verantwoordelijkheid af aan Göring zelf.

Gisteravond, in Görings kantoor, had Hitlers generaal hem weer een verzoek gedaan. Een eenvoudig verzoek, naar het scheen. Hij had Ritter gevraagd op en neer te vliegen tussen Duitsland en verschillende regio's van fascistisch Spanje. Hij moest bepaalde spullen afleveren en andere op de terugweg meenemen. Geen vragen. Geen noodzaak om te weten wat voor spullen hij afleverde of waar ze voor dienden. Alleen gehoorzaamheid. En een flinke cheque.

Hoewel Ritter op weg van Duitsland naar Spanje vlak langs het grootste gedeelte van de noordelijke kust was gevlogen, had de heldere, Spaanse lucht hem niet alleen in staat gesteld de bommen te zien neerdalen op de Baskische steden in de verte, maar ook de artilleriegranaten. Grote granaten schoten uit houwitsers door de lucht, bijna mooi als je er niet aan dacht wat ze waren. Zelfs de mortieren in de loopgraven, die een diameter hadden van tien centimeter, lieten hun munitie een hoge boog beschrijven, als zilveren vogels.

Hij twijfelde er niet aan dat de oorlog snel zou eindigen. Het was nog maar een kwestie van tijd, en hij vroeg zich af in hoeverre de 'materialen' die hij vervoerde, zouden bijdragen aan het spoedige einde.

Ritter meldde zich bij het hoofdkantoor en hield daarna – zoals Göring hem had gevraagd – toezicht terwijl de ongemerkte kratten op een beveiligd deel van het vliegveld werden uitgeladen. Hij vroeg niet naar de inhoud. Die interesseerde hem niet.

Er was tegenwoordig eigenlijk maar weinig dat Ritter nog interesseerde. Toen de laatste kist was uitgeladen, haalde hij zijn vingers door zijn haar en overwoog naar de dichtstbijzijnde kroeg te wandelen om zich te ontspannen voordat hij een leeg bed ging zoeken om in te slapen. Terwijl hij naar de parkeerplaats liep in de hoop van iemand een lift naar de stad te krijgen, onderbraken de woorden van een jonge militair zijn gedachten. De man sprak kordaat Duits, met een ondertoon van waardering voor Ritters positie, wat Ritter deed glimlachen.

'Meneer, wilt u even naar het kantoor komen, alstublieft? Mijn commandant wil u graag spreken voordat u vertrekt.'

'Natuurlijk; laat me maar zien waar het is.'

Ritter zuchtte toen hij naar binnen stapte en besefte dat hij nu de overhand had. Hij had vrije toegang tot Görings kantoor, en er zouden ongetwijfeld nog meer Spanjaarden om een gunst komen vragen. Het probleem was dat Ritter bevelen aannam van Göring – en van niemand anders. Iedereen onder Göring vond hij tijdverspilling. Göring beschouwde hem als meer dan een piloot. Hij was een aanwinst voor de Duitse zaak... en autoriteit bracht verantwoordelijkheid met zich mee. Iets waar hij niet licht over dacht. Hij zou doen wat Hitlers generaal van hem vroeg.

*

Deion had nog maar een paar dagen op de vrachtwagen van het Thälmannbataljon gereden toen hem werd verteld dat er iemand een fout had gemaakt en dat hij met de Abraham Lincolnbrigade terug moest naar de frontlinie. Terwijl hij op nadere instructies wachtte, overwoog hij weer naar het ziekenhuis te gaan om met Gwen te praten, maar zijn voeten weigerden hem in die richting te dragen.

Het slagveld was geen plek om een romance te beginnen, vertelde hij zichzelf – ook al was Gwen over haar boosheid heen. Het zou gemakkelijker zijn om er nu een einde aan te maken, nog voordat ze echt een relatie kregen. Hij wist dat hij, als hij echt voor haar zou vallen, niet met zichzelf zou kunnen leven als haar iets overkwam.

Er hing een vreemde onrust in de lucht. Misschien kwam het doordat de commandanten hun troepen inspecteerden, en nog eens inspecteerden, en hun wapens controleerden – gewoon voor het geval dat. Of misschien doordat de troepen dubbele porties hadden gekregen bij het avondeten. Een laatste maal voordat de grote strijd losbarstte?

Ze aten hun bord leeg en hij waste zijn gezicht en sloeg zo goed hij kon zijn stoffige uniform af. Toen kwam het bericht. Ze vertrokken vanavond. Hij zou geen tijd hebben om zijn vrienden in het ziekenhuis gedag te zeggen of, in het geval van de andere soldaten, de *señorita's* die ze in de stad hadden ontmoet. Ze moesten hun spullen pakken en vertrekken en ze mochten geen minuut verspillen.

Majoor George Nathan vroeg de aandacht van zijn mannen, stapte uit het groepje brigadestaf en schraapte zijn keel om te spreken. 'Bataljons, wees gereed om te vertrekken!' Hij gaf geen grootse plannen door en vertelde alleen dat ze naar het front zouden gaan. Toch circuleerde er ook een ander bericht onder de groepen en dat veroorzaakte opwinding. Offensief. Na een jaar van defensieve oorlogsvoering, was het hun beurt om initiatief te nemen, om het gevecht te leiden.

Ze trokken er te voet op uit, omdat ze hadden gehoord dat tienduizenden republikeinse soldaten en internationale vrijwilligers gezamenlijk tegen de nationalisten optrokken. Toen Deion op weg ging en met zijn stugge, krakende legerschoenen in de maat marcheerde, waren zijn gevoelens tegenstrijdiger dan ooit. Vechten was zijn belangrijkste doel geweest, een verschil maken. Toch kon hij niet ontkennen dat hij, als hij nog een paar dagen de tijd had gehad, hoogstwaarschijnlijk weer bij de knappe verpleegster op bezoek zou zijn gegaan. Ze had iets wat hem maar niet losliet. En nu vertrok hij, zonder de kans om afscheid te nemen. Het leek dwaas, maar in zekere zin was zijn hart het zoveelste slachtoffer van deze buitenlandse oorlog.

De man links van hem dronk uit een veldfles en Deion zag aan zijn trillende handen dat hij al aan het front was geweest. De mensen die getuige waren geweest van de dood van vrienden en zelf verwondingen hadden opgelopen, verzamelden moed om verder te marcheren. Deion had in zijn zeven maanden in Spanje gezien dat zij op het slagveld net zozeer hun eigen angsten tegemoet traden als de vijand. Anderen – de nieuwe leden van de Brigade – marcheerden met opgeheven hoofd, rechte rug en een zelfverzekerde glimlach.

'Waar kom je vandaan?' Deion ging in de pas lopen met de man naast hem.

De soldaat was stevig gebouwd. Hij had een sproetig gezicht en onder zijn pet kwam roodbruin haar tevoorschijn.

'Stockholm. Ik had nooit verwacht dat ik die stad nog eens zou missen.' Hij keek Deion aan terwijl hij sprak en veegde zijn rode ogen af.

De adem van de man rook naar alcohol en Deion wist dat er cognac in zijn veldfles zat en geen water.

'Niet te geloven, hè?' Deion probeerde te doen alsof hij niet zag dat de ogen van de man angstig heen en weer schoten. 'Dit keer zijn wij degenen die de vijand een verrassing gaan bezorgen.'

De man zweeg een tijdje. Ze liepen verder en Deion vroeg zich af wat hij dacht. Toen de zon onderging achter een bergketen in de verte, sprak zijn metgezel ten slotte weer.

'De vorige keer dat ik aan het front was, zaten we ergens te wachten toen er een jonge man naar ons toe kwam – een Spaanse knul. We praatten een tijdje en hij bood ons sigaretten aan. Daarna liep hij terug door niemandsland.'

'Een verkenner?' vroeg Deion, terwijl hij in gedachten het gezicht van de jongen verving door tien andere die hij had gezien.

'Dat dachten we. Nog geen twee minuten later kwam er een vent van de staf langs. Hij zei dat die jongen probeerde stiekem vanaf de andere kant naar binnen te komen. Ze gingen achter hem aan zonder dat hij het merkte, maar ik hoopte stiekem dat hij weer veilig bij zijn eigen mensen zou komen. Ik heb gehoord dat dat in de vorige oorlog ook wel is gebeurd. Als mannen hun vijand ontmoeten, ontdekken ze dat je de jongens aan de andere kant niet kunt haten als je eenmaal geintjes met ze hebt gemaakt. Elke keer als ik schiet, moet ik aan die jongen denken, en dan hoop ik maar dat mijn kogel niet in zijn richting gaat.'

Deion ging wat langzamer lopen en hij vroeg zich af waarom hij dit gesprek eigenlijk was begonnen. Zijn humeur verslechterde al genoeg als hij over zijn eigen zorgen nadacht. Het feit dat hij Gwen niet meer had gesproken, de wetenschap dat zijn vorige letsel – een hersenschudding – bijna iets ergers was geweest. Om nog maar te zwijgen van de kogel in zijn been, die zelfs nu nog stijfheid en pijn veroorzaakte.

Drie keer is scheepsrecht! Hij probeerde de gedachte uit zijn hoofd te zetten.

Er kwam een andere man op Deion af lopen, die chocoladerepen uitdeelde. Hij liep door en zorgde ervoor dat elke man er een kreeg.

'Is dit nu wat je een afscheidsgeschenk noemt?' mompelde de man uit Stockholm. 'Iets om van te genieten omdat we morgen doodgaan?'

'Zo moet je niet praten,' zei Deion scherp. Zijn woorden kwamen er bitser uit dan zijn bedoeling was. 'Ik ben al twee keer gewond geraakt. Denk je soms dat ik weer naar het front wil?'

Hij voelde zich lamlendig en wist niet hoe dat kwam. Een paar uur geleden had hij nog graag willen vechten en nu... hoe langer hij marcheerde, hoe meer gezichten van doden er door zijn hoofd schoten. Jongens die hij maar zo kort had gekend.

Terwijl ze doorliepen, werd het ochtend, en daarna stond de branddende zon hoog aan de hemel. De weg die ze volgden, was uitgehold door alle legerlaarzen die er overheen waren gelopen.

Er was geen wolkje aan de lucht en Deion vroeg zich af of hij het ooit eerder zo warm had gehad. De bomen stonden over de weg gebogen alsof ze een ogenblik schaduw en bescherming wilden bieden. Maar al gauw waren er geen bomen meer en restte er niets dan een voornaam huis en de Spaanse velden die eveneens onder de zon leken te verwelken.

Een laag zweet bedekte zijn lichaam en doorweekte zijn uniform. Ook toen ze het plein van een klein plaatsje bereikten, vonden ze geen verlichting.

'Wacht hier, mannen; we hebben een bijzondere verrassing. La Pasionaria, Dolores Ibárruri, komt ons straks bezoeken! Ze is van plan het hele front langs te reizen terwijl de soldaten zich op de aanval voorbereiden.'

Deion ging op de grond zitten, maar hield zijn gevechtslaarzen aan uit angst dat hij zijn opgezette voeten er niet meer in zou krijgen.

'Ik heb wel eens van haar gehoord, maar, met alle respect... het is hier heet,' mompelde hij.

En man met een bril en een lange, smalle neus keek naar Deion alsof die zojuist over Franco had zitten opscheppen. 'Dolores Ibárruri is een fantastische vrouw – een leidster van het volk. Ze is de dochter van een Asturische mijnwerker. Ze heeft zelfs de mijnwerkersstaking van 1934 geleid.'

'Ja, dat weet ik,' merkte Deion op en ging op een stukje aarde en verdord gras liggen. 'Maar brengt ze schaduw en water mee? Mijn veldfles is al uren leeg.' Deion bleef lamlendig liggen en besefte dat hij in de ogen van de anderen net zo deerniswekkend was geworden als de man uit Stockholm in zijn ogen was geweest.

Opwinding onder de mannen wekte Deion uit een onrustige slaap. En toen hij overeind krabbelde en tussen de anderen ging staan, slaperig met zijn ogen knipperend naar de vrouw die voor de mannen stond, drong het tot hem door waarom de commandanten van mening waren geweest dat een bezoek van La Pasionaria het wachten waard was geweest.

Ze sprak over de ontberingen die hen te wachten stonden en over de solidariteit van het Spaanse volk. Bovendien hoorden ze nu waarom hun aanval zo belangrijk was. Het scheen dat Franco's legers steeds verder in Baskenland doordrongen en dat ze de ene stad na de andere veroverden. Verder voerde de nationalistische artillerie onophoudelijk beschietingen uit op Madrid. De republikeinen geloofden dat een aanval op Franco's leger net ten westen van Madrid beide regio's verlichting zou brengen. Misschien konden ze wel een einde maken aan de belegering van de hoofdstad!

Hoop bloeide op in Deions hart.

'We gaan voorwaarts onder de vlag van het verenigd front,' verklaarde ze. 'We zullen die fascistische generaals ervan langs geven!'

Ze zei nog meer, maar dat kon Deion nauwelijks meer horen door het goedkeurende gebrul van de mannen rondom hem. Haar woorden bemoedigden hem, sterkten hem voor de strijd.

Ze eindigde haar toespraak door haar vuist in de lucht te steken en de mannen deden haar na. '*Viva la Republica!*' riepen ze en Deion viel hen bij. '*No pasaran!* Ze komen er niet langs!'

16

De warme wind waaide over de hoge, puntige siërra's en golfde langs de helling op Sophie af terwijl ze naast Philip omhoog klom. Flodder rende voor hen uit, schoot langs de bomen en rende toen in een cirkel weer terug. Sophie wenste dat ze net zoveel energie had als de straathond. Haar benen brandden en ze vroeg zich af wat haar had bezield toen ze de heuvel achter hun huisje had willen beklimmen. Ze bleef kreunend staan en greep zich aan een klein boompje vast om te voorkomen dat ze achteruit de heuvel af rolde. 'Waarom doen we dit ook alweer?'

Philip draaide zich om en stak zijn hand naar haar uit. 'Walt zegt dat we op een heldere dag vanaf de top van de heuvel een Moorse buitenpost kunnen zien. Die ligt daar al sinds de Moren vierhonderd jaar geleden over dit gebied heersten.'

Sophie pakte zijn hand. Zijn handpalm voelde warm en klam aan. Hij trok en sleepte haar de heuvel op. Het landschap rondom hen strekte zich in alle richtingen bruingroen uit, met donkergroene struiken die wel sproeten op het gezicht van de berg leken.

Flodder kwam aanlopen met een stok in zijn bek. Philip pakte die en gooide hem zo ver mogelijk de heuvel af. 'Zo, daar is hij wel even zoet mee.'

Ergens zong een vogel, maar Sophie kon niet bepalen waar of wat voor vogel het was. Hij klonk anders dan alle vogels die ze tot nu toe had gehoord. Kiezelsteentjes verschoven onder haar voeten, waardoor ze meer dan eens bijna uitgleed. Maar Philip liep zelfverzekerd voor haar met een gemak alsof hij op een bestrate weg liep. Hij was zelfs niet langzamer omdag hij haar voort moest trekken.

Haar voeten bewogen sneller om hem bij te houden.

'Zo gaat het lekker. Waarom hebben we dit niet eerder geprobeerd?' lachte ze. 'Voortaan wandelen we alleen nog maar zo.'

De heuvel werd wat minder steil, maar Philip liet haar hand niet los toen ze naast elkaar liepen.

'Weet je, wat ik echt graag zou willen zien, is de kolenmijn,' zei ze. 'Hoe ver denk je dat dat is?'

'Ik denk een kilometer of zeven. Langs de eerste weg die we hebben genomen, weet je nog?'

Sophie knikte. 'Weet je waarom ik de naam Eleanor heb gekozen voor mijn identiteitspapieren?'

'Ja, vanwege de non die jou die Bijbel heeft gegeven. Of liever gezegd, de Bijbel van haar grootmoeder. Eleanor.'

Sophies voeten stonden stil en ze trok aan zijn hand. 'Hoe weet je dat?' Eleanor was zo lang haar persoonlijke vriendin geweest – en de Bijbel haar geheime schat. 'Heb je mijn spullen doorzocht?'

'Die dag in Guernica. De non vertelde me dat je rust nodig had. Ze maakte je kamer klaar en liet me toen de Bijbel zien.'

'Hmm. En dan te bedenken dat ik al die tijd heb gedacht dat jij degene was die aan mijn belangen prioriteit gaf.'

Hij keek naar haar en grijnsde, het blauw van zijn ogen gelijk aan dat van de helderblauwe lucht boven hun hoofd. 'Tja, soms heeft een man hulp nodig – om te weten wat hij moet doen.'

Ze hield zijn blik vast en glimlachte.

Hij zuchtte diep, draaide zich toen om en liep verder de heuvel op. Sophie fronste haar wenkbrauwen en vroeg zich af waarom hij het tedere moment tussen hen zo snel afbrak.

Na een paar minuten van stilte sprak Philip. 'En? Heb je nog nagedacht over wat we hebben besproken? Ik heb met Walt gepraat. Ik weet niet wat hij tegen jou heeft gezegd, maar hij heeft mij verteld dat hij het goud met kleine hoeveelheden tegelijk wil versturen.'

'Dat heeft hij ook tegen mij gezegd. Daardoor heb ik nagedacht over wat jij over het goud hebt verteld, dat bepaalde voorwerpen een sleutel naar een grotere schat zouden zijn. Dat is heel interessant allemaal, maar het lijkt me erg onwaarschijnlijk. Ik bedoel, waarom zou Walt het risico nemen om de schat die hij nu heeft, te verliezen voor iets wat misschien maar verzonnen is?' Sophie zweeg even. 'Misschien was wat hij gevonden heeft voldoende om hem ervan te overtuigen dat het verhaal klopt.'

'Daar zou je gelijk in kunnen hebben. Als jij in Walts schoenen stond, wat zou jou er dan toe bewegen de schat die we nu in handen hebben op te offeren door hem in kleine gedeelten te versturen – te redden?'

'De hoop dat belangrijke stukken sporen naar een grotere schat kunnen zijn. Dat klinkt logisch.' Met dat inzicht vulden verontrustende gedachten haar hoofd. 'Maar toch is het zoals dat oude spreekwoord zegt: beter één vogel in de hand dan tien in de lucht. Als dit werkelijk is wat Walt drijft, zoekt hij misschien wel iets wat niet bestaat, of in elk geval iets wat misschien nooit zal worden gevonden.'

Philip liet haar hand los en spreidde zijn armen alsof hij door het uitzicht rondom hem zijn standpunt kon bewijzen. 'Maar begrijp je het dan niet? Het komt allemaal neer op geloof. Denk eens aan al die keren dat hij grijnsde, ons blikken toewierp, opmerkingen maakte als we over God spraken. Hij snapte niet dat jij gelooft in iets wat je niet kunt zien... terwijl hij in feite precies hetzelfde doet.'

Het pad werd vlakker en leidde naar een breed plateau. Sophie draaide zich een halve slag om. Haar ogen namen de uitgestrektheid van het landschap om haar heen in zich op en ze voelde zich plotseling heel klein. Toen viel haar oog op een wit, door de mens aangelegd platform in de verte. Het was als een rotsterras voor een groot kasteel aangelegd in de berg tegenover hen, ongetwijfeld als uitkijkpost om indringers vroeg waar te kunnen nemen.

Ze ademde diep in. 'Ja, ik begin meer inzicht te krijgen. Ik begin beter te begrijpen hoe Walt de dingen ziet. Zoals jij laatst al zei, wat we geloven, kleurt onze wereld en de manier waarop we ernaar kijken. Als dit werkelijk is wat Walt gelooft...'

Philip maakte haar zin af. 'Dan is het wel Walts laatste prioriteit ervoor te zorgen dat wij deze situatie goed doorstaan of om ervoor te zorgen dat al het goud zijn bestemming bereikt... hoeveel het ook waard is.' Hij greep haar hand steviger vast. 'Sophie, ik heb het gevoel dat we voor onszelf moeten zorgen. We kunnen er niet op rekenen dat Walt ons uit deze situatie redt, wat hij ook zegt.'

Sophie knikte; daarna ging ze op een grote steen zitten en veegde haar voorhoofd af. Ze bestudeerde de uitkijkpost die honderden jaren geleden door de Moren was aangelegd. Ze hadden een periode geregeerd, maar er was een einde aan hun koninkrijk gekomen. En sindsdien hadden er weer hele generaties mensen geleefd... en al die mensen hadden hun eigen ambities en dromen gehad. Ze hadden allemaal geleefd naar wat ze geloofden, hun eigen schat gezocht – of dat nu iemand was van wie ze konden houden, of een doel dat ze wilden bereiken.

Sophie dacht aan alles wat ze had doorgemaakt toen ze waardigheid had gezocht in iemands armen. Er was nog zo veel dat ze diep had weggestopt, zo veel dat ze Philip niet kon vertellen. Door haar eigen geheimen kon Sophie met Walt meevoelen. Ze wist hoe makkelijk het was om dingen voor anderen te verbergen – vooral als je geloofde dat dat beter voor die ander was.

Ze zuchtte. 'Laten we Walt nog maar een kans geven. Hij is er altijd geweest als ik hem nodig had. Hij heeft me nooit aan mijn lot overgelaten. Hij heeft zelfs extra benzine voor de vrachtwagen meegebracht en kaarten van de bergwegen. Ik geloof niet dat hij ons in de steek zal laten. Misschien halen we ons wel meer in ons hoofd dan nodig is. Maar ik ga me hierdoor wel afvragen waar ik mijn hoop eigenlijk op stel.'

Philip nam een lange teug uit zijn waterzak vol vers bronwater. Daarna gaf hij hem aan haar. Ze pakte hem aan en glimlachte in de hoop dat hij niet aan haar ogen zou zien dat ze bezorgd was. Ze maakte zich niet alleen zorgen vanwege Walt, maar was ook bang dat Philip zijn nieuwsgierigheid niet langer op hun geheimzinnige reisgenoot zou richten, maar op haar.

*

Uitgeput door de wandeling en geruster in de wetenschap dat God een plan had voor Walt, voor Philip en zelfs voor haarzelf, was Sophie vroeg naar haar kamer gegaan. Door de dunne muren van het huisje heen hoorde ze Walt en Philip stokken gooien voor Flodder. Terwijl ze zich op het bed liet vallen, streelde de duisternis haar alsof het nacht was, ook al hadden ze hun avondmaaltijd nog maar net beëindigd.

Ze viel gemakkelijk in slaap. Maar ze wist niet of er vijf minuten of vijf uren waren verstreken toen ze plotseling wakker werd en wist dat ze in haar slaap iets had geroepen. De deur naar haar slaapkamer ging knarsend open en ze zag de gestalte van een man op zich af komen.

'Michael?' fluisterde ze terwijl haar hoofd bonsde van angst en verbazing.

De man bleef staan en knielde toen bij het bed. Bij het licht van de maan zag ze Philips gezicht, vol medeleven en verwarring.

'Heb je weer over hem gedroomd?'

Sophie had Philip niet over haar andere dromen verteld. De dromen waarin Michael haar achterna zat in een donkere steeg. Of over de andere dromen, nog beangstigender, de dromen waarin hij van haar hield en ze vol vreugde naar hem terugging.

Ze had niets tegen Philip over die dromen gezegd en ze vroeg zich af hoe hij ervan wist. Had hij 's ochtends de verwarde blik in haar ogen gezien? Had ze ook andere nachten Michaels naam geroepen?

'Het spijt me. Ik weet niet waarom. Ik wil niet over hem dromen, geloof me.' Sophie bestudeerde zijn gezicht en hoopte dat hij haar geloofde, want het was de waarheid.

'Wat wil je, Sophie?'

Ze zag dat Flodder achter Philip aan de kamer in was gekomen, en ze gebaarde dat hij op het bed moest springen.

'Ik begrijp het niet. Natuurlijk wil ik dat die dromen ophouden. Ik wil van mijn gevoelens voor hem af.'

'Weet je dat zeker?'

Ze ging meer rechtop zitten en de hond ging opgerold naast haar liggen. Ze voelde zijn warmte door de dekens heen.

'Waarom zou ik dat niet willen? Waarom zou ik er steeds opnieuw over na willen denken?'

'Dat is wat ik wil weten. Ik wil weten of je er echt vanaf wilt of dat je mij alleen maar die indruk wilt geven. Misschien houd je zelfs jezelf wel voor de gek. Het lijkt wel of je iets wint met dat verdriet. Rechtvaardiging misschien voor de manier waarop de dingen zijn gelopen?'

Ze pakte Philips hand, maar hij voelde levenloos aan en greep niet, zoals eerder die dag, haar vingers vast. Flodder likte hun handen. Zijn tong schraapte over haar huid.

'Als ik elke herinnering aan Michael kon uitwissen, deed ik het. Als ik elk sprankje gevoel voor hem kon wegrukken, deed ik het. De boosheid. De angst.'

Philip keek haar niet aan.

Ze liet zijn hand los, pakte haar laken vast en draaide het steeds stijver in elkaar, alsof ze de gedachten aan hem uit haar hart kon scheuren.

'Ik weet het, Sophie. Ik vertrouw erop dat je van me houdt.'

'Het is zo, weet je,' fluisterde ze.

'Dat zei ik toch net?' Hij zuchtte. 'Ik weet ook dat je niets van dit alles van plan was. Je wist niet waar je aan begon. Maar bekijk het eens zo. Als je hem niet had gekend, was je nu niet in Spanje geweest. En dan zouden wij elkaar niet hebben ontmoet. Dan zouden we nu niet samen zijn.'

Het viel Sophie op dat Philip Michaels naam niet uitsprak. Het leek wel of hij het idee dat Sophie van iemand anders had gehouden, verdrong. Of liever gezegd, of het een vreemd wezen was dat haar kwelde in plaats van een springlevende man. Een man die ongetwijfeld nog steeds achter hen aan zat, en die wilde terughalen wat hij het liefste wilde hebben, en dat, zo wist Sophie, was zij niet.

'Maar waarom kan ik hem niet gewoon vergeten? Elke keer als hij in mijn gedachten komt, zet ik hem gelijk weer uit mijn hoofd. Elke gedachte, elke herinnering. Maar over mijn dromen heb ik geen controle. Waarom blijft hij me het leven zuur maken?'

Philip ging in kleermakerszit op de aarden vloer zitten. Zijn geballde vuisten rustten op zijn knieën. Toen ze die dichtgeknepen handen zag, realiseerde ze zich dat ook hem dat feit dwarszat. Maar de blik in zijn ogen vertelde haar iets anders. Dat hij naar haar toe wilde komen en haar in zijn armen wilde nemen, maar dat dit niet het juiste moment was of de juiste plaats. Sophie was dankbaar dat hij haar respecteerde.

Philip zuchtte. 'Ik heb erover nagedacht. En ik heb geprobeerd me voor te stellen hoe het zou zijn als al míjn dromen, míjn hoop, de afgelopen drie jaar op één persoon gericht waren geweest. Ik geloof dat ik, als dat het geval was geweest, dezelfde worsteling zou doormaken. Het is niet zo dat de emoties maar van één kant kwamen, Sophie. Hij heeft je naar zich toe gelokt. Hij heeft je zijn liefde beloofd. Jullie waren van plan met elkaar te trouwen.'

Philip zweeg even en keek van haar naar de open deur. Pas toen zag ze de tranen op zijn wangen.

'Ik bid samen met jou dat de gevoelens zullen verdwijnen. Maar je hebt ze water gegeven, lange tijd verzorgd. Ik weet zeker dat ze niet zomaar uit te rukken zijn, hoe graag ik het ook zou willen. Maar ik bid dat God in je hart zal werken zoals alleen Hij dat kan. En dat je me op een dag – naar ik hoop in de niet al te verre toekomst –in de ogen zult kunnen kijken en tegen me zult kunnen zeggen dat je hart onverdeeld is. Dat je liefde voor mij al die oude plekken heeft overwoekerd. Ik bid dat je verlangens op die dag alleen nog een herinnering zullen zijn.'

Hij wachtte niet tot ze antwoord gaf, maar stond op, liep de kamer uit en trok de deur achter zich dicht. Flodder volgde hem en wierp met een zwaai van zijn staart een laatste blik op Sophie voordat de deur dichtviel.

Op dat moment stroomde Sophies hart vol liefde voor die man. Waarom zou zij zo'n fantastische, begrijpende man verdienen? Zo'n wijze man? Ze wist het niet, maar ze wist wel dat hij gelijk had. Het was niet zo dat ze nog steeds iets voor Michael voelde. Maar ze had wel heel lang van hem gehouden. En ondanks al het verdriet dat hij haar had aangedaan, restte daar nog een sprankje van in haar hart. Een vonkje dat weer was opgelaaid in de dagen voordat Walt haar en Michael bij de grot had gevonden. Momenten waar ze een brok van in haar keel kreeg als ze eraan dacht.

Sophie dacht terug aan Eleanor. Ze dacht aan de brieven die Eleanor haar eerste geliefde, Jeremiah, had geschreven. Het waren geen brieven vol hartstocht of verlangen. Maar ze vertelden Sophie wel dat het goed was om het verleden te accepteren zoals het was. Het was goed om te erkennen dat er een verbondenheid tussen twee harten was geweest.

Maar Michael was nog springlevend en liep nog ergens rond. Sophie wist dat het in haar geval tijd werd om haar gevoelens een voor een aan God over te geven. Ze zag Hem soms als een goede tuinman, die wortels die niet meer in de grond hoorden, diep uitgroef. Ze deed haar ogen dicht en stelde het zich voor... God die met een schop in haar hart groef.

Toen veranderde het beeld en maakte verdriet zich van haar meester. Voor haar geestesoog werd de schop vervangen door een mechanische tractor – en de scherpe messen groeven dieper en werkten sneller. Het deed pijn. Ze groeven diep, maar dat zou God verhelpen, op Zijn tijd.

'Neem het maar, Heer,' fluisterde ze in de donkere nacht. 'Neem weg wat er niet hoort. Ik weet dat de herinneringen altijd zullen blijven, maar als er nog gevoelens zijn... of zelfs banden die er niet horen, graaft U ze dan maar uit zoals alleen U dat kunt.'

Ergens buiten blafte Flodder en dat herinnerde haar aan zijn bescherming – en ook aan Walt en Philips zorg. Ze wist dat er hoge bergtoppen waren die ergens achter deze bergen een muur van veiligheid rondom haar vormden. Mannen, vrijwilligers, zaten in loopgraven, en verdedigden hun linies en vochten voor de dingen waar ze in geloofden. Maar Sophie wist dat de strijd dichterbij, dieper, binnen in haar niet langer haar eigen strijd was. God zorgde voor haar en groef.

Maar hoewel ze bad en wist dat God Zich over haar hart ontfermde, moest ze aan de buitenkant blijven vechten. Michael was daar buiten en was ongetwijfeld naar haar op zoek. Of liever gezegd, naar wat zij had en wat hij het waardevolst achtte. Het goud.

17

Nog voordat de zon helemaal boven de bergen uit was gekomen, was Sophie het huisje uitgegaan en naar de beek gelopen. De lucht was koel en fris en onder het lopen verwachtte ze bijna Philip en Flodder tegen te komen. Ze waren geen van beiden in het huis of op het erf en ze vroeg zich af of Philip na de afgelopen nacht de slaap ook moeilijk had kunnen vatten.

Ze ging op het vochtige gras zitten en trok haar rok om haar knieën. Boven haar fladderden twee vogels in een boom van tak tot tak. Ze keek toe hoe ze krijsend wegvlogen. Toen hoorde ze het geluid van Flodders poten en Philips voetstappen op het pad.

Philip kwam met zijn handen in zijn zakken naar haar toe. Hij ging op het gras naast haar zitten en zijn benen streken zacht langs de hare. Flodder was minder voorzichtig. Hij danste even naast haar, sprong toen op haar knieën en liet zich ten slotte half op haar schoot, half op het gras vallen. Sophie glimlachte, krabde hem achter zijn zachte, zwarte oren en wachtte tot Philip iets zou zeggen.

'Sophie, we moeten praten.'

Ze keek naar hem en wachtte af. Ze wist dat hij niet op een antwoord wachtte, maar probeerde te bedenken wat hij moest zeggen.

'Gaat het om vannacht? Om ons gesprek?'

De donkere kringen onder Philips ogen vertelden haar dat hij niet had geslapen. En ze wist dat hij, hoewel hij in het donker de juiste dingen tegen haar had gezegd, geen rust had.

Hij trok een grasspriet los en scheurde hem in stukjes, die hij op de grond liet dwarrelen. 'Ik wil dat je weet hoeveel ik om je geef. Ik meende wat ik zei, maar...'

'Maar je hebt vragen. Dingen waarvan je hoopte dat je ze niet zou hoeven vragen. Zorgen waarvan je wenste dat ze in de loop der tijd zouden verdwijnen?' Ze overwoog zijn hand te pakken, maar veranderde van gedachten. 'Je mag je vragen best stellen, Philip – ook al hoopte ik dat je het niet zou doen. Maar we moeten open zijn. Je hebt het recht dingen te weten.'

'Wat te weten, Sophie? Wat er gebeurde in de drie dagen nadat ik je met Michael had gezien? Ik zag het verschil in je ogen. Je leek meer aan hem gehecht dan eerst.'

Ze had Philips vragen wel verwacht, maar zijn directheid verraste haar. Ze deed haar mond open en toen weer dicht. Ongerustheid overviel haar. Meer dan wat ook wilde ze dat ze Philip een ander verhaal kon vertellen. Alles, behalve de waarheid.

Ze keek hem aan en zag dat de kleur uit zijn gezicht wegtrok.

'Je zwijgen maakt me bang,' fluisterde hij.

'Ik dacht dat ik het gewoon zou kunnen vergeten. Toen ik hem verliet, dacht ik dat ik het allemaal achter me zou kunnen laten.'

'Er is iets gebeurd, hè? Ik was bij Cesar. Walt reisde op eigen gelegenheid naar Gibraltar. En jij...'

'Ik was bijna getrouwd.' Zo. Nu had ze het hem verteld. En ze zou er begrip voor hebben als hij definitief besloot dat ze het niet waard was om verdriet om te hebben.

Er kwamen rimpels in Philips voorhoofd en een diepe droefheid vulde zijn ogen. 'Waar heb je het over?'

Sophies handen beefden en ze stopte ze onder haar trillende been.

'Ik heb Michael verteld dat we wisten waar het goud was – dat Walt en ik hadden ontdekt dat het in de buurt van Gibraltar was. Ik heb hem ook verteld dat ik van jou hield,' voegde ze er snel aan toe, 'en dat ik naar je toe wilde. Hij zei dat hij me niet geloofde. Hij zei dat ik hem moest aankijken en moest zeggen dat het voorbij was.'

Sophie duwde haar tenen in de koele aarde. Ze wendde haar blik af en wenste dat de vogels terug zouden komen. Wat dan ook, als het hem maar afleidde van wat onontkoombaar was. Philip bleef zwijgen. Het enige geluid was haar hartslag en het ruisen van de bladeren in de zachte wind.

'Dat kon ik niet. De eerste dag niet. De tweede. Steeds als ik mijn mond opendeed, lukte het niet.' Sophies keel voelde droog en warm aan. Ze kon Philip niet aankijken, kon het niet verdragen zijn gezicht te zien.

'Nadat ik dagen niet had kunnen slapen, viel ik in de auto in slaap. Ik dacht dat we in de buurt van Gibraltar moesten zijn. Ik werd niet eens wakker toen de auto stil bleef staan. Of tenminste niet direct. Het enige dat ik me herinner, is dat ik alleen was en helemaal bezweet wakker werd van de hitte die door de ramen naar binnen kwam. Ik deed mijn ogen open en zag dat de auto voor een kerk geparkeerd stond. Ik... ik zag niemand in de buurt en wist dat Michael alleen maar in de kerk kon zijn.'

Ze draaide haar hoofd naar Philip toe. Hij keek haar onderzoekend aan; ze sloeg haar ogen weer neer en volgde met haar vinger het bloemenpatroon van haar rok.

'Ik overwoog te vluchten, maar ik had niets. Hij had mijn tas meegenomen en ik had geen geld – zelfs geen identiteitspapieren.'

'Wat waarschijnlijk maar goed was in het zuiden van Spanje.'

'Ja, nou ja, ik wist niet wat ik moest doen. Ik liep naar de kerk en deed de deur open en daar was hij. Hij stond met de pastoor te praten. Hij draaide zich om en keek me aan. En hij glimlachte zowaar. Echt. Het was de droom die ik al sinds mijn jeugd had gehad. De pastoor was er en Michael stond aan het einde van het gangpad. Hij draaide zich om, keek naar me en stak zijn hand uit.' Ze slikte moeizaam. 'Ik liep door het gangpad naar voren. Ik weet niet waarom. Het leek wel of ik het deed zonder na te denken. Voor dat moment was ik naar Spanje gekomen. Het was alles waarvan ik ooit had gedroomd.' Ze wendde haar hoofd af. Ze wist dat ze hem niet aan kon aankijken.

'Wat zei hij?'

'Hij zei: "Laten we het doen." Tranen liepen over haar gezicht. "Hier ben je voor gekomen. Sophie, wil je met me trouwen?"'

Voetstappen klonken achter hen en Sophie wist dat het Walt was. Snel veegde ze de tranen van haar wangen.

'En wat gebeurde er toen?' Philip raakte haar arm aan alsof hij haar aanspoorde om verder te vertellen.

'Ik zei tegen hem dat ik het niet kon. Ik vertelde hem dat ik van jou hield, Philip – om je goedheid, je hart. Michael zei niets, maar zijn gezicht...' Een schrille klank stokte in haar keel. 'Hij zei geen woord, en toen liepen we terug naar de auto en reden we naar de tunnel. Slechts een paar uur later, toen we ons klaarmaakten om weg te gaan, kwam Walt opdagen. Michael was gewond geraakt. We reden naar het vliegveld en de rest weet je.'

Sophie keek over haar schouder en zag Walt op een afstandje staan... hun de ruimte en tijd gevend om hun gesprek af te maken.

Philip kuchte zacht. Ze vond de moed om naar hem te kijken en zag dat zijn ogen op haar gericht waren. 'Dank je... dat je me dat hebt verteld.' Hij sloeg zijn arm om haar schouders. 'Dank je dat je voor mij hebt gekozen.' Hij hield haar blik vast en draaide zich toen naar Walt om.

Walt reageerde op Philips knikje en liep naar hen toe. 'Het spijt me dat ik jullie stoor, maar ik ga er weer op uit.' Hij stopte zijn handen in zijn zakken en ging op zijn andere been staan. 'Ik... ik ga proberen om een lift naar Granada te krijgen – om te zien hoe het daar is. Ik ga kijken of er een plek is waar we de vrachtwagen naartoe kunnen rijden.'

Philip perste zijn lippen op elkaar. Hij knikte eenmaal en stond op. Toen reikte hij met zijn hand achter zijn rug en trok het pistool uit de tailleband van zijn broek.

'O, ja, Walt?' Philips stem klonk gespannen. 'Ik dacht het niet. Niet voordat we gepraat hebben.'

Walt sperde verbaasd zijn ogen open en stak toen zijn handen in de lucht. 'Philip, je...'

'Wat doe je?' Sophie onderbrak hen en sprong overeind. 'Doe dat pistool weg!'

'Stil, Walt. Nee, Sophie. Ik ben dit spelletje dat we allemaal lijken te spelen zat. Ik ben het zat om de waarheid in stukjes te horen. Ik wil alles weten. Nu. Niemand vertrekt voordat ik wegga.'

*

Deions schouders verstrakten door het geknetter en geknal in de verte. Toch liep hij zonder aarzelen verder en zijn pijnlijke voeten stapten voort terwijl hij de laatste tekenen van beschaving achter zich liet. De spanning in zijn nek leidde zijn gedachten tenminste af van de holle pijn in zijn maag die was ontstaan door het gebrek aan rantsoen. Of misschien wel door angst.

Deion pakte het dikke touw dat over zijn schouder lag anders vast en trok harder. Hij had het gevoel dat hij dood gewicht sleepte.

Ze hadden stalen helmen gekregen – dik en zwaar, maar niet zo zwaar als de last die Deion over de grond achter zich aan trok. Ze zeiden dat de Italianen die voor de fascisten vochten tractors hadden om hun antitankkanonnen naar de frontlinies te trekken. Deion kon van zoiets alleen maar dromen. Hun kanonnen werden getrokken door de kracht van Deions rug. Zijn rug en die van een handvol andere mannen. Negen per kanon – maar lang niet genoeg voor dat gewicht.

Een van de mannen, Jerry uit Cincinatti, vertelde Deion de naam van het dorpje waar ze net doorheen waren gelopen, maar vijf minuten later was Deion het alweer vergeten. Hij kon zich nauwelijks zijn eigen naam herinneren, zo verdovend, zo drukkend was de zomerhitte. Als hij terugdacht, kwam vechten in de beboste heuvels rond Bilbao hem aanlokkelijker voor dan in de vlakten die zich nu voor hem uitstrekten. Nergens een boom te zien; enkel verblindende zonnestralen die op zijn huid brandden tot hij zeker wist dat die niet donkerder meer kon worden.

Hij nam aan dat hij dankbaar moest zijn voor het 45-millimeter-kanon. Het was niet mooi en lastig te hanteren, maar hij had wel gehoord dat het doeltreffend was. En daar ging het om.

De explosies werden luider terwijl hij verder liep. De vertrouwde geur van kruit prikte in zijn neus. Boven zijn hoofd vertelde een dun laagje grijze mist, lager dan het wolkendek, hem dat ze hun bestemming naderden.

En zijn doel? Hier levend vandaan komen. Alweer.

Naast Deion slaakte Jerry een diepe zucht. 'Verdorie, het lijkt wel of dat kanon met elke stap zwaarder wordt.'

Deion knikte en likte zijn droge lippen. 'Dat dacht ik ook net.'

'Heeft iemand nog iets te eten?' vroeg een ander.

'Ik heb gehoord dat ze achter de volgende heuvel een commandopost gaan opzetten en een eettent.'

'Dan is het de moeite waard om door te lopen.' Een andere man naast Deion veegde zijn voorhoofd af.

Uren later schudde Deion zijn hoofd om de woorden 'de volgende heuvel'. Die lag verder weg dan hij had gedacht en om er te komen, had hij veel moeten vergen van de spaarzame krachten die hij nog had.

Hij drukte zijn handen tegen zijn onderrug en ging kreunend rechtop staan.

Hij keek om zich heen. Hij kon het verste doelwit niet zien, maar in de verte lagen de koele bergen. Hij wist dat de golven van de oceaan ver voorbij deze plek in de andere richting over het strand spoelden. De oceaan. De wind boven de oceaan. Hij haalde diep adem en zuchtte.

'*Vamanos!* Stel het kanon op!'

Gezamenlijk zetten de uitgeputte soldaten – die overal pijn hadden – het kanon neer. Daarna kroop Deion in een schutterputje vlakbij. Een andere heuvel, andere jongens, maar hij wist dat de strijd die al snel zou plaatsvinden hetzelfde zou zijn.

Het luide ba-boem van het kanon veroorzaakte trillingen in de grond alsof er een aardbeving was en de rotsen onder zijn voeten een eigen leven leidden. Zodra het kanon schoot, rekten Deion en de anderen hun nekken om te zien of ze hun doel hadden geraakt. Gejuich barstte los toen een vijandelijk nest vol machinegeweren in een wolk van rook en brokstukken de lucht in ging.

Achter de grote kanonnen wachtte de infanterie op het teken om op te rukken. De stemmen van de infanteristen en het gerommel van een paar tanks voegden zich bij de klanksymfonie van de oorlog.

De eerste groep mitrailleursnesten was opgeblazen. Ze rukten op. Kregen weer vijandelijke troepen in het oog. Weer vuur van hun grote kanonnen. Weer gejuich.

Elke keer dat hun offensief terrein won, zwol Deions hart van trots. Ze hadden zich te lang defensief opgesteld – de vijand tegengehouden. Ditmaal maakte hij deel uit van degenen die de leiding over het gevecht hadden.

Hij ging weer op zijn hurken zitten en terwijl de grote kanonnen hun werk deden, trok hij zijn metalen helm stevig over zijn hoofd. Hij dacht terug aan de dagen in Chicago en herinnerde zich het eerste verslag over de Spaanse burgeroorlog alsof hij het gisteren had gelezen. Hij had nergens anders aan kunnen denken terwijl hij tafels afruimde en de rommel opruimde van rijke mensen die de ernstige uitdrukking op het gezicht van de zwarte man niet op-merkten.

Deion glimlachte. Dit keer zou er in de kranten nieuws over dit offensief staan. In Chicago en New York. Zelfs helemaal in Californië. De dagbladen zouden de wereld vast met grote koppen vertellen dat het tij was gekeerd. Het Spaanse volk had weer hoop!

Maar toen dacht hij aan de realiteit. Hoe vaak had hij die mannen in zakenkostuums de pagina met internationaal nieuws zien lezen? Nee, die keken eerst het economische nieuws door. Elegante vrouwen bladerden door de pagina's met mode, recepten en roddels. Hoeveel van hen hadden er werkelijk belangstelling voor Spanje? Of voor internationale kwesties?

Maar toch, misschien als de troepen succes hadden... zelfs maar één kleine overwinning behaalden... zouden de mensen dat opmerken. Als Deion en de anderen in staat waren om te laten zien wat toegewijde vrijwilligers konden bereiken, zouden de mensen zeker steun sturen.

Die hoop speelde door Deions gedachten en gaf hem kracht. Toen het stof was opgetrokken, kregen ze bericht dat ze verder moesten oprukken en hij pakte het touw en ging voorop terwijl de gedachten aan een overwinning zijn last lichter maakten.

'Stel je voor: morgen of misschien overmorgen staat er in de kranten wat hier gebeurt. Dan zal de hele wereld zien dat we nog niet verslagen zijn,' zei hij tegen Jerry.

'Het is leuk om daarover na te denken, maar gebeurt het echt? En zelfs als het gebeurt... dan weet nog niemand dat wij het waren.' Jerry wreef in zijn rode ogen en veegde het stof weg dat de aanwakkerende wind in zijn gezicht blies.

'Maar *wij* zullen het weten.' Deion trok harder aan het touw. 'En dan weten ze in elk geval dat we het niet hebben opgegeven.'

Hoewel de anderen niet reageerden, voelde hij dat ze sneller doorstapten, en dat bracht een glimlachje op zijn gezicht.

'Denk je dat ze zullen schrijven dat de Abraham Lincolnbrigade erbij betrokken is?' vroeg een man die Howard heette. 'Dat zou mijn moeder mooi vinden. Zij duldde bullebakken nooit. Zij zal weten dat ik hier vecht.'

Er verschenen huizen en gebouwen op de vlakten. Af en toe zagen ze uitgebrande tanks terwijl ze hun kanonnen voorttrokken – nieuwe reden tot vreugde. Deion probeerde er niet aan te denken dat er hoogstwaarschijnlijk verbrande lichamen in de metalen geraamtes lagen. Oorlog was oorlog, en voor één keer deed zijn aandeel ertoe.

Ze liepen over de onverharde hoofdweg van een klein dorpje en

Deion zag schuttersputjes en betonnen bunkers om zich heen. De meeste vijandelijke soldaten hadden hun posities al verlaten. Alleen verspreid liggende, levenloze lichamen getuigden er nog van dat dit terrein een paar uur geleden nog in handen van de vijand was geweest.

Het deed Deion goed om te zien dat ze vooruitgang boekten. Maar het deed hem ook beseffen hoe krankzinnig hun vorderingen waren – ze waren twaalf weiden overgestoken. Ze waren een paar kilometer over de weg vooruit gekomen. Al dat werk voor zo weinig. Maar toch, telde niet elke centimeter? Natuurlijk, dat sprak vanzelf. Ze zouden centimeter voor centimeter winnen. Ze konden niet toegeven. Geen millimeter.

De lucht, die de hele dag felblauw was geweest, veranderde in grijswit terwijl Deion hielp om het grote kanon in een verlaten maïsveld op te stellen. Hij hoorde een geluid in een van de witte, bakstenen huizen. Een gier was op het dak neergestreken en had een losse baksteen omgegooid. Hij zag waar de gier op wachtte. Een vijandelijke soldaat lag languit op de aarde onder hem. De benen van de man zaten onder het bloed en hoewel hij de indruk probeerde te wekken dat hij dood was, zag Deion zijn ogen opengaan. De gier wachtte tot hij dood was.

Maar voordat Deion kon beslissen wat hij moest doen, barstte er mitrailleurvuur los vanuit een rijtje stenen huizen.

Toen hij opkeek om te zien waar de kogels naartoe gingen, trok een beweging zijn aandacht. Deion keek naar de bomen aan de andere kant van het veld waaruit de vijand zich had teruggetrokken. *Stom. Ik heb te veel lopen nadenken en niet genoeg opgelet. Ik had het kunnen weten.*

De ruimte tussen de boomstammen werd een solide massa, opgebouwd uit de blauwe kleur van vijandelijke uniformen. De vijandelijke soldaten waren met twee keer – drie keer – zoveel mannen als Deions groep.

'Liggen allemaal!' Hij had de woorden al geroepen voordat hij het wist. 'Moren!'

Het glinsterende zonlicht op hun geweren vertelde Deion dat de Moren moderne, accurate wapens ophieven en op hen richtten. Betere wapens dan die van hen.

Het ratatat van kogels knalde door de lucht en Deion sloeg zijn handen voor zijn oren.

Toen hij zich liet vallen, benamen de gouden stoppels van het veld hem zijn zicht op de bomen. Zijn vingers groeven in de roodachtige klei terwijl hij zich liggend omdraaide om zich terug te trekken.

Zijn hoofd draaide het eerst. Zijn lichaam kwam maar langzaam mee. *Ik moet hier weg.*

Om hem heen vielen voortdurend mannen als kegels op de grond, getroffen, struikelend. *Waarom hebben de kogels mij gemist?*

Deion probeerde zich tussen de anderen van zijn groep door in de richting van de huizen te bewegen. Voor hem viel een man op de grond. Zijn gezicht was vertrokken van pijn.

Er stond nog één man overeind. Jerry. Hij keek verbaasd of misschien ongelovig omlaag terwijl bloed uit de kogelwond in zijn buik spoot. *Stommeling. Ga liggen. Waar ben je mee bezig?*

Deion klauterde over de gewonde man heen om bij hem te komen. Terwijl hij de kreten van zijn vrienden hoorde, vroeg Deion zich af of het hospitaal al dichterbij was gekomen. Of iemand kon helpen. *Gwen. Ben je in de buurt? Help je ons?*

Deion stak zijn hand naar Jerry uit. 'Ga liggen! Je brengt ons in gevaar. Je vormt een perfect doelwit.'

Hij keek als in *slow motion* toe hoe zijn hand zich uitstrekte. Hij greep Jerry's bebloede, gescheurde shirt vast. Boosheid welde in hem op en hij schreeuwde weer: 'Waar ben je mee bezig?'

Boosheid op Jerry dat hij zo stom deed en niet op tijd was gaan liggen. Boosheid dat er weer een vriend was geraakt.

Jerry gaf mee met Deions gesjor en viel in een vreemde houding op de grond.

'Maak me hier niet verantwoordelijk voor. Maak me niet verantwoordelijk voor jouw redding!' schreeuwde Deion in zijn oor.

Jerry's gezicht was vlakbij het zijne. Zijn ogen knipperden en zijn mond ging open, maar er kwam geen geluid uit.

'Kijk niet zo naar me. Kijk niet naar me alsof je doodgaat!' Deion sloeg zijn trillende hand voor zijn gezicht. Hij wist niet wat hij moest doen, waar hij heen moest.

We hadden het kunnen weten. Waarom hebben we zo doorgezet?

'Ze laten altijd de Moren achter. Die laten ze de rotzooi opruimen,' mompelde hij terwijl hij zijn hemd uittrok en hem snel om Jerry's buik bond. Hij trok hem strak vast om het bloeden te stoppen.

'Iedereen terug naar de bomen. Naar de huizen!' Deion wist niet wat hem bezielde, maar hij wist dat hij de anderen – vooral nieuwe rekruten – uit de gevarenzone moest zien te krijgen. Nog voordat hij goed over zijn plan had nagedacht, sprong hij overeind en nam Jerry in zijn armen. Daarna rende hij zo snel hij kon naar de plek waar hij dekking kon zoeken.

'Naar de huizen. Nu!' schreeuwde hij weer, niet in staat zich om te draaien om te zien of de anderen hem volgden.

Jerry kreunde in zijn armen. Deion voelde het warme, kleverige bloed door zijn shirt heen dringen tot het zijn huid raakte. Nieuw mitrailleurvuur barstte los en Deion hield zijn adem in, elk moment verwachtend een kogel te voelen.

Zonder te stoppen, rende hij de deur van een huisje binnen.

'Dokter! Dokter!' riep hij. Maar terwijl hij dat deed, wist hij dat er geen hulp was. Het medische personeel was nog bij de infanterie. Deions groep was enthousiast opgerukt en had te haastig nieuw terrein willen veroveren.

Wat dacht ik? Het is mijn schuld. Ik had iets moeten zeggen. Ik had moeten verhinderen dat we verder oprukten.

Deion legde Jerry op een oude eettafel en bad dat die zijn gewicht kon dragen. Hij kraakte wel, maar bleef staan.

Hij zag dat de kogel Jerry meer in zijn zij had geraakt dan in zijn buik, zoals hij aanvankelijk had gedacht. Zijn hoofd maalde en hij probeerde zich de medische instructies te herinneren die hij had gehad toen hij net in Spanje was gearriveerd.

Stop het bloeden. Bescherm de wond. Behandel voor shock.

18

Deion was meer dan een uur bezig geweest om zijn vriend te stabiliseren. Nadat hij het bloeden had gestelpt, maakte hij op de grond een bed voor hem van oud beddengoed en kleren. Het schemerde al toen Jerry ten slotte in slaap viel, en Deion ook.

Het gedreun van vliegtuigen boven zijn hoofd haalde Deion uit zijn slaap. Ochtendlicht viel door de ramen, maar het geluid van kanonnen buiten vertelde hem dat de strijd nog voortduurde.

Hoewel Jerry bleek zag, was zijn ademhaling regelmatig. Deion slaakte een zucht van verlichting. Hij ging overeind zitten en kroop toen naar het raam, vurig hopend dat hij republikeinse vliegtuigen in de lucht zou zien. In plaats daarvan zag hij vliegtuigen die hij niet herkende.

'Italianen,' mompelde Jerry. 'Dat hoor ik aan het geluid van de motoren.' Met een langzame beweging gooide hij Deion een losliggende schoen toe. 'Hier.'

Deion wierp er een onzekere blik op.

'Ga liggen en stop hem in je mond,' mompelde Jerry. 'Nu!'

Deion stelde geen vragen, maar het leek bijna onwerkelijk dat iemand die zo goed als dood was, hem een opdracht gaf.

De grond schudde toen de eerste bom zeven meter bij het huisje vandaan insloeg, en het leek wel of een van de muren zich in slow motion opvouwde. Deion had het gevoel dat zijn hele lichaam door de klap werd omgeven. Er kwam onmiddellijk een immense druk op zijn oren. Hij beet op de vuile schoen en de druk verminderde.

Hij sloeg het stof van zich af en zag dat Jerry niet bewoog. Deion dacht dat wat de kogel niet had gerealisserd, nu door de bom was bereikt. Hij kreeg geen tijd om bij zijn vriend te gaan kijken, want de volgende tien minuten trilde het huisje door de ene klap na de andere.

Uiteindelijk stopten de explosies en verdween het gedreun. Deion was dankbaar dat het huis nog overeind stond. Hij duwde het puin van zich af en veegde toen stukken pleisterwerk van Jerry af.

De ogen van de man gingen open alsof hij net wakker werd uit een vredige slaap. 'Hoe is het met je oren?' mompelde Jerry.

'Pijnlijk, maar goed.'

'Als je je mond dicht had gehad, was je ze voorgoed kwijt geweest. Nu staan we quitte. Ik heb jouw gehoor gered. Jij hebt mijn leven gered.'

Deion knikte, maar toen viel zijn blik op de zij van de man. Vers bloed drong door het verband heen. Hij keek naar Jerry's gezicht en zag dat hij wit wegtrok.

Zich realiserend wat er gebeurde, vernauwde Jerry zijn ogen en fronste zijn voorhoofd.

'Nog niet, maat. Mijn klus is nog niet geklaard, maar ik ga je redden.' Deion drukte onmiddellijk de wond dicht. 'Ik ga je redden.'

*

Sophie stak haar hand naar Philip uit. 'Je moet dat pistool wegleggen.' Ze waren terug bij het huisje en Walt ging aan de tafel zitten. Philip hield het pistool onbeweeglijk op Walts borst gericht.

Philip sloeg geen acht op Sophie. In plaats daarvan liep hij naar Walt toe, strekte zijn arm en verkleinde zo de afstand tussen de loop van het pistool en Walts lichaam.

'Ik wil dat je weet dat ik je als een vriend beschouw,' zei hij emotieloos. 'Maar ik ben in Spanje al eerder een vriend kwijtgeraakt, dus dat zou niets nieuws zijn.'

Sophie deed met trillende handen een stap achteruit. Ze keek om zich heen op zoek naar iets om zichzelf en Walt mee te beschermen. 'Waar ben je mee bezig?' Ze stak haar hand naar achteren uit om de zinken teil voor het afwaswater te pakken.

Philip sprak tegen haar, maar hield zijn ogen op Walt gericht. 'Sophie, ik ga het je niet nog een keer vertellen... ik wil de waarheid weten. Als ik je in de andere kamer moet opsluiten, dan doe ik dat.'

'Ik heb je de waarheid verteld,' zei Walt rustig.

'Je hebt me een *deel* van de waarheid verteld. Ik wil alles weten. Als we ons leven voor dit goud in de waarschaal gaan stellen, verdienen we het om te weten waarom.'

'De waarheid.' Walt staarde recht naar de loop van het pistool. Hij zuchtte diep. 'Hoewel ik werkelijk betwijfel of je dat pistool tegen mij zou gebruiken, Philip, ben ik je het hele verhaal verschuldigd. Zowel jou als Sophie. Wil je het neerleggen?'

Philip liet het pistool langzaam zakken; daarna ging hij tegenover Walt zitten. Sophie zette de teil op de aanrecht terug.

'Nou...' Walt sloeg zijn armen over elkaar. 'Willen jullie eerst over het goud horen... of over de reden waarom ik me ermee bezighoud?'

'De reden waarom je je ermee bezighoudt,' zei Sophie impulsief.

'Het goud.' Philip leunde met een arm tegen de tafel.

Walt haalde zijn schouders op en keek toen naar Sophie. 'Sorry, *señorita*. De man met het pistool wint.' Hij haalde diep adem. 'Al sinds de conquistadores zijn er schatzoekers geweest die op jacht waren naar een grote schat in de bergen van Zuid-Amerika; ze kwamen geen van allen ooit terug. Mijn werkgever is zo'n schatzoeker. Ook hij had niet meer verwacht de schat te vinden tot hij over de bijzondere stukken hoorde.'

Sophie drukte haar vingers tegen haar slapen. Philip had gelijk gehad. Walt wist meer over het goud dan hij hun aanvankelijk had verteld.

'Mijn werkgever heeft me verteld van een gebied waarvan ze vermoeden dat er een grote schat verborgen ligt, groter dan iemand zich

kan voorstellen. De onherbergzame Llanganatibergen zijn ongelooflijk ruig en in mist gehuld. Bovendien lijken ze door statische elektri-
citeit en aardbevingen wel te leven. Misschien bestaan er daarom
zoveel legenden over.'

'Wat voor schat?' waagde Sophie te vragen.

'Om de schat te kunnen begrijpen, moet je iets over de heerser van
de Inca's weten – de Incavorst waarvan ze geloofden dat hij van de zon
was afgedaald. Alles behoorde aan de Zonnekoning toe – het goud en
het zilver, het land, de mensen zelf. Goud werd beschouwd als "zweet
van de zon". Het werd niet gebruikt als betaalmiddel, maar als religi-
eus symbool. Ze maakten er ornamenten van, borden, gebruiks-
voorwerpen – allemaal ter ere van hun Zonnekoning.

Verbazend genoeg werd het Incarijk verwoest door de een of andere burgeroorlog,' vervolgde Walt. 'Twee broers wilden koning zijn. Ze
voerden vijf jaar lang oorlog en net toen de overwinnaar, Atahualpa,
zijn broer versloeg en op het punt stond koning te worden, arriveerden de Spaanse conquistadores in Peru. De conquistadores wilden het
goud en het zilver te pakken krijgen, het land voor de Spaanse koning
opeisen en de indianen tot het christendom bekeren.'

Sophie kreeg kippenvel op haar armen. 'Ben ik de enige die vindt
dat dit verhaal klinkt als iets uit de krant van gisteren in plaats van als
iets wat vierhonderd jaar geleden is gebeurd? Om ons heen vindt
dezelfde oorlog plaats.'

'En hetzelfde gevecht om goud en zilver,' zuchtte Philip.

'Wat gebeurde er daarna?' Sophie ging op de aarden vloer zitten en
hield haar ogen op Walt gericht.

'Nou, er waren maar zo weinig soldaten dat de Inca's hen eerder als
een rariteit beschouwden dan als een bedreiging. Pizarro nodigde de
Incavorst uit om hem op het dorpsplein te ontmoeten. De koning
kwam en beschouwde het als een ontmoeting om over vrede te praten.'

'Hoeveel Spanjaarden waren er?'

'Tweeënzestig ruiters en honderdzes infanteristen. Nog voor het einde van de schermutseling hadden ze duizenden indianen gedood en de Incavorst gevangengenomen. Vanuit de gevangenis onderhandelde Koning Atahualpa over zijn leven. Hij zei tegen de Spanjaarden dat hij twee grote kamers zou vullen – een met goud en een met zilver – als ze hem vrij zouden laten. Daar stemden ze mee in.'

Walt was even stil en leunde achterover op zijn stoel, kennelijk ingenomen met hun nieuwsgierigheid. Hij keek naar Philip. 'Jij bent hier de geschiedenisleraar. Ik weet zeker dat jij weet wat er toen gebeurde.'

'Fris mijn geheugen maar op.' Philip boog voorover op zijn stoel.

'De koning deed een beroep op het hele rijk en vroeg om het losgeld. De mensen gehoorzaamden en brachten ceremonieel goud en zilver uit de tempels van de zon en de maan. In de maanden die volgden, stroomden de schatten Cajamarca binnen. De Spanjaarden smolten de meeste voorwerpen om tot goudstaven voor het vervoer per schip naar Spanje.'

'Wat een verspilling! Lieten ze hem gaan?' Sophie schoof dichter naar Walt toe, benieuwd naar wat er komen ging, benieuwd naar het verband met het goud dat ze in handen hadden.

'Zelfs toen de mensen het verzoek hadden ingewilligd, werd Atahualpa niet zoals beloofd vrijgelaten. In plaats daarvan besloten de Spanjaarden de Incavorst te vermoorden.'

Sophie voelde woede in zich opwellen. 'Maar waarom?'

'Ten eerste waren ze bang dat generaal Ruminahui vanuit het noorden zou aanvallen. Ten tweede wilden ze alle tempels gaan plunderen – ze namen geen genoegen met het goud dat de mensen hun hadden gebracht.'

Philip schudde zijn hoofd en snoof.

'Ze bonden de Incakoning aan een paal vast en wurgden hem. En voordat zijn troepen konden aanvallen, trokken de Spanjaarden eropuit om het rijk te leeg te roven. Maar wat ze zich niet realiseerden, was dat er precies op het uur van de moord een karavaan van zestigduizend man naar Cajamarca op weg was. Die vervoerde al het goud uit elke tempel en elk dorp in Quito. Het was een laatste, wanhopige poging de koning vrij te krijgen. Aan het hoofd van de karavaan reisde de generaal zelf.'

'Lieve help.' Sophie legde haar hand op haar borst – niet alleen bij de gedachte aan de onvoorstelbare waarde van het goud, maar ook aan de toewijding van het volk aan zijn koning.

'Onze toewijding steekt nogal bleekjes af bij de hunne, hè?' mompelde Philip.

'Ik neem aan dat het goud niet werd afgeleverd?' vroeg Sophie.

'Nee, de generaal verstopte het in de bergen. Hij was opgegroeid in een bergdorpje en kende het gebied beter dan wie ook. Hij werd later gevangengenomen en gemarteld, maar hij heeft de locatie nooit onthuld.

Maar... toch bestaat er een verhaal over een Spanjaard die de plek jaren later ontdekte nadat hij vriendschap had gesloten met een aantal van de mensen. Toen hij de informatie eenmaal had, besefte hij drie dingen. Ten eerste: als hij de gegevens doorgaf, zouden anderen rijk worden, hij niet. Ten tweede: als hij de locatie onthulde, zou hij waarschijnlijk ook worden vermoord. En tot slot wist hij dat hij niet in staat zou zijn in zijn eentje zo'n grote hoeveelheid goud te gaan halen. Hij was van plan naar Spanje te reizen, zijn eigen groep mannen te vormen en dan terug te gaan om de schat te halen.'

'En heeft hij dat gedaan?' Philip nam het pistool in zijn andere hand en Sophie wist dat hij nu niet meer van plan was het te gebruiken.

'Het was een heel wijze man. Hij nam een paar van de goudstaven en liet er speciale munten van maken. Het waren er zeven, en op elk ervan stond een aanwijzing die de bergplaats zou onthullen. Hij verborg ze in de Incaschat die per schip naar Spanje werd gestuurd. In dezelfde scheepslading werden ook kunstvoorwerpen van de Inca's vervoerd. Niemand realiseerde zich dus hoeveel ze waard waren. Hij was van plan de munten er tussenuit te halen als hij aankwam.'

'Laat me raden.' Sophie zuchtte. 'Hij haalde het niet.'

'Klopt. Hij stierf helaas onderweg. Mijn werkgever gelooft dat de munten in de schatkist terecht zijn gekomen, waar ze honderden jaren hebben gelegen zonder dat iemand zich erom bekommerde.'

'En had hij... of zij... gelijk?' vroeg Sophie.

Walt trok zijn vuist uit zijn zak, opende hem en liet Philip en Sophie vijf gouden munten zien. 'Ik heb ze niet allemaal, maar dit is al meer dan ik verwachtte. Ik weet niet wanneer de andere zoek zijn geraakt, maar deze...' Hij zuchtte diep. 'Deze zijn de sleutel tot een schat groter dan iemand voor mogelijk had gehouden.'

'Ik geloof je niet.' Philips woorden klonken scherp en Sophie keek naar hem. Haar mond viel open bij zijn antwoord.

'Hoe zit het met de Gids van Valverde? Dat gedeelte schijn je vergeten te zijn.'

Walt sperde verbaasd zijn ogen open; daarna glimlachte hij. 'Je lijkt je meer van het verhaal te herinneren dan je laat merken.'

'De Gids van Valverde?' Sophie keek naar Philip. 'Waar heb je het over?'

'Nou, een paar jaar voor deze gebeurtenissen trouwde een arme soldaat – ook een Spanjaard – met een indiaanse vrouw. Ze kwam uit hetzelfde dorp als de generaal. Haar vader was een priester...'

'Een *cacique*,' merkte Philip op.

'*Sí*, een *cacique*.' Walt knikte. 'Men zegt dat de priester hem naar de schat heeft gebracht en dat hij een rijk man is geworden. Hij keerde later naar Spanje terug. Op zijn sterfbed schreef hij *El Derrotero de Valverde*, De Gids van Valverde. Die beschrijft in detail hoe iemand bij de schat kan komen. Er zijn vele exemplaren van gedrukt.'

'Dus als die gids er is, waar heb je dan die munten voor nodig?' Sophies hoofd bonsde terwijl ze de informatie in zich op probeerde te nemen.

'Vierhonderd jaar geleden hebben mensen geprobeerd de gids te gebruiken, maar niemand is erin geslaagd de schat te vinden. Iedereen komt op een punt waar hij in de dichte jungle en vreemde mistvlagen verdwaalt. Alle schatzoekers bereiken op hun reis een punt waar de gids onbegrijpelijk wordt.

Zoals ik wilde zeggen voordat Philip me onderbrak, heeft de man waar ik het over had – de Spanjaard die het goud heeft ontdekt en die er zijn eigen munten van heeft gemaakt – de gids zo geschreven dat je er alleen maar iets aan hebt als je ook de munten hebt. Want de gids is in het begin heel duidelijk, weet je, maar naar het einde toe wordt hij steeds verwarrender. De munten zijn symbolen die bij het verwarrende gedeelte beginnen. Deze...' Hij schudde ze op zijn handpalm door elkaar zodat ze rinkelden. 'Deze zijn... nou, van onschatbare waarde. Ze zijn onbeschrijflijk kostbaar.'

'Wacht even.' Sophie stond op. 'Goed, ten eerste heb je me bij deze toestand betrokken omdat je dacht dat ik met Michael samenwerkte. Daarna... heb je me gebruikt – je hebt me gevraagd naar hem terug te gaan – vanwege het goud. Je zei dat hij bij een complot betrokken was om het te stelen. Je zei dat het goud aan verzamelaars kon worden verkocht en kon worden gebruikt om de oorlog van het volk te financieren... En nu...' Sophie zette haar handen in haar zij. 'En nu gaat het niet alleen meer om de waarde van het goud of van de kunstvoorwerpen, maar is de waarde van die vijf munten het belangrijkste geworden. Het draait dus allemaal om die vijf munten? Zijn die de reden waarom je me hierbij hebt betrokken?'

Walt knikte.

Sophie deed haar ogen dicht en probeerde haar frustraties de onderdrukken. Toen deed ze ze weer open, deed een stap naar Walt toe en staarde naar de munten. 'Mag ik ze aanraken?'

Walt knikte. 'Ja, natuurlijk, zonder jou zou ik ze niet hebben.'

Sophie streek met haar vinger over het oppervlak van elke munt. Op een ervan stond een waterval die in een smalle vallei omlaag stortte.

Philips blik was nog steeds op Walt gericht. 'Geloof jij het? Geloof je dat het verhaal waar is?'

'Nou, voordat ik de munten vond, was ik er niet zo zeker van. Maar nu... tja, ze lijken mij het bewijs dat het verhaal klopt.'

'Goed, maar waar haalde je het doorzettingsvermogen vandaan toen je het nog niet zeker wist?' Sophie keek naar een andere munt waar een berg op stond. De toppen hadden een vreemde vorm en leken bijna op een vrouw die op haar zij lag.

'Het was zoals ook met andere dingen waarin mensen verkiezen te geloven,' vervolgde Walt. 'Ik bereikte een punt waarop ik een beslissing moest nemen. Ik heb mensen... vrienden... zien omkomen, omdat ik ze in gevaar bracht. En al gauw wist ik dat ik alleen maar door kon gaan als ik erin geloofde.' Walt tilde zijn hoed op en wreef over zijn voorhoofd.

'Geloofde?' Philip keek de man onderzoekend aan en keek toen naar Sophie.

Walt schudde lachend zijn hoofd. 'Nee, nee. Niet zulk geloof. Ik kan het goud nu tenminste zien en aanraken. Jullie geloof is gebaseerd op allesbehalve de realiteit. Een man die sterft en die mij duizenden jaren later zou moeten helpen. Dat is dwaas.'

Sophie keek omlaag naar de derde munt, waar een brug van boomstammen over een rivier op stond. In haar borst voelde ze een warmte die zich verspreidde en die haar ertoe aanzette om te spreken.

'Jezus is de grootste schat, Walt, maar Hij is niet zomaar iets wat je kunt verkrijgen. Hij is de weg tot de grootste schat die er bestaat – onze redding.'

Philip keek met een glimlach naar haar op, maar zei niets.

Sophie gaf de munt terug. 'Jezus is als dit symbool. Hij is een brug... die naar de overkant leidt, van de dood naar het leven. Jezus is die brug voor ons, Walt. Herinner je je die transportbrug? Die in Bilbao?'

'Ja. Daar zijn er maar heel weinig van in de wereld.'

'Precies. Er zijn nog wel andere bruggen waar je overheen kunt rijden. Of overheen kunt lopen. Je gebruikt de kracht van het voertuig of je eigen kracht om naar de overkant te komen. Maar die brug – die is anders. Je vertrouwt op zijn kracht om naar de overkant te komen. Je klimt erop en dat is genoeg. De brug brengt jou met zijn kracht naar de overkant.'

Ze pakte Walts hand en wenste dat haar geloof door één aanraking in hem kon stromen. Was het maar zo makkelijk.

'Dat is nu het geloof in Jezus,' besloot ze. 'De wetenschap dat jouw inspanningen, jouw kracht alleen je niet naar de overkant kunnen brengen. Maar geloof in Hem en vertrouwen in Zijn belofte kunnen dat wel. Het is zelfs zo dat die het enige zijn dat je naar de overkant kan brengen.'

Hoewel Walt niets zei, zag ze aan zijn ogen dat hij over haar woorden nadacht. Zoals altijd nam Walt de informatie in zich op, sloeg hem op en bewaarde hem voor een moment dat die hem van pas kon komen. Sophie hoopte maar dat dat moment snel kwam.

Hij liet de munten weer in zijn broekzak glijden en wendde zich tot Philip. 'Dus nu je dit weet, kun je vast wel raden wat ze mij hebben gevraagd.'

Philip knikte. 'De rest van het goud achterlaten – en ons ook. Wat ik natuurlijk niet laat gebeuren.'

Walt leek bijna opgelucht. 'Ja, ik dacht al dat je dat zou zeggen.' Hij stond op, liep naar het raam en hield zijn hoofd schuin alsof hij met zijn ogen het erf afzocht naar Flodder. 'Ik denk dus dat we maar een ander plan moeten bedenken.'

'Dat gaan we doen.' Philip stopte het pistool weer in de tailleband van zijn broek. 'Maar er is nog een deel van het verhaal dat je ons niet hebt verteld.' Hij liep ook naar het raam en legde een hand op Walts schouder. 'Wie is je werkgever, Walt, en hoe ben je hierbij betrokken geraakt?'

Walt draaide zich om en er lag verdriet in zijn blik– verdriet dat Sophie tot in het diepst van haar hart raakte. 'Goed, dat zal ik je vertellen. Maar Sophie... je kunt denk ik maar beter eerst gaan zitten.'

19

Walt stond erop dat ze zouden ontbijten voordat hij de rest van het verhaal vertelde.

Sophie at haar boterham met omelet. Walt speelde met het eten op zijn bord. Zijn blik was somber terwijl hij zijn eieren van de ene kant van het tinnen bord naar de andere kant schoof. Nadat Philip had afgeruimd, leunde Walt achterover, vouwde zijn handen in zijn nek en staarde naar het plafond.

'Ik heb dit verhaal nog nooit aan iemand verteld en ik weet niet zeker of ik het nu wel moet doen.' Hij keek naar Sophie. 'Maar ik denk dat je zou kunnen zeggen dat deze hele toestand al is begonnen voordat ik geboren werd.'

Hij zuchtte zacht. 'Voordat Michaels vader naar Madrid reisde, was hij verloofd met een andere jonge vrouw die ook uit Boston kwam. Ze merkte dat ze zwanger was en wilde niet dat iemand daar achter kwam. Ze wendde zich tot een lerares van vroeger voor hulp en reisde naar Chicago, waar die lerares woonde. Daar ben ik geboren.'

Sophie probeerde sprakeloos tot zich door te laten dringen wat Walt had gezegd.

'Wacht eens even.' Philip boog voorover. 'Wil jij soms zeggen...'

'Dat Michael jouw broer is?' maakte Sophie zijn zin af.

In plaats van antwoord te geven, vervolgde Walt zijn verhaal. 'Jarenlang heb ik niet geweten dat ik geadopteerd was. De lerares, Marge, en haar man William brachten me groot. Hun vriendin Camille kwam elke zomer langs. Tijdens een van die zomers, toen ik twaalf was, hoorde ik Camille en mijn moeder ruziemaken. Camille wilde me de waarheid vertellen, maar Marge wilde daar niet van horen. Ik volgde Camille naar het treinstation en vertelde haar wat ik had opgevangen. Ik wilde mijn ouders niet kwetsen, daarom vertelde ik hen niet dat ik het wist.'

Sophie sloeg haar hand voor haar mond. Ze bestudeerde Walts gezicht en probeerde zich ervan te overtuigen dat wat hij had gezegd niet waar was; maar hoe langer ze zijn gelaatstrekken bestudeerde, hoe meer ze de gelijkenis zag. Michael was donkerder door zijn Spaanse moeder, maar hun bouw, de stand van hun ogen – zelfs hun neuzen leken op elkaar. En hoe beter ze Walt bekeek, hoe meer Sophie overtuigd raakte. Hij leek op Michaels vader – veel meer dan Michael in feite.

'Ik wilde meer weten,' vervolgde Walt. 'William was politierechercheur in Chicago. Hij kwam altijd thuis met verhalen over gangsters – van die politieman-en-boef-verhalen. Ik wilde zoveel mogelijk van hem horen met maar één doel: mijn vader vinden. Nadat ik van de middelbare school kwam, verhuisde ik voor mijn studie naar Boston. Dat was het moeilijkste dat ik ooit heb gedaan. Ik zag het verdriet in de ogen van mijn moeder – Marge – toen het tot haar doordrong dat ik de waarheid kende.'

'En heb je haar gevonden? Camille?' Sophie klemde haar handen op haar schoot in elkaar.

Walt sloeg zijn blik neer. 'Nee. Camille was een paar jaar voordat ik naar Boston verhuisde aan tuberculose gestorven. Ze was nooit getrouwd. Had nooit meer kinderen gekregen. Ze had haar hart volkomen aan een Spaanse danser verloren en had haar leven lang gezwolgen in zelfmedelijden.

Maar tijdens mijn zoektocht vond ik wel een buurvrouw die wat spullen van haar had bewaard. Het was niet veel, maar genoeg om me naar mijn vader te leiden. Ik weet nog dat ik voor het eerst zijn huis zag. Daar was hij, met zijn knappe vrouw en zoon. Michael was niet veel jonger dan ik. Ze woonden nog geen anderhalve kilometer bij Camille vandaan in Boston en ik vraag me af hoe vaak ze hun leven heeft gadegeslagen en heeft gewenst dat het het hare was.'

'Wat verschrikkelijk.' Philip krabde Flodder achter zijn oren. De hond liet zich op zijn zij vallen en viel aan Philips voeten in slaap.

'Hen observeren, hen volgen werd mijn obsessie. Toen, op een dag, veranderde alles. Michaels oom benaderde me. Hij was in de stad voor een bezoek aan zijn zus en wilde weten waarom ik bij haar huis rondhing. Waarschijnlijk was ik niet zo voorzichtig geweest als ik had gedacht. Eerst was hij boos, onbeschoft; maar toen bekeek hij me nog eens goed en begreep hij het. Hij zei dat ik precies op mijn vader leek.'

'En... heb je ze toen ontmoet? Weet Michael het?' Sophie dacht terug en probeerde zich te herinneren of Michael ooit iets over een broer had gezegd.

'Niet voor zover ik weet. Adolfo regelde een ontmoeting met mijn vader. Het leek hem het beste dat hij er niet bij was. Hij vond het iets wat we zonder zijn aanwezigheid moesten doen. Mijn vader was vriendelijk genoeg, maar zijn vrouw was een moeilijk mens. Ze gooide me het huis uit voordat ik de kans kreeg om iets te zeggen. Adolfo was bezorgd toen hij daar achter kwam. Hij zocht drie dagen voordat hij me vond. Hij had in die tijd nog geen kinderen, maar verlangde er wel wanhopig naar. Hij begreep niet hoe iemand zijn eigen vlees en bloed kon laten wegsturen. En hij was ook nooit blij geweest met de man die zijn zus had gekozen, dus ik denk dat zijn zorg voor mij half voortkwam uit zijn eigen behoeften en half uit verlangen mijn vader uit te dagen. Daarna nam Adolfo me mee naar Spanje. Hoewel ik zijn familie nooit had ontmoet, betaalde hij mijn opleiding. Ik werd verliefd op het land. Ik studeerde talen en sloot vriendschappen.'

'En wanneer ben je je met het goud bezig gaan houden?' Philip leunde voorover en zette zijn ellebogen op zijn knieën.

'Het was tijdens een andere reis naar Boston dat Adolfo er voor het eerst over hoorde. Michael vroeg hem om advies. Adolfo onderzocht de zaak zelf; daarna vroeg hij me hem te helpen. Samen ontdekten we de waarheid over de muntstukken.'

Walt stond op en liep naar het raam. Hij stak zijn hand in zijn zak, haalde de munten eruit en kneep zijn vuist stevig dicht. 'Adolfo vroeg me naar Boston terug te gaan. Ik hoorde over de vergaderingen met de investeerders en hun plannen om het goud in handen te krijgen. Ze wilden het antiek aan verzamelaars verkopen, maar wisten niets over die zeven munten.'

'Dus jij was daar ook? In het museum?'

Walt draaide zich om en keek Sophie aan. 'Ja, Sophie. Op de dag dat jij Michael hebt ontmoet. Ik heb jullie samen gezien... en dacht toen dat jij ook deel van het plan was.'

Sophie was blij dat ze zat, want haar lichaam werd plotseling slap. Haar relatie, of datgene waarvan zij had gedacht dat het ware liefde was geweest, was van het begin af aan nauwgezet geobserveerd. Niets was van haar alleen geweest. *Niets.*

'Natuurlijk maalde ik in het begin niet om dat goud. Ik had alleen een excuus nodig om dicht bij mijn familie te blijven. Marge en William waren tegen die tijd overleden. Adolfo was de enige die ik nog had. Hij was dan wel geen familie, maar hij stond me wel het meest na. Pas later ging ik geloven dat het verhaal klopte.'

Walt sloeg zijn armen over elkaar en leunde tegen de muur. 'Adolfo en ik maakten plannen, tot het goud een obsessie voor ons werd. Al snel wilde ik niets liever dan de schat. Het was mijn manier om mezelf te bewijzen... tegenover mijn vader. Ik wilde hem geven wat Michael niet kon vinden.'

'Dus je hebt dit allemaal uit wraak gedaan?' Philip stond op en liep heen en weer. 'Wij zijn hier omdat jij de beste zoon wilde zijn?'

Walt rechtte zijn schouders. Zijn stem klonk schor van boosheid. 'Deels, maar ook voor de eer van Adolfo, die mij heeft opgevangen. Hij heeft me liefde gegeven.' Walts gelaatsuitdrukking werd milder. Hij keek weer naar Sophie. 'Ik dacht dat jij de details kende. Ik wist zeker dat Michael jou gebruikte. Het leek te gemakkelijk dat jij in het museum werkte. Daarna, toen je naar Spanje kwam, wist ik dat mijn theorie klopte.'

'Nou, misschien ken ik de details ook wel.' Sophie beet op haar lip. 'Misschien heb ik jullie allemaal wel voor de gek gehouden.' Ze gooide haar handen in de lucht.

Walt grinnikte en zijn ogen lichtten op. 'Was het maar waar. Misschien zou ik me dan niet zo schuldig voelen over alles wat ik je heb aangedaan. Vooral omdat je alleen maar verliefd was.'

Philip stopte met ijsberen toen Walt die woorden sprak en Sophie zag de gekwetste uitdrukking op zijn gezicht. Ze liet haar hoofd in haar handen zakken en vroeg zich af of ze dit ooit achter zich zouden kunnen laten. Of Michael elk gesprek zou binnendringen.

Walt ging snel verder. 'Daarom wist ik dat ik moest zorgen dat je het land uit kwam, Sophie. Ik heb met José gepraat en die was bereid me te helpen. Hij overtuigde Michael ervan dat hij zijn dood in scène moest zetten. We wisten dat je anders niet zou vertrekken.'

'Heb jij ze geholpen?' Sophie tilde haar gezicht met een ruk op. 'Was het allemaal jouw idee?'

Aan de schuldige blik op Walts gezicht zag Sophie dat het zo was.

'Wacht eens even. Er is iets wat nog belangrijker is,' zei Philip. 'Wat drijft jou nu, Walt? Als je tenminste zo heet. Is het rijkdom? Wraak? Waardering?'

Walt draaide zijn hoed rond tussen zijn handen. 'Ik weet niet of je het gelooft, maar ik ben net als Sophie verliefd op Spanje geworden. Ik hoop oprecht dat ik het goud het land uit krijg, aan de verzamelaars kan verkopen en het geld voor de republikeinse zaak kan gebruiken. Adolfo was het ermee eens om het geld zo te gebruiken op voorwaarde dat ik hem zou helpen de munten te vinden die hij wilde hebben. En ja, ik heet Walter. Ik ben naar mijn vader genoemd. Naar Michaels vader.'

Philip liep naar hem toe en keek omlaag. 'Als dat waar is en je alleen de republikeinen maar wilde helpen, waarom wilde je er dan met de munten vandoor? Waarom wilde je ons achterlaten?'

'Wie zegt dat ik dat wilde? Het waren mijn instructies... maar ik kon het niet. Voor het eerst stelde ik mezelf vragen.'

'Je ontwikkelde een geweten?' Philip trok cynisch een wenkbrauw op.

Walt haalde zijn schouders op. 'Ik denk het wel, ja.'

'En hoe staat het er nu voor?' Sophie keek van de ene man naar de andere. 'Dit is een bijzonder verhaal, maar we zitten nog steeds met een lading goud die miljoenen dollars waard is.'

'Ik pieker me suf om een oplossing te bedenken.'

Walt zag bleek en zijn stem klonk onvast. 'Ik heb constant tien stappen vooruit gedacht. Deze hele zaak leek wel een schaakspel, waarbij ik degene was die de stukken verzette.'

Hij drukte zijn vingers tegen zijn voorhoofd. 'Maar nu niet meer. Ik kan nog maar één stap bedenken. De volgende stap... en ik hoop dat het de juiste is.'

*

Er leek iets in Deion te sterven toen hij de laatste schep aarde over Jerry heen gooide. Hij liet een houten kruis achter dat hij van stokken had gemaakt en trok zich terug tot waar de infanterie zich na het bombardement hergroepeerde.

'Mannen, het is erop of eronder met dit offensief,' zei de commandant tegen de groep die om hem heen stond.

Hij schreeuwde, maar Deion kon zijn woorden nauwelijks boven het gedreun van de ontploffende granaten in de verte uit horen. De flikkerende wolken aan de nachtelijke hemel – de flitsen van de explosies – trokken zijn aandacht.

De commandant sprak verder, en aan het einde van zijn betoog wist Deion dat hun tactiek niet was veranderd. Ze zouden naar de

Guadarramavallei marcheren. Ze zouden de Mosquitobergketen bezetten die als hoogste punt het gebied domineerde.

Na zijn instructies riep de commandant Deion bij zich. 'Ik heb over je gehoord. Jij bent degene die je vriend het slagveld af heeft gedragen.'

Deion knikte. Hij vertelde de commandant niet dat zijn inspanningen tevergeefs waren geweest.

'Ik heb iemand nodig als jij.' De commandant wees naar de voorste bergtoppen. 'Je moet een bericht van mij overbrengen.'

Deion luisterde ingespannen, maar zijn gedachten en emoties waren verdoofd toen ze weer op weg gingen, en hij besloot met niemand te praten. Het laatste wat hij wilde was de andere mannen leren kennen. Het verdriet om Jerry's dood werd sterker naarmate hij dichter bij het slagveld kwam.

Hij had het gevoel dat hij midden in een nachtmerrie zat toen hij weer aan het front kwam. Hij haastte zich naar de bergkam, vastbesloten niet te blijven staan voordat hij die had bereikt.

De kruitdamp en het stof van de explosies hingen zwaar in de lucht. Hij werd overvallen door een hoestbui en opnieuw viel er een bom – een enorme klap zo heet als een oven. De lucht rond Deion lichtte wit op en daarna werd alles donker.

De aarde dreunde opnieuw en Deion voelde zijn lichaam door de lucht vliegen. Hij stelde zich de klap al voor waarmee hij tegen de grond zou slaan, maar in plaats daarvan werd hij omgeven door een weldadige koelte. Zijn lippen gingen open en modderig water liep zijn mond binnen terwijl het tot hem doordrong dat hij in de ondiepe rivier terecht was gekomen. Hij deed zijn best om op te staan, maar zijn benen wilden niet meewerken. Hij bewoog zijn armen om naar de kant te zwemmen, maar het leek wel of hij door nat cement kroop.

Terwijl hij worstelde om zijn hoofd boven water te houden, dacht Deion aan de vele doden. Hij herinnerde dat Gwen hun gezichten had bestudeerd. En hij stelde zich haar verdriet voor als ze zijn gezicht tussen de andere zou zien.

Dat zou hij niet laten gebeuren. Misschien zou hij haar, als dit allemaal voorbij was, weer vinden. Er stroomde nieuwe energie door hem heen en hij klom moeizaam op de kant. Hij dwong zichzelf te gaan staan en werd overvallen door vermoeidheid. Hij wilde niets liever dan weer gaan liggen en slapen. Zijn ogen werden zwaar. De klei onder zijn lichaam voelde aan als een zachte matras.

De dubbele knal van het geschut haalde hem uit zijn slaap. Hij wist niet of hij vijf seconden weg was geweest of vijf minuten, maar toen hij bijkwam, had hij de metaalachtige smaak van bloed in zijn mond. Zijn pijnlijke tong vertelde hem dat hij er hard op moest hebben gebeten.

Hij raakte zijn gezicht aan, er zeker van dat het door de klap was weggesmolten. In plaats daarvan ontdekte hij dat zijn wenkbrauwen waren verdwenen. Zijn wangen brandden, net als vroeger, als hij te lang in de zon was geweest.

Op dat moment herinnerde Deion zich, zo helder en indringend als de flits van de ontploffing, de boodschap die hij aan de anderen moest overbrengen.

'Ik moet naar de mitrailleurs op de berg,' fluisterde hij.

Hij sleepte zich de helling op. Rondom hem liepen hier en daar soldaten die terugkwamen van de bergkam.

'Blijf op je positie!' hijgde Deion zonder te weten of ze zijn Engels wel verstonden. Hij gebaarde naar de anderen. Een paar van hen bleven staan en keken hem verdwaasd aan. 'De commandant stuurt jullie een boodschap. Blijf op je positie!' Hij wees naar de smalle bergrug. 'Jullie mogen je niet terugtrekken. Niet terugtrekken!'

Begrip daagde in de ogen van een van de mannen en hij sprak snel tegen de anderen. Zonder aarzelen haastten ze zich terug naar boven.

Ook Deion klom snel omhoog. Een jachtvliegtuig raasde over hun hoofden en daarna naar rechts, in de richting van de stad Brunete.

Met moeite gaf hij de boodschap aan de andere Spaanse troepen door. 'Blijf op je positie!'

Overal sloegen granaten in, als vuurwerk op bevrijdingsdag thuis. Deion voelde kluiten aarde op zijn stalen helm en schouders vallen, maar hij liet zich niet ophouden. Hij hielp de anderen zich in te graven op de bergkam. Onder hen werden de eiken door nog meer granaten getroffen, zodat hun donkere schaduwen zich kromden. De door de maan verlichte bomen en ranken trilden door kogels, maar hij was veilig. Hij leefde. En ze hielden stand.

20

Flodders geblaf onderbrak Walt, Philip en Sophie terwijl ze hun volgende stappen bespraken. Walt keek uit het raam en zag de man en zijn dochter uit de kleine gemeenschap onder aan de heuvel aankomen.

'*Señores, señorita,*' zei de man toen Philip de deur opendeed. 'Mijn dochter en ik vroegen ons af of u hier nog was. Of u hulp nodig hebt, of informatie.' Hij liep met een glimlach naar de voordeur. 'Natuurlijk hebben we de anderen niet gevraagd of ze het wisten. Ze hebben er geen idee van dat u hier bent gestopt. Uw geheim is nog steeds veilig bij ons.'

Ze bleven de rest van de ochtend en Sophie genoot van het vrouwelijke gezelschap en vooral van de gesprekken over koetjes en kalfjes, zoals de tuin en de Moorse uitkijkposten in de omliggende heuvels. Het was prettig om niet aan de gestolen schat en hun verplichtingen jegens Spanje te denken.

Ze zaten in de schaduw bij de beek en genoten van het eten dat Sophie had klaargemaakt. Terwijl Sophie met de jonge vrouw praatte en lachte, wenste ze dat ze haar over de voorraad voedsel kon vertellen, maar daar was het niet het moment voor. Aan de manier waarop Walt stond en ijsbeerde, zag ze dat hij niet kon wachten tot de bezoekers waren vertrokken.

Ten slotte, toen de zon hoog aan de hemel stond, gaapten de twee en vertrokken naar huis voor hun siësta. Pas toen liep Sophie achter Walt en Philip aan naar het huis, waar ze om de tafel gingen zitten om hun plannen verder te bespreken.

Philip sprak als eerste, maar aan Walts gezicht te zien, deed hij dat voor beide mannen. 'Als wat Walt zegt waar is – en daar vertrouw ik op – moeten we misschien met alleen de gouden munten ontsnappen.'

Sophie deed haar mond open om iets te zeggen en Philip pakte haar hand. Met de duim van zijn vrije hand wees hij in de richting van de vrachtwagen.

'We nemen een flinke gok als we de vrachtwagen naar Barcelona willen rijden. En misschien is dat niet eens de reden waarom we hierbij betrokken zijn geraakt. Ik moet Walt gelijk geven – het feit dat hij de munten heeft gevonden, overtuigt me ervan dat zijn verhaal waar is. Ik kan me niet eens voorstellen wat voor gevolgen zo'n ontdekking kan hebben.'

'Ik weet het niet.' Sophie wreef met haar vrije hand over haar vermoeide ogen. 'Volgens mij mis je de hoofdzaak. We doen dit niet omdat we beroemd willen worden of de ontdekking van de eeuw willen doen. We doen het toch voor het Spaanse volk?'

Ze draaide haar hoofd naar Walt toe en keek hem aan. 'Dat is wat je mij hebt verteld toen je me vroeg weer naar Michael te gaan – je zei dat de nationale veiligheid er vanaf hing.' Ze keek naar Philip. 'Jij was toch degene die me vorige week vertelde dat David God als groter zag dan zijn probleem?'

Ze probeerde op te staan, maar Philip weigerde haar hand los te laten. 'Ja, ik weet dat ik dat heb gezegd, maar ik maak me zorgen – vooral om jou, Sophie.' Hij aarzelde en overdacht wat hij verder wilde zeggen. 'Ik geloof niet dat ik met mezelf zou kunnen leven als we op de een of andere manier wel met het goud ontsnapten... maar niet met elkaar.'

'Dat ben ik met je eens,' viel Walt hem bij. 'Daarom ben ik ook teruggekomen. Ook al zou Adolfo tevreden over me zijn en mijn vader onder de indruk, en al zou ik de schat van de eeuw ontdekken, ik denk niet dat ik zou kunnen leven met het idee dat ik mijn vrienden in de steek had gelaten.'

'Als jullie niet naar me luisteren, laat dan maar.' Sophie stond op en schopte met haar voet tegen de aarden vloer. Ze had maagpijn en wilde niet verder nadenken, alsof er plotseling een sluier voor haar ogen viel. Ze was het zat om het gewicht van Spanje op haar schouders te dragen. 'Vergeet het maar. Als dit de snelste manier is om het land uit te komen, dan moeten we daar maar voor kiezen.'

Ze sloeg haar armen over elkaar en deed haar ogen dicht. Ze dacht aan haar laatste avond in Frankrijk voordat ze de grens met Spanje was overgestoken. Het zachte bed en de frisse, schone lakens. Het bad vol warm, geparfumeerd water. Haar haar, schoon en mooi opgestoken. Kleren die haar het gevoel gaven vrouw te zijn.

Ze dacht aan wakker worden zonder zorgen over een vijand die achter elke hoek verstopt kon zitten. Of achter elk paar ogen. Ze stelde zich voor dat ze haar ezel in het park zette en puur voor haar plezier schilderde. O, wat zou het heerlijk zijn om weer een penseel vast te houden.

Ze stelde zich ook voor dat ze haar ouders belde en hun stemmen voor het eerst in een jaar hoorde. Dat ze een wandeling maakte, haar hand in die van Philip en niets aan hun hoofd dan alleen het verlangen elkaar beter te leren kennen.

Sophie deed haar ogen open en knikte. 'Ja, ik ben ervoor. Laten we bedenken hoe we die munten het land uit kunnen krijgen. Daarna kunnen we, misschien van buitenaf, hulp regelen voor Spanje.'

'Bereiken we die dingen dan niet allebei door ervoor te zorgen dat de munten het land uit komen?' Philip liet haar hand los en steunde met zijn ellebogen op zijn knieën zoals hij altijd deed als hij diep in gedachten verzonken was. 'Dan bereiken we veel met heel weinig.'

'Op de een of andere manier klinkt dat te mooi om waar te zijn.' Sophie zuchtte. 'Zelfs als Adolfo de munten mee naar Zuid-Amerika neemt, hoe weet hij dan wat de aanwijzingen betekenen? We zouden erop moeten vertrouwen dat hij de schat vindt – als die er nog is.

Bovendien, schenkt hij het goud echt wel aan Spanje? En laten we niet vergeten dat deze man zijn eigen familie heeft verraden – hij gebruikte de informatie die Michael hem in vertrouwen had gegeven en bedacht een manier om het goud van zijn eigen neef te stelen. Hij heeft Walt gebruikt... en voor zijn droom veel levens op het spel gezet.'

Terwijl ze sprak, schaamde ze zich plotseling voor alle goede dingen waar ze naar verlangde. 'Er zijn geen gemakkelijke antwoorden, hè? Wat we ook doen, we lopen altijd risico's. Wie weet wat echt het beste voor de mensen is? Wie weet werkelijk of er ook maar iets zal lukken? En of we de juiste beweegredenen hebben? Of... sta ik maar te malen omdat ik moe ben? Ik weet niet wat jullie gaan doen, maar ik houd vandaag siësta.'

'En spreekt God dan misschien tot je in een droom, net als tot Jakob?' Philip wreef over zijn voorhoofd.

'Wie weet? Hij kan alles wat Hij wil. Misschien denken we wel te ver vooruit. Misschien moeten we alleen dat doen wat Hij op dit moment van ons vraagt.'

Philip keek haar nieuwsgierig aan. 'En dat is?'

'Erop vertrouwen dat Hij, hoe de dingen ook lopen, een plan heeft. Gods liefde voor het Spaanse volk en voor ons houdt nooit op. En... hoewel ik dat soms maar moeilijk kan geloven, kan God mijn fouten misschien zelfs wel voor een hoger doel gebruiken. Dus, wat de dag van morgen ook brengt, ik mag erop vertrouwen – *we* mogen erop vertrouwen – dat we er niet alleen voor staan.'

Met die woorden liep Sophie naar het oude bed; vervuld van een diep gevoel van vrede viel ze in slaap.

*

De adem van het paard rook naar uitgekauwd gras. Zijn vacht glansde als pas gevallen sneeuw en Petra vroeg zich af hoe ze verliefd kon worden op een dier. Toch was dat gebeurd en ze was er blij om. Ze veegde de dauw van Erro's zadel en probeerde het op de rug van het dier te leggen.

Het geluid van hoefgetrappel vulde de lucht en Petra draaide zich geschrokken om. Ze haalde opgelucht adem toen ze zag dat het José was op Calisto, en geen vijandelijke soldaat.

Hij reed over het smalle paadje naar de plek waar ze stond, sprong soepel uit het zadel en liet Calisto's teugels los. Hij hoefde de hengst niet vast te binden; hij had hem getraind om te blijven staan waar hij stond tenzij José hem een andere opdracht gaf.

'Kom, laat mij dat maar doen.' José's donkere ogen keken Petra indringend aan terwijl hij het zadel van haar overnam en zijn vingers langs de hare streken.

Ze legde een hand op zijn arm. 'Dank je, maar ik moet leren om het zelf te doen, vooral als jij weg bent. Ik wilde juist om de heuvel heen rijden om me te oriënteren. Ik wil graag weten wat er om me heen is en meer zien dan alleen de binnenkant van de grot en het pad naar de beek.'

'Ik kom weer terug!' José klonk alsof hij zich verdedigde.

'O, daar twijfel ik niet aan.' Ze glimlachte en hield haar hoofd schuin. 'Het was maar... laat maar. Bedankt dat je me hebt geholpen.' Petra zorgde ervoor dat haar stem luchtig en plagerig klonk, maar de rimpels in José's voorhoofd werden alleen maar dieper en ze vroeg zich af wat ze verkeerd had gedaan. Al zolang ze hem kende, was José vriendelijk en oprecht geweest. Het was moeilijk deze andere kant van hem te zien – een ernstige, bezorgde man die zijn wenkbrauwen leek te fronsen bij alles wat ze zei.

Hij is gewoon bezorgd om ons, zei Petra tegen zichzelf. *Hij heeft veel aan zijn hoofd.*

Haar vader was ook zo geweest. Die had soms door het weer of een opmerking van een plaatselijke koopman ook plotseling een rood gezicht gekregen en dan hadden zijn ogen zich vernauwd. Haar moeder had haar verteld dat het al moeilijk genoeg was het hoofd van een gezin te zijn, maar haar vader was ook nog eens beschermheer van een heel landgoed geweest. De mensen waren van hem afhankelijk geweest voor oogsten, salarissen en wijsheid. Petra wenste dat ze dat hadden begrepen. In plaats daarvan hadden ze zich niet gerealiseerd dat wat zij als oneerlijk hadden beschouwd, vaak voor hun eigen bestwil was geweest.

Ze staarde naar José en zag hem heel even zoals hij werkelijk was. Geen held, maar een man die fouten maakte. Haar maag trok samen als ze eraan dacht. Ze dacht ook aan wat zijn eigen trots hem had gekost. Hij had zijn vrouw in het dal achtergelaten. Gelukkig was hij van plan zijn fout recht te zetten. Ze was blij met het idee dat José terug zou komen met Ramona, maar tegelijkertijd deed het haar ook verdriet. Ze keek hem niet aan, maar streelde in plaats daarvan Erro's neus.

'Je vrouw – weet ze dat je komt?'

'Nee.'

Petra keek hoe José de singel van Erro's zadel vastgespte. Hij keek naar haar en ze zag duidelijk zijn genegenheid voor haar – vermengd met een beetje schuldgevoel. Ze kon niet ontkennen dat ze zich afvroeg hoe het zou zijn gegaan als José niet getrouwd was geweest. Hij gaf om haar, wist ze, maar hij was ook trouw en toegewijd. Dat waardeerde ze in hem. Iemand met een minder sterk karakter had tenslotte gemakkelijk weg kunnen lopen – vooral omdat Ramona had geweigerd naar de bergen te komen.

'Het zal een leuke verrassing voor haar zijn als je daar verschijnt.' Petra pakte de teugels en klom in het zadel.

'Dat hoop ik.' José wendde zijn blik af voordat Petra kon zien hoe hij reageerde. 'Ik weet niet wat ik zal aantreffen als ik daar kom.'

'Je zult daar je hart vinden,' merkte Petra glimlachend op. En zonder op een antwoord te wachten, spoorde ze Erro aan met haar kuiten en het paard draafde weg. Hoewel de zon op haar schouders brandde, daalde er een donkere wolk over haar hart neer. Petra wilde niet denken aan wat er zou gebeuren als José niet terugkwam. Ze wilde ook niet denken aan wat hij zou doen of zeggen als hij ontdekte dat ze hem het dal in was gevolgd.

*

Deion had rust nog nooit zo gewaardeerd als de dag na de strijd. Veel soldaten waren bezweken aan een zonnesteek. Anderen pakten hun spullen opnieuw in en bereidden zich voor op hun volgende aanval. Ze begroeven ook dertig doden uit hun midden. En vanaf de kam van het Mosquitogebergte bombardeerden de nationalisten hun stellingen om hen eraan te herinneren dat ze de felbegeerde positie nog steeds in handen hadden.

Ergens halverwege deze dagen hoorde Deion nieuws dat hij nooit had verwacht.

'Ze hebben Oliver Law vermoord,' rapporteerde een soldaat. Zijn gezicht had de gespannen uitdrukking van iemand die aan maagpijn lijdt.

Deion had gehoopt dat hij op een dag de kans zou hebben de zwarte officier te ontmoeten die na de veldslagen bij Jarama bataljonscommandant was geworden, maar dat zou nu nooit meer gebeuren. Commandant Steve Nelson nam zijn plaats in.

Terwijl de anderen hun wapens schoonmaakten en hun proviand inpakten om naar het slagveld terug te keren, klemde Deion zijn kaken op elkaar en deed alsof hij er geen behoefte aan had om te huilen als een vrouw. En hoewel hij zijn onderkaak gespannen hield, trilden zijn schouders als een blad in de wind. Hoeveel dagen was hij nu al in Spanje? Hoeveel mannen waren er omgekomen? De dagen, de gevechten... Deion was zijn gevoel voor tijd kwijtgeraakt.

Toch was tijd niet belangrijk. Overleven wel. En elke keer dat men weer de dood van een soldaat verkondigde, wist Deion dat de kans dat hij het zou redden, kleiner werd.

Hij veegde zijn gezicht af en ging terug om zijn spullen te pakken. De volgende orders wachtten hem.

21

De oplossing kwam terwijl ze sliep. Sophie werd wakker doordat er op haar deur werd geklopt. Ze hoorde mannenstemmen. Ze stond op van haar siësta, deed de deur open en wreef in haar ogen tegen het licht. Haar adem stokte toen ze zag dat Emanuel stond te wachten. Hij had zich grote zorgen om hen gemaakt toen hij de weggeslagen weg had gezien en was hen aan het zoeken, toen hij de oude man en zijn dochter tegen was gekomen die net van het huis wegliepen.

Het moment waarop hij was gearriveerd, was door God bepaald. Hij overtuigde Walt er niet alleen van dat hij wilde helpen, maar had ook al een plaats geregeld waar ze de vrachtwagen konden verbergen en had benzine 'geregeld' voor de reis.

Nu reed de vrachtwagen de weg af. De vier passagiers zaten dicht op elkaar gepakt in de cabine. Ze naderden de heuvels rond Granada en Sophie zag een kasteel op een hoge heuvel. Emanuel wees hen de weg door de bergen, maar Sophie had bij elke bocht haar twijfels. De wegen waren niet meer dan brede paden die door de heuvels kronkelden. Uiteindelijk leidde de smalle weg zoals Emanuel had beloofd naar een aantal grotten.

'Het was een omweg, maar we zijn er.' Emanuel sprong uit de vrachtwagen.

Sophie volgde met Philips hulp. Hij pakte haar hand toen ze naar beneden sprong. Zijn ogen stonden verdrietig.

'Maak je je zorgen om Flodder? Ze zorgen wel voor hem.' Ze drukte zijn hand.

Philip stopte zijn handen in zijn zakken. 'Weet ik, weet ik. En daarom heb ik er ook mee ingestemd dat hij in het dorp bleef. Het komt wel goed met hem...'

Walt parkeerde de vrachtwagen in een grote grot.

Emanuel liep naar Walt toen hij uit de vrachtwagen klom. 'Hoewel je ze niet ziet, staan er langs de hele weg bewakers die ons goed gezind zijn. De meeste van Franco's soldaten komen niet in dit gebied omdat je er makkelijk verdwaalt. Anderen komen hier niet omdat mensen die wel deze heuvels ingaan, vaak niet meer terugkomen.'

Hij glimlachte terwijl hij sprak en Sophie sperde haar ogen wijd open terwijl ze zich afvroeg hoe zo'n vriendelijke man zo wreed kon zijn.

Emanuel maakte een breed armgebaar naar een kleinere grot. 'Volg me maar. Ik wil jullie graag aan de anderen voorstellen.' Hij deed twee stappen en bleef toen staan. 'Ze zijn bereid om te helpen, hoewel ze niet weten wat jullie vervoeren.'

'Dat waardeer ik.' Walt legde een hand op Emanuels schouder. 'Vertrouw er maar op dat je groep ruimschoots zal worden beloond.'

Philip bleef achter. 'Ik kan hier wel wachten.' Hij keek achterom naar de vrachtwagen.

'Onzin. We zijn hier veilig. De vrachtwagen is veilig.' Walt gebaarde dat hij mee moest gaan.

Sophie liep de grot binnen en het eerste wat ze zag, was een knappe man die een vuur opstookte. De gloed verlichtte zijn gezicht. Hij had een smal snorretje en droeg een rood met zwarte zakdoek om zijn nek. Een groot pistool hing aan een riem over zijn schouder. Hij had een vriendelijk gezicht, hoewel ze zich door zijn gespierde lichaam en vierkante kaken kon voorstellen dat hij wreed kon zijn als het nodig was.

Sophie ging naast Walt staan. 'Ik begrijp niet wat dit voor plek is.'

Emanuel gaf antwoord. 'Dit is het centrum van onze partizanen-activiteiten. We leren mensen sabotages uit te voeren achter de vijandelijke linies.

Er zijn grenzen aan wat de mensen aan het front kunnen doen en veel van hun inspanningen worden gehinderd doordat de soldaten hen zien aankomen,' voegde Walt eraan toe. 'Deze mannen werken achter de linies – en ze boeken grote successen omdat ze het verrassingselement aan hun kant hebben.'

'Kom, dan laat ik het jullie zien.' Emanuel wees naar de achterkant van de grot. 'Ik zal jullie eerst leren om schakelaars te maken. Daarna om ontstekingen te laten ontbranden. En ten slotte om ze in te stellen.'

Sophie keek naar Philip.

Hij onderdrukte een lach. 'Jij hebt hierom gebeden, hè? Gebeden dat we al het goud zouden kunnen vervoeren en het zouden kunnen gebruiken om het volk te helpen.'

Sophie sloeg haar armen over elkaar en wreef erover alsof ze probeerde het vochtige, spookachtige gevoel van de grot weg te strijken. 'Nou, als dat zo is, verwachtte ik beslist niet dat dit de verhoring zou zijn.'

Philip legde zijn hand op haar onderrug en leidde haar naar voren. 'Maak je geen zorgen. Je redt je wel. Jouw vingers zijn gewend aan precisiewerk met verfkwasten. Stroomdraden hanteren kan niet heel anders zijn.'

*

José trok zachtjes aan de teugels om Calisto duidelijk te maken dat hij moest stoppen. In de verte stegen dichte rookwolken op van de stad Camargo. Nog maar een paar uur geleden was hij er getuige van geweest dat bommenwerpers laag over scheerden en hij hoopte dat de schade beperkt zou zijn... maar de verwoesting overtrof zijn grootste vrees. Zijn hart bonkte toen hij zich afvroeg of hij te laat was gekomen.

De stadsbewoners vertrokken met koffers en bundels op hun rug, ploegend door de modder die de avond tevoren door de regen was ontstaan. De voeten van één man, die onder een last gebukt ging, gleden op het hellende pad achteruit en José had met hem te doen – met alle mensen.

Hij spoorde Calisto aan en reed naar een andere man toe. 'Neem me niet kwalijk. Is het hospitaal nog in de stad?'

'Het hospitaal? Nee. Daar is niets meer. Alleen af en toe nog een patrouille.'

Pas toen Calisto weg galoppeerde, besefte José dat hij de man niet had bedankt. Hij haastte zich naar de stad, dicht langs de heggen rijdend en gebruikmakend van elk beetje dekking dat hij maar kon vinden. Hij zag een grote eik en vermoedde dat hij de stad beter zou kunnen overzien als hij erin klom. Hij stapte af en klom tussen de takken. Maar een ander tafereel trok zijn aandacht – Petra die op Erro de weg af kwam rijden.

José gromde iets en klauterde weer omlaag. Terwijl hij op haar af rende, berispte hij zichzelf erom dat hij het meisje had vertrouwd. Ze was zo eigenwijs dat ze zichzelf ermee schaadde. Net als Ramona.

'Waar ben je mee bezig? Wil je soms dat iemand Erro afpakt? Als de vijand hem ziet...'

'Wacht, José. Luister nou alleen maar even. Ik wil je helpen. Ik heb iets ontdekt. Verderop rijdt een vrachtwagen met verpleegsters. Ik zag hem vanwaar ik was. Hij zit vast in de modder op de weg die de stad uit leidt.'

'Verpleegsters?'

'Ja, ze droegen uniformen en verzorgden gewonden. Ik dacht dat je misschien...'

'*Sí*, laat dit maar aan mij over.' Hij knikte en hoopte dat ze begreep dat hij dankbaar was. Hij wendde zijn paard. 'Ga met Erro naar de heuvels terug. Dan zie ik je daar.'

'Mag ik niet mee?'

Hij ging langzamer rijden en draaide zich om. 'Nee. Petra, toe, luister alsjeblieft naar me.'

'*Sí*, José. Het spijt me.' Ze keerde haar paard en reed de heuvel weer op.

José keek tot ze tussen de bomen uit het zicht verdween. Hij schudde zijn hoofd. Hij wist niet waarom hij zo snel boos werd op dat meisje.

Hij reed een veld naast de weg op en passeerde een kleine boerderij aan de rand van de stad. Roze rozen klommen langs een donkere schutting omhoog. Achter hem, uit de buurt van de kerk, hoorde hij het geknal van kogels die werden afgevuurd. José hoopte dat ze niet op hem schoten en hij gaf Calisto met zijn kuiten de aansporing harder te gaan.

Verderop zag hij de vrachtwagen waar Petra het over had gehad, maar er was nu alleen nog maar een chauffeur die de wacht hield.

'De verpleegsters, waar zijn die naartoe?' vroeg José haastig.

De chauffeur nam hem zorgvuldig in zich op. Nam ook Calisto in zich op.

'Meneer, een van hen is mijn vrouw. Ramona...'

'Ramona, ja.' De chauffeur knikte naar de weg. 'Ze hebben de patiënten daarheen gebracht.'

José zag een klein huisje staan dat half verscholen lag achter een onverzorgde heg.

'Dankuwel.' José spoorde Calisto aan.

Toen hij het huis bereikte, bond hij het paard vast, liep de hoek van het huis om en keek voorzichtig door een raam. Meer geweervuur klonk van de plek waar hij zojuist vandaan was gekomen. Hij overwoog Calisto ergens anders heen te brengen, een veiliger plek te zoeken, maar hij wist dat hij geen tijd te verliezen had. Door het raam zag hij inderdaad verpleegsters, maar Ramona was er niet bij.

José haastte zich naar de deur en ging zonder kloppen naar binnen. Nog voordat hij iets kon zeggen, richtte een man – waarschijnlijk de arts – een geweer op José's borst. José bleef stokstijf staan.

'José!' klonk een stem van ergens achter uit de kamer.

Een vrouw haastte zich naar hem toe, maar het was niet Ramona. Teleurstelling maakte zich van hem meester. Het was Ramona's vriendin – een van de bruidsmeisjes bij hun bruiloft, als hij zich goed herinnerde.

'José, wat doe jij hier? Waarom ben je niet bij Ramona?'

'Wat bedoel je? Ik kom haar zoeken. Om haar mee te nemen.'

De vrouw fronste haar voorhoofd. 'Maar dat begrijp ik niet. Je vriend is haar nog geen uur geleden komen halen.'

'Mijn vriend?'

'Ja, die Amerikaan. Hij zei dat jij voor de paarden zorgde en dat hij haar kwam halen. Hij zou haar naar jou toe brengen.'

'Michael. Heb je het over Michael?'

De verpleegster knikte. 'Ja, zo heette hij. Hij zei dat jullie al bevriend waren sinds jullie jeugd. Hij had een camera. Hij zei dat hij correspondent was, of iets dergelijks.'

Alle energie vloeide uit José's ledematen weg.

'José? Gaat het?'

'Vertel, heeft hij gezegd waar ze naartoe gingen?'

De vrouw keek naar een andere verpleegster. 'Jij hebt het gesprek gehoord. Heeft die Amerikaan dat gezegd?'

'Nee, het spijt me,' antwoordde de vrouw. 'Het enige dat hij zei, is dat hij haar naar jou zou brengen.'

José liep snel het huis uit en probeerde alle mogelijkheden te bedenken. Hij liep de hoek om en verstarde. Calisto was weg.

22

Emanuel had maar heel kort uitleg gegeven over de handgemaakte explosieven voordat hij en een stel anderen er voor een nachtelijke missie op uit gingen.

Hoewel ze wist dat ze slaap nodig had, vond Sophie het moeilijk om te rusten tussen de zes mannen van verschillende leeftijden. Ze was dankbaar dat ze Walt en Philip aan haar zijde had. Tenminste een van hen bleef altijd vlak bij haar.

Op een gegeven moment hoorde Sophie 's nachts geluiden buiten en de mannen om haar heen bewogen. De man die het dichtst bij de ingang lag, stak een lamp aan.

Salvador, die veel langer was dan de anderen, bukte om de grot in te kunnen zonder zijn hoofd te stoten. Een glimlach deed zijn gerimpelde gezicht oplichten toen hij binnenkwam. 'Fantastisch!'

Dat ene woord vertelde Sophie dat hij zijn opdracht met succes moest hebben vervuld.

De mannen die achter Salvador aan kwamen, sleepten zakken vol eten naar binnen. Eén man droeg ook een arm vol geweren.

Hoewel het midden in de nacht was, vulden de opgewonden stemmen van de mannen de lucht terwijl de proviand werd uitgedeeld.

Sophie schoof naar achteren, leunde tegen de wand van de grot en nam alles in zich op.

Emanuel ving haar blik op. Hij liep naar haar toe, ging naast haar zitten en gaf haar een blikje sardientjes. 'We zijn in zekere zin ons eigen leger, maar ons werk is belangrijk.' Hij haalde een fles whisky uit de binnenzak van zijn jas, nam een slok en bood haar de fles aan.

'Nee, dank je.' Sophie keek naar de anderen. Ze grinnikte toen een man een tweede fles omhoog hield en van vreugde een rondedansje deed. 'Nog even en ze gaan zingen.'

Emanuel knikte. 'We krijgen wel wat eten van het leger, maar verder niet veel. We moeten onze eigen spullen en de rest van het eten kopen. Of het stelen, als we geen keuze hebben. Het is weken geleden dat we zoveel succes hebben gehad. Franco's leger zal niet weten wat het is overkomen.'

Eén man zonderde zich af van de rest en hield papieren vast die op landkaarten leken. Hij stak vol ongeduld een lamp aan en rolde er een uit. De anderen sloegen hem respectvol gade, maar bemoeiden zich niet met hem.

'Dat is Domingo,' merkte Emanuel op. 'Hij bestudeert de stellingen die door de beide partijen worden ingenomen. Kijk. Zijn kleurpotloden zijn zijn kostbaarste bezit. Met de ene kleur geeft hij de posities van de nationalistische rebellen aan en met de andere die van de republikeinen.'

Zelfs van waar ze zat, zag Sophie dat de rebellen veel meer terrein bezet hielden. 'En hoe zit het met de gebieden die niet gekleurd zijn?'

'Dat zijn de bossen en de bergen. Daar zit niemand.' Emanuel stak zijn arm uit alsof hij naar de heuvels buiten de grot wees. 'Tenminste, dat denken ze. Ze hebben geen idee wat deze bergen verborgen houden.'

Een schuldgevoel bekroop Sophie toen ze dacht aan wat de bergen nog meer verborgen hielden. In de grot verderop stond meer goud dan er waarschijnlijk ooit in dit deel van het land was geweest. Ze beet op haar lip en keek om zich heen... wetend dat één kist al enorm zou helpen om de inspanningen van deze mensen te financieren. Ze zouden er eten van kunnen kopen. Voldoende middelen om hun pogingen succesvol te maken.

Ze keek naar Philip en zag dat hij naar hun gesprek luisterde. Alsof hij haar gedachten kon lezen, schudde hij nauwelijks merkbaar zijn hoofd.

Ze richtte haar aandacht weer op Domingo en zijn kaarten. 'Maar als je weet waar de vijand zit, waar wacht je dan nog op?'

Emanuel keek haar met een medelijdende blik aan. '*Señorita*, het juiste moment afwachten is net zo belangrijk als de daad zelf. We moeten onze middelen verstandig gebruiken, wat betekent dat we het juiste moment moeten kiezen om de grootstmogelijke schade aan te richten.'

Sophie vroeg zich af of hij schade aan machines of aan mensen bedoelde. Ze had het idee dat hij het over beide had. 'Ik snap het.'

'Ik snap het ook,' zei Emanuel terwijl hij haar onderzoekend aankeek.

'Ik bedoel, ik begrijp het.'

'*Sí*, dat bedoel ik ook. Ik zie dat je gezicht bezorgd staat en ik begrijp dat je je ernstige zorgen maakt. Misschien kun je ons niet helpen zoals we eerst dachten.'

'U betwijfelt dat ik iets voor uw zaak kan doen?' Ze streek haar haar uit haar gezicht, ging meer rechtop zitten en probeerde zich niet beledigd te voelen.

'Nee, het gaat er alleen om dat je je teveel zorgen maakt. En als je achter de linie resultaat wilt boeken, moet je je maar om één ding zorgen maken. Weet je wat dat is?'

'Mijn taak. Wat die ook is.'

'*Sí*, dat klopt.'

'Volgens mij kan ik dat wel.'

'Ja? We zullen zien. Want ik heb begrepen dat jullie hier op z'n minst een paar weken zullen blijven.' Hij gebaarde met zijn arm naar de grot. 'En daarom ik heb een taak voor je. Ik heb het er vanavond met Walt over gehad.'

'Als Walt het ermee eens is, zoals je zegt, doe ik wat je van me vraagt.' Ze bleef hem aankijken tot ze ervan overtuigd was dat hij geloofde wat ze zei. 'Hoewel het mijn einde zou betekenen als ik zou proberen een ontsteking in elkaar te zetten.'

De man lachte. Het was een luide, spontane lach die ze niet had verwacht.

'Nee, maak je maar geen zorgen. We hebben heel andere plannen.'

Emanuel keek even naar Philip, die knikte en glimlachte. Sophie realiseerde zich dat hij er ook al van wist. Geen wonder dat hij niets had gezegd.

'*Señorita*,' zei Emanuel met een zucht, 'het volgende deel van de les gaat over timing. Zoals ik al heb gezegd, is dat even belangrijk als de daad zelf. Maar nog belangrijker is het de juiste man voor de juiste klus te hebben. Of, in dit geval, de juiste vrouw.'

'Dus jullie hebben een opdracht die speciaal voor mij bedoeld is?'

'*Sí*, inderdaad. Het is werk dat van binnenuit wordt gedaan en het is erg gevaarlijk. Maar maak je geen zorgen. We hebben iemand die op je let.'

De schrik sloeg Sophie om het hart toen ze zich Bilbao herinnerde. Het scenario klonk haar bekend in de oren. Daar had ook iemand 'op haar gelet' en pas later had ze begrepen dat het haar lieve vriend Luis was geweest. Hij had niet alleen op haar gepast, maar had ook zijn leven verloren bij zijn pogingen haar te beschermen.

Ze wist ook dat het feit dat ze een beschermer kreeg, betekende dat ze er een nodig had. Sophie sloeg haar armen over elkaar en hoopte zo te verbergen dat ze trilden. Ze glimlachte flauwtjes. 'Ik weet wat dat betekent. Ik ben al eerder voor zoiets gevraagd. En ik heb het gevoel dat ik beter had kunnen aanbieden om bommen in elkaar te zetten. Ik vermoed dat dat veiliger is.'

'*Sí*, dat denk ik ook. Maar zie je die kaarten? Het probleem is dat die informatie al oud is. Voordat we iets ondernemen, wachten we tot we een bevestiging krijgen. Maar tegen die tijd zijn onze gegevens verouderd en is de situatie veranderd. We hebben iemand nodig die zich onder de vijand begeeft... iemand die zijn ogen openhoudt en verslag uitbrengt.'

Het viel Sophie op dat hij het woord spion niet in de mond nam.

Ze drukte haar hand tegen haar voorhoofd. Het was zo onlogisch. Het was hun plan het land uit te gaan. Waarom was alles zo veranderd?

'We hebben al iemand binnen... hoewel hij de fascisten lijkt te steunen, werkt hij voor ons. Zijn positie is te kwetsbaar. We hebben iemand nodig die nuttige informatie voor ons naar buiten kan smokkelen en het de volgende ochtend weer naar binnen kan smokkelen voordat het wordt gemist. Onze vriend kan dat niet zelf doen, maar hij zal je wel helpen. We hebben al een verhaal om je aanwezigheid te verklaren.'

'Staat Walt erachter?' vroeg ze.

'Walt staat erachter zolang we beloven voor je te zorgen... en alleen als je hulp onmisbaar is voor onze zaak. Ik heb hem van beide overtuigd.'

'Waar is hij nu?'

'Hij praat buiten met een paar anderen. We hebben een man die bekend is met het kasteel in Granada – het Alhambra.'

'Zolang je me maar niet vraagt iemands vriendin te zijn. Ik... ik ben het zat om lief te doen tegen allerlei mensen – of het nu gemeend is of niet.'

'Maak je geen zorgen, *señorita*. We vragen niets van je hart – alleen van je verstand... en van je acteertalent.'

'Laat me eens raden. Moet ik eraan gaan wennen om Eleanor te worden genoemd?'

In het uur dat volgde, vertelde Emanuel Sophie en Philip over de rotsachtige heuvel waar het Alhambra op was gebouwd, en vooral over de onderaardse gangen die van het fort naar de verschillende delen van de stad leidden.

'Het klinkt als iets uit een boek,' merkte Sophie op. 'Moet ik stiekem naar binnen sluipen?'

'Geen sprake van. Je komt daar aan als het nichtje van de meest gerespecteerde man van de stad. Tomas, of liever gezegd oom Tomas, woont in het Alhambra op de top van de heuvel. Hij hoort bij ons, maar we hebben hem daar al aan het begin van de oorlog neergezet. Niemand betwijfelt of hij loyaal is aan Franco en dat willen we zo houden. Doordat er verschillende tunnels en onderaardse gangen onder het kasteel zijn, moet je makkelijk informatie aan ons kunnen doorspelen.'

'Maar als ze weten dat die tunnels er zijn, waarom houden ze ze dan niet beter in de gaten?'

Emanuel trok een wenkbrauw op. 'Walt noemde de... dames die de tunnels gebruikten... Toen ze pas waren aangelegd, werden de tunnels gebruikt als doorgangen voor rijke heren die hun zonden verborgen wilden houden. Wat er tegenwoordig gebeurt, is praktisch hetzelfde. Niemand houdt het tegen, om te voorkomen dat zijn eigen "verzet-jes" aan het licht komen.'

'Mooi is dat! Dus jij stuurt me naar dat paleis en bezorgt me de reputatie van prostituee?' Ze keek naar Philip, die voor het eerst niet op zijn gemak leek.

'Ik vraag van jou niets dat ik van mijn eigen dochter ook niet zou vragen,' antwoordde Emanuel. 'Bovendien: het is veilig en je helpt ons aan de informatie die we nodig hebben.'

'Walt? Denk je dat ik hier goed aan doe?'

Walts ogen gingen naar die van Emanuel. 'Ja, Sophie. Ik denk zelfs dat we op die manier ook aan informatie voor onze... lading kunnen komen.'

'Philip?' Ze wendde zich tot hem.

'Het is veiliger dan je met bommen en pistolen laten werken.' Philip pakte haar hand. 'Als iemand dit kan, ben jij het, Sophie. En... je hebt je al zo vaak voor de republikeinse zaak ingezet. Ik twijfel er niet aan dat ook dit je zal lukken. Trouwens, het is maar voor een week of twee. Dat zei je toch?' Hij keek Emanuel strak aan.

'*Sí*, net lang genoeg om ons aan recente informatie te helpen.'

Sophie trok haar knieën op naar haar borst en liet haar kin erop rusten. Vreemd genoeg was de vrouw in de grotwoning het eerste wat haar te binnen schoot. Als de republikeinen winnen, krijg ik een huis, had ze gezegd. Die vrouw had gehoopt, ook al kon ze niets voor de zaak doen. Hoe kon Sophie achterover blijven zitten terwijl ze *wel* de kans had?

'Goed. Jullie kunnen op me rekenen. Wanneer vertrek ik?'

Emanuel klakte met zijn tong. 'Nog niet direct. De tijd... is nog niet rijp. We moeten eerst voorbereidingen treffen. En jij moet weten wat je taak is.' Hij trok zijn pistool uit zijn schouderholster. 'En het belangrijkste is dat je jezelf beschermt. En verder moet je weten hoe je jezelf in veiligheid brengt als dat nodig is. We gaan ons niet haasten bij deze onderneming. Immers...' Hij glimlachte. 'Deze juiste persoon is zeer waardevol in onze ogen.'

23

José keek vol ongeloof om zich heen. Snel en in paniek liep hij om het kleine boerderijtje heen. De stroom van zich traag voortbewegende voertuigen en zich nog trager, te voet voortslepende mannen en vrouwen, strekte zich uit van de ene heuvel tot de andere. Zijn paard was nergens te zien.

Hij boog zich voorover, zette zijn handen op zijn knieën en zei tegen zichzelf dat hij moest nadenken. Calisto zou nooit weglopen. Als iemand op de loer had gelegen, had hij de tijd gehad om op te stijgen en in wat voor richting dan ook te rijden. Maar Calisto zou zich alleen laten berijden door iemand die hij vertrouwde. José had meer dan eens gezien hoe de hengst had geweigerd iemand anders op zijn rug te dulden.

Petra.

José hoopte vurig dat Petra hem had meegenomen. Maar waarom? Werkte ze met Michael samen? Die gedachte zette José snel uit zijn hoofd. Onmogelijk.

Hij hoorde het geluid van galopperende hoeven en hij veerde op. Hij draaide zich om en zag Petra op Erro naar hem toe rijden. Ze had Calisto niet bij zich. José slaakte een bezorgde kreet.

Erro bleef vlak voor José staan. Petra's ogen stonden wild en haar gezicht paniekerig. 'Er kwam een man in een vrachtwagen. Hij stapte uit en reed weg op Calisto.'

Michael!

Ze streek haar lange haar uit haar gezicht. Een lok bleef over haar verhitte wang hangen en José wenste dat hij hem weg kon strijken. Wenste dat hij voor haar kon zorgen en haar een veilige plaats kon bieden. Maar hij kon het niet. Hij had haar nodig.

'In welke richting?'

'Daarheen.' Petra wees achter zich naar de gebombardeerde stad waaruit de mensen wegvluchtten. Haar hand trilde.

Hij wist dat hij haar zou moeten bedanken dat ze was gekomen – hij wist dat hij hier zonder haar verloren zou zijn. In plaats daarvan knikte hij alleen maar.

'Ik denk dat ik wel weet waar ze naartoe gaan. Hier vlakbij staat een huisje aan zee – in Santander.' De herinnering aan twee jeugdvrienden die in de branding speelden, overviel hem, benam hem bijna de adem.

'Maar ik begrijp het niet. Calisto liet zich door hem berijden.'

'Dat komt omdat het paard van hem is.'

'Bedoel je... Ja, het *was* die man die we in Bilbao hebben gezien toen ik die foto's van die vrouw kreeg. Hij zag er anders uit – magerder. Hij liep mank.'

José haalde zijn vingers door zijn haar. 'Ik wil dat je...' Hij dacht koortsachtig na. 'Ik heb Erro nodig. Ga daarna naar binnen en zeg wie je bent. Zeg tegen de verpleegsters dat ik Ramona ga zoeken. Blijf bij hen, waar ze ook naartoe gaan. Ik kom je weer halen.'

'En als je dat niet doet?' Ze steeg af en gaf hem de teugels. Tranen maakten haar onderste wimpers nat.

José overwoog haar te beloven dat hij terug zou komen, maar dat liet de realiteit van de situatie niet toe.

'Als ik over twee dagen niet terug ben, moet je een manier zoeken om weer naar de grotten in de bergen terug te gaan. Pepito en mijn vader – ik denk niet dat ze alleen kunnen overleven. De paarden ook niet. Denk je dat je weet hoe je terug moet?'

Hoewel ze maar een tenger meisje was, rechtte ze haar rug, en José zag dat ze uit een innerlijke bron van kracht putte toen ze besefte wat voor verantwoordelijkheid hij haar gaf.

'Ja, ik heb een kaart getekend.' Ze haalde hem uit haar broekzak.

Hij werd door emoties overvallen en hij sloeg zijn armen om haar heen. Petra klemde zich aan hem vast en José was bang dat ze zich meer zorgen maakte dan een gewone vriendin zou moeten doen. Hij duwde haar voorzichtig van zich af.

'Over twee dagen. Pas goed op jezelf, José.'

Hij klom op Erro's rug en wendde het paard in de richting van Santander. José reed weg en keek niet om. Hij kon alleen maar vertrouwen dat Petra veilig zou zijn. En dat ze, als hij niet terugkwam, voor de twee oude mannen en de andere paarden zou zorgen. Hij had iemand anders nog nooit zo veel vertrouwen geschonken en zelfs nu kon hij niet geloven dat hij daartoe gedwongen was. Ze was tenslotte nauwelijks meer dan een meisje.

Toch kon hij daar niet bij stilstaan. Hij concentreerde zich op het pad voor hem, op zijn vrouw die hij wilde redden. Hij wist niet waarom Michael dit had gedaan, maar de zaken moesten er wel slecht voor staan. Eigenlijk moest het goud wel verloren zijn. Hij vreesde dat Michael was teruggekomen om wraak te nemen. Een vriend die in een vijand veranderde – dat was de ergste tegenstander, want de mensen die je het beste kennen, begrijpen ook hoe ze je het meeste kunnen kwetsen.

José spoorde Erro aan.

*

Ritters ogen gingen over het instrumentenpaneel. Hij leunde wat achterover in zijn stoel en maakte het zich gemakkelijk voor de terugreis naar Berlijn.

Monica zat met een brede glimlach op haar gezicht op de stoel van de copiloot. Blonde krullen sprongen onder haar leren vlieghelm vandaan. 'Het is gek, maar ik krijg nooit genoeg van vliegen. Het is toch geweldig? Ik weet nog dat ik, toen ik als kind op Long Island op school zat, alle landen van Europa uit mijn hoofd leerde. Ik had nooit gedacht dat ik op een dag van Duitsland naar Spanje en weer terug zou vliegen, alleen maar om spullen te vervoeren. Kun je je voorstellen wat de eerste ontdekkingsreizigers hiervan zouden hebben gedacht?'

Ritter lachte om haar enthousiasme. 'Ja, fantastisch, hè? Wat ik niet begrijp, is wat jouw oom Hermann zo belangrijk vindt dat hij ons zo royaal beloont om deze lange reis te maken.' Hij keek weer naar haar en genoot van haar schoonheid die zelfs de saaie, grauwe vliegkleding niet kon verbergen.

Toen Monica nog maar net naar Berlijn was teruggekeerd, had Ritter dat lastig gevonden. Ze vroeg aandacht. Wilde al haar vrije tijd met hem doorbrengen. Maar hoe meer tijd hij met haar doorbracht, hoe meer hij ervan ging genieten. En hoewel hij nog verdriet had om Isanna, was hij toch dankbaar dat Monica zijn leven was binnengedrongen en een deel van zijn hart had opengebroken dat koud en donker was geworden.

Ze draaide zich een beetje om in haar stoel en schreeuwde bijna om boven het geronk van de motoren uit te komen. 'Je denkt toch zeker niet dat het die kratten achterin zijn waar ze zich zo druk om maken?'

'Waarom zeg je dat?'

'Omdat die mannen ze zo nonchalant in de laadruimte gooiden. Ze hebben ze niet eens vastgebonden, terwijl er "Breekbaar" op staat. Ik denk persoonlijk dat wat ze echt willen hebben, in die tas zit die jij achter je stoel hebt gestopt.'

'Welke tas?'

'O, kom nou, Ritter. Je kunt me niet voor de gek houden. Ik vraag me alleen maar af of je in die tas hebt gekeken. Misschien weet je wel meer over deze oorlog dan wie ook.' Haar lach vulde de cockpit.

'Misschien heb ik dat inderdaad wel gedaan. Ben je me soms aan het uitdagen?' Ritter keek uit het zijraampje van het vliegtuig en tuurde over de wit besneeuwde bergtoppen. Na al zijn vluchten over de Pyreneeën kon hij nog maar nauwelijks geloven dat er mannen –

217

vrijwilligers – waren die uit zichzelf over die bergen trokken om Spanje te dienen. Ze gaven alles. Aan extreme gevaren het hoofd bieden om een grote leider te dienen was één ding... maar hun zaak had geen grote leider. En eigenlijk was het ook geen geweldige zaak. Hij keek opzij en zag dat Monica grijnsde.

'Nee, ik daag je niet uit. Ik weet al dat je niet hebt gekeken. Daar ben je te eerbaar en te deugdzaam voor. Je respecteert oom Hermann en voelt je vereerd dat hij je vertrouwt – jou nota bene. Maar vraag je je nou niet af wat erin zit?'

Nog voor hij kon antwoorden, had Monica zich al opzij gebogen. Ze greep de tas en zette hem op haar schoot.

'Wat doe je?' Ritter stak zijn hand uit, maar ze zat net buiten zijn bereik. Hij probeerde de tas weer af te pakken, maar terwijl hij dat deed, dook de neus van het vliegtuig naar beneden, waardoor het hele toestel kreunde en schudde. 'Monica, zo krijgen we nog een ongeluk!'

'Wat oom Hermann niet weet, schaadt hem ook niet. Dat is mijn motto.'

Ritter greep zijn pistool uit zijn schouderholster. 'Monica, ik heb je gewaarschuwd. Leg die tas weg.' Hij zwaaide ermee in haar richting.

Haar ogen verwijdden zich en daarna klaterde er een lach over haar lippen. 'Ritter, doe niet zo flauw! Gedraag je niet zo dramatisch.'

Ze deed de tas open en begon door de papieren te bladeren. Ze stopte en las iets, en Ritter kon het niet laten zich af te vragen wat haar belangstelling had gewekt.

Vijf minuten later hief Monica haar hoofd op en draaide zich naar hem toe.

'Moet je horen. Dit heeft niets met de oorlog in Spanje te maken – tenminste niet voor zover ik kan zien.' Haar stem trilde door de vibratie van de motoren.

'Ik luister niet.'

Monica besteedde geen aandacht aan hem. 'Wanneer moet je dit afgeven? Direct als we aankomen? Nee, wacht, je hebt het me al verteld. Je hebt morgenochtend een vergadering.' Ze zuchtte theatraal. 'Nou, dan denk ik dat we vannacht niet moeten gaan slapen, maar dit moeten lezen. Het gaat over een man die iets met Incagoud te maken heeft.'

'Ik ga het niet lezen.' Zijn nieuwsgierigheid was geprikkeld – maar er bestond nog zoiets als eer. Hij had hard gewerkt, had er veel voor over gehad om Görings respect te winnen. 'Ik vind niet dat we dat moeten doen.'

'Waarom niet? We gaan toch niet naar Zuid-Amerika om die schat te zoeken? Het is gewoon interessant. Dat is alles.'

'Ik zal erover nadenken. Maar leg het voorlopig maar weg. Je maakt me nerveus.'

Monica haalde haar schouders, stopte de papieren terug en deed de tas dicht. 'Jij wint. Maar je moet me beloven dat je er op z'n minst naar zult kijken.'

Ritter knikte, ook al was hij het niet van plan. Göring vertrouwde hem. Hij wilde dat vertrouwen niet verliezen.

Maar terwijl de kilometers onder hen door gleden en het zonlicht geleidelijk afnam, had Ritter tijd om na te denken. Incagoud? Wat kon er zo interessant zijn aan Incagoud? Waarom zou Göring zich daarmee bezighouden?

Nog voordat er een uur was verstreken, was Ritter van gedachten veranderd. Hij zou het alleen maar doorlezen – vluchtig – om zijn nieuwsgierigheid te bevredigen. Zoals Monica al had gezegd, het was niet zo dat ze naar Zuid-Amerika zouden gaan om die schat te zoeken.

*

Ritter las de papieren alsof het een avonturenroman was. Ze vertelden over een man, Barth Blake geheten, die een grote schat had gevonden. Samen met een vriend had hij aanwijzingen gevolgd uit iets dat de *Gids van Valverde* heette en hij had het goud gevonden. Of in feite was het meer dan goud... zilveren smeedwerk, levensgrote gouden figuren, smaragden. En nog veel meer.

Blake's compagnon, Chapman, kwam naar verluidt om het leven doordat hij in een ravijn viel. *Of misschien werd hij wel door Blake vermoord*, dacht Ritter onder het lezen.

Blake kwam zonder zijn vriend de bergen uit, maar zijn verhaal was overduidelijk waar. Zijn zakken zaten vol Incagoud. Nadat hij zijn verhaal aan een paar mensen had verteld, reisde hij terug naar Engeland om fondsen te werven voor een expeditie. Tijdens de reis duwde iemand hem overboord om zijn kaarten te stelen.

Monica gaapte, hoewel haar ogen helder stonden. 'Ik denk dat ik iets heb gevonden.' Ze verhief haar stem niet boven een fluistering, hoewel ze alleen waren in haar flat. 'Dit zou een beschrijving van Blake zijn.'

Ritter nam het papier van haar aan en las het zelf.

Ik kan onmogelijk de rijkdommen beschrijven die nu in de grot liggen die ik op mijn kaart heb aangegeven. Ik kon het goud niet alleen meenemen, zelfs honderd mannen niet... Er liggen duizenden goud- en zilverstukken, Inca- en pre-Incahandwerk, het mooiste smeedwerk dat men zich kan voorstellen, levensgrote menselijke figuren overdekt met bladgoud en bladzilver, vogels, dieren, maïsstengels, gouden en zilveren bloemen. Potten vol onvoorstelbare juwelen. Gouden vazen vol smaragden.

'Hoe lang denk je dat we erover doen om naar Zuid-Amerika te vliegen?' lachte Monica. Ze bladerde zorgvuldig door de rest van de papieren en zuchtte toen. 'Jammer dat er geen schatkaart bij zit. Maar er is wel een vertaling van de *Gids van Valverde*. Luister hoe die begint.'

Ze schraapte haar keel.

'Vraag in de stad Pillaro naar de boerderij van Moya en slaap er (de eerste nacht) een flink stuk boven. En vraag daar naar de berg van Guapa. Op de top

daarvan kan men op een mooie dag met zijn rug naar de stad Ambato naar het
oosten kijken, en daarvandaan...'

'Schei uit. Dit is dwaas. Al zolang er mensen zijn, zijn er geruchten over verborgen schatten. Als zoiets bestond, zou het ondertussen wel gevonden zijn.' Ritter nam haar de papieren af en stopte ze terug in de tas in de volgorde waarin ze oorspronkelijk hadden gelegen.

Monica haalde haar schouders op. 'Er is vast wel iemand voor wie het belangrijk is, maar je hebt gelijk. Het betekent niets.'

'Het is tijd om naar bed te gaan en ik ga naar huis.' Ritter stond op en nam de tas onder zijn arm.

'Waarom blijf je niet? Je hoeft toch niet helemaal terug te gaan naar jouw huis? Ik beloof dat ik niet meer in die tas zal kijken.'

'Sorry, deze keer niet.' Ritter liep naar de deur en legde zijn hand op de fraai gedecoreerde deurknop. 'Maar ik kom morgen wel langs. Misschien kunnen we dan samen eten?'

Monica stond op om Ritter uit te laten, en hoewel ze probeerde het niet te laten merken, zag Ritter dat ze boos was.

'Ik weet het nog niet. Ik heb misschien iets anders te doen.' Ze legde haar hand op de zijne en deed de deur voor hem open zonder hem, zoals gewoonlijk, te omhelzen.

'Nou, dan eet ik misschien wel bij je oom. Hij vindt het heerlijk om verhalen te vertellen. Misschien vertelt hij me wel waar dit allemaal om gaat.' Hij liep naar buiten en voelde de koele nachtlucht op zijn armen en gezicht.

'Ja, misschien wel. Welterusten.' En met die woorden deed Monica de deur dicht.

'Vrouwen,' mopperde Ritter terwijl hij haastig naar de zijstraat liep waar zijn auto geparkeerd stond. 'Die kun je nooit tevredenstellen... en niet begrijpen ook.' Hij stapte in zijn auto en legde de tas op de stoel. 'Vrouwen zijn even nutteloos als sprookjes over een verloren schat. Nee, nuttelozer. Sprookjes lopen tenminste soms nog goed af.'

24

Toen José naar het huis liep, hield hij zijn pas in. Bij een paar dagzomende rotsen die uitzicht boden op de oceaan, zag hij een eenzame figuur zitten. Vervolgens draafde hij verder, zich afvragend waarom Michael zichzelf niet beter beschermde. Michael had vast wel geraden dat hij zou komen.

Hij zag dat Michael een brief opvouwde, hem terugstopte in een envelop en die in zijn broekzak stak.

José rende naar hem toe. 'Waar is ze? Waar is Ramona?'

Michael glimlachte. 'Ik heb twee dingen goed geraden. Het eerste was dat je haar had achtergelaten. En het tweede was dat je haar uiteindelijk zou komen zoeken. Wat ik niet had verwacht, was dat een lekke band zou verhinderen dat we ver konden reizen en dat Cesar Calisto zou zien toen hij klaar was met het verwisselen van de band.'

'Dat paard kan me niet schelen. Waar is mijn vrouw?'

Michael klopte op de rotsen naast hem. 'Ze is veilig. Maak je maar geen zorgen. We moeten eerst praten.' Hij bewoog zijn hand naar zijn tailleband waar José een pistool zag.

'Waarover? Ik heb niets te maken gehad met...' José herinnerde zich de foto's die hij voor Sophie had doorgegeven. 'Tenminste, het was niet mijn bedoeling...'

Hij weigerde te gaan zitten, maar keek op Michael neer en sloeg zijn armen over elkaar.

Michael perste zijn lippen op elkaar, legde zijn vinger op zijn mond en tikte erop. Toen wees hij naar José. 'Laten we de dingen even op een rijtje zetten. Ik vertrouwde je. Ik heb je onderdak gegeven in

Madrid. Ik heb je gevraagd voor Sophie te zorgen en vervolgens is ze mij door jouw toedoen' – Michael ging steeds luider praten – 'gaan bespioneren? Jij hebt haar tegen me opgezet.'

Michael sprong van de rots op de grond. 'Ik heb geweigerd te luisteren naar mensen die zeiden dat je niet te vertrouwen was. Ik ben op jouw advies afgegaan en heb gedaan alsof ik was vermoord.' Hij sprak de woorden vol afkeer uit. 'En uitgerekend dat kan Sophie me niet vergeven.' Hij prikte met zijn vinger in José's borst. 'En jij had het allemaal bedacht.'

José deed een stap achteruit. Het had geen zin om erover te bekvechten wiens idee het was geweest en waarom hij het had gedaan. Er was nu nog maar één ding dat telde.

'Ik heb gedaan wat me goed leek. Beschermd wat ik de moeite van het beschermen waard vond.' Hij raakte het litteken in zijn hals aan. 'Het heeft me bijna mijn leven gekost om Sophie te beschermen. Maar dat is nu allemaal niet belangrijk meer.'

Hij stak zijn hand uit en greep Michael bij zijn kraag. 'Waar is mijn vrouw?'

De druk van de metalen loop van het pistool tegen José's buik bracht hem ertoe los te laten.

Michael trok een wenkbrauw op en zijn doordringende blik bezorgde José een wee gevoel in zijn maag.

Deze man was niet de vriend die hij kende. Er was teveel veranderd – hoewel José niet begreep waarom. Hoe had het zo ver kunnen komen? Het was al moeilijk genoeg om de oorlog door te komen, maar dit...

'Ik ben hier degene die de vragen stelt.' Michael ziedde van woede. 'En pas als ik de juiste antwoorden krijg, vertel ik je over je vrouw.' Hij wees met zijn kin naar het huis. 'Kom, laten we als oude vrienden praten. Je herinnert je dit huis toch nog wel, José? Dit was de plek waar we elkaar die eerste zomer hebben ontmoet. Je vader was voor de paarden komen zorgen en het was mijn eerste bezoek aan Spanje.'

'Ja, dat herinner ik me.' José liep met Michael mee. 'Maar het lijkt wel een ander leven. Twee andere mensen.'

*

José's maag knorde toen Michael een glas koel water en een bord met vers brood en kaas voor hem neerzette. Hoewel hij woedend was, won zijn honger het. Hij voelde zich schuldig terwijl hij at en hij vroeg zich af of zijn vader en Pepito het wel zouden redden met het weinige dat ze hadden – om nog maar te zwijgen van zijn zorgen om Petra en Ramona.

'Mijn ouders waren degenen die me vroegen naar het goud te gaan zoeken toen ik in Boston terugkwam. Ze hadden vrienden, collega-verzamelaars, die wisten waar het was en wat het waard was. Ze maakten zich zorgen om alle conflicten in Spanje. Al maanden voordat de burgeroorlog uitbrak, hielp ik mensen die bij de bank werkten. En hoewel de oorlog niet goed was voor het land en het volk, kwam het mij uitstekend uit dat men besloot het goud te verplaatsen. Ik had verwacht tien jaar nodig te hebben, maar dat werd slechts een paar maanden toen de regering besloot het goud ergens anders naartoe te brengen. Er werd snel een plan gemaakt, omdat men bang was dat de fascisten de stad zouden innemen voordat het goud kon worden vervoerd. Het was bijna te makkelijk om een deel van de lading te stelen.' Michael nam een flinke teug van zijn water. 'Maar dat weet je natuurlijk allemaal.'

José knikte bevestigend. 'Ik heb het ontdekt. Na verloop van tijd.' Hij zei niet dat hij het ook had doorverteld, iets waar Walt heel blij mee was geweest. 'Dus wat wil je van me? We hebben dezelfde informatie.' Hij veegde zijn gezicht af met zijn servet.

Michael wreef over zijn been en fronste zijn wenkbrauwen. José weigerde te vragen naar de verwonding en de pijn die Michael duidelijk had.

'Ik wil weten waar het nu is.' Michael sloeg met zijn vuist op tafel. 'Ze hebben me erin geluisd. Ze hebben het goud gestolen. Ik wil weten waar Sophie, Walt en die... die vrijwilliger... zich verstoppen.'

José leunde achterover op zijn stoel. 'Ik weet het niet. Ik heb sinds Bilbao niet meer van ze gehoord.'

'Misschien niet, maar ik weet zeker dat een van jouw contacten wel weet waar ze zitten. Walt had een netwerk van mannen en vrouwen in heel Spanje. Walt is niet dom.'

'Luister, Michael. Ik spreek de waarheid. Ik heb van niemand in het netwerk meer gehoord sinds de gebeurtenissen in Bilbao. Dat netwerk – dat bestaat niet meer. De bombardementen... de oorlog... die hebben het in feite kapot gemaakt.' José schoof zijn bord van zich af. 'Het spijt me. Dit is het enige dat ik weet.'

Michael liet zijn hoofd zakken alsof hij verslagen was. Toen stak hij met een trage beweging zijn hand uit en pakte een schelkoord.

Voetstappen klonken op het marmer. Maar het was geen vrolijk keukenmeisje dat kwam aanlopen; het was Cesar.

Michael keek op. 'Vermoord die vrouw.'

José sprong op. 'Nee, wacht.' Hij drukte zijn handen tegen zijn voorhoofd. 'Er is één ding. Walt heeft me een adres gegeven – in Parijs. Hij zei dat ik daarheen kon gaan om hulp te vragen als ik ooit in de problemen zat, of het niet voor elkaar kreeg om informatie aan hem door te geven. Het was voor noodgevallen.'

Michael stond op. 'En weet je dat adres?'

José knikte en hoopte dat het genoeg zou zijn om Ramona te redden – hen beiden te redden. Hij noemde het adres dat hem op een klein stukje rijstpapier was gegeven.

Michael herhaalde het, liep naar het bureau en pakte een vel papier. Hij trok een la open en haalde er een vulpen uit. Toen draaide hij zich plotseling om. 'Wacht, dat kan niet kloppen.'

'Jawel. Ik weet het zeker. Alsjeblieft, doe mijn vrouw geen kwaad.'

De kleur trok uit Michaels gezicht weg en José dacht dat hij zou flauwvallen. In plaats daarvan trok hij de dichtstbijzijnde stoel naar zich toe en ging erop zitten.

'Dat is onmogelijk,' mompelde Michael. 'Dat is het adres van mijn oom. Oom Adolfo...'

*

Cesar trok het touw dat om José's armen zat strakker aan en sleepte hem mee. De lange man liep met snelle passen en José moest zich haasten om hem bij te houden. Cesar bracht hem naar het huisje van de huisbewaarder bij de schuur achter het huis. José slaakte een zucht van ongeloof. Uitgerekend op de plek waar hij en Michael als kinderen hadden gespeeld, zou hij worden vermoord. José was 'de zoon van de paardentrainer' en daarom mocht hij niet in het grote huis komen; Michael kwam daarom hiernaartoe en samen hadden ze in de weiden vlakbij gespeeld. Ze waren in de bomen langs de rand van het terrein geklommen, hadden verstoppertje gespeeld in de kleine kamers van het huisje.

Ze bleven voor de deur staan. Cesar duwde José op zijn knieën en schopte hem tegen zijn rug om hem op de grond te dwingen. José sloeg met zijn wang tegen het ruwe hout van de verweerde veranda. De lucht werd uit zijn longen geslagen door de kracht van Cesars voet en hij haalde moeizaam adem.

Hij hoorde sleutels rinkelen terwijl Cesar het buitenslot openmaakte. Toen de deur openging, zette Cesar zijn ene laars op José's onderrug om hem op de grond te houden. José bleef stil liggen, omdat hij wist dat het geen zin had om zich te verzetten. Hij staarde naar de modder aan Cesars laars. Achter de laars, voorbij de veranda, zag José de grote boom waarin hij als kind een vlonder had gebouwd. Daarvandaan had hij goed naar de schepen op het water kunnen kijken. Als jongetje had hij zich voorgesteld dat hij een vuurtoren had met lampen die velen veilig naar de kust leidden. José kuchte weer en probeerde normaal te ademen. Wat een dwaze dromen. Hij had niemand beschermd. Zelfs zichzelf niet.

De deur ging piepend open en hij klauterde moeizaam op zijn handen en ellebogen overeind.

Een schop van Cesar tegen zijn achterste duwde hem de kamer in en hij viel languit op de grond.

'José!' Ramona haastte zich naar hem toe en hij kreunde zacht. Hij had als een held naar haar toe willen komen om haar te redden. Dit was de tweede keer dat hij gebroken en verslagen naar haar toe kwam; maar toen hij opkeek en haar aankeek, zag hij niets dan liefde in haar ogen.

Moeizaam ging hij overeind zitten.

'Laat me je helpen.' Ze trok hem overeind en hij schoof naar de muur, zodat hij ertegenaan kon leunen.

Ze nam zijn gezicht in haar handen en kuste hem. Haar lippen waren zacht en vochtig en hij vroeg zich, niet voor het eerst, af waarom hij haar alleen had gelaten.

Toen maakte ze zonder een woord te zeggen de touwen los. Binnen een minuut was hij vrij. Hij schudde de touwen van zijn polsen en omhelsde zijn vrouw.

José dacht aan alle monologen die hij de afgelopen maanden in gedachten had gehouden. In zijn fantasie had hij Ramona gesmeekt met hem mee te komen. In zijn verbeelding had hij haar ook verteld hoe boos hij was dat ze dat niet eerder had gedaan. Het was altijd haar schuld geweest. Zijn kant van het verhaal was natuurlijk wel te rechtvaardigen. Hij had moeten gaan kijken hoe zijn vader het maakte. En de paarden waren het waard om gered te worden. Maar in de maanden die volgden, had hij zich nooit afgevraagd hoe zijn vrouw zich had gevoeld. Terwijl ze voorzichtig de pijnlijke plekken op zijn polsen aanraakte, zag hij dat ze ervoor was geschapen om anderen te verzorgen. Ze moest die gewonde soldaten wel helpen. Het was iets wat ze niet kon opgeven.

Hun Schepper had haar gemaakt om te zorgen. Gods karakter, dat zich liefdevol uitstrekte naar de gebrokenen en verlorenen, was in haar hart gelegd. Door Ramona te vragen te vertrekken, had hij haar als het ware gevraagd al haar ledematen af te snijden om hem te volgen. Nee, meer dan dat, om haar hart uit haar borst te rukken en het achter te laten.

'Ik ben heel dom geweest. Ik begreep je niet. Ik zag alleen maar wat ik wilde.' De woorden tuimelden uit José's mond en hij sloeg zijn armen om haar heen. 'Ik zag jouw liefde voor mij en wilde die niet met de rest van de wereld delen.'

'Nee, José, het lag aan mij. Ik had het je moeten uitleggen. Ik voel me zo in mijn element als ik iemands hand kan vasthouden of een wond kan verbinden. Maar jij dacht alleen maar aan mijn veiligheid. Ik had mijn man moeten volgen. Mijn oma zou me hebben uitgescholden als ze had geweten hoe ik je heb behandeld. Diep in mijn hart wist ik wel dat je meer van mij houdt dan van de paarden. Het was maar een excuus. Ik wilde mijn eigen gang gaan.'

Ze ging vlak naast hem zitten en legde haar hoofd op zijn schouder. 'Kun je me vergeven?'

Ze hoefde het geen twee keer te vragen. Haar haar rook naar de rook en de as van het laatste bombardement. Hij had haar kunnen verliezen. Hij zweeg.

Hij kon haar nog steeds verliezen.

'Ik vergeef jou, maar kun jij mij vergeven? Ik heb zo veel verkeerd gedaan. Ik...'

'Sst...' Ramona brak fluisterend zijn bekentenis af. 'Dat ligt achter ons. We zijn nu samen. We hebben allebei schuld en we hebben elkaar vergeven.'

José ademde langzaam uit en voelde de spanning die zich tussen zijn schouderbladen had vastgezet, wegtrekken terwijl ze sprak.

'En de paarden?' Ramona keek naar José's gezicht. 'Ik heb Michael met Calisto gezien.'

'Ik weet het niet. Ik heb ze niet gezien.' Hij nam haar hand in de zijne en keek om zich heen. De kamer was vertrouwd, maar tegelijkertijd ook anders. Toch kon hij, nu hij hier was, de aanwezigheid van zijn moeder bijna voelen. Hij stelde zich haar voor bij de gootsteen, waar ze altijd de aardappels schilde en hem stimuleerde om zijn gedichten aan haar voor te lezen.

'José, waarom heeft Michael dit gedaan? Ik begrijp het niet. Wat wil hij?'

'Hij wil zijn eer terug. Die is hem door iedereen in zijn leven, ook door mij, afgenomen.'

'Denk je dat hij ons kwaad zal doen? Hebben we een kans om weg te komen? De fascisten...'

José hoefde niet te horen wat ze verder wilde zeggen. Ook al deed Michael hen geen kwaad, wie wist wat er zou gebeuren als de vijandelijke troepen het gebied binnenkwamen? Ze hadden hun bommenwerpers al gestuurd om de mensen die het waagden verzet te bieden, uit te schakelen. Het was nog maar een kwestie van dagen. Of minder nog.

'Zolang er leven is, is er hoop.' Hij slikte zijn emoties weg en keek naar het plafond, wensend dat er op de balken een manier geschreven stond om te ontsnappen.

'Zolang er leven is, is er hoop,' zei hij nog eens en kuste zijn vrouw op haar voorhoofd, haar wangen, haar mond.

25

Sophie zat naast Walt op de zachte grond voor de grot. Aan de overkant van het open veld zag ze een gewapende man bij de vrachtwagen staan. Philip was met een paar anderen op patrouille om een indruk te krijgen van de uitgestrektheid van de bergen die werden beheerst door de guerrillastrijders. De zon was een half uur geleden ondergegaan en de lucht was flink afgekoeld. Ze wreef met haar handen over haar armen om ze te verwarmen.

'Waardoor ben je van gedachten veranderd en vind je nu dat ik naar het kasteel moet gaan? We zouden toch proberen naar Barcelona te gaan?'

'Het leek me gewoon goed om te doen. Deze mannen hebben ons hulp en bescherming geboden. Emanuel heeft ons weer gevonden toen we zijn hulp nodig hadden. Alle stukjes leken gewoon op hun plaats te vallen.'

Sophie hield haar hoofd schuin en keek naar Walts gezicht. Nu ze wist dat hij Michaels broer was, vroeg ze zich af waarom ze de gelijkenis niet eerder had gezien. De vorm van hun neus was hetzelfde. En hun handen. Haar maag draaide om toen ze dacht aan alle keren dat ze die van Michael had vastgehouden.

Ze zette de gedachten uit haar hoofd en stootte Walt aan met haar schouder. 'Dus wil je zeggen dat je misschien wel kan geloven dat God in dit alles de hand heeft gehad... en dat Hij ons misschien Emanuel heeft gestuurd?'

Walt keek haar aan vanuit zijn ooghoeken. 'Dat heb ik niet gezegd. Maar hoe meer ik erover nadacht, hoe meer ik me realiseerde dat jij ons kunt helpen om de informatie te krijgen die we nodig hebben –

over de juiste route naar Barcelona. En misschien kun je daarvandaan wel berichten aan mijn contacten sturen.' Hij haalde zijn schouders op. 'Ik weet het niet. De voordelen wegen ruimschoots tegen de nadelen op.'

'Ik hoop dat je gelijk hebt. Ik voel me totaal onvoorbereid.'

'We sturen je er nog niet op uit. Er zijn een paar dingen die je moet weten.'

'Zoals?'

'Zoals de geschiedenis van het gebied.'

Ze boog zich voorover en liet haar kin op haar vuist rusten. 'Geschiedenis – sinds kort een van mijn favoriete onderwerpen. Goed, ik ben een nichtje dat op bezoek komt, dus wat zou mijn oom me over de geschiedenis hebben verteld?'

'Hij zou je om te beginnen waarschijnlijk dit verhaal hebben verteld.' Walt liet zijn stem zakken om als een oude, wijze verhalenverteller te klinken. 'In de heuvels staat een oud, Moors kasteel. In de tijd van de Moren zei men dat het aan veertigduizend man onderdak kon bieden.'

Sophie gaf Walt een klap op zijn arm en lachte. 'Ja, hoor. Wat zal dat het verhaal authentiek laten klinken.'

Walt vertelde verder. 'Heersers kwamen en gingen en bleven nooit lang. Er was zelfs een tijd dat er criminele indringers in het kasteel woonden. Ze gebruikten het als basis om te smokkelen en te stelen.'

Een beetje zoals nu dus, dacht Sophie.

'Er was één grote koning tijdens de oorlogen van Granada. Men zegt dat de legers van koningin Isabella het land kwamen opeisen. De Moorse koning maakte zich geen zorgen, want hij wist dat ze hem niet konden bereiken. Buitenstaanders kenden het pad naar het kasteel niet.'

Terwijl hij sprak, dacht Sophie aan de uitkijkpost hoog in de heuvels bij het huisje waaruit ze pas waren vertrokken. En hoewel ze wist dat het een andere was, had ze zich meer dan eens afgevraagd hoe de Moren daar ooit boven waren gekomen – laat staan dat ze een groot gebouw op de hoge toppen hadden neergezet.

'Het verhaal wil dat de maagd Maria aan de koningin verscheen en haar en haar leger naar een geheimzinnig bergpad leidde – een pad dat niet eerder was ontdekt. De Moren hadden geen tijd meer om te ontsnappen en de Moorse koning begroef een grote schat ergens onder het kasteel. Tot op de dag van vandaag is die niet ontdekt. Iedereen gelooft dat hij er is en men denkt dat de maagd, als die weer verschijnt, de locatie zal onthullen.'

Walts stem stierf weg en hij keek naar iets achter Sophies schouder. Ze draaide zich om en zag Domingo de grot uit komen. Hij liep naar hen toe. Zijn grijze haar was pas geknipt en toen hij ging zitten, trok hij soepel als een jongeman zijn benen op.

'Nog iets interessants op die kaarten?' vroeg Walt.

Domingo boog zijn hoofd. Hij pakte een steen van de grond en gooide hem van de ene hand in de andere. 'Nee. Ik ben bang van niet. Die informatie was op zijn minst een paar weken oud.' Hij keek op en zijn donkere ogen ontmoetten die van Sophie.

Ze kon zijn vraag erin lezen – hij vroeg zich af wanneer ze naar Granada ging.

'Ik vertelde Sophie net over de Moorse schat.'

'Zo.' Domingo's anders zo kalme gezicht lichtte op. 'Ja, als je ook maar enigszins bekend bent met het gebied, hoor je dat verhaal te kennen. Ik hoorde het voor het eerst nog voordat ik kon lopen.'

Domingo vertelde over verschillende mensen die beweerden dat ze de schat hadden gevonden. Ze waren stuk voor stuk bij een tragisch ongeluk omgekomen, hield hij vol, voordat ze in staat waren geweest de plek bekend te maken of zelfs maar een deel van de buit te gaan halen. Wat Sophie verbaasde, was dat de verhalen zo op elkaar leken. Of het nu in Spanje was of in Zuid-Amerika, ze leken een eigen leven te ontwikkelen.

Sophie geeuwde en keek naar de maan, die hoog aan de hemel stond. 'Ja, nou, dat is heel interessant allemaal,' zei ze, 'maar kun je me ook iets over het kasteel zelf vertellen?'

Walt knikte. 'Jij, Sophie, hebt toestemming gekregen om in een van de lege vertrekken van het Moorse paleis te logeren. Ik weet zeker dat je niet door de plek behekst zult worden, maar ik wil je toch waarschuwen. De legendarisch gangen lijken een eigen leven te leiden... alsof er een toneelstuk wordt opgevoerd.'

Sophie knikte en zag dat Domingo zijn ogen wijd opensperde door wat Walt zei, en ze vroeg zich af of Walt zo bloemrijk sprak vanwege hun gast.

'De versterkte muur wordt geflankeerd door dertien torens. Ten noorden ervan stroomt de rivier de Darro schuimend door een diep ravijn.'

Sophie zuchtte. 'Het klinkt prachtig.'

'De naam van het kasteel is Alhambra,' zei Walt. 'Dat is het Arabische woord voor rood – de kleur van de aarde waar de bakstenen van zijn gemaakt. Alhambra is nu in handen van een aantal van Franco's trouwste mannen. Ze hebben Franco jaren gesteund en worden nu beloond.'

Domingo's gezicht kreeg weer de normale, verveelde uitdrukking. Hij stond op en zwaaide welterusten terwijl hij zich in de grot terugtrok.

'Net als in Amerika,' merkte Sophie op. 'Als je moeite hebt met slapen, begin dan gewoon over politiek. Daar val je of van in slaap of je wordt er klaarwakker van. Het ligt eraan met wie je praat.' Sophie lachte, maar Walts gezicht veranderde niet.

'Sophie, hoeveel weet je over Franco?' vroeg hij.

'Niet veel.'

'Nou, aangezien je vanaf vandaag een toegewijde volgelinge bent, moet je misschien iets meer weten.'

Ze gaapte en rekte zich uit. 'Ik geef je vijf minuten.'

Walt leunde met zijn hoofd achterover tegen de grot. 'Twee is genoeg.'

'Nog beter.'

'In 1934 nam Franco deel aan de massaslachting onder de Asturische mijnwerkers...'

'Mijnwerkers?' Sophies gedachten gingen onmiddellijk naar Eleanors dagboek. Mateo – Eleanors man – was mijnwerker geweest en had voor hun dagelijks brood gezorgd. Verdriet vulde Sophies hart en haar haat jegens Franco groeide nog meer.

Walt hield zijn hoofd schuin en bestudeerde haar gezicht bij het licht van de maan. '*Señorita*, je kijkt alsof je je beste vriendin hebt verloren. Waar denk je aan?'

Sophie wist niet hoe ze het moest uitleggen. 'Ik... nou... ik moest alleen denken aan de mijnwerkers en de omstandigheden waaronder ze hun werk doen. Het was – het is – een zwaar leven.'

'Ja. Goed... Franco, die generaal was sinds de verkiezingen van 1933, kreeg de leiding toen de opstand van de mijnwerkersvakbond werd neergeslagen. Meer dan twaalfhonderd mannen kwamen om het leven.'

Walt legde niet uit hoe en daar was Sophie blij om. Ze kon het zich wel voorstellen.

'Dus wat gebeurde er na die massaslachting?'

'Nog geen twee jaar later, na de verkiezingen, kreeg het Volksfront de leiding in de regering. Ondanks de eisen van de communisten werd Franco niet in de gevangenis gezet. In plaats daarvan maakten ze hem militair gouverneur op de Canarische Eilanden.'

'En daar zat hij toch toen de oorlog uitbrak?'

'Ja, en hij werd onmiddellijk naar Spanje teruggeroepen. Het waren de Duitsers die zijn troepen uit Noord-Afrika haalden.' Walt zweeg even en glimlachte toen. 'Ik durf te beweren dat dit nog geen twee minuten heeft gekost.'

'Dus dat is alles? Dat is alles wat ik hoef te weten? Interessant.

Meestal heb je er langer voor nodig om je kennis over te dragen.' Ze liet haar stem zakken. 'Maar niet zo interessant als Domingo's reactie op dat verhaal over de Moorse schat. Zag je hoe zijn ogen schitterden toen hij het erover had?'

'Ja, hij werd voor onze ogen een ander persoon, hè?'

Sophie keek net op tijd achterom naar de lucht om een vallende ster te zien. Ze wenste snel dat Philip veilig zou terugkomen en richtte haar aandacht toen weer op het gesprek. 'Er zijn zoveel mensen die over zulke schatten praten. Ik had eigenlijk nooit eerder over verborgen schatten nagedacht. Ik voel me schuldig dat Domingo er geen idee van heeft dat hij dicht bij het soort schat is waar hij het over heeft. Ik wilde bijna één gouden munt voor hem gaan halen. Kun je je voorstellen hoe zijn ogen dan zouden oplichten?'

'Ja, en als je dat had gedaan, zou het nieuws over wat er in onze vrachtwagen zit harder en sneller dan wat voor regenbui ook over de mensen in dit gebied vallen. Wees zo wijs op jezelf en je woorden te passen. Deze mensen leiden een eenvoudig bestaan en alles buiten het gewone leven van alledag is groot nieuws. Het is al lastig genoeg om aan hulp en voedsel te komen. Als de verkeerde persoon het nieuws ter ore komt dat er vreemden – Amerikanen – in deze heuvels zitten, zouden Michael en zijn vrienden ons vinden voordat de zon boven de bergtoppen uitkomt.'

Hij stond op en stak zijn hand naar haar uit. 'En nu we het er toch over hebben, voor je het weet is het weer dag. Je oom Tomas is je komst al aan het voorbereiden. Het wordt een grote dag voor je... Eleanor.'

*

Verdriet dat hij een jaar lang had onderdrukt, welde in Philips borst op. Zwaar ademend, alsof hij zojuist had hardgelopen, leunde hij tegen de wand van de grot. In werkelijkheid had hij zijn best gedaan

235

om zijn gedachten te verdringen, om de tranen die dreigden te vloeien, in te dammen. Sophie zou weer vertrekken. Ze zou buiten zijn blikveld zijn. Buiten zijn bereik. En hij kon niets doen om het te verhinderen.

Hij blikte over zijn schouder en wist dat ze naar hem keek. Hij was teruggekomen van zijn wachtronde en had gezien dat ze haar dekens klaarlegde om te gaan slapen. Haar bezorgde ogen sloegen hem gade, maar dat kon hem niet schelen. Hij was voor Attis in Spanje gebleven. Hij was in Spanje gebleven omdat de Amerikanen vrijwilligers nodig hadden. Hij was aan Sophies zijde gebleven toen hij eigenlijk aan het front had willen zijn. Daarna had hij vanwege haar andere werkzaamheden gekregen. Ook was zijn hart honderd keer door haar gebroken.

Hij nam nog een slok uit de wijnzak. Zijn nieuwe vriend Salvador had hem die gegeven toen ze over het pad waren teruggelopen naar de grot.

Sophie ging op haar deken liggen, maar keek nog steeds naar hem. Even later stond ze op, liep naar hem toe en ging naast hem zitten. Philip streek met zijn hand over zijn gezicht. Hij wist dat hij er vreselijk uitzag – vreselijk rook ook – maar dat kon hem niet schelen.

'Is er iets?' vroeg ze.

'Of er iets is? Sophie, ik ben vastgebonden en naar het zuiden van Spanje gebracht. Niemand heeft me gevraagd of ik dat wilde,' mompelde hij alsof hij een grapje maakte. 'Daarna hebben ze me voor Walts karretje gespannen. Niemand heeft gevraagd: "Philip, wat vind je ervan? Waar moeten we heen?" Nu patrouilleer ik over bergpaden die weet ik waar naartoe leiden – en jij gaat weg.'

'Walt denkt dat dat het beste is. Hij denkt dat de informatie...' Ze keek om en haar stem stierf weg.

Ja, en mij leek het ook een goed idee, wilde hij tegen haar zeggen. Tot hij er echt goed over had nagedacht. De mannen hadden het er de hele dag opgewonden over gehad hoe fantastisch het zou zijn als zij in het kasteel zou zitten. Ze spraken over haar alsof ze een nieuw wapen in de strijd was. Maar voor Philip betekende ze veel meer dan dat.

Hij keek weer naar haar. Ze had zo'n knap gezicht; Philip dacht niet dat hij het zou kunnen verdragen om haar te verliezen. Zijn hart bonkte als hij zich voorstelde hoe ze in haar eentje het Alhambra zou binnengaan. Omringd door de vijand. *Doe het niet. Ik kan je niet verliezen.* Hij pakte haar hand.

Ze boog zich naar hem toen en fluisterde. 'Walt denkt dat dit het beste is... ik kan ervoor zorgen dat ik informatie voor de rest van de reis krijg. Elke stap brengt ons nu dichter naar huis, naar Amerika. Waar we veilig zullen zijn... samen.'

Hij bracht haar hand naar zijn lippen en kuste hem. Toen liet hij hem abrupt los. Hij had er genoeg van om verdriet te hebben, om zich zorgen te maken.

'Nou, Sophie, op dit moment kan het me werkelijk niets schelen wat andere mensen vinden dat we moeten doen. Wat ik moet doen. Wat jij moet doen. Ik drink nog een beetje wijn en daarna ga ik lekker slapen. Ik ga dromen. Misschien droom ik wel dat ik hardloop zonder dat er mensen achter me aan zitten. Of dat we echt een kans maken om deze oorlog te winnen.'

Ze bewoog niet. Probeerde hem niet tot rede te brengen. 'Goed, Philip. Als dat je het beste lijkt. Het lijkt me een goed idee om ervoor te zorgen dat je een nacht lekker lang slaapt.' Ze liep terug naar de deken die bij het knappende vuur lag en draaide haar rug naar hem toe.

Philip nam nog een lange teug uit de wijnzak. En nog een, gewoon om het feit dat hij een mening had en die altijd had gehad. Als iemand de schuld moest krijgen van wat er in Spanje was gebeurd, was hij het zelf. Dat feit zat hem niet lekker. Het was makkelijker anderen de schuld te geven dan de waarheid onder ogen te zien.

En als hij eerlijk was, zou hij ervoor hebben gekozen om Sophie te volgen, goud of geen goud. Ze hadden hem vastgebonden en naar het zuiden van Spanje gebracht; dat was waar. Maar uiteindelijk had het de dingen gemakkelijker voor hem gemaakt. Hij had zelf geen lift hoeven regelen.

Hij legde de wijnzak naast zich neer, drukte zijn handen tegen zijn gezicht en probeerde zijn emoties te onderdrukken.

Het komt wel goed met haar, zei hij tegen zichzelf. *Het komt wel goed. God, laat het alstublieft goed komen met Sophie.*

*

Deions groepje verplaatste zich elke dag. Op sommige dagen vooruit, op andere dagen achteruit. Soms bewogen ze zich alleen zijwaarts als ze door de droge rivierbeddingen kropen om bij de anderen te kijken hoe die ervoor stonden.

Zijn keel deed pijn. Hij kon nooit genoeg te drinken vinden en van de voortdurende dorst had hij meer last dan van het lawaai van de ontploffingen in de verte.

In het regenseizoen waren in dit gebied overal rivieren, maar in juli stonden ze droog. Kurkdroog.

Boven hun hoofden vlogen bommenwerpers. Hetzelfde type dat Guernica had gebombardeerd, wist hij. Natuurlijk waren hier geen huizen die een doelwit konden vormen, alleen rijen mannen in haastig gegraven schuttersputjes.

Deion hoorde een plof en de man die naast hem stond, viel dood neer. Dat was een verrassing, maar vreemd genoeg geen onverwachtse. Hij vroeg zich niet af waarom hij het niet was; hij was alleen maar dankbaar dat hij het niet was.

Bij het licht van de maan keek Deion hoe zijn voeten voorwaarts bewogen, alsof ze van iemand anders waren. Zijn hele lichaam was gevoelloos. Hij had teveel gezien om nog te proberen iets te voelen. Ergens had hij nog wel herinneringen aan hoe het leven voor Spanje

was geweest, maar het was te moeilijk om die op te halen. Te moeilijk om ze terug te roepen.

Een vriend riep zijn naam en hij draaide zich om. Hij herinnerde
zich ten minste zijn naam nog.

26

Ritter kon de slaap niet vatten en hij verwenste Monica erom dat ze de tas had opengemaakt. Nadat hij twee uur had liggen woelen, besloot hij een wandeling te gaan maken.

Hoe hij ook zijn best deed, hij kon het goud maar niet uit zijn gedachten zetten. Als Göring er belangstelling voor had, bevatte het verhaal duidelijk enige waarheid. En hoe meer hij erover nadacht, hoe minder gek hij het idee van een reis naar Zuid-Amerika vond.

De nachtelijke lucht rond de stad rook naar geschiedenis. Naar al het oude. Naar dingen die niet vergeten wilden worden. Hij dacht aan gouden schatten en stelde zich voor dat hij Berlijn voorgoed zou verlaten.

Voordat zijn ouders stierven, hadden ze tegen hem gezegd dat hij bijzonder was – dat hij grootse dingen in zijn leven zou doen. Ze hadden tegen hem gezegd dat Duitsland niet altijd zou blijven verliezen, dat er grote overwinningen zouden komen. En meer dan dat... dat ook hij *groot* zou zijn.

Op dat moment waren die woorden niet goed tot hem doorgedrongen. Alle ouders zeiden toch zulke dingen tegen hun kinderen? Maar nu... wat ze hadden voorspeld, begon werkelijkheid te worden. En hij maakte er deel van uit. Eerst in Spanje en nu hiermee.

'Hebt u een kleinigheidje?' De stem kwam tot Ritter uit het duister en onderbrak zijn gedachten.

Ritter negeerde de bedelaar in de schaduw en vervolgde zijn tocht door de straten. Hij wandelde met opzet niet in de richting van Monica's huis. En pas toen de eerste zonnestralen de stad tot leven brachten, drong het tot Ritter door dat hij in de buurt was van Isanna's ouderlijk huis.

Eerst kromp zijn maag ineen; toen stopte hij zijn vuisten dieper in zijn zakken en realiseerde hij zich dat het er niet toe deed. Ze zou er toch niet zijn. Ze was nu een getrouwde vrouw en woonde bij haar held de piloot.

Maar misschien was er wel een reden waarom het zo was gelopen. Als hij getrouwd was, zou hij immers onmogelijk naar Zuid-Amerika kunnen.

Ritter dacht aan de uitdrukking op haar gezicht toen hij haar voor het laatst had gezien. Hij was boos geweest; dat was zeker. Nu hij terugkeek, wilde hij graag geloven dat hij droefheid in haar ogen had gezien. En het drong tot hem door dat hij misschien wel niet degene was geweest die iets was kwijtgeraakt.

Hij haalde zijn vingers door zijn haar, liep de hoek om en besloot ergens te gaan ontbijten. Hij bleef stokstijf staan toen hij een man en vrouw met een kinderwagen zag aankomen.

'Isanna.' De naam ontsnapte hem voordat hij er erg in had.

'Ritter.' Een glimlach verscheen op haar gezicht en verdween weer toen ze eerst naar Xavier en toen naar het kind in de kinderwagen keek. 'Je bent weer terug uit Spanje.'

Ritter streek snel zijn verkreukelde overhemd glad. 'Ik... ik was zomaar wat aan het wandelen. Ik verwachtte niet je te zien.'

Xaviers ogen vernauwden zich en hij legde zijn hand op de stang van de kinderwagen. 'Ja, nou, leuk je te zien. Welkom terug in Berlijn.' De klank van zijn stem klonk allesbehalve uitnodigend.

De baby begon te jammeren in de wagen. 'Xavier, wacht. Misschien wil Ritter Sebastian wel leren kennen.' Zonder op antwoord te wachten, tilde Isanna het kind uit de kinderwagen. Hij zag dat haar armen trilden toen ze de baby tegen haar borst drukte en hem een kus op zijn voorhoofd gaf.

De baby werd stil in zijn moeders armen. Hij had lichtblond haar en ronde, blauwe ogen. In zijn kin zat een klein kuiltje. Hij droeg een lichtblauw matrozenpakje en kleine, zwarte schoentjes. De baby kirde en stak zijn handje naar Xavier uit. Xavier kuste het en richtte zijn blik toen weer op Ritter. 'Dit is Sebastian.'

Isanna deed een stap naar voren. 'Waarom houd je hem niet even vast? Wees maar niet bezorgd. Hij is een half jaar en heel sterk.' Haar stem trilde.

Ritter nam het kind in zijn armen. De baby was lichter dan hij had verwacht. En zijn gezichtje leek zo op dat van zijn moeder.

'Je zegt dat hij een half jaar is?' Hij rekende snel.

'Ja.' Isanna bood geen verdere uitleg.

Dit kind zou natuurlijk van hem kunnen zijn. Maar...

Ritter trok een gezicht en dacht aan de keren dat Isanna ook bij Xavier was geweest. Wie kon het zeker weten?

Zijn gedachten gingen terug naar de dag dat hij haar in het restaurant had gezien. Ze was toen duidelijk zwanger geweest. Maar misschien was dit wel weer een van haar foefjes om de twee mannen tegen elkaar uit te spelen, net als in het verleden.

Ritter keek naar Xavier en zag angst in zijn ogen. Angst dat hij zou verliezen wat hij liefhad.

Ritter tilde de baby hoog op en zag dat zijn ogen dezelfde kleur hadden als de lucht. De baby glimlachte en trappelde met zijn voetjes.

Dit zou mijn zoon kunnen zijn.

Hij keek weer naar Xavier. *Maar iemand anders is zijn vader.*

Ritter kreeg een brok in zijn keel. Toen dacht hij aan het goud en wist hij wat hem te doen stond.

'Het is een prachtig kereltje. Zijn vader is vast trots dat hij zo'n zoon heeft.' Bij die woorden zag hij Xaviers gezicht milder worden. Ritter drukte de baby tegen zijn borst en kuste hem op zijn zachte, blonde kruin.

Hij gaf het jongetje aan zijn moeder terug. 'Een prachtig kind.

Gefeliciteerd. Ik wens jullie... jullie gezin het beste.'

Isanna glimlachte terwijl ze Sebastian van hem aannam. 'Dankje.' De woorden hadden een diepere betekenis. 'En op een dag, als hij ouder is, zal ik hem over Spanje vertellen.'

Ritter knikte en keek hoe ze de baby in de kinderwagen teruglegde. Daarna duwde ze de wagen met lichtere tred door de straat. Xavier liep naast haar, zijn hand beschermend op haar onderrug. Ritter voelde pijn in zijn hart, maar er welde nog een emotie in hem op. Het was een gevoel van trots. Voor deze ene keer had hij meer aan anderen gedacht dan aan zichzelf. En vreemd genoeg was dat een goed gevoel.

Met trage passen liep hij terug naar zijn appartement. Toen hij het gebouw binnenging, probeerde hij zijn keel te schrapen, maar zijn emoties verdwenen niet. Hij liep naar zijn deur en zag een gestalte tegen de muur leunen. Het was Monica, die naast zijn deur stond te wachten. Hij probeerde iets te zeggen, maar het lukte hem niet.

Ze liep naar hem toe en hij nam haar in zijn armen, zich afvragend of het erg was dat hij zich inbeeldde dat hij iemand anders vasthield.

*

José wachtte tot laat in de avond voordat hij fluisterend zijn plan aan Ramona vertelde. Hoewel hij haar niet kon zien, zorgde alleen al het feit dat hij haar kon aanraken – samen met de angst dat ze betrapt zouden worden – ervoor dat zijn hart sneller sloeg.

'Ik speelde hier als kind verstoppertje. Onder het huis is een kelder met een deur naar buiten. Als het ons lukt daar in te komen, kunnen we misschien ontsnappen.'

'Vertel maar wat ik moet doen.' De aanraking van haar vingertoppen op zijn wangen bracht een glimlach op zijn gezicht. Of misschien waren het haar woorden.

'Ik ga kijken of ik een zachte plek in het hout kan vinden.' Hij kroop op zijn handen en knieën naar de keuken. Ramona raakte zijn enkel aan om erachter te komen waar hij was en volgde hem.

Hij probeerde zich te herinneren waar de tafel al die jaren geleden had gestaan. Hij stelde zich de voorraadkast voor. Het aanrecht. Het fornuis. Hij dacht aan het lek in het dak dat zijn vader vaak voor zijn moeder had moeten repareren. Natuurlijk had zijn vader altijd hetzelfde geantwoord als zijn moeder het hem vroeg: '*Mañana*. Ik zal het *mañana* repareren.'

José naderde de plek en het was zoals hij had gehoopt: de houten vloerplanken waren zacht en rot. Hij streek met zijn vinger over de naad, maar hij was te dik om hem tussen de planken te kunnen wrikken.

'Ramona, help me eens,' fluisterde hij. 'Probeer eens een vinger tussen die planken te krijgen en er een omhoog te duwen – een klein stukje maar, dan kan ik hem pakken.'

Ze deed het en binnen een paar minuten hadden ze een klein stukje weggehaald. José trok zijn schoen uit en schoof zijn hand erin. Daarna gebruikte hij hem als een hefboom onder een plank. Met al zijn kracht duwde hij omhoog. De plank brak met luid gekraak. Hij stak zijn hand in het gat. Het was er koel en... zijn vingers raakten een spinnenweb. Er liep een rilling over zijn rug.

'Ik hoop dat spinnen onze grootste zorg zijn,' fluisterde hij naar zijn vrouw. 'Ik wil niet denken aan wat daar beneden nog meer kan zitten.'

Hij wrikte nog een paar planken los. De geur van aarde vermengd met iets rottends kwam hen tegemoet. Ramona stak net als hij haar hand in het gat.

'Misschien moeten we tot morgen wachten, tot we meer licht hebben en kunnen zien wat daar beneden is.'

'Dat kan niet. Dan is het te laat. Ik hoor niets buiten, wat betekent dat Cesar in het grote huis slaapt. Hoe dan ook, dit is de volmaakte kans.'

Toen hij een opening had gemaakt die zo groot was dat hij zich erdoor kon laten zakken, stak José zijn hoofd in het gat in de hoop iets te zien. Verbazingwekkend genoeg was het beneden lichter dan boven in het dichtgetimmerde huis. Hij draaide zijn hoofd en zag waarom. De deur naar de kelder was of weggehaald of vanzelf afgebroken. Maanlicht viel van buiten naar binnen en blijdschap maakte zich van hem meester toen hij besefte dat zijn plan zou slagen.

'Laat mij maar eerst gaan.' José liet zich in de kelder zakken, maar hij kon niet rechtop staan. Zijn hoofd stak uit de opening.

'Kom, ik help je wel.' Hij stak zijn hand naar zijn vrouw uit en hielp haar naar beneden. Met zijn handen voor zich uit baande hij de weg. Kleverige spinnenwebben hechtten zich aan zijn handen en hemd. Toen hij de opening had bereikt, bleef hij staan. 'Wacht hier.'

'Nee, ik ga met je mee. Het doet er niet toe wat er daarbuiten is,' fluisterde ze. 'Laten we rennen.'

José aarzelde niet. Hij pakte haar hand en ze stapten samen naar buiten. Hij keek om zich heen en toen hij niemand zag, zetten ze het op een lopen.

*

Ramona pakte José's hand steviger vast terwijl hij haar meetrok. Ze bewoog haar benen zo snel ze kon om hem bij te houden. Het was moeilijk bij het maanlicht de grond te zien en ze struikelde meer dan eens. Van achter hen klonk een geweerschot en daarna niets meer. José bleef heel even staan en hield zijn hoofd schuin. Ergens in de verte klonk het gehinnik van een paard en hij vroeg zich af of het Calisto was.

José rende verder. Hij leidde Ramona naar de heuvel tot achter een groepje struiken. Tot haar verbazing was daar een *chamizo* – een heel nauwe mijngang die boeren vaak groeven om aan kolen te komen. Op de grond van de schacht was gedroogd gras gelegd; anderen hadden dit plekje duidelijk ook gebruikt om zich er te verschuilen.

José's stem klonk zacht. 'Blijf hier. Ik kom zo terug. Ik geloof dat iemand probeerde de paarden mee te nemen.'

'Wie dan? De fascisten? Of de Moren misschien?'

Ze kon José's gezicht niet zien, maar ze begreep zijn korte stilzwijgen.

'Ik denk Petra. Een jonge vrouw die me heeft geholpen.'

Ramona voelde het bloed naar haar wangen stijgen. 'Een vrouw? Wie is ze?'

Hij streelde haar hand. 'Niet nu. Ik leg het je nog wel uit. Ik kom zo terug.'

'José, nee!' Haar wanhopige kreet was meer dan een fluistering. Hij bleef niet staan, maar rende verder. Hij verdween in de nacht en liet haar achter.

Waarom had hij haar niet eerder over de paarden verteld? Hij moest iets te verbergen hebben.

Ze drukte haar handen tegen haar borst. 'Hij kwam voor mij. Hij houdt van me,' fluisterde ze in het donker. 'Hij houdt van me.'

*

José schoot de mijngang uit, rende een meter of zeven en bleef toen staan. Hij overwoog naar de schuur terug te gaan, maar toen hoorde hij een paard galopperen en hij draaide zich om. Daar, in het maanlicht, zag hij twee paarden aankomen. Een kleine gestalte reed op Erro. Hij zwaaide met zijn armen.

Petra hield naast hem halt. 'Ik zag je ontsnappen. Ik wist dat het tijd werd om de paarden te gaan halen.' Hij vroeg haar niet waarom ze opnieuw niet had gehoorzaamd toen hij haar had gevraagd bij de verpleegsters te blijven. Hij was alleen maar blij dat ze niet naar hem had geluisterd.

'Ik heb geen tijd gehad om hem te zadelen. En Calisto... Michael heeft op hem geschoten. Ik weet niet of hij hem heeft geraakt of niet. Hij struikelde.' José liet zijn ogen snel over Calisto's rug en borst gaan. 'Volgens mij is er niets aan de hand. Wacht hier.' José liep terug om Ramona te halen.

'Petra is er; ze heeft de paarden.' Hij wees naar Erro. 'Jij moet samen met haar rijden. Jullie wegen samen minder.'

Calisto hinnikte en schraapte met zijn hoef over de grond, maar José lette niet op hem.

'Hier.' Hij maakte van zijn handen een kommetje dat Ramona als opstapje kon gebruiken, en ze klauterde op de rug van het paard. Hij keek naar Petra. 'Volg me. We gaan niet over de weg.'

Ze knikte en trok Ramona's armen steviger om haar middel. 'Hou me vast,' drong ze aan.

José greep Calisto's manen en sprong op zijn rug. Hij keek even om zich heen om zich te oriënteren en wendde het paard toen in de richting van de heuvels verderop.

Het geluid van een voertuig verbrak de stilte van de nacht. Hij fluisterde een gebed dat ze de bomen zouden bereiken voordat de vrachtwagen hen inhaalde.

De geur van rook die nog in de lucht hing, herinnerde hem aan de naderende fascistische troepen. Hij hoopte dat ze de stad nog niet waren binnengetrokken.

'Volg me,' riep hij nog een keer en gaf Calisto met zijn kuiten het teken dat hij hem de nacht in moest dragen.

27

De torens van het Alhambra glansden als zilver tegen de hemel. Sophie wist niet of het door de koele wind uit de bergen kwam of door de aanblik van het kasteel dat ze kippenvel op haar armen kreeg.

Tientallen ogen waren op haar gericht terwijl ze naar de markt liep vanaf het treinstation waar Walt haar had afgezet, om zo de indruk te wekken dat ze net in de stad was aangekomen. Ze droeg een gebloemde tas – een betere dan het exemplaar dat ze op al haar tochten door Spanje bij zich had gehad. En ze droeg een onberispelijke, witte blouse, een eenvoudige rok die ruiste als ze liep en een rode sjaal om haar hoofd zoals de Spaanse vrouwen vaak deden. Ze glimlachte even toen ze zich de waarderende blik in Philips ogen herinnerde toen hij haar zo mooi gekleed zag. Maar ze had ook nog iets anders gezien. Angst, bezorgdheid. Zijn vingers hadden zich om haar handen geklemd toen hij afscheid van haar had genomen.

Overal waar ze keek, leek het leven zijn gewone gang te gaan. Brood, aardappels en hotelkamers schenen er in overvloed te zijn. En iedereen die ze ontmoette, sprak vol lof over generaal Franco. Volgens de gesprekken die ze oppikte, was Franco een militair genie en overal geliefd.

Ze liep over een keienweg. Ze was voor het eerst in Granada, maar de omgeving leek zo op andere delen van Spanje dat ze het gevoel had dat ze er al honderd keer was geweest.

Sophie trok aan haar flanellen rok – te dun, te lang, te ruim om haar middel, maar hij leek op die van de andere vrouwen die op straat liepen.

In het kleine café zaten maar weinig bezoekers, voornamelijk omdat het nog vroeg in de ochtend was en de meeste mensen niet voor tien uur opstonden. Een kat kwam naar haar toe en draaide met zijn magere lijfje om de poten van de metalen stoelen. Hij kwam Sophies benen tegen en deed weer hetzelfde. Ze vertraagde haar pas niet en duwde het dier voorzichtig met haar in nieuwe schoenen gestoken voet opzij. Ze dacht aan Flodder en hoopte dat het goed met hem ging.

Haar rok ruiste en Sophie wiegde wat meer met haar heupen. Ze moest tenslotte een rol spelen.

'Eleanor,' riep een stem en ze bleef staan. Ze draaide zich om en zag een lange man die opvallend veel op Salvador leek.

'Oom Tomas!' Ze stak haar armen naar hem uit en zag de blikken van de paar verkopers op de markt.

Hij omhelsde haar en kuste haar snel op haar wangen. 'Het spijt me dat ik je bij je aankomst heb gemist. Ik heb te lang liggen slapen.'

Ze deed een stap naar achteren en dwong zichzelf te glimlachen. 'Dat geeft niet. Ik heb me prima gered. Bedankt voor uw uitnodiging. Ik verheug me er erg op om het Alhambra te zien.'

Sophie ontspande zich toen het tot haar doordrong hoe makkelijk het was om deze rol te spelen.

'*Qui potest capere capiat.* Wie het kan ontvangen, laat hem het ontvangen.' Hij zwaaide met zijn hand in de richting van een wachtende auto. 'Ik ben blij dat je mijn uitnodiging hebt aangenomen.'

*

Ritter neusde in vijf boekwinkels voordat hij vond wat hij zocht. Hij kocht het oude boek en haastte zich terug naar zijn flat. Nadat hij het zich gemakkelijk had gemaakt in zijn favoriete stoel, veegde hij de stoffige band af en las de titel nog eens. *Incagoud.*

Hij zei tegen zichzelf dat hij iets nodig had om zijn gedachten bezig te houden. Hij wilde niet aan Isanna en Sebastian denken. Hij wilde

Monica niet zien, omdat hij zich schaamde dat hij in haar armen had gehuild. En daarom richtten zijn gedachten zich op de schat. Het deed er zelfs niet toe dat het maar een verhaal was. Het was een interessant verhaal en iets waar hij in weg kon duiken.

Hij sloeg de bladzijden om en las de persoonlijke verhalen van mannen die door Zuid-Amerika hadden gereisd. Sommigen beweerden dat ze erheen waren gegaan om naar de overblijfselen van primitieve beschavingen en indianenstammen te zoeken. Anderen wilden de christelijke genade aan heidense zielen brengen en onder de stammen werken. En ze kwamen allemaal terug met verhalen over schatten.

Terwijl Ritter las, werd hij meegevoerd naar het land van helder zonlicht, huisjes van rode aarde en verhalen over vrouwen die zo oud leken als de heuvels zelf. Veel van de beschrijvingen deden hem aan het zonnige Spanje denken, en een vreemd verlangen om terug te keren roerde zich in zijn ziel.

Hij las en keek af en toe op zijn zakhorloge. Ritter zag uit naar zijn ontmoeting met Göring. Göring was opgetogen geweest toen hij hem een paar dagen geleden de tas had bezorgd, maar Ritter had sindsdien niets meer gehoord.

Eerst vroeg hij zich af of de generaal er misschien op de een of andere manier achter was gekomen dat hij de documenten in de tas had gelezen, maar toen hij hem op een receptie had gezien, had Göring vriendelijk naar hem gezwaaid en had Ritter geweten dat dat niet het geval was.

Ritter hoopte dat Göring zou voorstellen dat hij weer naar Spanje ging. Ritter wilde graag weten wat de generaal verder van plan was. En hij hoopte dat hij aanvullende informatie zou moeten doorgeven.

*

De glanzende auto bracht Sophie over de weg naar wat Tomas de zuidelijke ingang noemde. Hoge iepen en kastanjebomen omzoomden de straat en leidden hen naar een hoefijzervormige boog waardoor ze naar binnen reden. De auto reed verder en ze keek uit over in steen uitgehouwen waterbekkens.

'Dit wordt de Plaats der Waterbekkens genoemd. Hoewel het plateau zijn eigen aquaduct heeft, dreigde in het verleden altijd het gevaar dat vijandelijke troepen de watertoevoer zouden blokkeren,' legde Tomas uit. Ook zijn spraakritme deed haar aan Salvador denken; ze wist zeker dat ze broers waren, misschien wel tweelingbroers. Natuurlijk kreeg ze die informatie niet. De guerrillastrijders hadden gezegd dat hoe minder ze wist, hoe beter het was.

Want als ik gepakt en gemarteld word, kan ik niets verklappen.

Terwijl de auto verder reed, had Sophie niet alleen het gevoel dat ze een magische wereld werd binnengevoerd, maar ook dat ze een andere tijd binnenging.

Nadat ze de auto hadden geparkeerd, deed de chauffeur de deur voor haar open. Ze stapte uit en ademde de glinsterende, caleidoscopische schoonheid rondom haar in.

'Dit, mijn beste, is het laatste bastion van de islamitische aanwezigheid in wat bekendstond als Iberië. Je zult zien dat de muren van het Alhambra verschillende tinten rood krijgen, afhankelijk van de stand van de zon. Het rood komt van de bakstenen die gemaakt zijn van de warmrode aarde.'

'Het is prachtig,' fluisterde Sophie. 'En groter dan ik me had voorgesteld. Groter dan het er van beneden uitziet.'

Tomas nam haar tas van haar over en bood haar zijn arm aan. Sophie schoof dankbaar haar hand in de knik van zijn elleboog.

'Het Alhambra zelf is in drie delen verdeeld, hoewel het een geheel lijkt,' vervolgde hij. 'De publieke promenade is het eerste gedeelte. De officiële residentie van de sultan is het tweede. De binnenplaats maakt daar onderdeel van uit en hij leidt naar de hoogste toren, de

Comarestoren, die honderdvijftig meter hoog is.'

Tomas wees naar de toren, die zijn schaduw over hen heen wierp. 'Er zitten maar twee ramen in, waardoor het licht voor de Hal der Ambassadeurs valt, waar de sultan – als hij op zijn troon zat – zijn diplomatieke vertegenwoordigers ontving.'

'En het derde gedeelte?'

'Daarin was de harem ondergebracht. Hoewel de profeet Mohammed het zijn volgelingen verbood om meer dan vier vrouwen te hebben, waren er voor de rijken en machtigen twee mazen in die wet die het hen mogelijk maakten te genieten van de diensten van grote hoeveelheden vrouwen.'

De verbazing moest op Sophies gezicht te lezen zijn geweest.

Tomas grinnikte. 'Maak je maar geen zorgen. Deze regio heeft zich naderhand tot het christendom bekeerd. En Franco zelf is een ambassadeur van Christus, weet je nog wel? Jij logeert in het renaissancepaleis, dat aan het kasteel werd toegevoegd door Karel de Vijfde, de Heilige Roomse keizer.'

Vanaf haar plekje op de hoge heuvel keek ze op Granada neer. De witte huizen en de gebouwen met rode dakpannen vormden een sprankelend contrast met het groen van de heuvel eromheen.

'Dit uitzicht. Het lijkt wel...'

'Een oosterse parel omringd door smaragden?'

Ze keek hem heel even aan en haar adem stokte. 'Precies.'

Tomas lachte. 'Krijg maar geen te hoge dunk van me. Ik citeer alleen maar een Arabische dichter uit een ver verleden.'

Hij bracht haar naar de noordelijke kant, waar een rivier over de bodem van een brede kloof stroomde. 'De rivier de Darro. Een onoverkomelijke verdediging. Kom. We gaan naar binnen door de Poort der Gerechtigheid.'

Sophie kreeg kippenvel op haar armen bij die naam. *Misschien vind ik binnen die muren eindelijk gerechtigheid.* Dat hoopte ze tenminste.

Tomas leidde haar naar een grote deur. 'De buitenkant van het

Alhambra is wel indrukwekkend, maar niet uniek. Zoals islamitische vrouwen hun schoonheid onder vormeloze kleding verbergen, zo verbergen oosterse huizen en paleizen hun schoonheid achter hun muren. Aan de buitenkant is niets om jaloers op te zijn – geen schatten om te stelen of te schenden. Maar binnen...' Tomas deed de deur open en ging haar voor. 'Binnen is het een heel ander verhaal.'

Ze liepen door lange gangen en Sophie vergat bijna adem te halen terwijl ze de gedetailleerde ontwerpen en de architectuur in zich opnam. Ze bleef voor een overdekte galerij staan die het fraaiste meesterwerk moest zijn dat ze ooit had gezien. Hij zag eruit als iets wat ze zich had voorgesteld toen ze in haar jeugd de sprookjes van duizend-en-één-nacht had gelezen. Ze had de neiging met haar vingers over de bloemenpatronen en de geometrische ontwerpen te gaan, maar ze hield zich in en herinnerde zichzelf eraan dat ze een vrouw werd geacht te zijn die cultuur en mooie dingen gewend was.

Ze liepen verder en ze keek haar ogen uit bij de talloze sierreliëfs en mozaïeken. Elke ruimte leek de vorige te overtreffen in schoonheid en gedetailleerde decoraties.

'Je zult zien dat sommige delen van het kasteel nog niet gerenoveerd zijn. Dit paleis heeft jarenlang leeggestaan en is door bandieten en dieven als schuilplaats gebruikt.' Tomas' ogen straalden. 'Maar nu is er meer dan genoeg gerepareerd en valt er veel te genieten... te schilderen.'

Mannen en vrouwen liepen af en aan – voornamelijk bedienden die verschillende werkzaamheden uitvoerden. Niemand wierp meer dan een vluchtige blik op Sophie en ze was trots dat ze niet leek op te vallen.

'Voel je vrij om rond te dwalen,' zei Tomas. 'Ik weet dat er veel interessants is voor een kunstenares als jij.' Ze liepen door een gedeelte waarvan ze aannam dat het het paleis was en hij leidde haar naar een deur op de eerste verdieping. Toen hij met een grijns de deur opendeed, liep ze de grote kamer in en bleef als aan de grond genageld staan van verrukking en verbazing. De ramen van de suite boden uitzicht op de stad Granada. Ervoor stond een ezel. Op een bijzettafeltje lagen verschillende schildersbenodigdheden.

'Je kwam toch om te schilderen, of niet soms, Eleanor?' vroeg Tomas met een twinkeling in zijn ogen. 'Je kunt er zeker van zijn dat mijn vrienden regelmatig om nieuwe dingen zullen vragen. Je kunt ze maar beter niet teleurstellen.'

Sophie liep haastig naar de ezel, pakte een kwast en genoot ervan om hem in haar hand te voelen. Ze draaide zich om en omhelsde Tomas snel. 'Dankuwel. Ik begin vandaag nog.'

Toen ze het uitzicht een uur later aan het schilderen was, verplaatste Sophie haar gewicht een paar keer van het ene been naar het andere en bestudeerde het resultaat. In aanmerking genomen dat ze in geen maanden had geschilderd, leverde ze goed werk, maar er leek iets niet te kloppen. Hoewel landschappen vroeger haar specialiteit waren geweest, leken ze nu saai en... oninteressant.

Ze overwoog haar ezel naar de binnenplaats te brengen. Buiten zou ze ongetwijfeld de kans hebben om veel bezoekers van het kasteel te ontmoeten – wat een van haar doelen was. In plaats daarvan drukte er een vreemde last op haar schouders en kreeg ze een beeld van wat ze het liefste wilde vastleggen.

Sophie legde haar schilderspullen anders neer en zette een nieuw doek op de ezel. Ze begon met het gezicht van de vrouw die in de grot woonde. Daarna schilderde ze Deion en vermomde hem als Moor. Zijn mond was open, omdat ze zich herinnerde dat hij gospelliederen zong toen hij op de eerstehulppost lag waar ze had gewerkt.

Ze glimlachte terwijl ze het uniform schilderde en realiseerde zich dat hij geschokt zou zijn als hij zichzelf zo zou zien... maar het maakte haar blij om zijn gezicht vorm te geven op het doek. Daarna schilderde Sophie José. En daarna Benita en vader Manuel. Ze vermomde ze allemaal, zodat alleen zij hun ware identiteit zou kennen.

Bij elke penseelstreek besefte ze hoe die mensen – die eens vreemden waren – haar hadden beïnvloed. Aan het begin van de oorlog was het makkelijker voor haar geweest om 'het grote plaatje' in gedachten te houden – ze had zich gericht op de overwinning van een natie. Maar hoe meer ze de oorlog ervoer, hoe meer ze besefte dat hij op ieder mens een uniek effect had. Het was geen natie die leed: het waren de harten van miljoenen mensen, stuk voor stuk.

Terwijl ze de handen schilderde, de voeten – elk uniek – realiseerde Sophie zich ook dat God haar geen manier had geboden om uit Spanje te ontsnappen. In plaats daarvan had Hij bepaald dat ze zou zijn waar ze was – dienend en gediend wordend.

'Ik ben niet degene die bepaalt of ik leef of sterf. Ik moet God dienen. Mijn best doen de mensen te helpen die Hij op mijn pad brengt. Dat is genoeg,' bad ze onder het schilderen.

Het licht buiten nam af en het drong tot Sophie door dat ze de avondmaaltijd had gemist. Haar maag knorde, maar haar hart was vol.

En tegen de tijd dat ze voetstappen hoorde naderen in de gang voor haar deur, besefte Sophie één ding: op de lange duur maakte het niet veel uit of het goud Spanje uit kwam of niet. Het maakte zelfs niet uit of zij het land uit kwam. Als ze uiteindelijk de troon van Christus zou naderen en Hij zou zeggen: 'Voortreffelijk, je bent een goede en betrouwbare dienaar,' dan zou dat genoeg zijn. Dat zou haar echte beloning zijn.

Met een zucht maakte ze haar schilderij af en legde haar kwast neer terwijl ze naar de gezichten van haar vrienden staarde. Zelfs in verdriet waren er mensen die geloof en hoop hadden. En al konden de overwinningen op deze aarde niet worden behaald door de mensen van wie zij vond dat ze die verdienden, dan kon God toch nog zegevieren in harten en zielen.

'God kan hier winnen, in het centrum van ons hart. Misschien komen we om, maar we zullen toch leven,' fluisterde ze. 'We kunnen verliezen, maar niemand kan ons afnemen wat we in ons hart meedragen. En daar ligt de werkelijke overwinning – in de fluisteringen van verborgen hoeken. Fluisteringen die niemand anders kan horen. Een plek waar wij en onze Redder elkaar ontmoeten.'

Er werd op haar deur geklopt en ze draaide zich om en liep erheen. Tomas stond te wachten. Bij hem stonden twee mannen met een grote koffer.

'Het is vervelend dat je je bagage onderweg bent kwijtgeraakt, Eleanor. Het moet vreselijk zijn om te proberen door een land te reizen terwijl er oorlog is. Een vriend van mij hoorde over je problemen en heeft je wat spullen aangeboden. Morgenavond hebben we een officieel diner en ik hoop dat je hierin iets kunt vinden om aan te trekken.'

Hij gaf de mannen een teken en ze zetten de koffer in de kamer. De twee bedienden vertrokken, maar Tomas bleef en keek nieuwsgierig hoe ze zou reageren. Sophie deed de koffer open en zag bovenop twee alledaagse jurken liggen. Ze tilde ze op; eronder lagen twee lange japonnen in Spaanse stijl.

Sophie hield haar adem in toen ze een lichtblauwe optilde. Ze drukte hem tegen zich aan en draaide langzaam een pirouette. Toen trok haar schilderij haar aandacht en herinnerde ze zich waarom ze in het kasteel was. Ze herinnerde zich het gebed dat ze een paar ogenblikken geleden nog had gebeden... en ze verbaasde zich erover dat God haar temidden van alles wat er gebeurde en misschien nog zou gaan gebeuren, dit onverwachte geschenk had gegeven, al was het maar tijdelijk – de vrijheid om een schitterende, weelderige omgeving en oud handwerk te schilderen. Hij had haar zelfs mooie jurken gegeven. Ze glimlachte omdat ze opnieuw rechtstreeks met Gods voorzienigheid werd geconfronteerd.

Tomas volgde haar blik naar het schilderij. 'Wat bijzonder. Ik wist niet dat mijn nichtje zo veel talent had.' Hij liep naar het doek. 'Niet te geloven dat je in zo'n korte tijd een meesterwerk hebt gemaakt. Ken je deze mensen?'

Sophie legde de jurk op haar bed en verbaasde zich erover dat

Tomas nooit uit zijn rol viel. Hij bleef voortdurend waakzaam, aarzelde nooit. 'Gewoon gezichten die ik op mijn reizen heb gezien, oom – een collage van mensen die hard voor *generalissimo* Franco vechten.'

Tomas knikte goedkeurend; daarna omhelsde hij haar voordat hij vertrok. 'Welterusten, Eleanor. Ik zal een blad met eten voor je naar boven laten brengen. Slaap lekker. Ik verheug me erop om over alle bijzondere dingen te horen die je *mañana* op dit terrein gaat ontdekken.'

28

José overwoog pas te stoppen toen hij zeker wist dat hij zo ver in de heuvels was dat Michael hem niet meer te voet of met de auto kon bereiken. De zon stond nu boven de horizon en het was vreemd om Petra en Ramona samen op één paard te zien – twee delen van zijn leven die elkaar kruisten. Hij hoopte dat deze twee vrouwen waar hij veel om gaf, bevriend zouden raken.

Het geluid van een beek bereikte zijn oren en hij herinnerde zich de plek van zijn tocht bergafwaarts – een klein toevluchtsoord tussen de heuvels.

'Petra, stop op die open plek verderop,' riep hij naar haar. 'Daar gunnen we de paarden rust... en onszelf ook.'

'Goed, José,' riep Petra over haar schouder. Ze draaide zich om een keek naar hem, en het was de verwilderde blik in haar ogen die hem vertelde dat er iets helemaal mis was.

'Wat is er, Petra?'

'José! Calisto bloedt!' De kleur trok uit haar gezicht weg.

José stapte snel af en zag het felrode stroompje bloed op Calisto's schoft. Toch had het paard hem in veiligheid gebracht en was zijn gang vast geweest. Hij werd overvallen door schuldgevoel omdat hij niet eerder was afgestapt om het paard te onderzoeken.

Petra hielp Ramona met afstappen en binnen een paar tellen stonden de twee vrouwen naast hem.

'Komt het weer goed?' Petra streelde de manen van het paard.

'Is het een schotwond?' Ramona bekeek de wond in zijn schoft nauwkeurig.

'Michael...' zei Petra. 'Toen hij me met de paarden zag wegrijden, rende hij naar buiten. Hij richtte zijn geweer op mij, maar Calisto steigerde – precies zoals je hem voor de show hebt geleerd. Ik hoorde het schot, maar ik wist niet dat hij was geraakt. Het spijt me heel erg, José.' Ze liet zich op de grond vallen en haar schouders schokten door geluidloze snikken.

José stak zijn hand naar haar uit en streelde haar haar, en vanuit zijn ooghoeken zag hij Ramona, die naast hem stond, verstijven.

Hij liep terug naar Calisto. 'Hij is gelukkig op een gunstige plek geraakt. Er zijn geen slagaderen geraakt en de kogel is niet in zijn borstholte doorgedrongen.' José draaide zich om en pakte de hand van zijn vrouw. 'En maak je geen zorgen, Petra. Mijn vrouw is een geweldige verpleegster.'

Ramona sperde haar ogen wijd open. 'Ik werk met mensen, hoor, niet met dieren.' Maar haar blik werd milder toen ze naar het paard keek. 'Maar die wond lijkt me niet zo diep. Ik wilde alleen dat ik hier wat spullen had.'

Petra tilde haar hoofd op. 'Bij de grotten... je vader heeft verband en naalden ingepakt. Hij heeft een heel goede eerstehulpdoos.'

'Denk je dat Calisto zo ver kan lopen?' vroeg Ramona.

'We zullen er langer over doen, maar ik denk dat hij het wel redt als ik hem niet berijd,' zei José. 'Jullie kunnen samen op Erro rijden en dan volg ik jullie te voet met Calisto.'

'Weet je het zeker?' Petra rechtte haar rug. 'Ik kan ook vooruit gaan en de eerstehulpspullen gaan halen.' Ze haalde haar kaart uit haar zak. 'Ik heb deze, weet je nog?'

'*Sí*, goed idee. We geven Erro de kans geven om te rusten en te grazen voordat je op pad gaat. En dan zoeken wij een plekje in de buurt om te wachten. Ik wil graag bij Calisto blijven voor het geval dat.'

Ramona legde haar handen om Petra's gezicht. 'José, waarom heb je me niet eerder verteld dat God voor een beschermengel heeft gezorgd?' Ze streek het haar uit Petra's gezicht.

Petra glimlachte en ze omhelsde Ramona even. José glimlachte ook.

*

Toen ze eenentwintig dagen in droge rivierbeddingen hadden doorgebracht, luidden de orders dat ze moesten vertrekken. De aanval was voorbij. Dat verbaasde Deion. Tijdens de extreem warme dagen en de koude nachten die hem weer naar de hitte hadden doen verlangen, had hij nooit verwacht dat ze teruggeroepen zouden worden. Dit was hun grote offensief! Hij had verwacht dat ze zouden doorzetten tot ze hun doel bereikten – wat dat dan ook was. Of tot hij zou omkomen. Wat ook maar het eerste gebeurde.

Met trage passen marcheerden de troepen naar de plek waar ze konden rusten. De mannen om Deion heen lieten zich op de grond vallen en zijn lichaam had nog nooit zo zeer gedaan van vermoeidheid. Nadat de Lincolnbrigade zich uit de hitte van het Guadarramadal had teruggetrokken, waren ze naar een rustkamp bij Albares getrokken, dicht genoeg bij Madrid om de mannen toestemming te geven de hoofdstad te ontdekken.

'Ik denk niet dat ik nog een kilometer zou kunnen lopen, al betaalden ze me in massief goud,' mompelde Deion tegen de man naast hem. Hij had pijn in zijn rug. En nog meer in zijn hart.

Hij was net in slaap gevallen toen hij plotseling wakker schrok en zag dat hun commandant Steve Nelson op een groot rotsblok voor hen klom.

Een man ergens in de menigte riep: 'In vredesnaam, Steve, je gaat ons toch niet vertellen dat we terug moeten, hè?'

'Je weet dat ik het niet zou doen als we een andere keuze hadden. De Spaanse mariniers zijn omsingeld. Jullie zijn hun enige hoop, mannen. En ook al zouden we rusten, dan zou dat toch niet lang duren. Volgens de berichten worden we van achteren bedreigd.'

Een zacht gemompel weerklonk onder de mannen. En daarna viel er een stilte waarin elke man zijn opties overdacht.

Zij zouden het ook voor ons doen, dacht Deion. *Hoe zouden we kunnen weigeren te proberen hen te redden?*

'Je hebt gelijk!' riep iemand.

'Het is onze plicht. Hier zijn we voor gekomen,' voegde een ander eraan toe.

Deion stond met een kracht waarvan hij zelf niet wist dat hij die bezat van de grond op en pakte zijn spullen weer in – of wat daar van over was. Ze stelden zich op voor de terugtocht, maar hadden nog geen vijfhonderd meter gelopen toen er weer een boodschapper arriveerde.

'Mannen, wacht!' riep Nelson. 'Het bevel is ingetrokken. Ontspan je maar. Rust uit.'

En door die aankondiging kregen ze op de een of andere manier meer kracht dan eerst. Deion keek naar de gezichten om zich heen en zag trots.

De mannen waren bereid geweest om alles te geven, om zich over hun pijn heen te zetten. Dat was een goed gevoel – een gevoel dat niet te verklaren was.

Deion viel die avond weer in slaap met een gevoel van hoop.

De volgende ochtend brak aan en ze ontvingen bericht dat ze tien dagen verlof hadden in Madrid. Wat moest hij daar nu mee? De zes maanden dat hij onderdeel had uitgemaakt van de Brigade, liepen door elkaar. Hij had of gevochten of gereden of gewond in het hospitaal gelegen. Deion vroeg zich af of hij eigenlijk nog wel wist wat hij met tijd voor zichzelf aan moest. Hij ontving ook zijn achterstallige soldij van het kantoor van de Brigade. Hij was helemaal vergeten dat hem tijdens zijn training peseta's – die thuis bij elkaar een maandsalaris zouden vormen – waren beloofd.

De rit naar Madrid was als een rit van de dood naar het leven. Vanuit het dorre land liep de weg kronkelend naar groene velden en Deion zag zelfs een rivier vol water. Als hij had gekund, was hij erin gesprongen en had hij het vuil van de strijd weggewassen. Samen met zijn herinneringen.

In plaats van onderweg tot rust te komen, bekroop hem een vreemd gevoel toen andere mensen op de weg zich omdraaiden en naar de passerende vrachtwagen keken. Hij zag hen wijzen en met wijd opengesperde ogen staren en hij realiseerde zich dat velen van hen misschien wel voor het eerst een zwarte man zagen.

Toen hij Madrid binnenreed, waren Sophies schilderijen het eerste waar Deion aan dacht. Ze had schilderijen gemaakt van bombardementen vanuit de lucht en van mensen met angstige gezichten. Het verbaasde hem een beetje dat de lucht vandaag blauw was en dat de mensen zomaar rondwandelden. Veel gebouwen droegen de sporen van kogels en sommige gebouwen waren in puinhopen veranderd, maar het leek erop dat de stad zijn best had gedaan de rommel op te ruimen.

Was het ook maar zo makkelijk om gedachten op te ruimen, het puin weg te schuiven. En om harten op te ruimen, trouwens.

29

Ramona onderzocht Calisto. Hij leek het goed te maken, ondanks zijn verwonding. Ze liep naar José en zag dat zijn blik nog steeds de route volgde die Petra een half uur geleden had genomen.

'Het komt wel goed,' fluisterde ze. Ze ging naast hem staan en voelde hoe hij zijn arm om haar heen legde. 'Met iedereen. Je zult het zien.'

Ze slenterden langs de beek en Ramona vond een stokje dat ze gebruikte om tegen het riet langs de oever te slaan. Een vis dreef voorbij, dood en slap. De stroom voerde hem weg. Ramona voelde met het levenloze dier mee. Ook zij werd meegevoerd, niet alleen door de omstandigheden, maar ook door haar emoties.

Ze keek op naar José en wist dat ze alles zou doen wat in haar macht lag om ervoor te zorgen dat ze niet opnieuw uit elkaar werden gedreven. 'Ik heb lang genoeg in hospitalen gewerkt om één ding te weten. Moedige mannen kunnen ook huilen. De uren van de nacht zijn beangstigender dan het graf,' fluisterde ze. 'Ze huilen om niets en om alles. Ze zijn alleen, vallen ten prooi aan hun eigen gedachten. Ik ben gaan geloven dat hoop de grootste schat op aarde is. Hoop die zich concentreert op de wetenschap dat je met Christus nooit alleen bent, nooit machteloos bent.' Ze liet de stok vallen en ging op het gras zitten. 'Petra. Je vader. Pepito. Die zijn ook niet alleen.'

José gaf geen antwoord, maar ging naast haar zitten en vlocht zijn vingers door de hare.

'Als kind ging ik vaak bij de nonnen op bezoek,' vervolgde ze. 'Ik was daar altijd welkom en ze waardeerden mijn gezelschap. Ze zorgen met zoveel toewijding voor elkaar, en ik denk dat ik van hen heb

geleerd waarom Jezus ons oproept elkaar lief te hebben zoals we onszelf liefhebben. Als we dienen, neemt onze vreugde toe. Toch betekende hun hoop weinig voor me toen ik die niet nodig had. Zoals een
feestmaal voor iemand die geen honger heeft.'

Een vogel zong boven hun hoofd en in de verte hoorde ze het
gedreun van een groot kanon.

'Maar als je maag leeg is, glimlach je al bij één enkele boterham. En
nu ik zo veel hopeloosheid heb gezien, besef ik dat ik de hoop die ik
in Jezus heb, voor niets ter wereld zou willen ruilen.'

'Zelfs niet voor een grotere schat dan je je kunt voorstellen?' vroeg
José. Hij had een afwezige blik in zijn ogen.

'Zelfs daarvoor niet.' Ze sloeg haar armen om de hals van haar man
en trok hem naar zich toe.

'Ik ook niet,' fluisterde hij in haar oor.

'Maar ik moet toegeven dat het een vreemd gevoel is om hier bij
jou te zijn. De helft van deze dag is voorbij en niemand heeft iets van
me gevraagd. Ik heb niemand hoeven verbinden, geen wonden hoeven schoonmaken. Er is niemand in mijn armen gestorven en niemand heeft om water gevraagd.'

José pakte voorzichtig haar kin en draaide haar gezicht naar zich
toe. 'O, maar ik, mijn lieve vrouw, vraag alles van je. Om me lief te
hebben als een vergevende echtgenote. Om de wildernis met me in te
gaan. Naar mijn mening is dat veel moeilijker dan honderd bekers
water brengen, vooral omdat ik zo'n dwaze man ben.'

Ze knikte even. 'Sí, maar ik heb nooit verwacht dat je volmaakt zou
zijn. Toen we trouwden, wist ik dat er dingen zouden zijn die tussen
ons in zouden staan. Maar deze dag zullen we ons herinneren... vooral omdat een hereniging mooier is als je elkaar lang niet hebt gezien.'
Ze boog zich naar hem toe en bood hem haar lippen aan.

José kuste haar lang. 'Liefste,' fluisterde hij terwijl hij een stap naar
achteren deed, 'volgens mij ben jij de dichter. De grote denker.'

'En jij... ook al besefte je het niet, was degene die zorgde – voor de oude mannen, de paarden, het meisje. Wat is ze lief, hè? Onder het paardrijden heeft ze me over je tocht door de bergen verteld. Ze is gek op Pepito en je vader. Misschien krijgen we op een dag wel zo'n dochter.' Ramona legde haar handen om José's gezicht en draaide het naar zich toe. 'Ik begrijp dat je van haar houdt. Maar ik weet ook heel zeker dat jouw zorgende liefde nooit een bedreiging is geweest voor mij, je vrouw. Ik heb ook gehouden van een aantal mannen waar ik voor heb gezorgd. Medeleven uit zich al snel in intensieve verzorging. Ik denk dat onze Schepper dat in ons heeft gelegd. Het is goed dat we dergelijke liefde allebei zien zoals die is. We bieden zorg vanuit Gods liefde, en daarna... geven we onszelf volkomen aan elkaar. Zo zijn we geschapen.'

Terwijl ze het gezicht van haar man bestudeerde, zag Ramona er een vredige uitdrukking op komen. Ze waren samen en begrepen elkaar. Het was de hereniging waarvan ze had gevreesd dat die nooit zou plaatsvinden – maar die een volmaakt geschenk bleek te zijn.

*

Philip wachtte in de schaduw van het bos. Hij vertelde de anderen dat hij hen niet zou lastigvallen. Hij zei dat hij Sophie de kaarten en de andere dingen die ze had gevonden, zou laten afgeven zonder zich ermee te bemoeien. Hij zei tegen zichzelf dat het genoeg zou zijn om haar van een afstand te zien. Om naar haar te kunnen kijken zonder iets van haar te vragen. Maar terwijl hij daar stond, enigszins verscholen achter een boom, wist hij dat het hopeloos was. Te weten dat ze daar was zonder bij haar te kunnen zijn, zou nooit genoeg zijn.

Als hij aan het front was gebleven, zou hij ongetwijfeld de strijd in zijn gegaan met gedachten aan overwinning en plicht, zelfs als het een hopeloze zaak was. Zelfs nu, ook al begreep zijn geest het niet, was zijn hart bereid te sterven. Hij had het aan Sophie gegeven, ook al kon hij haar misschien wel nooit krijgen.

Maar hij vocht zijn strijd niet aan de frontlinie. Het was een eenmansgevecht. Hij had het wapen niet in handen, maar hij wist dat het, als hij verloor, tot zijn vernietiging zou leiden. Hij had zichzelf voor gek gezet tijdens zijn laatste momenten met Sophie en hij zou alles doen om haar terug te krijgen.

'Burgersoldaat,' fluisterde hij tegen zichzelf. 'Spaanse vrijwilliger. Verliezer in de liefde.' Zelfs nu typeerden die woorden hem.

Hij wachtte op Sophies terugkeer, maar deed dat niet passief. Hij had ontdekt dat zijn snelheid door de guerrillastrijders werd gewaardeerd. En nu was het zijn taak om explosieven te plaatsen, de detonatoren te ontsteken en ervandoor te gaan.

Hoeveel levens hadden baat bij zijn verwoestende daden? Boeren en wevers. Metselaars en pottenbakkers. Toch betwijfelde hij of het genoeg was. Hoewel de oorlog verder woedde, achtte hij de kans dat ze zouden winnen gering en zijn gedachten gingen naar wat er zou gaan gebeuren.

Hoe zouden de levens van deze mensen in het nieuwe Spanje veranderen – het Spanje waartegen ze zich zo lang hadden verzet? Hij dacht aan een aantal van de Spaanse soldaten waarmee hij zij aan zij had gevochten, zoals de vriend die Attis' hoofd had vastgehouden toen hij stierf. De Spanjaard had een scherp mes naast zijn hart gedragen, klaar om tot het bittere einde te vechten voor een zaak waarin hij geloofde. Zo'n man zou in het nieuwe Spanje worden achtervolgd en gedood. Hij zou zich niet onderwerpen – evenmin als de strijders in de bergen. Philip wist dat, Franco wist dat; het zou slechts een kwestie van tijd zijn voordat de gevechten weer uitbraken.

Hoe meer Philip erover nadacht, hoe meer hij besefte dat hij er misschien wel niet was om samen met hen te strijden, maar om ze aan te moedigen te ontsnappen terwijl het nog kon.

Hij hoorde voetstappen en versmolt nog meer met de schaduwen.

'Deze heb ik gevonden – kaarten en papieren. Ik ben erachter gekomen dat Tomas heel vergeetachtig is, precies zoals we dachten.

Hij sluit deuren meestal niet af... en ik weet nu dat ik hem moet volgen. Bekijk deze vanavond en breng ze morgenochtend terug; ik moet ze terugleggen voordat iemand erachter komt dat ze weg zijn. Ik zie je daar.' Haar stem klonk vermoeid. 'Ik hoop dat je er iets aan hebt.'

Sophie droeg een cape. De kap bedekte grotendeels haar gezicht, maar bij het maanlicht zag Philip de lijn van haar mond terwijl ze sprak. Ze keek om zich heen en hij vroeg zich af of ze hem zocht. Haar schouders zakten wat omlaag en toen verdween ze zonder een woord te zeggen weer in de tunnel, ongetwijfeld om zich naar haar veilige kamer te haasten.

Philip zuchtte zachtjes. Hij was het misschien eerst met Walt eens geweest, maar was nu van gedachten veranderd.

Hoewel het zinloos leek het land zonder het goud te verlaten, wist Philip dat het hun enige kans zou zijn om te overleven. Hij wist dat er, zelfs al zou Franco Spanje in handen krijgen, hoop zou zijn... zolang ze leefden.

In een vrij land gaan leven, zoals Frankrijk, zou geen vrijheid betekenen in hun ogen. De rijkdommen achterlaten zou geen eer brengen. Maar het zou wel *leven* betekenen. En op dit moment was dat genoeg.

*

Petra was zo snel mogelijk met de twee oude mannen teruggekomen, maar toen er twee dagen verstreken waren, ging Calisto achteruit. Petra keek naar José, die het grote hoofd van het paard op zijn schoot hield en op zachte, vlakke toon tegen het dier sprak.

Het had zijn ogen angstig en wijd opengesperd. Petra zag het oogwit. Pepito en Juan hielden Calisto's benen stil terwijl Ramona behoedzaam haar vingers in de wond stak, op zoek naar de kogel.

Het dier kreunde laag. Met enorme inspanning tilde het zijn hoofd op. Zijn ogen ontmoetten die van Petra en ze wist zeker dat ze er een emotie in zag. Vergeving. Ze wist dat hij haar niet de schuld gaf van de verwonding, ook al deed ze dat zelf wel. Een huivering voer door zijn grote lijf en hij ging weer op het stro liggen.

Een glimlach kwam op Ramona's gezicht en ze haalde iets uit de wond. 'Ik heb hem. Ik heb de kogel!' In het volgende kwartier maakte ze de wond zo goed mogelijk schoon; daarna hechtte ze hem zorgvuldig. Tegen de tijd dat ze klaar was, zaten haar handen en armen onder het bloed. Er zat zelfs een veeg op haar gezicht, die José met zijn vingers probeerde weg te boenen.

'Wat denk je?' José boog zich voorover en raakte het verband aan.

'Die wond is niet zo ernstig, maar het is de infectie waar ik me zorgen over maak. Hij kan hier het beste blijven. Ik weet dat dit niet de veiligste plek is, maar ik denk toch niet dat we hem een eind moeten laten lopen.'

José knikte terwijl hij naar het dal keek. 'Dit is prima.'

Hij staarde naar de zee, in gedachten verzonken. 'Misschien is het maar beter zo. We hadden in de herfst en de winter toch niet in de bergen kunnen blijven. Misschien dwingt dit ons wel een andere oplossing te bedenken.'

Terwijl hij een blik over zijn schouder wierp en eerst naar de oude mannen keek en zijn ogen vervolgens op Petra liet rusten, wist ze wat dat betekende. Ze zouden niet naar de bergen terugkeren. Ze had zelfs het gevoel dat ze niet in Spanje zouden blijven als het aan José lag.

30

José keek naar de gezichten rond het kampvuur. Hij had ze een halve dag alleen gelaten en was naar de haven gereden. Hoewel Ramona hem had gesmeekt niet te gaan, had hij geweten dat het de enige manier was. Hij moest de anderen nu wegsturen, voor het te laat was.

Hij stond op en gebaarde naar Petra dat hij haar apart wilde spreken. Ze liep met grote ogen achter hem aan.

'Er vertrekt al gauw een schip uit het dorp El Musel. Petra, je moet aan boord gaan. Ik wil niet dat je me tegenspreekt. Je moet met Pepito en mijn vader gaan. Ik wil dat jullie allemaal voor elkaar zorgen. Ik heb geregeld dat de paarden ook mee kunnen.'

'Ja, ik begrijp het.' Petra rechtte haar schouders.

'Ik wil je nog meer zeggen.' Hij zweeg even en zag hoe mager ze was geworden. Ze had zich zo ingezet om hem te helpen... en nu had hij een cadeau voor haar.

'Wat dan, José?'

'Je kwam naar ons toe om Edelberto te zoeken, weet je nog? Nou, daar stuur ik je nu heen... naar zijn huis. Of liever gezegd, naar het huis van zijn vader. Daar zullen ze voor je zorgen.'

Petra raakte haar haar aan, haar gezicht. Toen keek ze omlaag naar haar kleren. 'Ik weet het niet... alles is nu anders.'

'Luister.' José legde zijn handen om haar gezicht. 'Je bent mooi. Je bent waardevol. Elke man zou vereerd zijn jou als vriendin te hebben.'

Petra knikte, maar zei niets. Toen ze terugkwamen bij het kampvuur, legde José zijn plan aan de anderen uit.

Pepito en Juan knikten alsof ze hun lot aanvaardden.

Ramona pakte José's hand. 'Het zal moeilijk zijn om afscheid te nemen, maar het zal nog moeilijker zijn om ons de hele avond zorgen te maken. Laten we aan andere dingen denken.' Ze draaide zich om naar Juan en keek de oude man diep in zijn ogen. 'U bent een wonder. Door het kompres dat u voor Calisto hebt gemaakt, is de infectie verdwenen. U hebt hem gered... niet ik.'

José wendde zijn hoofd af en probeerde zijn emoties te verbergen.

'Misschien ben ik er wel voor geboren om met Gods schepselen te werken.'

José hoorde de glimlach in zijn vaders woorden. Hij deed zijn ogen dicht en prentte het geluid van zijn vaders stem in zijn geheugen.

Toen hij had verteld over het plan om de oude mannen en Petra weg te sturen, had Ramona gezegd dat hij zich geen zorgen moest maken – ze zouden hem weer zien. Maar José wist wel beter. Zijn vader was oud en José was niet van plan uit Spanje te vertrekken voordat ze de oorlog hadden gewonnen. Voordat Franco had verloren.

'Ik ben opgegroeid in heuvels zonder wegen,' vervolgde Juan en hij weefde met zijn woorden een verhaal voor Ramona. 'Een van de duidelijkste herinneringen uit mijn jeugd is die aan de Spaanse muilezeldrijvers, die liederen en ballades zongen alsof de heuvels van hen waren. Ze reisden alleen of in een stoet. Soms werd ik wakker van de bellen van de dieren die voorop liepen. Al snel voegden zich daar dan de stemmen van de drijvers bij, die zongen of hun dieren uitscholden – beide met hetzelfde wilde enthousiasme.'

Ramona lachte en het geluid vulde José's hart.

'Het waren de dieren die het meeste indruk op me maakten. De manier waarop ze de steile rotswanden afdaalden. Het waren eenvoudige beesten, maar toch verbaasden ze me. En ik wilde niets liever dan mijn tijd met ze doorbrengen.'

De verhalen duurden tot diep in de nacht en de volgende ochtend reisden ze naar El Musel. José keek uit naar Michael, maar die was gelukkig nergens te bekennen.

'José,' fluisterde Ramona terwijl ze naar de kade liepen, 'weet je zeker dat we niet ook zouden moeten proberen om te gaan?'

'Dit is mijn land. Ik kan het niet in de steek laten... ik vecht voor de eer van Spanje tot er geen hoop meer is.' José pakte Ramona's hand steviger vast. 'Maar als jij graag...'

'Nee, ik blijf bij jou.'

José knikte en leidde de paarden naar de grote vissersboot. Hij vroeg zich af of hij de prachtige dieren voor het laatst zag.

Calisto's wit met grijze staart zwiepte een beetje heen en weer terwijl hij aan boord ging. Erro volgde, evenals de vier merries.

Nadat hij van de kapitein een vel papier en een pen had gekregen, krabbelde José haastig iets neer en gaf het aan Petra om te bewaren.

Señor Adolfo, deze drie mensen hebben u met veel inzet gediend. Ze hebben hun best gedaan om te redden wat van u is. Enige schade die uw familie is berokkend, komt volkomen voor mijn rekening. Zorgt u voor hen zoals ik dat zou doen. Dankbaar de uwe, José.

Hoewel tranen bij het afscheid hun ogen vulden, ervoer José ook vreugde door de wetenschap dat zijn plan was geslaagd. De paarden zouden veilig zijn. Hij had ze beschermd. En hij had ze nu naar hun echte eigenaar gestuurd. Hoewel Michael hem in de steek had gelaten, had José geen reden om Adolfo te wantrouwen. Michaels oom was altijd een eerlijk man geweest. Een goed mens.

Toen ze veilig en wel aan boord waren, verlieten José en Ramona het schip. Ze gingen op de kade staan en wuifden ten afscheid.

Walt had José royaal beloond omdat hij Michael in de gaten had gehouden en hij had zich altijd te zeer een verrader gevoeld om het uit te geven. Tot nu toe. Het geld zou goed worden gebruikt voor hun overtocht naar Frankrijk. Hij zuchtte even omdat hij wist dat de mensen die hem het dierbaarst waren – de mensen die hij had beschermd – veilig zouden zijn.

Petra ging zo dicht mogelijk tegen Juan aan liggen. Anderen rondom haar drukten tegen haar aan. Mensen van wie ze de gezichten niet kon zien in het duister van het ruim. Het was een vreemd gevoel zo dicht tegen vreemden aan te liggen. Af en toe voelde ze iemands adem op haar wang of voelde ze een hand of voet langs zich strijken als de persoon naast haar anders ging liggen. Ze merkte dat hij jong was. Zijn ademhaling klonk anders dan het nasale geluid van Juans adem. Hij rook naar dennenhout en olie. Ze vroeg zich af of zij ook zo rook. Ze overwoog iets te vragen – iets in het donker te zeggen, maar ze wist dat dat niet mocht. De kans dat de passagiers boven hen het zouden horen, bestond steeds. Er was altijd een kans dat passagiers hen zouden verraden om zichzelf te redden. Ze[1] huiverde bij de gedachte aan de nationalistische boten die op deze wateren patrouilleerden, en ze hoopte maar dat zij tot de gelukkigen behoorden die aan hun aandacht zouden ontsnappen.

Petra sliep zoveel ze kon. Het hielp om de tijd door te komen. Daarna, toen ze wakker werd, luisterde ze ingespannen om de ademhaling van de oude mannen te kunnen horen. Morgen zou ze in Frankrijk zijn. En een paar dagen daarna in Parijs. Ze was al van Guernica naar Bilbao gereisd om Edelberto te zoeken... en voordat de week om was, zou ze hem zien. Ze werd zenuwachtig als ze eraan dacht.

*

Ritter dacht aan zijn nieuwe opdracht. Hij moest de volgende ochtend bij zonsopgang een oorlogsmoede Junkers Ju.52/3 met vracht naar Granada brengen. Op deze driemotorige transporten vloog meestal een tweekoppige bemanning om het ingewikkelde brandstofsysteem te bedienen en het toerental van de BMW-straalmotoren met negen cilinders in de gaten te houden.

Toch dacht Ritter dat het goed was dat hij alleen ging. Het kwam hem goed uit. Het enige dat hem dwarszat, was de laatste keer dat hij Monica had gezien. Ze was Görings kantoor uitgekomen op het moment dat hij er naar binnen liep. Monica had geen woord gezegd. Ze had haar blik afgewend en was opzij gestapt om langs hem heen te kunnen lopen.

Maar veelzeggender nog dan haar zwijgen, was de blik in haar ogen. Het was alsof ze woordeloos afscheid van hem had genomen.

Ritter wist dat er iets mis was, dus besloot hij de Junkers voor zijn vlucht zorgvuldig te controleren.

Toen het 'lichten uit' het vliegveld ten slotte verduisterde, begon Ritter – gewapend met een zaklantaarn – bij de propeller aan de voorkant van de vliegtuigromp. Hij werkte systematisch om het vliegtuig heen en controleerde elke schroef en moer en remgaffel en besturingskabel.

Hij klom op de vleugel en controleerde de ingewikkelde vleugelkleppen en het roer om te zien of er nergens versleten onderdelen waren die het op het verkeerde moment konden begeven. Het grote, metalen legervliegtuig leek intensief gebruikt, maar wel luchtwaardig. Toch kon hij het gevoel dat er iets mis was, niet van zich afzetten.

Toen hij om zich heen keek, zag hij een stevige bezem tegen de muur van de hangar staan en hij veegde de met olie bevlekte grond rond het hele vliegtuig schoon om zijn sporen uit te wissen. Toen hij klaar was, liep hij haastig naar de barak waar hij die nacht zou logeren. Daarna deed hij zijn best om wat te slapen voor de vlucht.

De wachtcommandant maakte hem een uur voor zonsopgang wakker. Ritter nam een douche, ontbeet snel en ging naar zijn vliegtuig. Hij liep eromheen en had het gevoel dat er iets was veranderd. De sporen van de bezem leken anders te lopen dan de sporen die Ritter de avond tevoren had gemaakt. Maar misschien verbeeldde hij het zich maar.

In de cockpit was de monteur bezig de motoren te starten. Achter hem reed de tankwagen weg. Het was tijd om te gaan. Göring had een plan, maar Ritter had een ander plan.

Hij probeerde zijn zorgen uit zijn hoofd te zetten. *Er is niets aan de hand. Ik ben gewoon in de war over de sporen van die bezem,* stelde hij zichzelf gerust, en hij wist dat hij genoeg tijd had om het vliegtuig nog een keer te controleren terwijl hij naar de plaats taxiede waar hij zou opstijgen.

Terwijl hij daarmee bezig was, duwde hij alle hendels verschillende keren zover mogelijk voor- en achteruit. Hij keek uit het raam om te zien of er olie of brandstof over de vleugels liep. Niets. Hij probeerde de remmen. Ze werkten prima. Hij klapte het roer van links naar rechts. Het grote, verticale oppervlak volgde alle bewegingen van de besturingskabels.

Vlak voordat hij op zijn plaats ging staan om op te stijgen, liet hij alle motoren op toeren komen, controleerde de dubbele ontsteking en merkte dat alle magneten binnen de limieten werkten. Hij liet de drie propellers draaien; ze reageerden allemaal volmaakt onder elke invalshoek. Ritter wist dat tientallen ogen – die van de andere piloten, van de mensen in de toren en van het grondpersoneel – hem gadesloegen. De voorzorgsmaatregelen die hij had genomen, waren normaal en werden uitgevoerd door elke piloot die opsteeg. Hij liet zijn ogen over het kantoor gaan en verwachtte bijna Monica daar te zien, maar ze was nergens te bekennen. Hij zuchtte zachtjes en zei tegen zichzelf dat, net zoals een overspelige man zijn echtgenote er vaak van beschuldigde dat ze vreemdging, een dief en bedrieger zich vaak zorgen maakte dat hij bedrogen werd.

Uit gewoonte liet Ritter het vliegtuig 360° draaiden om voor het opstijgen te kijken of er geen ander vliegtuig op zijn route was. Er waren geen andere vliegtuigen in de lichter wordende lucht. Het was tijd om te gaan.

Ritter duwde langzaam de drie gashendels naar voren en liet de drie grote motoren reageren zonder overtoeren te maken. De kist klonk meer als een rijdende schuur van golfplaten vol draaiende tractormotoren dan als een modern oorlogsvliegtuig. Hij positioneerde het vliegtuig met behulp van het roer en de remmen in de juiste richting.

Terwijl het vliegtuig vaart maakte, duwde Ritter de stuurknuppel iets naar voren om de staart van de grond te krijgen, zodat hij minder weerstand had en beter zicht. Hij kon het vliegtuig nu makkelijker recht te houden doordat er meer lucht langs het roer stroomde. Met één oog op de snelheidsmeter, die de kilometers per uur aangaf, en het andere op de landingsbaan, wachtte hij tot de naald op 125 kilometer per uur stond – het magische getal waarbij hij met een lichte vracht kon opstijgen. Het dreunende geluid stopte en al gauw was het enige wat hem nog afleidde, het schudden van het vliegtuig toen de ongebalanceerde wielen begonnen te trillen.

Een tikje op de remmen aan de bovenkant van de roerpedalen stopte het trillen onmiddellijk. De grote, metalen vogel was in de lucht en klom precies zoals zijn ontwerper het had bedoeld.

Ritter liet zijn blik over zijn instrumentenpaneel gaan en zijn gespannen lichaam zocht naar elke beweging die abnormaal scheen. Er leek niets mis. De zon leek hem in de lucht te verwelkomen en haar stralen kropen over de bergen. De lucht was strakblauw voor zijn vlucht naar Granada.

Alles was in orde.

31

Een half uur na het begin van de vlucht bereikte de Junkers de kruishoogte voor de rest van de korte vlucht. Ritter stelde het vliegtuig af voor horizontale vlucht door de brandstoftoevoer naar elke motor te verminderen en de propellers in een andere stand te zetten, zodat hij sneller vloog met een lager toerental. Hij zette het mengsel van alle motoren arm en controleerde de meters voor de brandstoftoevoer.

Nadat hij het hoogteroer, het rolroer en het stuurvlak voor de rest van zijn reis had afgesteld, ging Ritter achterover op de pilotenstoel zitten, draaide zijn thermosfles met koffie open en bereidde zich voor op een saaie vlucht.

Hij was net de grens met Spanje overgevlogen toen een ratelend geluid hem uit zijn dagdroom wekte. Daar had je het weer. Hij greep de stuurknuppel en bewoog hem. Een luid, knappend geluid deed zijn hart een slag overslaan en de stuurknuppel gaf geen weerstand meer. Iemand had de kabels naar het hoogteroer en het rolroer doorgesneden – waarschijnlijk zo ver dat hij nog net had kunnen opstijgen voordat ze braken.

Hij dacht onmiddellijk aan Monica. Had ze Göring verteld dat hij wist wat er in de tas had gezeten? En zo ja, waarom? Zij was degene die hem had aangespoord erin te kijken!

Of misschien wist Göring het nog niet. Hij had nooit begrepen waarom de Amerikaanse zich had aan het kringetje van Görings vertrouwelingen opgedrongen. Misschien gebruikte zij Göring ook wel.

Ze had de informatie gekregen die ze nodig had... en was Ritter voor haar alleen maar extra bagage?

Denkt ze dat ze zo makkelijk van me af komt?

Ritter kende de regels van het vliegen – vlieg hoog genoeg om in geval van nood een goede landingsplaats te kunnen kiezen, zorg dat je altijd weet waar je bent, ken je vliegtuig en zorg dat je weet wat je moet doen als er onderweg problemen zijn. Als het rolroer en het hoogteroer uitvielen, was dat een groot probleem, maar nu ook weer niet zo groot dat hij niet wist wat hij moest doen.

Hij trok de riemen van zijn parachute strakker aan, controleerde alle gespen en riemen en zorgde ervoor dat het trekkoord uit het vakje zou komen.

Het vliegtuig was al voor de problemen afgesteld om op gelijke hoogte te blijven vliegen. Hij zat hoog genoeg en als het vliegtuig zelfs nog maar een paar minuten zou blijven vliegen, zou hij de bergen voorbij zijn en boven de Spaanse graanvelden vliegen, die beslist een betere landingsbaan vormden dan de rotsen, de heuvels en de grote bomen die hij achter zich liet.

Terwijl de Junkers dreunend van de heuvels weg vloog, wist Ritter dat hij een koerscorrectie van dertig tot veertig graden naar stuurboord moest maken om de opdoemende heuvels op zijn huidige koers te ontwijken. De gouden graanvelden lagen iets naast de koers die hij vloog.

De goede oude Junta Ju had aan beide vleugels en op de neus motoren en die maakten de draai mogelijk, ondanks de schade. Dit vliegtuigtype steeg en daalde niet door het hoogteroer, maar door de kracht van de motoren – of door het gebrek eraan. Het was mogelijk Junta Ju aan de grond te zetten met een landing die tamelijk moeilijk zou zijn, maar die wel te overleven was.

Een kilometer of zeven verderop, rechts van de neus, zag hij een brede landweg die twee graanvelden doorsneed. De weg was vijf tot zeven meter breed.

Ritter bereidde het vliegtuig voor op een noodlanding met de neus omhoog. Die werd uitgevoerd door de vleugelkleppen in de juiste stand te zetten en de motor en het hoogteroer goed af te stellen.

Moeder Natuur stond voor deze ene keer aan Ritters kant en zorgde voor een stabiele wind van tien knopen recht op de neus, zodat de landingssnelheid tien knopen lager werd. Ritter speurde de omgeving weer af in de hoop dat de boer van wie de velden waren vanochtend uitsliep. Het laatste wat hij wilde, was een aanvaring met een grote maaimachine die door een span ossen over de weg werd voortgetrokken. Zelfs Junta Ju was niet tegen zo'n span van duizenden kilo's opgewassen.

Ritter bereidde zich op de landing voor. Hij hield het grote vliegtuig vlak boven de weg en nam langzaam gas terug. Het vliegtuig raakte de grond en stuiterde een keer. Omdat het hoogteroer de neus niet omhoog hield, stuiterde het nog een keer en begon het nerveus over de onverharde landweg te rijden.

Ritter hield het vliegtuig met de remmen en het roer dat nog wel werkte op de weg. Even later kwam de Junkers keurig op de weg tot stilstand. De weg liep iets omhoog. Aan de andere kant lag een brede, droge beekbedding vol stenen die Ritter al had gezien toen hij aan zijn landing was begonnen.

Pas toen hij aan de grond stond en zijn maag tot rust was gekomen, begon hij na te denken over wat hij nu moest doen. Het koste hem nog geen halve minuut om een *plan de campagne* te bedenken.

Als ze me dood wil, laat haar dan maar denken dat ze heeft gewonnen.

Hij gooide zijn tas met schone uniformen en andere spullen uit het raam en zorgde ervoor dat het adres dat Göring hem had gegeven in zijn zak zat. Als ze thuis bericht zouden krijgen dat hij dood was, zou Göring – of Monica – niet verwachten dat Ritter zou aankomen en daar was hij blij om. Nu hoefde hij aan niemand anders verantwoording af te leggen dan aan zichzelf.

Hij liet zijn parachute op de stoel liggen en deed de deur van het vliegtuig open. Daarna duwde hij alledrie de gashandels naar de wand en dook de openstaande deur uit. Junta Ju kwam tot leven en taxiede met toenemende snelheid de glooiende heuvel op. Toen het vliegtuig de top van de heuvel had bereikt, had het bijna genoeg vaart om op te stijgen. Met vol gas en het hoogteroer omhoog wankelde het de lucht in toen de heuvel onder de wielen wegviel.

Ritter wist dat het een heel korte laatste vlucht zou worden, maar hoe verschrikkelijker het ongeluk, hoe langer het de inspecteurs zou kosten om te ontdekken dat het een spookschip zonder bestemming en piloot was geweest. Als er al een onderzoek kwam. Met alles wat er in Spanje gaande was, betwijfelde hij dat.

Het vliegtuig had vijftig meter hoogte gewonnen toen een van de vleugels omlaag zakte. Zonder piloot om dat te corrigeren, raakte het vliegtuig in bijna verticale stand. Alsof het een laatste dans deed, draaide het om zijn as en dook toen met zijn neus omlaag de droge beekbedding in. Met een smartelijke doodskreet raakte het de grond. Daarna explodeerden met een daverende klap de nog bijna volle tanks. Een vuurbal steeg als een baken de lucht in. De mensen op het Spaanse platteland zouden aannemen dat er weer een vijandelijk vliegtuig was neergeschoten.

Ritter bukte zich, deed zijn tas open, trok zijn uniform uit en deed burgerkleren aan. Hij had in Spanje al eerder op de grond overleefd – hij zou het weer doen.

Ritter was dood. Ritter leefde. Het werd tijd om aan zijn leven in de Luftwaffe te ontsnappen en de oorlog achter zich te laten. Maar eerst moest hij een manier zoeken om heel veel geld bij elkaar te bedelen, te stelen of te lenen om aan zijn nieuwe leven te beginnen.

Hij gooide zijn tas over zijn schouder, stak een zoet tarwestrootje in zijn mond en zette koers naar het zuiden.

*

Hoewel de grond hard was en er een steen of een stok door de deken heen in haar zij prikte, genoot Ramona ervan in de armen van haar man te liggen. José had zijn arm onder haar gelegd en ze legde haar wang op zijn borst. Aan zijn ademhaling hoorde ze dat hij nog wakker was. Dat ook hij nog na lag te denken.

'Maak je je zorgen om ze? Vraag je je af of ze het wel halen?'

'*Si*,' fluisterde José. 'En hoe ze in Parijs ontvangen zullen worden. Adolfo heeft de paarden en hun verzorgers in de steek gelaten. Hoe zal hij het vinden als ze straks voor zijn deur staan?'

'Om het nog maar niet over het meisje te hebben.'

'Petra, ja.' José aarzelde toen hij haar naam uitsprak.

'Zeg... hoe is ze eigenlijk bij jullie terechtgekomen?'

'Ze stond op een dag op de stoep en zocht Edelberto. Ze had hem twee jaar geleden in Madrid ontmoet. Ze had het bombardement in Guernica overleefd. Haar hele familie was omgekomen. Daarna kon ze nergens meer naartoe.'

'Ze kwam niet uit Guernica. Ik heb daar mijn hele leven gewoond en op elke school en in elk ziekenhuis gewerkt. Ik heb haar nooit gezien. Ik denk eigenlijk dat ze niet zo arm was als ze ons wilde doen geloven.'

'Ik weet het. Als ze Edelberto kende, was dat ook niet logisch.'

'Misschien waren haar ouders fascisten.'

'Misschien wel. Of misschien hoorden ze bij de grootgrondbezitters verder naar het zuiden. Daarvan zijn er veel opgepakt en vermoord.'

'Ze heeft tegen je gelogen.'

'Ze was bang en alleen,' verdedigde José zich.

'Je gaf veel om haar.' Ramona beet op haar lip omdat ze zichzelf verraste. Ze dacht dat ze dat achter de rug had – dat ze het had verwerkt. Duidelijk niet.

'Ik hield van haar als van een zusje of een dochter.'

'Anders niet?'

'Ik moet toegeven dat ik iets bijzonders voor haar voelde. Ze volgde zonder vragen te stellen. Ze keek naar me op. Ze vertrouwde me.'

Ramona voelde de pijn in haar borst. Die jonge vrouw had zich meer als een echtgenote gedragen dan zij. Waarom was ze zo dwaas geweest? Ramona voelde tranen in haar ogen opwellen en ze kreeg een brok in haar keel.

'Ramona?'

'Mmm-hm.' Ze durfde niets te zeggen uit angst dat met haar woorden een snik zou ontsnappen.

'Jij bent de enige, echt de enige die ik in mijn armen wil houden. Vannacht. Morgen. Altijd.'

Ze knikte, maar kon de beschuldigingen niet uit haar hoofd zetten. *Waarom geloofde je hem niet? Vertrouwde je hem niet? Jij zou zijn hart beter moeten kennen dan wie ook.*

'Liefste. De tijd die we gescheiden hebben doorgebracht, is me zwaar gevallen. Maar alles is goed gekomen. God heeft hem voor ons ten goede gebruikt.' José's ademhaling ging trager en ze wist dat hij in slaap begon te vallen.

Een vredig gevoel daalde op haar neer.

'Er is een reden waarom we hier nog zijn,' mompelde José. 'Ik vertrouw erop dat we vertrekken als dat de bedoeling is. Tot die tijd is er een oorlog waarin we moeten vechten.'

Ze zuchtte. 'Ik ben niet zo goed in vechten.'

'Nee, maar je bent wel goed in herstellen. En dat is wat ze nodig zullen hebben.' José's stem werd zachter terwijl de slaap hem dreigde te overmannen.

Ramona vroeg niet wie 'ze' waren. Ze wist dat veel mensen in Spanje haar hulp nodig hadden. Maar al had ze de kennis, wat hadden ze aan haar als er geen ziekenhuis of medicijnen waren?

'Heer, ik vertrouw mezelf en mijn man aan U toe,' fluisterde ze terwijl ze in slaap viel. 'Mogen we worden gebruikt als instrumenten... van Uw vrede. Om hoop te brengen aan de hopelozen en genezing aan de gewonden.'

32

Sophie gaapte. Ze begon de lange dagen en de slapeloze nachten te voelen. Ze had veel vrienden gemaakt, als ze ze tenminste zo kon noemen, die grote belangstelling voor haar kunst hadden. Als de mannen en vrouwen hun dagelijkse siësta hielden, had ze gemerkt, was dat de ideale tijd om door het kasteel te dwalen, kaarten te controleren en stukjes informatie voor de guerrillastrijders te vergaren.

Omdat ze een Amerikaanse was, vroeg niemand zich af waarom ze niet rustte. En omdat ze schilderde, vond niemand het vreemd haar in afgelegen kamers aan te treffen terwijl ze mozaïeken en reliëfs bestudeerde.

's Nachts liep ze door de tunnels naar de plek waar ze de verzetsstrijders ontmoette. Tomas had haar de weg gewezen en ze was er heel handig in geworden om de juiste afslagen te nemen. Ze ging in haar eentje en verlichtte de gangen alleen met een kaars.

Vandaag vergezelde ze haar 'oom' op zijn wekelijkse tripje naar de stad. Hij had voor die avond weer een chique diner op het programma staan en had Sophie uitgenodigd hem te helpen voor die gelegenheid verse bloemen te kiezen. Ze verzon een excuus om door de stad te dwalen en hoopte iemand uit de bergen tegen te komen. De mannen kwamen vaak naar beneden om in de menigte te spioneren. Iets in haar verlangde naar een vriendelijk gezicht. Ze voelde zich erg alleen en het viel haar moeilijker om de rol van in zichzelf verdiepte kunstenares te spelen dan ze had verwacht.

Maar ze was geen bekenden tegengekomen en verderop zag ze de bloemenzaak. Tomas kreeg haar in het oog en zwaaide.

'Eleanor!' riep hij.

Sophie zwaaide terug en zag dat een van de hoge functionarissen van de stad naast Tomas stond.

Ze versnelde haar pas en net toen ze een groepje mensen op de stoep wilde passeren, struikelde er vlak voor haar een oude vrouw, die hard op de grond viel. Sophies adem stokte en ze keek naar Tomas. Zijn ogen verwijdden zich, alsof hij zich afvroeg hoe Sophie zou reageren. Ze ging niet langzamer lopen, maar hief in plaats daarvan haar kin op en liep door.

Ze wist dat Eleanor – de egoïstische vrouw die ze had verzonnen – nooit zou blijven staan. Maar terwijl ze doorliep, vroeg Sophie zich af of ze zou blijven staan als ze de kans wel had.

Het is maar één vrouw. Het maakt toch niet uit als ik haar help. Ik zou kunnen bukken en haar overeind kunnen helpen, en dan? Dan zou ik bij haar leven betrokken raken. Ik zou haar iets te eten geven en naar haar luisteren. En ik ben moe.

Ze liet vermoeid haar schouders hangen. *Ik ben het zat om te geven en niets terug te krijgen. Wat heeft het me opgeleverd om mensen te helpen? Ik ben alleen. Ik weet niet wie ik kan vertrouwen. Ik leef in een leugen. Ik gebruik niet eens mijn eigen naam.*

De vrouw stak haar hand uit toen Sophie langsliep en Sophie stapte een eindje opzij, zodat zelfs de vingertoppen van de vrouw haar rok niet zouden raken. Ze bleef doorlopen.

'Toe,' riep de vrouw achter haar. 'Help me alstublieft.'

Sophie liep nog harder.

Ze bereikte Tomas en ze liepen zwijgend terug naar de auto. Schaduwen vielen over de straten en Sophies ogen schoten naar de andere mensen in de menigte. Twee kinderen, gekleed in lompen, bedelden met een tinnen kroesje om peseta's. Een man met een kromme rug en een trage, manke stap strompelde voorbij. Een jonge vrouw droeg een huilende baby en drukte het kind tegen haar borst.

Tussen de mensen liepen soldaten in uniform, priesters, goed geklede vrouwen, mannen in zakenpakken. Het waren de zwakken en de kwetsbaren die haar aandacht trokken.

Maar naarmate ze er meer passeerde, werd haar hart killer en onverschilliger. En toen ze halverwege de route naar de parkeerplaats waren, merkte ze hen niet meer op.

Ze kwamen bij het kasteel terug toen de mensen naar de eetzaal liepen voor de middagmaaltijd. Een net van veiligheid viel over haar heen terwijl ze met de welgestelden van Granada lachte en over koetjes en kalfjes sprak. Vanavond zou ze zich laten ronddraaien op de dansvloer. En ze zou zich amuseren alsof ze alleen voor dit moment leefde, zonder zorgen voor de dag van morgen.

Tenminste, dat hield ze zichzelf voor.

*

Het eten, de muziek, de prachtige mensen – met zo veel dingen om van te genieten, zette Sophie het feit dat ze geen bericht had gestuurd dat ze vanavond geen informatie zou doorgeven, uit haar hoofd.

In de hoek speelde een gitarist levendige, Spaanse muziek. Ze wiegde heen en weer en genoot van het zijdeachtige gevoel van de lichtblauwe jurk die langs haar benen streek.

Haar ogen gingen door de kamer en ze had het vreemde gevoel dat iemand haar gadesloeg. Sophie draaide zich om en bleef stilstaan. Toen riep alles in haar dat ze moest vluchten. Haar maskerade was voorbij. Vanaf de andere kant van de kamer staarden de ogen van Maria Donita haar aan. De vrouw die Michaels kind had gedragen en klaarblijkelijk ter wereld had gebracht.

Een oudere Spanjaard kwam op haar toe en begon een gesprek met haar. Sophie deed haar best zich op zijn woorden te concentreren en op de juiste momenten te lachen. Toen er een half uur was verstreken, hield ze het niet langer uit. Ze zag Maria Donita naar het balkon lopen en volgde haar.

De avondlucht was warm. Maria Donita stond bij de balustrade naar de leeuwenfontein te kijken en naar de stad Granada erachter. Ze draaide zich een beetje om toen Sophie naar buiten liep.

Sophie deed de glazen deur achter zich dicht. Ze haalde diep adem terwijl ze het balkon op liep en rook de naderende regen.

'Ik vroeg me af of je me naar buiten zag lopen. Ik hoopte het. Ik wilde je spreken... Eleanor. Noemen ze je niet zo?' Maria sprak op behoedzame toon.

Sophie bleef staan. 'Ik begrijp het niet. Als je me herkende, waarom heb je me dan niet verraden – niet gezegd wie ik was?' Sophie schraapte haar keel.

'Dat kan ik niet doen. Je werkt voor iemand. En ik heb je hulp nodig. Je moet me helpen hier weg te komen.'

Maria ging dichter bij Sophie staan en haar gezicht vertrok van wanhoop. 'Ik heb een zoon. Hij is nu het enige waarvoor ik leef. Mijn man is dood. Vermoord, waarschijnlijk door iemand die kwaad was dat hij informatie doorgaf aan de verkeerde mensen. We zijn naar het zuiden gereisd met de belofte dat we het land uit zouden kunnen; en nu zit ik hier vast en woon ik tussen mensen wier overtuiging ik niet kan delen. Zij zullen winnen. En ik... ik kan me niet voorstellen hoe het moet zijn om voorgoed zo te leven.'

'Je zoon. Vertel me eens over hem.' Sophie wilde niets liever dan vragen of het kind van Michael was, maar toen ze naar Maria's gezicht keek, werd Sophie overvallen door medelijden. Het verdriet stond duidelijk in Maria's ogen te lezen.

'We waren verliefd op dezelfde man. Ik zal niet ontkennen dat ik Michael voor mezelf wilde. En misschien had ik dat voor elkaar kunnen krijgen als ik meer tijd had gehad. Als jij niet was gekomen.'

'Je zoon... is hij Michaels kind?'

Maria schudde haar hoofd. 'Nee.' Ze sloeg haar ogen neer. 'Al zou ik dat nog zo graag willen.' Ze draaide zich weer om naar het uitzicht van de maan en de twinkelende lichtjes van de stad. 'Ik heb alles voor de liefde gegeven. Ik zou mijn lichaam ook hebben gegeven. Maar dat heeft hij niet van me gevraagd. Michael wilde informatie. Hij wilde dat ik vertrouwelijk werd met die bankier. Ik heb gedaan wat ik moest doen. Ik heb het gedaan om Michaels goedkeuring te winnen. Uiteindelijk werd ik zwanger van een man waar ik niet van hield. Michael had de informatie die hij wilde en toen was hij dood. Ik had geen andere keuze dan te trouwen. Ik had niemand om voor me te zorgen. Ongetrouwd zijn in die toestand – dat kan gewoon niet.'

'Maar ik hoorde je zus bij de begrafenis. Zij zei dat het kind van Michael was.'

'Dat had ik tegen haar gezegd omdat ik me ervoor schaamde dat ik mezelf aan Emilio had gegeven. Ik wenste dat het van Michael was. Dat wilde ik. Een tijdlang dacht ik dat hij ook van mij hield, maar nu weet ik dat het alleen maar bij zijn spel hoorde. En uiteindelijk was hij jou trouw. Jij was degene van wie hij hield.'

'Dat weet ik nog zo net niet. Hij heeft tegen me gelogen en me in de handen van soldaten achtergelaten in de verwachting dat ik gevangengenomen en vermoord zou worden. Daarna ging hij er met een vliegtuig vandoor... Als een man van je houdt, laat hij je niet zo achter.'

'Waar heb je het over? Hij had geen keuze. Hij is doodgeschoten.'

'Je weet het niet, hè?' Sophie wreef over haar voorhoofd. 'Je kunt het natuurlijk ook niet weten. Je bent bij de begrafenis geweest...'

Sophie bezag Maria Donita in een nieuw licht. Ze zag haar niet meer als iemand die haar had verraden, maar als iemand die ook was verraden.

'Wat zeg je daar?' Maria liep naar een lange, stenen bank en ging erop zitten alsof ze wist dat de woorden die ze zou horen haar diep zouden raken.

'Michael is die dag niet gestorven in de straten van Madrid. Het was een toneelstukje – om ons te laten geloven dat hij dood was. Hij wilde...' Sophie wachtte even en besloot Maria de last van het hele verhaal te besparen. 'Hij wilde een andere kant op.'

'Het goud... dat is het. Het is hem gelukt. Hij heeft gekregen wat hij wilde! En ik heb hem geholpen. Hij leeft...' Maria stortte in en begon te huilen.

Sophie begreep het verdriet dat de vrouw ervoer maar al te goed. Ze liep naar Maria toe en legde een hand op haar schouder. 'Hij leeft en is ongetwijfeld naar me op zoek. Ik weet niet of je wel iets met me te maken wilt hebben – het zou je nog meer problemen kunnen bezorgen dan je nu al hebt. Maar ik beloof je dit: als ik een manier vind om dit land uit te komen, zorg ik ervoor dat je mee kunt. Ik beloof je dat ik jou en je zoon zal helpen om een veilige plek te vinden. Jij bent net zo goed een slachtoffer in die... die jacht op de schat als andere mensen.'

De deur ging open en een man kwam het balkon op met een vrouw aan zijn arm. Maria Donita veegde snel haar tranen weg. 'Het was heel leuk u te ontmoeten, *señorita* Eleanor. Ik hoop dat we elkaar nog eens zullen zien.' Ze sprak luid om te zorgen dat het echtpaar haar hoorde. Daarna stak ze haar armen uit en omhelsde Sophie.

'Kom morgen naar de leeuwenfontein,' fluisterde Maria in Sophies oor. 'Dan kunnen we verder praten.' Na die woorden liep ze haastig weg.

Sophie bleef nog een paar minuten naar de bergen kijken en naar de prachtige glans van het maanlicht op de takken van de bomen die in de wind dansten.

Ze vond het moeilijk te geloven dat een onzichtbare kracht zo veel beweging kon veroorzaken. Wat van een afstand een rimpeling leek, waren in werkelijkheid windstoten die een mens in elke richting konden duwen die de wind behaagde.

Ze bleef erover nadenken toen ze terugliep naar het stijlvolle feest dat werd bezocht door mensen die op een dag Spanje hoopten te regeren. Hoewel ze er prachtig uitzagen, roerde zich in hun ziel een onzichtbare dood. Ze bad dat zij en Maria zouden kunnen ontsnappen voordat ze de volgende slachtoffers werden.

33

Ze hadden een hele dag in een trein gezeten die vanaf de kust het binnenland van Frankrijk in reed. Nu stond Petra in een stal in een bui-
tenwijk van Parijs en roskamde Erro's flank met lange streken. Ze zag
de twee merktekens op zijn schoft – de tekens die het bewijs waren
van zijn afstamming en die aangaven wiens eigendom hij was. De
vraag was: hoe zat het met haar? Van wie was zij?

Ze had er op de boot een tijdje over nagedacht. Veel mensen hadden Juan gevraagd of ze zijn kleindochter was. Hoewel hij steeds
met ja had geantwoord, wist ze natuurlijk dat het de waarheid niet
was.

Angst greep haar aan terwijl ze zich zorgen maakte over Edelberto's
neef Michael – degene die José had ontvoerd. De man van wie ze de
paarden had gestolen. José had volgehouden dat Michael niets tegen
haar had en haar niets zou doen, maar ze wist niet of ze dat wel
geloofde. Als Michael er nu eens achter kwam wie ze was? Wie zou
haar dan beschermen?

Edelberto's vader was niet in de stad, maar als hij terugkwam, zou
hij zijn toegewijde stalknechten waarschijnlijk welkom heten. Hij zou
blij zijn dat zijn paarden veilig en wel in Frankrijk waren – ver van de
Spaanse bedreigingen. Maar waarom zou hij zich iets van haar aan-
trekken? Vooral omdat ze niets te bieden had.

Het leek nu dwaas dat ze had geprobeerd om Edelberto te zoeken
in de hoop een vriendschap die ze op een middag in Madrid waren
begonnen, nieuw leven in te blazen. Ze hadden elkaar maar een paar
uur gesproken, jaren geleden. Sindsdien was er zo veel – alles – veranderd.

'Het spijt me, Erro, maar ik moet afscheid van je nemen. Ik zal je nooit vergeten.'

Het paard bewoog zijn oren terwijl het naar haar woorden luisterde.

'Het is niet eerlijk tegenover hen...'

Achter haar rug hoorde Petra iemand kuchen. Ze draaide zich om en zag Edelberto staan. Langer dan ze zich herinnerde en veel knapper.

'Ik zie dat de oude mannen je goed hebben opgeleid. Ik herinner me dat ik ze, als ik als kind naar de stallen ging, tegen hun paarden hoorde praten. Soms zeiden ze niets belangrijks, maar andere keren stortten ze hun hart bij de beesten uit. Dat was goed voor ze. Het is voor ieder mens goed om iemand te hebben waar hij mee kan praten.'

'Edelberto... ik verwachtte je hier niet.' Ze haalde haar vingers door haar haar en wenste dat ze de tijd had genomen om zich toonbaar te maken.

'Zodra ik hoorde dat jullie er waren, ben ik gekomen. Waarom ben je niet naar mijn huis gekomen?' Hij deed een paar stappen naar haar toe. 'Gaat het wel goed met je?'

'*Sí*, zo goed als te verwachten valt, denk ik.'

'En met je familie?'

Petra sloeg haar ogen neer. Ze schudde haar hoofd.

'Wat spijt me dat voor je. Sommige mensen in Spanje hebben zoveel verdriet. Ik hoop dat het leven wat beter voor je wordt nu je in Frankrijk bent.'

Hij liep naar Erro en klopte hem stevig op zijn hals. 'Ik weet nog dat hij geboren werd. Het was de eerste geboorte die ik meemaakte. Hij is altijd mijn lievelingspaard geweest.'

Petra glimlachte en waagde het hem weer aan te kijken. 'Het mijne ook.'

'Zeg... vertel eens, Petra. De dingen die je tegen het paard zei... was dat zomaar wat kletspraat of was het meer?'

Ze klemde haar lippen op elkaar en ging door met roskammen.

'Ik denk niet dat je afscheid van Erro hoeft te nemen. Je bent voorlopig welkom in mijn huis. Maar als je dat niet gepast vindt, heb ik veel vrienden in de stad. Ik heb een paar gezinnen gesproken en er zijn er meerdere die je een plek aanbieden.'

'Ik wil geen misbruik maken van de vriendelijkheid van andere mensen.'

'Maar dat is geen misbruik maken,' vervolgde hij haastig. 'Een vriendin van me schrijft romans en ze wil graag over je avonturen in Spanje horen. Een andere heeft paarden op het platteland en zoekt iemand die haar kan helpen ze te verzorgen.'

'Echt?'

'*Sí*, en dat is niet ver van waar Erro, Calisto en de merries zullen zijn, wat betekent dat ik je vaak kan bezoeken.'

'Zou je dat dan doen? Mij bezoeken?'

'Natuurlijk. En op de dagen dat we niet bij elkaar zijn, kunnen we brieven schrijven. Jij schrijft mooie brieven.'

Petra bloosde. 'Dat weet ik niet, hoor. Ik wil wel blijven, maar op één voorwaarde...'

'En die is?' Hij kwam dichter bij haar staan en haar hart ging sneller kloppen.

'Je moet me beloven dat je geen medelijden met me zult hebben. Ik heb veel meegemaakt, maar als we onze... vriendschap hernieuwen, wil ik dat je voor me zorgt om wie ik ben en niet om wat ik heb meegemaakt.'

Edelberto glimlachte. 'Dat klinkt prima. Natuurlijk moet jij hetzelfde beloven.'

'Hetzelfde? Wat kan jij nou in vredesnaam hebben meegemaakt – zo veilig en beschermd in Frankrijk?'

Een lach klaterde uit Edelberto's mond. 'Dat zul je nog wel zien. Misschien zal het je nog verbazen, *señorita*.' Hij stak zijn hand naar haar uit. 'Kom. Er is iemand die je graag wil ontmoeten – een familielid dat ons voor het middageten heeft uitgenodigd. We mogen niet te laat komen.'

*

Michael las het papier dat voor hem lag nog eens. Hij had de stapel brieven die Philips vader had geschreven doorgenomen. De eerste had hij weken geleden gelezen en hij had tegen zichzelf gezegd dat hij er niet meer moest lezen. Toch kon hij het niet laten. De liefde van die vader voor zijn zoon trok hem. Hij las en herlas de woorden, en terwijl hij dat deed, stelde Michael zich voor dat zijn vader de brieven had geschreven... aan hem.

De deurknop ging naar beneden en Michael stopte de brief snel terug in zijn zak, pakte het pistool van het bureau en stond op.

Zijn oom Adolfo kwam binnen en zette een aktetas op de grond. Hij nam zijn hoed en trok zijn das los. Toen draaide hij zich om – en bleef staan toen hij Michael en het pistool in het oog kreeg.

'Heb ik u verrast, oom?' Michael deed een stap naar voren. 'Vertel eens, wat verbaast u meer? Mij hier te zien... of dit pistool in mijn hand te zien? Dat zegt wel iets, hè? Het spel is uit.'

Adolfo deed de deur achter zich dicht. 'Leg dat weg. Je maakt de huishoudster nog bang.' Hij liep langzaam naar het bureau. Michael volgde hem met het pistool. Adolfo ging met een diepe zucht zitten. 'Nou... vertel eens, waarom doe je dit?' Hij knikte naar het pistool.

Michael wreef over zijn kin. 'Misschien omdat ik met José heb gepraat. Hij heeft me verteld voor wie Walt werkt. Hij heeft me verteld dat u steeds van plan bent geweest het goud van me te stelen.'

Adolfo haalde zijn schouders op. 'Tja, ach, wat kon ik anders doen? Wat voor oom zou ik zijn als ik je tegen je eigen ouders opzette? Trouwens, Walt had nog een opdracht terwijl hij jou volgde... en die luidde dat hij ervoor moest zorgen dat jou niets overkwam.'

Michael schoot in de lach. 'Wat vriendelijk van u! Steel van mijn neef, Walt, maar maak hem niet dood! O, ja, en zorg ervoor dat niemand anders hem vermoordt.'

Adolfo leunde achterover in zijn stoel. 'Michael, er is iets wat je moet weten. Iets wat licht op deze situatie zal werpen. Iets waardoor je misschien zult begrijpen wat me beweegt. Ik heb dit niet alleen voor jou en voor Walt gedaan. Ik heb dit voor onze familie gedaan.'

'O, ja? Ik ben gek op goede verhalen – ga door.' Hij schoof een stoel tegenover zijn oom en ging zitten.

'Michael... Walt is je broer. Je vaders kind, verwekt voordat hij je moeder ontmoette.'

Michael zou hebben gelachen als er niet zo'n ernstige uitdrukking op het gezicht van zijn oom had gelegen. Zijn gedachten schoten terug naar een moment in Boston, toen hij nog een tiener was. Een loodzwaar gevoel vulde zijn borst toen hij zich herinnerde dat zijn moeder had gehuild. Toen hij haar ernaar had gevraagd, had ze tegen hem gezegd dat hij het zijn vader maar moest vragen.

Michaels knieën trilden. Hij had die vraag nooit gesteld. Maar nu wist hij het antwoord.

'Het enige dat Walt wilde, was een relatie met zijn familie, maar hij heeft nooit de kans gekregen. Hij was intelligent en opmerkzaam, maar eenzaam. We pasten heel goed bij elkaar. We bouwden een vriendschap op en zochten later samen een schat. Je moeder is een wijze vrouw, maar ze heeft niet het inzicht dat ik heb. Ze houdt niet van avontuur. Het is nooit mijn doel geweest al het goud te stelen – alleen zeven munten. Wil je het verhaal horen?'

Michael knikte en het verhaal veranderde in iets uit een stuiverroman. Toen Adolfo klaar was, liet Michael zijn pistool zakken. Daarna stond hij op. 'Ik weet niet of ik u wel geloof.'

'Vraag je moeder er maar naar. Zij kan bevestigen dat Walt je broer is... en wat de rest betreft, zul je me gewoon moeten vertrouwen, vrees ik.'

Gelach van buiten bereikte hun oren en Michael keek uit het raam.

Het was Edelberto met een jonge vrouw. Ze kwamen samen de voordeur uit en praatten en lachten terwijl ze over de binnenplaats naar de straat liepen. De lach van het meisje herinnerde Michael aan een andere lach.

'Wat weet u over Sophie?' Michael keek net op tijd naar zijn oom om zijn ogen naar de aktetas te zien schieten.

Zijn oom stond op. 'Ik weet dat ze het goed maakt.'

Michael hief het pistool weer op; toen stapte hij haastig naar de aktetas. 'Mooi zo. Deze neem ik mee. Dankuwel.'

'Michael, nee!'

Michael richtte het pistool op de borst van zijn oom.

Adolfo deed een stap achteruit en liet zich op de stoel vallen. 'Alsjeblieft, wat je ook doet, doe je broer geen kwaad. Hij... Walt heeft het verdriet dat je vader hem heeft aangedaan niet verdiend.'

Adolfo deed een stap naar voren en Michael spande zijn vinger om de trekker.

'Je wilt je oom toch niet doodschieten?'

'Waarom niet? Beneden is een pastoor die u de laatste sacramenten kan toedienen... en u absolutie van uw zonden kan geven voordat u sterft.' Michaels handen trilden en toen liet hij het pistool zakken. 'Maar ik zal het niet doen. Ik zal u sparen. Maar ik adviseer u wel die pastoor te vragen of u bij hem kunt biechten. Met het verhaal dat u me net hebt verteld en de missie die u hebt georganiseerd, hebt u volgens mij bijna alle geboden overtreden.' En met de aktetas in zijn hand, haastte Michael zich weg.

*

Michael keek naar de andere kant van de kamer, waar zijn moeder zat. Ze was naar Frankrijk gekomen voor het goud dat hij beloofde en bleef wachten tot hij zijn belofte waarmaakte. Michael was gekomen om met haar te praten, maar hij had ontdekt dat ze al bezoek had.

Edelberto was bij haar met de jonge vrouw. Ze was te mager, te jong en trilde als een espenblad zodra er iemand naar haar keek. Wat zag Edelberto in haar?

Zijn moeder wierp hem een blik toe. 'Michael, we zijn net klaar met de lunch, maar er is nog eten in de keuken – vraag de hulp maar.' Ze omhelsde hem snel.

'Ik heb geen honger. Ik wil alleen met u praten als u klaar bent.'

Hij zag aan zijn moeders gezicht dat ze in een van haar goede buien was. De mensen die haar kenden, zagen haar meestal zo. De mensen die haar goed kenden, beseften dat er een ander mens achter haar glimlach school.

'Arm kind. Dus je bent helemaal alleen op de wereld?' Zijn moeder liep naar de bank en sloeg haar armen om de schouders van het meisje. 'Je heet toch Petra?'

Petra knikte. Ze keek uit haar ooghoeken naar Michael, maar zei geen woord. Ze kwam Michael bekend voor, en hij vroeg zich af of hij haar al eerder met Edelberto had gezien.

'Ik weet nog hoe het was toen ik mijn moeder verloor,' vervolgde zijn moeder. 'Mijn vader deed zijn best, maar het was mijn broer Adolfo die me het beste begreep. Hij moedigde me aan in mijn jeugd. Hij zei tegen me dat ik mooi en geweldig was. Iedereen zou zo moeten zijn.'

Zijn moeder draaide zich om en keek uit het raam. Michael volgde haar blik. Prachtige landgoederen strekten zich in alle richtingen uit, zo ver het oog reikte.

Zijn moeder zuchtte. 'Natuurlijk probeert een mens zich altijd te bewijzen. En toch is het, als je in de spiegel kijkt, gemakkelijker om fouten te zien dan sterke punten – in mijn geval tenminste.'

Michael trok een wenkbrauw op en keek naar zijn moeder. Ze speelde vaak spelletjes, deed veel om de goedkeuring van anderen te winnen, en hij wachtte. Wachtte tot de maskerade voorbij zou zijn. Wachtte tot duidelijk werd wat haar werkelijk dreef.

'Kom, Petra. Volg me maar. Ik heb zoveel kleren.' Zijn moeder stond op. 'Teveel om te dragen. Ik denk dat ik er wel wat kan laten vermaken, zodat ze jou passen. Je bent een knap meisje. Heel knap. En je hebt zoveel nare dingen meegemaakt...'

Michael wist nu zeker dat zijn moeder was vergeten dat hij in de kamer was, want ze trok het meisje naar zich toe en sloeg haar armen om haar heen. Met een zachte snik legde Petra haar hoofd op zijn moeders schouder. En toen zag Michael ook tranen in zijn moeders ogen, wat zelden voorkwam.

'Sst, ik heb overal in de wereld gezocht. Ik heb alles gekregen wat ik meende te wensen, maar heb nooit iets gevonden wat mijn moeder kon vervangen. Voor jou... zal ik... nou, ik wil er graag voor je zijn,' zei zijn moeder.

Michael stond vol weerzin op. Hij beende kamer uit en probeerde het gevoel van afwijzing te onderdrukken. Hij liep terug naar zijn auto en keek naar de aktetas die hij op de stoel had gelegd... en plotseling wist hij wat hij moest doen.

34

Ramona zag José's ogen over het landschap gaan terwijl ze de berg op klommen op weg naar de grotten die ze zo goed kende. De brandende zon deerde haar niet tijdens de tocht. Ze was nog steeds dankbaar dat ze samen waren. Maar toen in het kleine bos het geluid van een brekende tak klonk, bleef José staan en hief hij zijn hand op om haar tot stilte te manen. Even later liep hij door met zijn geweer voor zich in de aanslag.

'José, zoek je iemand? Michael soms? Of denk je dat de fascisten naar de bergen zijn gekomen?'

'Nee, daar maak ik me geen zorgen over. Er wonen al jaren mensen in deze bergen. Er zijn overal kleine mijnwerkerskampen. In sommige wonen ook vrouwen en kinderen. Maar in deze omgeving zitten ook de overblijfselen van een verslagen leger. Veel van de mannen hadden geen belangstelling voor politiek, maar omdat ze hebben gevochten om hun land te beschermen, kunnen ze niet meer terug. Ze vechten gewoon omdat ze geen plek hebben waar ze naartoe kunnen. Ze hebben geen opleiding, geen spullen, geen wapenopslagplaatsen, geen radio's. Ze vormen kleine guerrillagroepjes, onafhankelijk van elkaar. Ik heb gehoord dat in het zuiden van Spanje, rond Granada, hetzelfde is gebeurd als hier in Baskenland.'

'Waarom sluiten we ons niet bij hen aan? We kunnen toch onze hulp aanbieden en hulp van hen ontvangen?'

'Nee, dat is geen goed idee. Je weet nooit wie een echte vriend is en wie niet. Ik moet altijd op mijn hoede zijn, en hoe moeilijk het ook is, ik denk dat we met zijn tweeën beter af zijn.'

'Maar het lijkt me dat we, als we samenwerken, om de beurt de wacht kunnen houden en voedsel kunnen zoeken.'

'Het probleem is dat we niet weten wie we kunnen vertrouwen. Mocht het voorkomen dat iemand een dag weggaat, dan zouden we geen idee hebben of hij zijn vriendin ging bezoeken of een praatje met de *guardia civil* ging maken.' Hij schudde zijn hoofd. 'Ik heb vreselijke dingen gehoord. Mannen die werden vermoord door mensen waarvan ze dachten dat het hun vrienden waren. Nee, de *sierra* is onze enige hoop.'

Uren later, toen Ramona toekeek hoe hij een stuk vlees boven een open vuur roosterde, dacht ze dat ze misselijk zou worden. Het scheen José niet te kunnen schelen dat ze avond aan avond vlees aten – het resultaat van zijn jagerstalent – maar Ramona zou alles over hebben voor vers gebakken *churro's*, een artisjok, misschien zelfs een verse sinaasappel toe.

Ze merkte dat José naar haar keek terwijl ze zonder animo wat van het vlees at.

'Voel je je wel goed?' vroeg hij.

'*Sí*, niets aan de hand.'

'Je lijkt een beetje mager. Ik zie dat je riem weer een gaatje strakker zit.'

'Dat komt doordat we zoveel lopen. Dat is goed voor me. Ik ben nog nooit zo fit geweest.'

'Een man moet voor zijn vrouw zorgen. Daar heb ik nog niet veel van terecht gebracht.'

Ramona schoof dichter naar hem toe, zette voorzichtig haar tinnen bord op haar knieën en pakte José's hand. 'Ik ben God dankbaar dat Hij je heeft bewaard. Je zorgt goed voor me. Waar zou ik zijn als je me niet had gevonden? Dan was ik misschien nog steeds voor de fascisten op de vlucht of zou opgesloten zitten in een van die concentratiekampen die Franco volgens de berichten heeft ingericht voor mensen die zo moedig zijn zich tegen hem te verzetten.'

'Tja, voor onderdak en een goede maaltijd zorgen is wel het minste wat ik kan doen.' José grinnikte.

Ramona nam een grote hap vlees. 'Ik heb in elk geval te eten. Er zijn veel mensen die niets hebben.'

Plotseling klonk er lawaai uit het bos – een geluid alsof iemand door het struikgewas rende. José greep zijn geweer en stond op.

Een man met grijs haar schoot hun kamp op en José richtte zijn geweer op hem. 'Wie bent u? Wat wilt u?'

In plaats van te antwoorden, richtte de man zich tot Ramona. 'Ik heb gehoord dat u verpleegster bent. Mijn zoon is gewond geraakt. Wilt u hem alstublieft verzorgen?'

José deed een stap naar de man toe. 'Hoe weet u dat?'

'Hoe zou ik het niet kunnen weten? Ik woon al van kinds af aan in deze bergen. Natuurlijk hebben veel mensen hier een veilig heenkomen gezocht nu er beneden gevochten wordt. Iedereen die deze bergen in trekt, wordt in de gaten gehouden. Ik heb zelf gezien hoe de *señora* de paarden heeft verzorgd.'

Ramona keek naar José. 'Dit is een verhoring van mijn gebed. Ik heb gebeden dat ik zou kunnen helpen.'

De oude man liep glimlachend op haar toe. '*Señora*, u lijkt wel een engel. Een geschenk voor ons. Kom alstublieft met me mee. Ik ben bang dat mijn zoon zal overlijden als hij geen verzorging krijgt.'

Hij ging hen voor naar een soort mijnwerkerskamp dat een paar kilometer verderop in de bergen lag. Ramona keek om zich heen en probeerde zich voor te stellen hoe iemand zijn hele leven op zo'n plek kon wonen. Ze vroeg zich ook af wat deze mensen ervan vonden dat hun bergen volstroomden met guerrillastrijders en anderen die zich voor de fascisten probeerden te verbergen.

José wachtte voor het huisje en hield de wacht terwijl de man Ramona de treden voor de veranda op leidde. Ze liep achter hem aan naar binnen. Een vrouw groette haar en sloeg een kruis terwijl ze een dankgebed mompelde.

Er lagen tegels op de vloer, zelfs in de kast. De man liet zich op zijn knieën zakken en tilde een luik op dat eruit zag als een valdeur.

'We hebben een tunnel tussen ons huis en de schuur gegraven. Er slapen 's nachts drie mannen. De andere twee zijn vandaag weg. Ze zoeken de heuvels af en houden voor ons de wacht.'

Het duurde even voordat Ramona's ogen gewend waren aan het zwakke licht dat door een eenzame lantaarn werd verspreid. Ze klom in het gat. Het was niet groter dan de binnenkant van een auto. De jongeman lag naast een radio met handdoeken eromheen om het geluid te dempen. Een klein stapeltje boeken lag naast de radio.

Door de stank in de ruimte wist ze dat de infectie ernstiger was dan de man had uitgelegd. Ze tilde de hand van de man op en legde hem op haar schoot, zodat ze zijn arm beter kon bekijken. De man kreunde bij de geringste beweging.

'Sst,' suste ze. 'Het komt wel goed. Ik moet alleen even kijken.'

Hij klemde zijn kaken op elkaar en knikte. Zweet bedekte zijn voorhoofd..

Langzaam, behoedzaam haalde Ramona het verband van zijn arm. 'Hoe lang lig je al hier beneden?' vroeg ze, meer om zijn aandacht van de pijn af te leiden dan iets anders.

'Sinds Bilbao is gevallen. 'We za-zaten eerst in een kuil onder een hooiberg. Maar toen hoorden we dat ze schuren in brand steken. We... hebben dit gegraven en hebben hier sinds die tijd gewoond.'

Hoe dichter ze bij de wond kwam, hoe meer opgedroogd bloed ze vond en daaronder pus. De stank werd erger en ze hoefde het verband niet helemaal los te maken om te weten wat haar te doen stond.

'Goed, nou, ik heb het gezien... ik moet alleen nog wat dingen in orde maken voordat ik je kan helpen.'

Ze klom uit het gat en veegde haar vuile handen af aan haar even vuile jasschort. Haar ogen gingen even naar de ouders van de jongen en daarna naar José, die binnen was gekomen. 'Ik heb je hulp nodig. Zijn arm... hij moet er bij de elleboog af.'

De moeder hief haar armen op en slaakte een jammerkreet.

'Weet u dat zeker? Kunt u niets anders doen?' smeekte de vader met zijn handen in elkaar geklemd alsof hij bad.

'Ik ben bang van niet. De infectie zit te diep. Als we niet onmiddellijk iets doen, is uw zoon over een paar dagen dood. Zelfs nu is het moeilijk om te bepalen hoe ver de infectie in zijn lichaam zit.'

'Hebt u weleens eerder zoiets gedaan?' De ogen van de vrouw waren vol angst.

'Helaas vaker dan ik me wil herinneren. Eerst assisteerde ik de artsen, maar na een tijdje...' Ramona schudde haar hoofd alsof ze een herinnering probeerde kwijt te raken. 'Wij verpleegsters moesten veel meer doen dan we tijdens onze opleiding hadden geleerd. We hadden geen keus. Het waren er zo veel... En hoe langer de oorlog duurde, hoe minder medicijnen we hadden. Al snel was elke schone ruimte waarin een minimum aan instrumenten aanwezig was al genoeg.'

'Wat hebt u nodig?' vroeg de vader.

'Ik kan wel een lijst voor u maken... maar waar zou u die spullen in vredesnaam vandaan moeten halen? Dat is niet zo eenvoudig als wat kruiden uit het bos halen. Ik...'

'Ik doe het wel,' onderbrak José's stem hen.

Ze keek naar hem en zag het medeleven in zijn blik. 'Weet je dat zeker? Waar ga je zoeken?'

'Dat is mijn zorg. Ik wil dat jij je erop concentreert om hem te verzorgen.'

'Goed.' Ramona scheurde een bladzijde uit een van de boeken en gebruikte een pen en inkt om op te schrijven welke spullen ze nodig had.

Ze gaf José de lijst, met een kus. Ze hoefde geen details te horen om te weten dat het gevaarlijk was om de spullen te gaan zoeken.

'Ik ben trots op je,' zei ze.

'Ik kan het alleen maar proberen. Bid, mijn lieve vrouw, dat ik succes zal hebben.' En daarmee liep José haastig de kamer uit.

Hij kwam de volgende ochtend terug en had alles bij zich wat op de lijst stond. 'De dichtstbijzijnde eerstehulppost voor mijnwerkers is niet ver weg. Daar heb ik vrienden gevonden. En... je spullen.'

Ramona bedankte hem en ging aan het werk. José bleef tijdens de hele operatie aan haar zijde. Hij hielp haar de ouders van de jongen te troosten en verzekerde hen dat ze terug zouden komen om te kijken hoe het met hem was – om zich ervan te overtuigen dat het over een paar dagen nog steeds goed met hem ging.

Toen ze later die middag het huisje achter zich lieten, keek José haar glimlachend aan. 'Toen ik op stap was, heb ik ook nog iets anders ontdekt. Kom... het is een verrassing.'

José pakte haar hand en leidde haar door het bos. Het deed er niet toe dat ze moe en vuil was. Het deed er niet toe dat ze onder het bloed zat. Haar man leidde haar alsof zij een prinses was en hij een koning en alsof ze op het punt stonden om aan de rand van het bos een kasteel te vinden waar ze nog lang en gelukkig konden leven.

Ramona zuchtte. Was het maar waar.

35

José leidde Ramona een raamloze ruimte binnen – een kleine grotwoning – en spreidde zijn armen alsof het de bruidssuite van een chique hotel was. Er stond maar één meubelstuk – een groot, ijzeren bed bedekt met stapels geitenvellen. Ze glimlachte en vond het het mooiste bed dat ze ooit had gezien.

De volgende dag kwam er een jongetje naar hen toe dat een cape van konijnenbont droeg. Hij leidde hen naar een beek waar een groepje mannen zat te wachten. Terwijl de minuten verstreken, voegde zich nog een andere man bij hen en toen nog een. Toen werden drie mannen gevolgd door vijf mannen die uit de bergen kwamen. Ramona geloofde haar ogen niet. Nog maar een paar dagen geleden, toen ze door het bos hadden gelopen, had ze zich zo alleen gevoeld. Nu vroeg ze zich af hoeveel ogen hun tocht hadden gadegeslagen.

Aan beide zijden van de groep stonden mannen met rechte ruggen en geweren in de aanslag, als schildwachten. Ramona trok haar knieën op naar haar borst en blies in haar handen in de hoop dat ze warm zouden worden.

'Señora,' zei een man en bood haar een homp donker brood aan.

Hoewel ze wist dat de man het van zijn vrouw of vriendin in het dal of misschien wel in een van de mijnwerkerskampen had gekregen, kon ze de verleiding niet weerstaan. Ze probeerde zichzelf voor te houden dat ze zijn trots beschermde, maar in werkelijkheid was het de honger die haar dwong zijn geschenk aan te nemen.

'Dankuwel.'

Ze nam een hap en brak er toen een stuk voor José af. Ze bood het hem aan, maar hij schudde zijn hoofd. Ze wist dat hij honger had; ze kende die blik in zijn ogen. Maar hij vond haar belangrijker dan zijn maag.

'God heeft ons een geschenk gestuurd.' De stem van één man verhief zich boven die van de andere. 'We hebben al heel lang gevochten en hebben veel mannen zien sterven. Maar vandaag is er een engel van barmhartigheid, die onze wonden zal genezen.' Hij wees naar Ramona. 'Dus vecht hard mannen. Vecht dapper. Want nu hebben we hoop aan onze kant!'

'Denk je niet dat ik eerst daadwerkelijk wat hulp zou moeten bieden voordat ze me een "engel van barmhartigheid" noemen?' mompelde Ramona tegen José.

Hij pakte haar hand en drukte die; daarna bracht hij haar vingers naar zijn lippen en kuste ze. 'Ze weten het. Jou ontmoeten is weten....' Ramona voelde haar hart volstromen met vreugde. Een vreugde die uitsteeg boven alle vreugde die ze had gevoeld sinds deze oorlog was begonnen. Ze waren samen... niet alleen zij tweeën, maar velen. Dit was hun gevecht. En ze wist dat ze precies op de plek was waar God haar wilde hebben en ze vertrouwde op Hem, wat voor krachten rondom haar ook strijd leverden.

*

Deion ontmoette de eerste nacht dat hij in de loopgraven terugkwam een nieuwe groep Spanjaarden. Het bataljon was half augustus naar het front teruggekeerd en had zich opgesteld bij Azaila. Het plan was een nieuw offensief te beginnen in Aragon, wat de druk zou verminderen op de fronten in Biskaje en Asturië – twee gebieden die door Franco's troepen werden belegerd.

Maar nog voordat het eerste schot werd gevuurd, werd Deion teruggeroepen door het commandocentrum.

Zijn commandant kwam met snelle passen op hem af lopen. 'We

willen dat je een arts en een verpleegster naar Barcelona rijdt. Ze zoeken medicijnen voor het ziekenhuis.'

Deion hoorde voetstappen achter zich en toen hij zich omdraaide, zag hij Gwen, die naar hem glimlachte. Hij dacht bijna dat hij droomde.

'En als je ze daarheen hebt gebracht,' vervolgde de commandant, 'ga je terug naar huis.'

'Naar huis?' Deion krabde aan zijn voorhoofd – de woorden klonken vreemd.

Gwen raakte zijn arm aan en hij zag een verontschuldiging in haar blik. 'Ze hebben mij gevraagd terug te gaan – als ik medicijnen heb gevonden. Ze zoeken iemand die terug kan gaan en het nieuws uit Spanje kan vertellen. Iemand die hier is geweest en kan vertellen over wat hij heeft gezien. Ik heb gezegd dat ik wel wilde gaan als ik jou had gevonden. En als jij met me mee kon. We kunnen samen reizen – fondsen werven en de goede zaak helpen.'

Deion rechtte zijn schouders. 'Maar als ik nu zeg dat de oorlog nog niet voorbij is – en dat ik wil blijven?'

Haar glimlach verdween.

'De waarheid is dat we thuis meer aan je hebben,' onderbrak Steve Nelson hen. 'Om anderen over je gevechten te vertellen. Om mensen zover te krijgen dat ze meer hulp naar Spanje sturen. Er zijn niet veel militairen die zoveel gevechten hebben meegemaakt als jij en die het hebben overleefd. Je vertrekt vanavond naar Barcelona en reist dan verder per schip.'

Deion knikte ten antwoord en Gwen pakte zijn hand. Hij ging naar huis. Ging anderen ervan overtuigen dat ze de strijd moesten steunen. Op de een of andere manier leek het goed, leek het juist. Hij drukte Gwens hand.

*

Sophie babbelde onder het lopen met Maria. Ze lachten om de kleine Carlito die in zijn handjes klapte toen hij het water zag.

'Ik geloof dat hij erin wil springen,' merkte Maria op en gaf haar zoon een kus op zijn wang. Hij had zwarte krulletjes en grote, donkere ogen. Sophie vond hem de liefste baby die ze ooit had gezien.

Sophie had Walt bericht gestuurd dat er twee extra passagiers zouden zijn als ze vertrokken. Walt had een boodschap teruggestuurd dat ze hem die avond in de tunnel moest ontmoeten. Sophie hoopte maar dat hij niet zou protesteren. Ze vond de gedachte dat ze Maria zou moeten vertellen dat ze haar niet kon helpen onverdraaglijk.

Ze liepen voor de Zaal van de Ambassadeurs. Ervoor lag een vijver zo lang als een half voetbalveld. Aan weerszijden ervan stonden mirtestruiken en aan het einde van de Zaal van de Ambassadeurs een beeld van een figuur in kleermakerszit. Men zei dat het gunsten kon verlenen en mensen voor de dood kon behoeden als ze daarom vroegen. Sophie wist dat geen afgod die macht bezat, maar ze bad fluisterend dat God haar smeekbede voor deze moeder en haar kind wilde verhoren.

In de verte kwam een man de binnenplaats op lopen. Hij was te ver weg om hem te kunnen herkennen – maar zijn manier van lopen, zijn lichaamsbouw, zelfs zijn iets manke gang deden Sophie als aan de grond genageld staan. 'Ritter,' fluisterde ze.

'Sorry, wat zeg je?' vroeg Maria.

'Die man.' Sophie draaide zich om voordat hij haar kon zien. 'Ik ken hem.'

'Die Duitser? Dat is Hermann von Bachman – een Duitse adviseur. Ik hoorde gisteravond wat vrienden over hem praten. Hij schijnt hier voor een kort verblijf te zijn voordat hij naar Zuid-Amerika vertrekt. Wanneer heb je hem ontmoet?'

'Zuid-Amerika? Hermann? Nee, laat maar. Ik ben in de war. Ik dacht dat het iemand anders was.'

Sophie draaide zich om en zag Ritter aan komen. Ze was wel zo wijs er niet vandoor te gaan, want er waren nog andere mensen in de tuin. In plaats daarvan legde ze haar hand op haar buik en haalde diep adem. *Geen paniek*, zei ze tegen zichzelf. Ritter was blijkbaar weer ondergedoken. Hij had van haar net zoveel te vrezen als zij van hem.

Maria stak haar hand uit. Carlito kirde. 'Hermann, mag ik Eleanor aan je voorstellen?'

Ritter stak zijn hand uit. 'Eleanor?'

Ze nam zijn hand aan en maakte een revérence. 'Hermann... wat leuk je te ontmoeten.'

Sophies hart begon sneller te kloppen. Misschien zou hun kans om te ontsnappen uit een heel wel onverwachte hoek komen.

'Hermann, heb je zin om samen met ons te wandelen?'

'Bedankt voor het aanbod, maar ik ben hier maar kort. Misschien kunnen we een andere keer praten? Dan kunnen we elkaar vertellen hoe we hier terechtgekomen zijn en wat we in Spanje doen.' Hij keek Sophie recht in haar ogen.

'Ja, dat lijkt me heel leuk.' Ze raakte met haar hand zijn arm aan. 'Laten we ervoor zorgen dat het ervan komt, goed?'

*

Sophie wachtte aan het begin van de tunnel. Ze liep heen en weer en kon bijna niet wachten tot ze Walt haar nieuws kon vertellen. Eindelijk hoorde ze voetstappen en ze liet zich bijna in Walts armen vallen. 'Ik heb het gevonden! Ik weet hoe we weg kunnen.'

In de tien minuten die volgden, legde ze uit waar ze Ritter van kende en wat ze had bedacht om te ontsnappen.

'Probeer je me te vertellen dat ik met een Duitse piloot moet gaan praten die jou in het verleden heeft misleid en dat ik hem moet vragen het kostbare goud het land uit te brengen?'

'Iedereen kan worden omgekocht,' hield Sophie vol. 'En hij verbergt zich ook. Hij gebruikte een andere naam. Hermann von Bachman... Ik vermoed dat hij ook naar het goud zoekt. Ik heb gehoord dat hij van plan is naar Zuid-Amerika te gaan. En hoewel ik hem niet helemaal vertrouw, weet ik wel dat Ritter ook een zachtere kant heeft. Ik zag aan zijn ogen dat hij me nog steeds als een vriendin beschouwt.'

'Hmm.' Walt krabde op zijn hoofd.

'Als jij een beter idee hebt, moet je het natuurlijk zeggen,' voegde ze eraan toe. 'Maar voorlopig is dit iets wat we kunnen overwegen.'

Walt zuchtte. 'Nou ja, ik denk dat het geen kwaad kan. Ik heb geen andere oplossing.' Hij legde zijn hand op haar arm. 'We houden contact. Je kunt nu maar beter snel teruggaan.'

'Dank je, Walt.' Ze stak haar armen uit om hem te omhelzen en stootte bijna zijn hoed van zijn hoofd. 'Ik zie je hier morgen weer. Misschien weten we dan iets.'

'Laten we het hopen. De inzet lijkt met de dag hoger te worden.' Hij zuchtte. 'En dan te bedenken dat ik me heel lang alleen maar heb druk gemaakt om een paar munten.'

36

Walt liep twee betonnen trappen op en gebruikte toen zijn sleutels voor de deur van het eenkamerappartement dat gehuurd werd door James Kimmel. Hij wist dat er nog steeds mensen konden zijn die de flat in de gaten hielden. James Kimmel had veel vijanden, maar ook veel vrienden. In Granada misschien meer vrienden dan vijanden.

De kamer stelde niet veel voor. Hij was donker, stoffig, vochtig en stonk. Toch gooide Walt zijn koffer op het doorgezakte bed. Hij merkte het schemerdonker nauwelijks op toen hij naar het kleine raam liep en het opende zonder aandacht aan het uitzicht te besteden.

Hij liep naar de spiegel en herkende zichzelf nauwelijks. Hij zag er oud en onverzorgd uit. Het grijs dat bij zijn slapen was verschenen, deed hem stilstaan. Zijn vermoeidheid was zichtbaar in zijn ogen. Was hij zo ver gekomen om alsnog te falen?

Hij had een web gecreëerd van mensen en verhaallagen. Een tijd lang had hij alles in de hand gehad. Hij had geweten wie voor wie werkte en wat zijn mensen hem en Adolfo te bieden hadden. Nu was Walts hoofd moe. Op een andere manier kon hij het niet uitleggen. Hij vroeg zich zelfs af of de schat de prijs wel waard was. Misschien was hij wel net zo onecht als de figuren die hij had bedacht om zichzelf van een dekmantel te voorzien. Was het niet meer dan een droom, een illusie die hij had gevormd in de hoop de goedkeuring van zijn familie te verwerven? In de hoop dat er iets was om voor te leven?

Hij dacht aan Sophie, die erop vertrouwde dat God hen beschermde... hem beschermde. De verandering in haar had niet van de ene op de andere dag plaatsgevonden, maar ze bezat een diepe innerlijke vrede waar hij haar om benijdde. En op dit punt van zijn reis leek het hem bijna dat dat wat Sophie bezat, groter was dan welke door mensenhanden gesmede schat ook

'Ik weet niet eens waar ik moet beginnen,' mompelde Walt tegen zijn spiegelbeeld.

Gewoon aanvaarden en geloven.

Het was de stem van Sophie die zijn gedachten vulde. *Je overgeven... vertrouwen.*

Hij lachte om wat ze voorstelde. Voor anderen leek het misschien makkelijk, maar voor iemand die de afgelopen drie jaar niet alleen zijn eigen handelingen tot in de details had gecontroleerd, maar ook die van alle pionnen die hij had uitgezet, leek het onmogelijk. Hij had een leven gecreëerd waarin hij moest voorspellen wat andere mensen zouden doen en hij was van de ene kant van Spanje naar de andere gerend om iedereen voor te blijven.

Jarenlang had hij zijn best gedaan om de schat te vinden waardoor de wereld – en zijn vader – hem zou opmerken. Toen duidelijk werd dat de Spaanse burgeroorlog zou uitbreken, had hij zijn werk gerechtvaardigd door ervoor te zorgen dat het Spaanse volk het grootste gedeelte van de gestolen rijkdommen zou krijgen. Hij had gehoopt dat het geld dat de schat beloofde op te brengen de armsten kon helpen.

Maar misschien was ook dat maar gewoon een excuus geweest. Want diep in zijn hart had Walt op de een of andere manier het gevoel dat hij aan de verkeerde kant stond – niet in het gevecht van de nationalisten tegen de republikeinen, maar in het gevecht tussen licht en duisternis.

Hij besteedde geen aandacht meer aan zijn verontruste blik in de spiegel en haalde zijn vingers door zijn haar. Toen ging hij op het bed zitten en richtte zijn ogen op de schaarse lichtstralen die de kamer binnenvielen.

Walt had een bericht gestuurd naar de naam die Sophie hem had gegeven en voelde zich tevreden toen hij de lange, blonde Duitser het ouderwetse café zag binnenlopen. Om zijn uiterlijk kon niemand heen. Toen hij binnenkwam, draaiden veel vrouwen hun hoofd in zijn richting, waaronder het knappe blondje achter de bar. Ze wendde snel haar blik af toen ze Walt zag kijken en bloosde omdat hij haar erop had betrapt dat ze met open mond naar de man had gestaard.

Ritter knikte naar Walt en liep toen naar hem toe.

'Herr von Bachman.' Walt stond op en gaf Ritter een hand.

Ritters ogen begonnen te twinkelen. 'Sophie zei dat je James Kimmel bent, de fascistische verslaggever.' Hij knikte. 'Ik ben al een fan van je sinds je dat artikel over de roden hebt geschreven die Guernica in brand hebben gestoken. Natuurlijk weten we allebei dat dat maar een van je verhalen was.'

Walt haalde zijn schouders op. 'Wat kan ik zeggen? De waarheid komt altijd aan het licht.'

Ritter ging zitten, bestelde iets te drinken en richtte toen zijn aandacht weer op Walt. 'Goed, in je briefje stond dat je een voorstel wilde doen?'

'Om te beginnen wil ik weten hoeveel je over het Spaanse goud weet.'

Ritter perste zijn lippen op elkaar. 'Ik weet dat er een gerucht gaat over een verborgen schat in Zuid-Amerika ... of misschien is het maar een sprookje. Ik ben hiernaartoe gekomen om er meer over te ontdekken.'

Walt voelde het gewicht van de vijf munten in zijn zak. 'Ja, ik heb het ook gehoord. Maar toen ik het naging... nou, ik geloof persoonlijk dat het een legende is. Meer niet.' Hij boog zich voorover en zette zijn vingertoppen tegen elkaar op de tafel voor hem. 'Maar er is nog een schat – dichterbij en waardevoller. Een schat die al is ontdekt. Het probleem is: ik heb een manier nodig om hem het land uit te krijgen. Ik zoek iemand die me kan helpen. Is het moeilijk voor jou om aan een transportvliegtuig te komen?'

'En wat krijg ik voor de moeite?'

'Meer geld dan je je voor kunt stellen.'

Ritter kuchte. 'En je denkt dat ik te vertrouwen ben? Hoe weet je dat ik het niet allemaal zelf houd?'

'Dat weet ik niet. Maar ik weet wel dat je iets verbergt. Je hebt de sleutel van je kamer in het Alhambra al ingeleverd. Er is maar één telefoontje van mij nodig om Görings kantoor te laten weten dat je niet dood bent, zoals ze daar denken.'

Ritter grinnikte. 'Jij hebt je huiswerk gedaan. Ik ben onder de indruk!'

'Zonder mijn talent voor onderzoek zou ik niet zover zijn gekomen. Trouwens, om de een of andere reden gelooft Sophie dat er een goede ziel onder je stoere uiterlijk schuilgaat.'

Ritter streek met zijn hand over zijn gezicht. 'Heeft ze dat gezegd?'

'Ja.'

'Sophie is een beste meid, maar we weten allemaal dat vriendschappen veranderen met het tij van de oorlog en de behoeften van de spelers.'

'*Sí*, daar heb je gelijk in. Dus hoeveel is ervoor nodig om je te laten overwegen de sintels van die vriendschap nieuw leven in te blazen?'

'Zoveel dat ik naar niemands pijpen meer hoef te dansen. Zoveel dat ik mijn eigen toekomst kan bepalen en me een toekomst met een vrouw en kinderen kan veroorloven.' Hij sloeg zijn ogen neer. 'En genoeg om te vertrekken. Opnieuw te beginnen.'

'Goed. Komt voor elkaar.' Walt boog zich voorover. 'Luister... je moet het volgende voor me doen.'

*

Sophie liep met haastige pas door de tunnel, hopend dat Walt aan de andere kant op haar stond te wachten met goed nieuws.

Toen ze de laatste bocht om ging, zag ze hem bij de ingang staan. Hij hield een geweer in zijn handen en speurde met zijn ogen de omgeving af.

'Heb je Ritter gesproken? Ik heb hem vandaag niet op het terrein van het kasteel gezien. Ik hoopte...'

'Hij denkt erover na,' onderbrak Walt haar. 'Of eigenlijk meer dan dat. Het idee staat hem wel aan. Hij gaat een paar vliegvelden in de omgeving bekijken om te zien wat hij kan vinden. Het is een zware vracht – zwaarder dan de meeste transportvliegtuigen aan kunnen. Maar hij heeft goede hoop.'

Sophie bekeek Walt eens wat beter en zag dat hij donkere kringen onder zijn ogen had. Ze gaf hem een klopje op zijn hand. 'Is alles in orde met je? Je ziet er niet zo goed uit.'

'Moe, dat is alles. Ik hoop dit snel achter de rug te hebben.'

'Ik ook. Ik mis... och, dat is nu ook niet van belang.' Ze dacht aan Philip en overwoog naar hem te vragen, maar veranderde van gedachten. 'Probeer wat te slapen. Over een paar dagen krijgen we nog tijd genoeg om elkaar de laatste nieuwtjes te vertellen.'

'Ik hoop het.' Walt schonk haar een vermoeide glimlach. 'Je kunt je niet voorstellen hoe ik dat hoop.'

Sophie keek hem na toen hij wegliep; daarna draaide ze zich om en wilde de tunnel weer inlopen. Ze had nog maar een paar stappen gezet, toen ze voetstappen achter zich hoorde. Iemand raakte haar arm aan.

Sophies adem stokte en ze draaide zich om, maar ze ontspande zich toen ze zag wie het was. 'Philip!' Ze glimlachte toen hij haar in zijn armen nam.

'Het spijt me, Sophie. Ik weet dat er werk op je wacht. Maar ik kon het niet laten om te komen. Ik mis je.' Hij kuste haar op haar voorhoofd.

'Ik mis jou ook. Ik heb Walt net gesproken... Ik denk dat ik een manier heb bedacht waarop we kunnen ontsnappen...'

Het geluid van een geweer dat werd gespannen, onderbrak haar woorden. Ze draaide zich om en zag een soldaat staan die een geweer op hen gericht hield. Philip liet haar los en wilde zijn pistool pakken.

De soldaat tilde zijn wapen verder op. 'Dat zou ik maar niet doen als ik u was, *señor*!'

Nog drie mannen, allemaal in nationalistisch uniform, verschenen van dieper uit de tunnel.

Een van hen kwam Sophie bekend voor; ze wist zelfs zeker dat ze een keer met hem had gedanst.

'We hebben u in de gaten gehouden, *señorita*. Toen onze papieren en kaarten begonnen te verdwijnen, wisten we dat we een verrader in ons midden hadden.' Hij gebaarde naar de mannen, die haar bij haar armen grepen, ze achter haar rug trokken en haar handboeien omdeden. Met Philip gebeurde hetzelfde.

'Kijk nou toch eens!' riep de soldaat uit. 'We hebben geluk vandaag! We hebben niet één, maar twee vossen in onze val gevangen.'

37

Walt liep naar de klaarstaande vrachtwagen, maar vertraagde zijn pas toen hij zag dat er een auto bij geparkeerd stond. Ernaast stonden twee mannen onder het licht van een straatlantaarn. Het was duidelijk dat ze gezien wilden worden.

Walts hart begon te bonzen en hij bleef abrupt staan. Michael. Hij drukte zijn geweer dichter tegen zich aan en verstevigde zijn greep op de kolf.

Michael liep naar Walt toe. Zijn ogen vernauwden zich en hij bestudeerde Walts gelaatstrekken. Daarna knikte hij alsof hij hem had herkend. 'Ik heb gehoord dat je achter me aan hebt gezeten.'

'Dat klopt.'

'Maar nu niet meer.'

'Het hoeft niet meer.'

'Dat weet ik. Dat komt misschien doordat je hebt wat je zocht.' Michael keek naar zijn eigen handen en toen naar die van Walt. 'Ik heb me altijd afgevraagd hoe je me bijhield. Dat begreep ik nooit. Het leek wel of je mijn gedachten kon lezen.'

'Misschien kon ik dat ook wel. Of... misschien vroeg ik me wel af wat ik zou doen als ik in jouw schoenen stond.'

'O, ja?'

'Ja, ik stelde me voor hoe ik het goud zou stelen. Waar ik naartoe zou gaan. Wie ik zou vragen me te helpen.'

'En werkte dat?'

'Ik denk dat de resultaten dat wel bewijzen.'

'Tot het einde toe. Je verbaast me, Walt... Walter. Ik dacht dat je nu al lang zou zijn verdwenen. Ik heb over de zeven munten gelezen.

Waarvan jij er vijf hebt. Mijn oom heeft gedetailleerde aantekeningen gemaakt. Je had lang geleden al kunnen vertrekken. Je hebt wat je wilt.'

'Ik ben me op iets anders op gaan richten.'

'Door Sophie. En Philip.' Hij sprak hun namen vol weerzin uit. 'Ik zou vertrokken zijn...'

Het geluid van haastige mannenvoetstappen onderbrak Michaels woorden.

Salvador kwam aanlopen. 'Walt, kom snel! Ze zijn gepakt!'

'Wie?'

Cesar hief een pistool op en richtte het op Salvadors borst.

'Sophie en Philip,' vervolgde Salvador.

Walt gromde. 'Philip? Wat deed die daar? Ik dacht dat hij een opdracht had vanavond.'

'Die heeft hij afgezegd. Hij zei dat hij Sophie moest spreken en hij overtuigde me ervan dat ik hem naar haar toe moest brengen.'

Woede vlamde op in Michaels blik en hij keerde zich om naar Cesar. 'Laten we gaan.'

'Waarheen?' vroeg Walt.

'We gaan Sophie redden.'

'Dat lukt nooit.'

Michael en Cesar stapten in hun auto en Michael startte de motor.

'Wacht! We moeten praten!' riep Walt. 'We moeten een plan bedenken.'

'Praten? We hebben geen tijd om te praten,' riep Michael door het open raam. 'Weet je hoe die soldaten opereren? Ze hebben er hard voor gewerkt om dit deel van Spanje in handen te krijgen. En nu werken ze nog harder om het in handen te *houden*.'

'Ja, maar...' Walt deed een stap naar achteren. 'Ik weet wat we moeten doen. Laat Sophie aan mij over. Dat is de enige manier!'

Walt keek hoe Michael met een vaart wegreed. Verslagen liet hij zijn handen zakken.

*

In plaats van naar de stad te rijden, reed de vrachtwagen door de donkere nacht over een kronkelweg een steile heuvel op. Wolken bedekten de maan en Sophie moest moeite doen om Philips gezicht te zien.

'Waar gaan we naartoe?' vroeg ze. Haar lichaam werd heen en weer geslingerd op het houten bankje achter in de met canvas overspannen laadbak van de vrachtwagen.

'Stil!' De jonge soldaat richtte zijn geweer op haar. Hij leek op de tientallen andere soldaten die ze had gezien, verzorgd en geschilderd. Alleen zijn uniform was anders – en zijn loyaliteit.

Ze beet op haar lip en haar ogen ontmoetten die van Philip. Ze zag de verontschuldiging in zijn blik.

De vrachtwagen stopte langs de kant van de weg en Sophie stond op.

'Jij niet.' De soldaat duwde haar op de bodem van de vrachtwagen.

Twee anderen trokken Philip ruw overeind en sleurden hem de vrachtwagen uit.

'Sophie, ik houd van je. Wat er ook gebeurt... onthoud dat!'

'Hou je mond!' Een van de soldaten sloeg Philip met de kolf van zijn geweer in zijn gezicht. Er klonk een akelig gekraak en bloed spoot uit zijn mond.

Sophie rukte aan haar handboeien, maar het hielp niet. Ze zaten stevig op slot en zaten met een dikke, zware ketting aan elkaar vast. Ze stond weer op en probeerde zich langs de soldaat achter in de vrachtwagen te wringen. 'Waar brengen jullie hem naartoe? Wat gaan jullie doen?'

'Ik zei stil!' De soldaat duwde haar terug. Haar hoofd sloeg tegen de bank toen ze viel en Sophie worstelde om bij bewustzijn te blijven. Het licht verdween verder en toen kwam de andere soldaat aanlopen. Zijn boze kop blokkeerde haar zicht. Hij gaf haar een snelle schop in haar ribben.

Sophie snakte naar adem toen ze een pijnscheut in haar zij voelde. Ze kreunde. Met wazige blik zag ze vol ongeloof hoe een andere auto hard over de bochtige weg kwam aanrijden en stopte. De bewakers keken naar elkaar. Er verscheen een verbaasde uitdrukking op hun gezicht.

Twee mannen sprongen uit de auto. Ze herkende hen allebei.

'Michael?' Sophie sprak zijn naam uit. Ze zag dat Philip met een verdrietige blik naar haar keek.

'Stilte!' Dezelfde soldaat legde zijn hand over Sophies mond.

Een van de soldaten die Philips arm vasthield, scheen Michael te herkennen.

'*Señor* Michael, ik heb u lang niet...'

'Gezien. Ik weet het. Maar ik wil je een gunst vragen. Ik wil die vrouw.' Michaels stem klonk vastberaden.

'Sorry, maar ik heb een andere opdracht. Ze vermoorden me als ik haar niet meebreng. Ze heeft ons allemaal voor gek gezet – heeft belangrijke informatie doorgegeven.'

Michael keek Sophie niet aan. 'Als je dat verzoek niet kunt inwilligen, vraag ik iets anders.'

'*Sí, señor.*' De soldaat knikte hard met zijn hoofd in de hoop Michael gunstig te stemmen.

Michael wees naar Philip. 'Deze man heeft me schade berokkend. Hij heeft me afgenomen wat me het dierbaarst was. Ik wil wraak.' Michael stak zijn hand uit naar Cesar, en Cesar gaf hem glimlachend zijn pistool.

Sophie schudde haar hoofd in een poging zich te bevrijden van de hand die over haar mond lag.

Michael, nee!

Michael wees naar de schop die een van de soldaten in zijn hand had. 'Cesar, pak die. Ik heb geleerd mijn werk altijd netjes af te maken.'

Cesar kwam aanlopen, tilde de schop op en ramde het handvat tegen Philips rug.

318

Philip schreeuwde het uit en zakte toen in elkaar. Sophie wendde haar blik af. Ze kon het niet aanzien – kon niet geloven wat er gebeurde. Het was allemaal haar schuld.

Haat welde in haar op als nooit tevoren. Haat groter dan de liefde die ze ooit voor Michael had gevoeld.

Michael greep Philips ene arm vast, Cesar de andere.

Ze sloot haar ogen, maar hoorde hoe Philips voeten over de grond sleepten naar het beboste terrein naast de weg.

Een minuut later klonken er drie pistoolschoten door de lucht.

'Sophie!' Philip schreeuwde één keer. Daarna werd het stil.

Sophie trilde over haar hele lichaam. Ze kromp in elkaar en wenste met heel haar hart dat haar handen los waren, zodat ze ze tegen haar oren kon drukken. Erger dan de pistoolschoten was het geluid van de schop die in de grond drong.

*

De bewaker duwde haar een kleine, donkere cel in en Sophie liet zich op de grond vallen. Haar lichaam schokte van het snikken.

Philip.

De tranen kwamen en ze kon ze niet tegenhouden. Het geluid van de drie pistoolschoten klonk in haar hoofd. Steeds weer.

Waarom, God? Waarom hebt U me hier gebracht? Ze kroop in elkaar en probeerde de wereld uit haar gedachten te bannen. *Ik heb dit nooit gewild. Ik heb hier niet om gevraagd.*

Ze dacht aan Michael en beloofde zichzelf dat ze hem tot haar laatste snik zou haten, en ze wist dat dit weleens haar laatste dag kon zijn. Ze maakte zich zorgen om Walt en vroeg zich af wat voor rol hij in dit alles speelde. Ze vroeg zich af of ook hij gevangen was genomen. Of ook hij net als Philip was vermoord. Of dat dat nog zou gaan gebeuren.

Niets was meer belangrijk. Het goud niet. Spanje niet. Haar leven niet. Ze keek om zich heen in de kleine cel en dacht over haar lot na. Ze was voor Michael gekomen... ze had haar best gedaan om zoveel mogelijk te helpen. En nu...

Ze snikte weer. *Waarom, God? Waarom?*

Het antwoord dat in haar hart opkwam, was niet wat ze verwachtte. *Waarom niet?*

Waarom zij niet? Velen waren alles kwijtgeraakt. Wie was zij om te denken dat ze iets anders verdiende? Jezus had haar redding geboden, maar Hij had nooit een makkelijk leven beloofd.

Haar schouders schokten weer van het huilen. Ze hield haar ribben vast, ervan overtuigd dat ze gebroken waren. Ze snakte naar adem in de smerige lucht.

Beelden vulden haar hoofd. Van Philip, toen ze hem voor het eerst in het schuttersputje had gezien en van zijn verbaasde gezicht toen hij een vrouw op het slagveld had ontdekt. Zijn tederheid toen hij de gewonde José had gedragen. Hun gesprekken. Hun grapjes en de manier waarop hij had toegekeken toen ze maanden geleden de soldaten in het veldhospitaal had geschilderd.

En ten slotte dacht ze aan de laatste kus die hij haar nog maar een paar uur geleden op haar voorhoofd had gegeven.

Er stond geen bed in de cel, dus bleef ze in elkaar gedoken op de vuile vloer liggen die naar urine rook. Het geschreeuw van de bewakers schalde door de gangen. Een man schreeuwde van pijn. Het waren de afschuwelijkste kreten die ze ooit had gehoord.

Sophie zakte weg in een onrustige slaap. Het kon haar niet schelen of ze ooit nog wakker werd. Er was niets meer dat haar nog kon schelen. Ze wist dat ze alles kwijt was.

38

Het geluid van de zware metalen deur die openging, haalde Sophie uit haar slaap. Ze was de hele nacht wakker geworden van de kreten van de man die gemarteld werd, maar zelfs die waren niet erger dan haar nachtmerries. Niet erger dan de herinnering aan Philips laatste kreet.

'*Señorita.*' Het was de stem van de bewaker.

Ze hief haar hoofd op en streek haar haar uit haar gezicht, dat vertrok van de pijn in haar zij. Het was een andere bewaker dan de vorige avond. En als ze zich niet vergiste, zag ze een spoor van medeleven in zijn blik.

Hij deed de deur verder open. 'Ik kom zeggen dat u vrij bent om te gaan.'

'Wat bedoel je?'

'We dachten dat we een belangrijke spion arresteerden toen we u te pakken kregen, maar we hadden het mis. U kunt vandaag met een vrachtwagen de stad uit. Er wacht een schip aan de kust. Het brengt u naar Frankrijk. Ze zullen u niet tegenhouden.'

'Ik begrijp het niet.'

'De man die we steeds hebben gezocht... hij heeft een overeenkomst gesloten.'

'Een overeenkomst? Heb je het over...?' Ze klemde haar lippen op elkaar, omdat ze geen verdenking op zich wilde laden. Of op haar vriend. Misschien was dit al vanaf het begin hun plan geweest.

Hij glimlachte. 'U leert het al. De overeenkomst was de ene spion voor de andere. Een kleine pion voor, nou ja, een grotere.'

Ze stond op en sloeg het stof van haar kleren. 'Ik begrijp het nog steeds niet.'

'Ik geloof dat u hem als Walt Block kent. Maar voor ons heeft hij vele namen.'

Sophie keek naar de open deur, maar de schrik sloeg haar om het hart.

'Jullie hebben Walt?'

'Hebt u hem niet horen schreeuwen in de kelder?' De bewaker grinnikte en zijn blik werd harder. 'Ik dacht dat u de stem van uw vriend wel zou herkennen.'

Hij deed een paar stappen naar voren, nam Sophies gezicht tussen zijn handen en boog zich naar haar toe. Zijn adem rook naar drank. Ze probeerde haar gezicht af te wenden, maar hij hield haar stevig vast.

'Als ik het voor het zeggen had, zou ik jullie allebei houden. Maar het was niet mijn beslissing. U bent vrij om te gaan. Ik zal u zelf een lift geven.'

'Mag ik hem zien voordat ik vertrek? Mag ik Walt zien?'

'Nee. Van mij zou het wel mogen, maar hij wil niet dat u hem ziet... in die toestand.'

Sophie slikte moeizaam. Te weten dat de kreten afkomstig waren geweest van haar vriend, haar redder, deed haar nog meer verdriet. Een snik ontsnapte haar. Ze klemde zich aan de muur vast en liet zich toen op de grond in elkaar zakken, wensend dat ze kon sterven op de plek waar ze lag.

*

Sophie zat in dezelfde vrachtwagen als de nacht ervoor; ditmaal zat ze echter op de passagiersstoel. Ze had geweigerd te vertrekken – waar kon ze tenslotte naartoe? Wat had ze zonder die twee mannen? De bewaker had niet naar haar smeekbeden geluisterd.

'Vertrek of sterf. De keuze is aan u,' had hij resoluut gezegd.

De vrachtwagen reed door de stad en in het heldere licht van de ochtendzon zag ze mannen en vrouwen naar de markt lopen alsof het een dag was als alle andere. Een vrouw lachte naar haar kind terwijl ze het op haar heup nam. De lach van het kind voegde zich bij die van de vrouw en Sophies maag kromp ineen terwijl de vrachtwagen langs het tweetal denderde.

Sophie dacht aan Maria Donita – nog iemand die ze in de steek had gelaten. Alsof Walt en Philip niet genoeg waren.

Ik kan niet meer. Ik wil niet verder leven met deze pijn.

De vrachtwagen verliet de stad. Ze weigerde zich om te draaien en nog een blik op het glanzende kasteel op de heuvel te werpen. Ze liet niet alleen Granada achter zich; ze liet ook alle hoop achter. Sophie zakte onderuit op haar stoel toen er plotseling geweervuur losbarstte. Kogels raakten de cabine en ze hoorde het geluid van brekend glas.

Ze gilde en liet haar gehavende lichaam op de bodem van de cabine vallen.

Is het nog niet genoeg dat U hebt toegelaten dat ik verslagen ben? Moet U me nu nog doden ook?

De chauffeur slaakte een kreet van verbazing en toen van pijn. Ze keek opzij en zag een felrode plek op zijn schouder. Juist op het moment dat de vrachtwagen met grote snelheid een hoek om reed, liet hij van pijn het stuur los.

'God, help me,' riep Sophie en stak haar hand naar het stuur uit. Ze was te langzaam. De vrachtwagen vloog uit de bocht en schoot het kreupelbos naast de weg in. Daarna werd alles zwart.

*

Toen Sophie bijkwam, hing ze half uit de cabine. Haar blik schoot naar de chauffeur en ze zag dat hij een grote snee in zijn voorhoofd had. Zijn ogen waren wijd opengesperd en ze wist dat hij dood was.

Ze kreunde en het gezicht van de chauffeur werd wazig. Alles om haar heen verbleekte tot grijs en werd vervolgens zwart.

Buiten de vrachtwagen bewoog iets. Ze hoorde de passagiersdeur opengaan en daarna klonk er een stem. 'Kom, laat me je helpen.'

Ze voelde dat haar lichaam naar buiten werd getrokken en daarna werd opgetild.

Als Sophie Michaels stem niet zo goed had gekend, zou ze hebben gedacht dat ze gestorven was, dat hij een engel was die haar naar haar Schepper bracht.

Ze probeerde zich te concentreren. 'Ben je hier... om me te doden?'

'Nee, Sophie.' Een andere stem drong tot haar door. Een stem die ze ook goed kende. 'Hij is hier om te helpen.'

Sophie deed haar ogen open. 'Philip.' Ze snakte naar adem en kuchte toen.

'Ik ben er. En alles komt goed.'

'Maar... maar...' Ze keek naar Michael. 'Je hebt hem meegenomen. Je hebt Philip vermoord. Ik heb de schoten gehoord. De geluiden van de schop.'

Michael glimlachte. 'Denk je soms dat ik niet weet hoe je iemands dood in scène moet zetten? Om dat geloofwaardig te maken?'

'Hij zei tegen me dat ik mee moest spelen,' legde Philip uit. 'Michael heeft me gered omdat ik hem moest helpen om jou te redden.'

In plaats van haar aan te kijken, keek Michael naar Philip. 'Philip zal je nooit in de steek laten,' zei hij met een brok in zijn keel van emotie. 'Zelfs op het laatste moment – toen hij zeker wist dat hij bijna zou sterven – pleitte hij nog voor jou, niet voor zichzelf.'

Ze had het gevoel dat haar oogleden elk minstens vijftig kilo wogen en ze liet ze knipperend dichtvallen. 'Walt,' fluisterde ze.

'Daar weten we van.' Philips stem klonk zacht en teder. 'Tegen de tijd dat we bij het kamp terugkwamen, had hij zichzelf al overgeleverd.'

'Hij heeft zichzelf geruild... tegen mij.' Ze voelde een traan ontsnappen en langs haar wang omlaag rollen.

'Ik weet het, maar we zullen zien wat we kunnen doen.'

'Lieve Walt,' mompelde ze weer. Sophie voelde dat ze werd mee-genomen. Ze wist niet of het Philip was of Michael die haar droeg. Maar ze concentreerde zich op het kloppen van zijn hart en stond de vermoeidheid toe haar weer te overmannen.

39

Sophie werd wakker in de grot. Ze deed haar ogen open en zag Michael en Philip praten en bezorgd naar haar kijken. Het was vreemd om ze samen te zien. Anderen die ze herkende – Salvador, Emanuel, Diego – zaten bij hen.

Philip liep bij Michael vandaan en ging naar haar toe. 'Hoe voel je je, Sophie?'

Ze probeerde haar hand naar haar gezicht te brengen, maar kromp in elkaar van de pijn in haar schouder. 'Alsof ik door een vrachtwagen ben overreden.'

Hij glimlachte. 'Het scheelt niet veel.' Hij keek over zijn schouder naar Michael. 'We proberen een plan te bedenken... om Walt te redden.'

Ze knikte.

'Hij heeft iets voor je achtergelaten.' Philip haalde een klein, bruin buideltje uit zijn zak. Er zat een papiertje met haar naam op gespeld.

Philip hielp haar en ze trok met trillende vingers het zakje open. Ze hield het ondersteboven en er vielen vijf munten op haar handpalm.

'Hij denkt dat hij niet meer terugkomt.'

'Ik weet het.'

'En de rest van het goud?'

'We houden ons aan het plan. Michael heeft een afspraak met Ritter.'

'En jij?' Ze keek Philip in zijn lichtblauwe ogen.

'Ik blijf bij jou.'

Ze hield een goudstuk in het licht. 'Denk je dat ik er spijt van krijg als ik dit weggeef?'

'Ja,' antwoordde Philip. 'Ze hebben hem veel gekost. Je kunt het weggeven, maar als je dat doet, denk ik dat je je de rest van je leven zult afvragen of je niet de weg van de minste weerstand hebt gekozen. En je zult je afvragen of je geen verschil had gemaakt als je had doorgezet.'

'Ik wil hier niet meer over nadenken.'

'Dat hoeft nu ook niet.' Hij kuste haar heel zacht op het puntje van haar neus. 'Rust nu maar uit. We hebben nog veel te bespreken.'

'Maar Walt... die heeft misschien geen tijd meer.'

'Maak je geen zorgen, Sophie. We zullen snel praten.'

*

Walt voelde hoe zijn lichaam in de cel werd gesmeten. Ook al hadden zijn benen hem kunnen dragen, dan had hij nog niet in de kleine ruimte kunnen staan.

De cel was lang en smal. *Als een doodskist,* dacht hij. IJzeren ringen hingen aan de muren als naar binnen gedraaide handgrepen van een doodskist.

Hij zakte op de grond en probeerde de pijn te negeren. Hij weigerde naar zijn handen te kijken, de schade in ogenschouw te nemen. In plaats daarvan drukte hij ze stijf tegen zijn zij – alsof het kloppen daardoor op de een of andere manier zou ophouden.

'Ben je uitgerust?' vroeg een stem.

Walt dwong zichzelf zijn ogen open te doen en realiseerde zich dat hij in slaap moest zijn gevallen. Hoe lang hij had geslapen, wist hij niet. Het enige dat hij wist, was dat er een zwakke straal zonlicht schuin door een hoog raam viel, een raam dat hem nog niet was opgevallen.

Een man stond in de deuropening en stak hem een kop koffie toe. Door de geur die hem uit de tinnen beker tegemoetkwam, wist hij dat het echte koffie was en geen cichorei, die de rest van het land als een armzalig surrogaat dronk. Walt schudde zijn hoofd en weigerde, vooral omdat hij wist dat zijn handen de beker niet konden vasthouden. Hij was ook bang dat er een verdovend middel in kon zitten – nog een manier waarop ze konden proberen informatie van hem los te krijgen.

'Geen dorst?' vroeg de man. Daarna dronk hij zelf uit de beker.

Buiten, van ergens op het binnenplein, hoorde Walt het geluid van marcherende voeten. Het gedreun van de laarzen op de bestrating vermoeide hem. Zijn ogen openhouden en naar het glimlachende gezicht van de man kijken, vermoeide hem nog meer.

'Triest dat iemand als jij, die zoveel bevelen hebt gegeven, zo moet eindigen. Er zijn generaals die troepen hebben aangevoerd, maar jij hebt zoveel meer invloed uitgeoefend – over het komen en gaan van mannen en vrouwen. Het vervoer van een schat.'

Walt weigerde antwoord te geven of zelfs maar naar de man te kijken.

'Jij had meer in je hoofd zitten dan anderen in boeken over troepenopstellingen en strategie. Het is jammer dat je je sympathieën niet opzij kon zetten. Je had dit land als een rijk man kunnen verlaten als je niet zo gevoelig was geweest.' De man sprak de laatste drie woorden uit alsof ze hem een vieze smaak in zijn mond bezorgden.

'Je hebt pijn. Dat zie ik.' De stem van de man klonk niet meelevend. 'Maar maak je geen zorgen; het duurt niet lang. Ik ben niet wreed. Het is in twee nachten voorbij. De plannen. De strategieën. Je leven.'

En met die woorden draaide de man zich om en liep weg.

Een snik welde op in Walts keel. Dit had hij niet verwacht. Maar hij had ook niet verwacht dat hij hier terecht zou komen.

De man had trouwens gelijk; hij was teerhartig geworden. Als hij aan zijn oorspronkelijke plan had vastgehouden, was dit allemaal niet gebeurd.

Toch had Walt zelfs nu geen spijt van de veranderingen. Hij had overal over nagedacht. Nou ja, bijna overal. Waar hij geen rekening mee had gehouden, waren de mensen. Hij had niet zien aankomen dat ze niet zijn plannen, maar zijn hart zouden veranderen.

Hij zuchtte en legde zijn hoofd weer op het vochtige, beschimmelde stro. Over twee dagen zou hij dood zijn en hij wenste dat het al zover was. Hij twijfelde er niet aan dat zijn vrienden, als die nog leefden, zouden proberen hem te redden. Het was het laatste wat hij wilde.

'*Señor*, kunt u me horen?' Een stem sprak door de muren.

'Ja.' Walt draaide zich om. 'Wie bent u?'

'Ik ben ook een gevangene.'

Walt overwoog de man te manen stil te zijn uit angst dat de bewaker weer boos zou worden, maar hij veranderde van gedachten. Hij had een vriend nodig. En vreemd genoeg beschouwde hij deze man direct als een vriend.

'Waarom zit u hier?' vroeg Walt.

'Ik heb geprobeerd... mensen te helpen die dat niet wilden. Daarna ben ik vals beschuldigd. Een vriend heeft me aangegeven. Tenminste, iemand waarvan ik dacht dat hij een vriend was. En u?'

'Ik had iets wat zij wilden. Maar ik heb ze niet verteld waar het is. Ik weet niet waarom niet, want zelfs als ze het vonden... het was niet wat ik dacht.' Walt schoof tegen de muur aan en raakte bijna bewusteloos door de pijn in zijn lichaam. 'Ik deed het voor mezelf. Daarna voor anderen. Maar het maakte niet uit. Mijn ziel was nog steeds leeg. Ik wilde de goedkeuring van mijn familie, maar ook daarin heb ik gefaald.'

'En uw vrienden?' vroeg de man.

'Die heb ik in gevaar gebracht en ik vrees dat ze nog steeds in gevaar zijn. Ik moet óf ontsnappen óf sterven. Als ik dat niet doe, ben ik bang dat het niet goed met ze zal aflopen.'

'Misschien moet u juist afwachten en vertrouwen hebben.' De stem van de man klonk vriendelijk. 'Misschien hebben ze wel een plan.'

'Ik vrees van wel, ja.'

De deur ging open en een bewaker duwde een andere man naar binnen. Een man net zo gewond en gehavend als Walt.

'Bedankt dat u hebt geluisterd,' zei Walt nadat de bewaker was weggelopen.

'Hebt u het tegen mij?' gromde zijn celgenoot tegen hem.

'Nee. Tegen een gevangene aan de andere kant van de muur.'

De man zette grote ogen op. 'Bent u gek? Daar is niemand. Dat is een buitenmuur. We zitten op de derde verdieping.'

Walt keek omhoog. Inderdaad, hij leunde tegen de muur met het raam. Hij kreeg kippenvel op zijn armen. 'Ik zat ernaast,' zei hij snel terwijl hij aan de woorden dacht die tegen hem waren gezegd. 'Ik zat ernaast.'

*

Sophie staarde in het vuur. 'Ik vind dat we dit alleen moeten doen.' Ze keek naar Philip. 'We mogen deze mannen niet nog meer in gevaar brengen. Het enige dat ze misschien kunnen doen, is Maria en de baby zoeken – maar wat de reddingsactie betreft... ze moeten niet hun leven in de waagschaal stellen.'

Emanuel ging voor haar op zijn hurken zitten. Voorzichtig raakte hij haar hand aan. '*Señorita*, u bent Amerikaans. U bent geboren in een land vol keuzevrijheid. Toch bent u hiernaartoe gekomen – naar een land dat het uwe niet is. En dan denkt u dat u het beter weet dan wij? Mijn familie kent geen ander land.' Zijn stem klonk resoluut. 'Dit is ons land. Ons thuis. We hebben tegen de Moren gevochten. We hebben tegen onszelf gevochten. U begrijpt niet alle aspecten van onze strijd.'

Ze wendde beschaamd haar blik af. Toen keek ze naar Michael. 'U hebt gelijk. Ik ben dwaas geweest. Michael – die heeft me dit al van het begin af aan verteld. Ik begrijp het niet. Ik ben hier niet opgegroeid.' Ze vouwde haar handen in haar schoot. 'Maar dit weet ik wel

– lijden komt voor. Landen worden gevormd door moeilijkheden. Ik ben opgegroeid in Boston, waar de grond roept met het bloed van martelaren.'

'Laat ons dan met u meegaan. Laat het ons proberen. Een paar van ons voor de vrouw en het kind, een paar voor Walt. Wij weten wat het betekent om voor een zaak te sterven – veel van onze vrienden hebben het daadwerkelijk gedaan.'

'Weet u het zeker?'

'*Señorita*, u begrijpt het niet,' herhaalde Salvador. 'In dit land worden we grootgebracht met het idee dat er belangrijke mensen zijn en gewoon volk. Een paar maanden hoopten we dat de stem van het volk kon winnen, dat wat we als groep belangrijk vonden, machtige mannen kon trotseren.'

'Maar begrijpt u het dan niet? Zo is het ook. Elk individu is bijzonder in Gods ogen. Uw stem *is* belangrijk.'

'En daarom doe ik dit ook. U bent belangrijk – een getalenteerd kunstenares, en uw werk heeft harten geraakt voor onze zaak. Maar belangrijker is dat u van ons volk houdt – van de eenvoudigsten onder ons. Uw hart en uw stem maken veel verschil. Ik ben maar één man en ik heb maar weinig invloed. U hebt een vechtlust waar u zich nauwelijks van bewust bent. Voor uw vrienden geldt hetzelfde. Ik geloof in ze omdat u in ze gelooft. Ik zal ze helpen in de hoop dat ze doorgaan met vechten.'

Sophie knikte en boog haar hoofd. 'Ja, ik kan u niet tegenhouden. En als ik eerlijk ben... waardeer ik uw hulp.'

'Mooi.' Emanuel klopte haar op haar hand. 'Maar nu moeten we gaan slapen. Morgen is een belangrijke dag en dan moeten we uitgerust zijn.'

Hij stond op en keek haar met twinkelende ogen aan. 'En misschien valt u de volgende keer wel in slaap als een vrije vrouw, in een vrij land.'

40

Sophie lag die nacht zo lang te woelen dat ze achteraf niet meer wist wat ze bewust had gedacht en wat ze had gedroomd. Hoe konden ze Walt uit die gevangenis krijgen?

Ze keek Philip de volgende ochtend over het kampvuur heen aan en ontdekte tot haar verbazing dat hij er uitgerust uitzag en een opgewonden blik in zijn ogen had. Hij begon al te vertellen voordat ze de kans had iets te vragen.

'Sophie, weet je nog hoe we op het vliegveld werden gered toen we het goud net hadden gestolen? Walt probeerde Cesar en Michael niet te overmeesteren, maar gaf hun de indruk dat alles volgens plan verliep.' Hij liep naar haar toe en pakte haar handen. 'Ik heb onze vrienden naar de executies gevraagd. Ze hebben me verteld dat de bewakers de gevangenen meestal naar een plek buiten de poort brengen, ze daar doodschieten en ze in een ondiep graf begraven.

Eerst dacht ik dat we moesten proberen de vrachtwagen te overvallen. Of ze te overmeesteren als ze stopten. Maar als wij Walt nou gewoon eens met een andere vrachtwagen ophalen? Je hebt me zelf verteld dat daar zo veel soldaten komen en gaan dat ze niet weten wie wie is.'

'Bedoel je dat we naar de gevangenis moeten gaan, Walt ophalen en wegrijden?'

Ergens kwam de geur van gebakken bacon vandaan. Haar maag knorde en herinnerde haar eraan dat het te lang geleden was sinds ze had gegeten... maar ze zou niet kunnen eten, ook al probeerde ze het.

'Ja. We hebben nog twee dagen om ze te observeren. Gewoon te kijken wat er gebeurt. Tomas zei dat hij wel aan de sleutels van een van de vrachtwagens kan komen. Hij kan zelfs iemand vinden die voor chauffeur kan doorgaan.'

'Ik weet het niet. Het klinkt te simpel.'

'Dat is nou juist het mooie! Mensen weten wel hoe ze moeten reageren als ze worden overvallen, maar als alles normaal lijkt, hoeven ze niet eens vragen te stellen. Het komt erop neer dat we vertrouwen moeten hebben – vertrouwen dat Tomas de juiste mensen kent. En dat de bewakers niets ongewoons zullen bemerken.'

'En wat gebeurt er als we Walt hebben?'

'Michael is Maria en de baby gaan halen. Daarna vliegt hij met Ritter mee als wij naar de kust reizen, een schip zoeken en wegvaren.'

'Het klinkt zo eenvoudig.'

'Laten we hopen dat het dat ook is.' Philip stak zijn hand uit en streelde haar wang.

Een man liep de grot binnen en Sophie draaide zich om. Ze kende hem ergens van en wist dat het een van de guerrillastrijders was. Toen hij dichterbij kwam, zag Sophie dat hij gewond was en verslagen. Hij liep mank en keek intens bedroefd.

'Zijn jullie degenen die een manier bedenken om Walt te redden? Ben jij Sophie?'

'Ja.' Sophie stond op. 'Heb je informatie over hem?' Ze keek achter de man. 'Is hij hier?' Heel even durfde Sophie te hopen dat Walt vrij was.

De man sloeg zijn ogen neer. 'Hij is niet hier, maar ik heb wel informatie over hem. Een boodschap voor jou. Ik ben vanochtend uit de gevangenis vrijgelaten. Walt en ik zaten samen in een cel. Kom, *señorita*, ga zitten. Dan kunnen we praten.'

Sophie deed wat haar was gezegd – haar knieën trilden. Ze keek de man argwanend aan. 'Hoe weet ik dat Walt je heeft gestuurd? Waarom zou ik je vertrouwen?'

'Walt zei dat je me zou geloven. Hij zei dat je gevoelig bent en dat je me zou vertrouwen. Jij zou je door de oorlog niet achterdochtig laten maken.'

'Misschien leer ik de wereld wel te zien zoals die werkelijk is,' onderbrak ze hem. Ze voelde Philips hand op haar rug.

'Als dat zo is, zou het jammer zijn. Spanje zit vol mensen zonder hoop.'

'Wat heeft Walt tegen je gezegd?'

'Hij zei tegen me dat jij gewonnen hebt. De schat waar je het over had, was echt... en jij hebt meer voor hem gedaan dan hij voor jou kon doen.' De man schraapte zijn keel. 'Hij zei dat hij, toen hij je in de trein naar de Spaanse grens zag, dacht dat hij jou had geholpen om naar de andere kant te komen... maar in feite heb jij hém geholpen om precies dat te doen.'

Sophie slaakte een kreetje. Haar kin viel op haar borst. 'De andere kant?' Ze wist niet of ze moest glimlachen of huilen. Ze deed het allebei.

Vanuit haar ooghoeken zag ze Michael de grot binnenlopen. Hij ging naast haar staan alsof hij wist dat er iets verschrikkelijks was gebeurd.

'Walt is dood,' zei de man plechtig. 'Ze hebben hem weer meegenomen voor ondervraging. Hij is niet meer teruggekomen. Maar hij heeft me wel gevraagd je een boodschap te geven. Hij zei tegen me dat ik je moest gaan zoeken als er iets gebeurde. Hij zei dat hij heeft leren geloven in wat hij niet kon zien.' Tranen vulden de ogen van de vreemde.

'Maar dat klinkt niet logisch. Hij zei tegen me dat hij, om zijn zoektocht naar de schat voort te zetten, had leren geloven in een grotere schat.' Sophies stem haperde.

'Ja, maar hij sprak over iets anders.' De man gaf haar een stukje papier. Ze vouwde het open en las wat Walt had geschreven. Straten van goud. Een brug naar de overkant. God.

*

Sophie wist dat ze Walt nooit zou vergeten. En ze zou nooit vergeten dat hij uiteindelijk had gevonden wat hij altijd had gezocht – de waarheid, een schat, acceptatie.

Ze zou later tijd hebben om om Walt te rouwen. Ze was ervan overtuigd dat hij zou hebben gewild dat ze afmaakte waaraan hij was begonnen.

Alle andere mannen gingen weg om hen tijd met elkaar te geven en alleen Michael en Philip bleven achter om haar te troosten. Sophie veegde haar tranen weg. 'Nou, ons werk is niet af. We moeten Maria nog vinden.'

Michael keek Sophie aan en ze wist dat er iets mis was. 'Ze is weg. Ik ben haar vanochtend gaan halen en toen vertelde een van de dienstmeisjes dat Maria al naar de kust was vertrokken.'

Sophies hoofd bonsde en ze kon het nieuws niet bevatten. 'We moeten gaan. We moeten haar vinden! Ik heb Maria beloofd... ze heeft een manier nodig om te ontsnappen. Ik ben bang dat ze denkt dat ik niet meer terugkom. Ze is wanhopig. Ze denkt dat ze er nu alleen voor staat.'

'Sophie.' Philip pakte haar handen. 'Dat is mogelijk, maar ze kan ook hebben besloten te blijven.'

Sophie rukte haar handen los. 'Maria is om Michael met Emilio getrouwd. Ze heeft vanwege deze man een kind gekregen.' Sophie wees naar Michaels borst. 'Hij heeft haar gevraagd te doen wat nodig was om ervoor te zorgen dat ze de bank binnen konden komen. Ze vertrouwde me. Ik heb haar mijn woord gegeven. Bovendien heb ik beloofd haar te helpen.'

Philip legde een hand op haar schouder. 'We kunnen geen risico's meer nemen. We hebben het goud. We hebben plannen voor onze ontsnapping.'

Sophie schudde haar hoofd. 'Ik heb mijn keuze gemaakt. Ik

ga niet zonder haar. Goud of geen goud.'

'Sophie, toe nou.' Michael schaarde zich met zijn smeekbede achter Philip.

Ze keek naar hem. 'Ga maar. Ritter wacht.'

'Waarom doe je dit?' vroeg Michael.

'Misschien begrijp je het niet, maar ik ga het enige redden dat het redden waard is. En dat is niet het goud.'

Michaels ogen vernauwden zich. 'Sophie, dat kun je niet menen.'

'Het goud behoort Spanje toe. Het is niet van mij. En ook niet van jullie.' Ze keek naar de beide mannen. 'Beloof me dat jullie het zullen verkopen en dat jullie het geld voor het volk zullen gebruiken.'

'Je bent in de war.' Philips stem klonk vriendelijk.

'O, ja? Al vanaf het moment dat het geld honderden jaren geleden is meegenomen, zijn er mensen naar op zoek. Hebzucht doodt en ver- nietigt. Mensen zullen voor deze schat blijven sterven...'

'Daarom moeten we hem het land uit brengen,' onderbrak Michael haar. 'Voordat er nog meer mensen omkomen. Voordat er nog meer mensen in die netten verstrikt raken. Wat is hiervoor al niet geofferd? Levens, gezinnen, de waarheid, zielen?'

Philip stak zijn hand naar haar uit, maar Sophie trok de hare weg.

'Ik ben door dit goud in de val gelokt zodra ik dit land binnen- kwam.' Sophie liep bij de mannen vandaan. 'Het zal me niet meer in zijn greep houden. Ik ga weg. Ik ga Maria zoeken en we bedenken allemaal afzonderlijk een manier om dit land uit te komen.'

41

Ritters vermomming was simpel geweest. Een paar zelfgemaakte krukken, versleten kleren en een volle baard om zijn ware identiteit te verbergen. Zijn neergeslagen ogen hielden iedereen op afstand. Het feit dat hij stonk, hielp waarschijnlijk ook.

De hele middag en avond had Ritter rondgeschuifeld door de straten in de buurt van de vliegbasis waar hij eerder gestationeerd was geweest. Hij hoopte een van zijn vroegere vrienden te vinden. Hij had hulp nodig van iemand die nog bij het plaatselijke eskader vloog. Dat was de enige manier.

Hij had Philip en Michael gevraagd ervoor te zorgen dat het goud in canvas geldzakken werd gestopt. Daarna moesten die veilig worden weggeborgen in het bommenruim van een Dornier Do.17, die ook wel het Vliegende Potlood werd genoemd. De Dornier kon ruim zevenhonderd kilo bommen meenemen. Hij hoopte maar dat het goud niet veel meer woog.

Het was bijna nacht en Ritter wilde net de hoop opgeven toen zijn geschuifel hem langs een park voerde waar een groepje piloten en monteurs zat te kaarten. Op dat moment zag hij zijn vroegere collega Erik Schomburg.

Ritter slenterde langs hem heem en ving Schomburgs blik op. Met zijn rechterhand maakte Ritter het teken dat ze, als ze in formatie hadden gevlogen, hadden gebruikt om af te spreken wie het eerste zou wegvliegen als ze op het punt stonden een vijand tegen te komen. Schomburgs ogen lichtten op in herkenning en Ritter kon het bloed bijna uit het gezicht van zijn vriend zien wegtrekken. Ritter liep door naar een andere bank een flink eind verderop. Hij liet zich erop neerzakken, maakte het zich gemakkelijk en wachtte.

Een paar minuten later kwam er een einde aan het kaartspel en liepen de mannen in verschillende richtingen. Ritter draaide zich om en zag hoe Schomburg op zijn gemak naar hem toe kwam lopen om te voorkomen dat hij de aandacht van zijn vertrekkende collega's zou trekken.

Schomburg keek om zich heen en greep toen met twee handen Ritters hand vast. 'Man, wat fijn om je levend te zien.'

Het kostte Ritter bijna een uur om zijn vriend uit te leggen hoe hij 'vermist' was geraakt en waarom hij nu hulp nodig had.

Schomburgs ogen schitterden toen hem goud voor zijn hulp werd beloofd.

'Stuur die vrachtwagen met goud vannacht maar,' zei Schomburg. 'Ik zie je op het vliegveld. We kunnen het goud samen inladen en morgenochtend zal ik de monteurs van de basis ervan overtuigen dat ze me het vliegtuig zelf moeten laten inspecteren.'

'Mooi zo. Ik wist dat ik op je kon rekenen,' zei Ritter met een glimlach.

*

Philip reed Michael naar het vliegveld. In de verte zag hij het transportvliegtuig. Ernaast geparkeerd stond de vrachtwagen die het goud zo lang had vervoerd. Hij was nu leeg. De vracht was ingeladen en hij zag Ritter samen met een andere man een laatste inspectie van het vliegtuig uitvoeren.

Michael deed het portier open en draaide zich om om uit te stappen.

Philip hield Michael tegen met zijn woorden. 'Het lijkt erop dat we hier allebei terecht zijn gekomen omdat we van dezelfde vrouw houden. En daar kunnen we niets aan doen. Het probleem is dat jij haar hebt gekwetst... en dat ik haar minder heb gekwetst. Maar toch vertrouw ik je.' Hij benadrukte de laatste drie woorden.

'Tja, nou, ik wacht in Parijs. Laat het me weten als je daar aankomt... dan kunnen we er samen voor zorgen dat de opbrengst van het goud in de juiste handen terechtkomt.'

'Dat doe ik.'

Philip zag dat Michaels blik milder werd.

'Ik moet je nog één ding vertellen.' Michael schraapte zijn keel en wendde toen zijn blik af. 'Ik heb de brieven van je vader gelezen. Eerst geamuseerd. Wat een dwaasheid. Toen nieuwsgierig. Waarom blijven zijn woorden me bij? vroeg ik me af. Ik vond het vreemd dat ik ze niet uit mijn hoofd kon zetten. Daarna...' zuchtte Michael, 'las ik die brieven verlangend. Ik wilde meer weten. Ik wilde weten hoe iemand die zo weinig had zo veel hoop kon hebben.'

'Als ik daar aankom, kunnen we er uitgebreider over praten. En op een dag kun je mijn vader misschien ontmoeten. Ik denk dat je hem aardig zult vinden.'

'Ja, dat lijkt me leuk.' Michael gaf Philip een hand. 'Zorg ondertussen voor Sophie. Ze is koppig.'

Philip knikte. 'Ja, daar weet ik alles van.'

'Zorg ook voor Maria en de baby.'

'En zorg jij voor het goud... want dat goud zal voor veel mensen zorgen.'

*

Sophie werd steeds verdrietig als ze aan Walt dacht, maar ze spoorde zichzelf aan om af te maken waaraan hij was begonnen. Ze stelde zich zelfs voor dat hij glimlachend naar haar keek terwijl ze haar belofte aan haar vriendin hield.

Het was eenvoudig geweest om Maria te vinden. Bij het treinstation hadden zij en Philip de man achter het loket gewoon gevraagd in welke richting de knappe vrouw met het kindje was gereisd. Daarna hadden Eleanor Howard en Phil Attis kaartjes naar Gibraltar gekocht. Sophie ging er niet voor het eerst naartoe, maar ditmaal kwam ze voor een andere schat.

Eleanor en Phil reserveerden kamers in het mooiste hotel dat ze konden vinden en daarna wachtte Sophie in de lounge. En inderdaad, een paar uur later kwam Maria met de baby in een kinderwagen naar buiten. Haar gezicht begon te stralen en ze omhelsde Sophie.

'Kom mee,' zei Sophie en nam haar bij de arm. 'Philip is vast wel klaar.'

*

Philip klopte op het papierwerk in zijn zak, zette zijn pet recht en ademde diep in om langer te lijken. Een stem bereikte zijn oren toen hij de deur naar de commandopost van de vrijwilligers binnenging. De keurige, beleefde intonatie vertelde Philip dat de man Brits was.

'Die verdraaide trein,' klaagde de potige soldaat die de deur bewaakte tegen niemand in het bijzonder.

Philip liep naar hem toe. 'Neem me niet kwalijk, ik zoek de dokter. Ik heb gehoord dat hij vrijwilligers zoekt om gewonden te vervoeren.'

De Engelsman keek Philip spottend aan. 'Denk je dat nou echt? Hij zoekt mannen die zo stom zijn onbetrouwbare voertuigen naar het front te rijden en hoogstwaarschijnlijk in vijandelijk vuur terecht te komen. Ellendige roden.' De man sloeg zijn armen over elkaar en bestudeerde Philip van top tot teen. 'Nog steeds belangstelling?'

Toen keek hij op en keek Philip aan.

'Ja, ik geloof het wel. Ik meld met niet als vrijwilliger voor Franco aan in de verwachting dat me rust, ontspanning en rozen te wachten staan.'

De man schaterlachte, knikte en sloeg Philip op zijn schouder.

'Zeg, ik mag jou wel. Vrijwilligers staan meestal te trillen als juffershondjes als ze zich aanmelden. Jij lijkt me eerder een veteraan van deze oorlog dan een groentje.'

Philip rechtte zijn rug. 'Ik tril niet – tenminste, niet aan de buitenkant. En ik zou wel willen dat ik een veteraan was,' voegde hij er snel aan toe. 'Dan zou ik tenminste zeker weten dat het mogelijk is de oorlog te overleven.'

'Och, jij overleeft het wel. Ik weet altijd wie het redden. Dat voel ik aan mijn water.' De man zweeg even alsof hij in gedachten een parade zag van gezichten van mensen die het niet hadden gered. 'Ik breng je wel naar de haven. Ik zal zelfs een goed woordje voor je doen. Ze vervoeren de troepen per schip naar het noorden, weet je.'

'Ja, ik weet het.'

De man stak zijn hand naar Philip uit. 'Ik heet Gregory, trouwens.'

'Phil. Phil Attis.'

'Gregory Wiersbe, tot je dienst.' Hij nam niet de tijd om Philip aan de anderen voor te stellen en daar was Philip dankbaar voor. Hij had zijn hoofd al bij alles wat hij nog moest doen voordat het donker werd.

Philip volgde de man met een ontspannen lichaamshouding door de gangen langs de kantoren. Iedereen op de commandopost liep met doelbewuste tred. Philip vroeg zich af of het ooit stil was in de gangen. Hij vermoedde dat er zelfs 's avonds laat nog personeel in het kantoor op nieuws over de laatste gebeurtenissen wachtte – goed of slecht, maar altijd zo gekleurd dat Franco de overwinnaar leek.

Philip hoefde daar nu niet over na te denken. Of hoe hij de juiste boot zou vinden om ongemerkt te verdwijnen. In plaats daarvan concentreerde hij zich erop om de man onder het lopen zo overtuigend mogelijk te antwoorden.

'En, Phil, wat vind je tot nu toe van Spanje?'

'Spanje is prachtig en de vrouwen ook. Maar ik heb wel gehoord dat iemand die hier zo nieuw is als ik niet moet proberen om andere mensen te leren kennen door mee te doen met kaarten – als ik mijn portemonnee wil houden tenminste.'

De man lachte weer. 'Kan ik je in dat geval overhalen om mee te gaan flamencodansen? Mooie vrouwen én je houdt je geld in je zak. Dat wil zeggen, als je niet verliefd wordt. Ik ken één vrijwilliger die hier trouwde en toen tot de ontdekking kwam dat zijn vrouw van hem verwachtte dat hij haar familie ook zou onderhouden.'

'En haar vrienden misschien ook nog?' Philip lachte. Toen speurde hij de haven af. 'Ik denk dat ik me verder zelf wel red. Bedankt. Dit is precies wat ik nodig had.'

*

Sophie haastte zich langs de kade. Het regende zacht. Ze zag de boot, precies zoals ze had verwacht. Ze zag Philip in zijn vermomming op de boeg zitten. Hij stond op toen hij haar zag.

'Heb je Maria en de baby?'

'Ja, ze zijn beneden,' zei hij. 'Waar bleef je zo lang?'

Ze klom aan boord. 'Ik heb een telegram vooruit gestuurd. Ik heb Michael verteld waar hij ons kan verwachten – aan de kust.'

'Denk je dat hij komt?'

Sophie haalde haar schouders op. 'Ik weet het niet zeker. Hij kan er net zo goed met het goud vandoor zijn.' Beneden klonk het ge-huil van een baby. 'Maar zelfs als dat zo is, hebben wij het belangrijk-ste.'

'Maria en de baby.'

Sophie knikte en haalde toen een klein zakje met vijf munten uit haar zak. 'Ja, die ook.' Ze kuste Philip snel op zijn mond. 'Het is tijd om te gaan.'

Glimlachend duwde Philip de boot met zijn voet van de kade af.

Sophie keek hoe de Spaanse kust vervaagde. Tranen vulden haar ogen.

'Ik weet dat het moeilijk is. Doordat Walt...' Philip legde een arm om haar schouders.

'Sst, je hoeft niets te zeggen. Houd me alleen maar vast.' De tranen bleven stromen. 'Houd me alleen maar vast en vertel me dat ik het waard ben.'

'Wat waard ben?'

'Zijn offer.'

'In zijn ogen was je dat.'

'Ja.' Sophie zuchtte. 'Je hebt gelijk. In zijn ogen was ik het waard... en het is moeilijk om dat te aanvaarden.'

De boot voer verder tot Spanje uit het gezicht verdween. Ze was met Walts hulp binnengekomen; nu vertrok ze op dezelfde manier. En toch was ze in de tussenliggende tijd een Spaanse patriot geworden en iemand met een volwassen geloof. Een bijzondere combinatie, maar beide door Walts offer.

'Hij wist wat hij deed, Sophie, toen hij zijn leven tegen het jouwe ruilde.'

Sophie zuchtte diep. 'Ik weet het. En ik bid dat uit de rest van mijn leven mijn dankbaarheid moge blijken.'

Epiloog

Anderhalf jaar later

Ramona hield de deken stevig om haar schouders en keek naar de kust voor haar. Frankrijk. Het leek wel een droom. Het leek ook vreemd dat Spanje achter hen lag. Ze hadden voor hun land gevochten, maar het was voor hun ogen gestorven. De Internationale Brigade was al maanden geleden naar huis gestuurd en het was nu nog maar een kwestie van tijd tot de regering erin zou toestemmen om Franco tot overwinnaar uit te roepen.

José sloeg zijn arm om haar heen. 'Ik heb een bericht vooruit gestuurd. Ik denk dat we door vrienden worden opgewacht.'

'O, ja? Wie dan?'

'Een pastoor die vader Manuel heet. Herinner je je hem, uit Guernica? Ik heb gehoord dat hij in Parijs een tehuis heeft geopend voor dolenden zoals wij. Ik weet niet waar hij het geld vandaan heeft, maar er hebben al veel mensen profijt van zijn zorg gehad.'

Ramona deed haar ogen dicht en knikte toen ze haar wang tegen zijn borst legde. 'Ja, ik herinner me hem. Maar dat lijkt wel een leven geleden. Het zal vreemd zijn om in een echt huis te wonen – in een bed te slapen.' Ze grinnikte. 'Op een vreemde manier mis ik onze grot... we hebben er de kans gehad elkaar echt lief te hebben.' Ze deed haar ogen open en tuurde naar het gezicht van haar man. 'Denk je dat we ooit nog thuiskomen?'

José stak zijn kin naar voren. 'Dat is mijn hoop. Misschien kunnen we ons bij andere mensen aansluiten en op een dag teruggaan om op te eisen wat we zijn kwijtgeraakt.'

Ramona knikte. Ze kon zich maar moeilijk voorstellen dat zoiets echt zou gebeuren, vooral nu Hitlers oorlogsmachine erop uit was om in Europa de macht te grijpen.

'We hebben in elk geval elkaar.' Ze kuste hem op zijn mond. 'En we weten dat onze God bij ons is... waar we ook zijn.'

'Dat is genoeg,' beaamde José. 'Dat is genoeg.'

Dankbetuiging

John, dank je dat je me drie jaar lang met Spanje hebt gedeeld. Ik hoop dat het einde van het verhaal je bevalt. Jouw liefde voor mij is zo overweldigend dat ik die niet onder woorden kan brengen.

Cory, Leslie en Nathan. Bedankt dat jullie fantastische kinderen zijn!

Mijn liefhebbende familie... oma, papa, mama, Ronnie – die zich altijd samen met mij verheugen.

Stacey, Kimberley, Lesley, Melissa, Bruce en Susan – onverwachte, bijzondere geschenken.

Robbie, mijn schoonmoeder. Nee, ik wilde je niet vertellen hoe het boek zou eindigen, maar nu kun je dat zelf gaan ontdekken!

Amy Lathrop, mijn rechterhand. Je bent fantastisch!

Mijn Bijbelstudiegroep, Job en Marie, Casey en Allyson, Tara en Skyler, Kenny en Twyla. Lieve vrienden en mede-God-zoekers. Bedankt voor jullie bemoedigingen en gebeden.

Mijn agent Janet Kobobel Grant. Ik ben je dankbaar voor je wijsheid en toewijding.

Mijn redacteur Andy McGuire. Dit boek is er gekomen door jouw enthousiasme over mijn onduidelijke ideeën. Dank je dat je in me geloofde.

Het hele team van Moody. Jullie partnerschap is werkelijk een geschenk van God.

LB Norton, voor je uitstekende verbeteringen. Ik beschouw je als een vriend.

Mijn 'onofficiële' redacteurs Cara Putman, Ocieanna Fleiss, Amy Lathrop en Jim Thompson. Bedankt!

Ten slotte zou dit boek niet zijn geschreven zonder de geweldige mannen en vrouwen die me bij mijn research hebben geholpen:

- Alun Melai Williams. 20 februari 1913 – 2 juli, 2006. Veteraan van de Spaanse burgeroorlog.
- Karen Lynn Ginter. Bedankt dat je me een goed beeld van Spanje hebt gegeven!
- Norman Goyer. We zijn misschien geen familie, maar ik ben je wel dankbaar voor al je deskundige luchtvaartinformatie! Ik twijfel er niet aan dat God me jou heeft gestuurd.

En de anderen van de Abraham Lincoln Brigade Associated die mijn vragen hebben beantwoord en me inzicht hebben gegeven: bedankt!